reinhardt

ROLF VON SIEBENTHAL

Kaltes Grab

Friedrich Reinhardt Verlag

Projektleitung: Denise Erb
Layout: Sandra Guggisberg
Umschlaggestaltung: Bernadette Leus
Titelbild: Collage unter Verwendung eines Bildes von bern-foto.ch und Adobe Stock, vadim_fl
ISBN 978-3-7245-2296-6

www.reinhardt.ch

Der Friedrich Reinhardt Verlag wird vom Bundesamt für Kultur mit einem Strukturbeitrag für die Jahre 2016–2020 unterstützt.

Für Lena

1

22. Januar
Und deshalb trete ich per sofort aus dem Bundesrat zurück.

Die völlig unerwartete Erklärung Mauro Grafs von 9.30 Uhr lief am Sonntagmorgen als Endlosschleife auf dem grossen Redaktionsbildschirm. Den Ton hatten sie inzwischen abgestellt, Zoe Zwygart las die Worte von Grafs Lippen ab. Eine gute Stunde nach der Pressekonferenz standen ihre Kolleginnen und Kollegen noch immer in Grüppchen zusammen, diskutierten hitzig über den Rücktritt und mögliche Kandidaten für das Amt des Aussenministers.

Jürg Nyffeler, der wuchtige Chefredaktor der Berner Nachrichten, eilte mit einem Lächeln zwischen den Pultreihen hin und her. Fortwährend strich er sich mit den Fingern durch die grauen Haare und über die buschigen Augenbrauen. An einem normalen Sonntagmorgen würde ein kleiner Trupp von Journalisten auf ihren Stühlen herumlümmeln oder die Kaffeepause in die Länge dehnen. Heute schien die Luft wie elektrisch aufgeladen.

Nyffeler klatschte in die Hände, Zoe hob den Kopf, Stille kehrte ein. Er stellte sich mitten in den Newsroom, einen etwa dreissig mal fünfzehn Meter grossen Raum, in dem die Redaktoren an Vierer- oder Sechsertischen arbeiteten. «Liebe Kolleginnen und Kollegen, ich möchte Ihnen allen gratulieren und danken für Ihren Einsatz in den letzten Wochen. Das war erstklassige Arbeit. Es kommt nicht alle Tage vor, dass eine Zeitung einen Bundesrat zum Rücktritt zwingt. Wir haben es geschafft.»

Jubel und Applaus brandeten auf, Zoe starrte stumm auf ihren Bildschirm. Nur zu gerne hätte sie sich mitgefreut über den Coup. Doch sie schaffte es nicht.

Mit erhobenen Händen bat Nyffeler um Ruhe. «Mit unserer Berichterstattung haben wir die Konkurrenz in den Schatten gestellt. Heute sind wir die Nummer eins in der Schweiz, die gesamte Konkurrenz zitiert uns. Ich erwarte, dass dies auch morgen so sein wird. Dafür braucht es vollen Einsatz von Ihnen allen. Als ersten Schritt berufe ich eine Sitzung der Dienstredaktoren ein. Sie beginnt in fünf Minuten. Vielen Dank.»

Nochmals applaudierten die Kolleginnen und Kollegen, einige klopften sich auf die Schultern, andere griffen zu den Telefonen. Zoe verschränkte die Arme vor der Brust. Die Rücktrittsnachricht hatte ihre miese Laune nur noch verschlimmert. Sie hatte nichts beigetragen zum Knüller, der den Berner Nachrichten gewiss Journalistenpreise eintragen würde. Keine einzige Silbe.

Zoe griff nach einem Notizblock und folgte den Kolleginnen und Kollegen die Treppe hoch. Sie hatte Dienst in der Lokalredaktion, das hiess: Artikel überarbeiten, Bilder auswählen und das Layout gestalten.

Im Sitzungszimmer im 4. Stock hingen Ölgemälde der ehemaligen Verleger an den Wänden, die klapprigen Holzmöbel und der zerschlissene rote Teppich erzählten von den finanziellen Engpässen des Blattes. Schwungvoll nahm Nyffeler oben am Tisch Platz, flankiert von Starschreiber Andy Walker im edlen Anzug und Inlandchefin Sonja Aeberhard mit ihrem kurzen, kupferrot gefärbten Haar.

Nyffeler wartete, bis alle auf ihren Stühlen sassen. Unter seinen Augen zeichneten sich dunkle Ringe ab. Er hatte das Jackett ausgezogen und die Ärmel seines weissen Hemdes hochgekrempelt, durch dessen Brusttasche ein blauer Kugelschreiber auslief.

«Es ist hoffentlich allen klar, dass wir im Begriff sind, Mediengeschichte zu schreiben.» Seine Augenbrauen hoben und senkten sich zur Betonung. «Die Online-Redaktoren sagen, dass wir die höchsten Klickraten seit dem Aufschalten der Webseite verzeichnen. Es kommen Dutzende Mails und Anrufe herein, sowohl positive wie auch negative. Ich denke, wir greifen nicht zu hoch und dürfen Parallelen zu

Watergate ziehen. Das ganze Team hat tolle Arbeit geleistet.»

Inlandchefin Aeberhard im schwarzen Kostüm legte Andy Walker eine Hand auf die Schulter. «Und wir wissen alle, wem wir das zu verdanken haben.»

Ein zustimmendes Gemurmel ging durch den Saal.

«Danke, Sonja.» Andy Walker fuhr mit der Rechten durch das halblange, silberblonde Haar, mit der Linken richtete er den Knoten der dunkelblauen Seidenkrawatte. Er grinste, als hätte er im Lotto gewonnen. Bestimmt überlegte er, wer ihn in der Verfilmung der Geschichte spielen würde: George Clooney oder Brad Pitt?

«Super gemacht, Andy.» Lea Brönnimann von der Wirtschaftsredaktion klimperte mit den Wimpern. Hoffentlich warf sie ihm nicht noch ihren Slip vor die Füsse.

Zoe mochte nicht mitsingen in der Jubelarie. Kurz vor Weihnachten war es gewesen, als die Berner Nachrichten anonym Fotos zugespielt bekommen hatten. Sie zeigten Bundesrat Mauro Graf, Mitglied der Freisinnig-Demokratischen Partei, im Bett mit einer unbekannten Frau. Aufgenommen worden waren die Bilder Mitte Dezember im Genfer Luxushotel Beau-Rivage nur wenige Stunden, nachdem er vor den Vereinten Nationen über die Vorzüge der direkten Demokratie gesprochen hatte. Das Boulevardblatt Blick spottete später, dass Graf am Abend bloss den Kontakt zu den Stimmberechtigten habe vertiefen wollen.

Ein ganzes Team der Berner Nachrichten hatte sich an die Arbeit gemacht, hatte recherchiert, Fakten gesammelt und Stimmen eingeholt. Starschreiber Walker hatte zunächst eine grosse Show von wegen Super-Teamarbeit inszeniert. Doch am Schluss hatte er die Geschichte an sich gerissen und unter seinem Namen publiziert. Die Masche hatte er auch schon bei früheren Gelegenheiten durchgezogen, wie Zoe aus eigener Erfahrung wusste.

Ganz entspannt faltete Walker die Hände auf dem Tisch. «Ein Verlag hat mich vor einer halben Stunde angerufen. Er möchte, dass ich ein Buch über meine Enthüllungen schreibe. Ich werde das beim Abendessen mit unserem Verleger, Herrn von Känel, diskutieren.» Er zeigte seine strahlend weissen Zähne. «Ich kann mich nur dem anschliessen, was Jürg gesagt hat. Wir dürfen uns jetzt nicht zurücklehnen und müssen unseren Spitzenplatz verteidigen. Deswegen schlage ich vor, dass alle Ressorts die Geschichte aus ihrem speziellen Blickwinkel beleuchten.»

Hatte das Grossmaul auch gleich den Chefposten übernommen? Nur zu gerne hätte Zoe einen bissigen Kommentar abgegeben. Doch sie befand sich in einer zu schwachen Position. Seit einem Brand im letzten

Juni, bei dem sie selber verletzt wurde und ihr Grosi beinahe gestorben war, hatte sie keine richtig gute Story mehr geschrieben. Stattdessen hatte sie sich bloss mit defizitären Gemeindefinanzen und lokalen Parteiversammlungen herumgeschlagen.

Nyffeler nickte. «Ich finde Andys Idee nicht schlecht. Vorschläge?»

Inlandchefin Aeberhard nestelte an der Lesebrille herum, die sie an einer Kette um den Hals trug. «Im Inlandteil werden wir uns morgen auf die potenziellen Nachfolger von Graf konzentrieren. Für die Wahl hat der Bundesrat eben eine ausserordentliche Bundesversammlung einberufen, sie wird in gut drei Wochen, am 14. Februar, stattfinden. Die Zeit drängt also. Die FDP hat diverse National- und Ständeräte, die in Frage kommen. Wir werden ein Anforderungsprofil für den künftigen Aussenminister erstellen und das mit den verschiedenen Kandidaten vergleichen. Und wir gehen der Frage nach, ob andere Parteien der FDP den Sitz streitig machen wollen.»

Stumm machte Nyffeler sich eine Notiz.

Kulturredaktor Lukas Schlatter zupfte an seinem Ohrläppchen. «Wir könnten einen Überblick bringen über Bücher oder Filme, die sich mit gestürzten Politikern befassen. Natürlich würden wir auch Watergate erwähnen. Jeder kennt ‹Die Unbestechlichen› mit Dustin Hoffman und Robert Redford.»

Klar, das würde Walker bestimmt gefallen. Zoe ballte die Fäuste unter dem Tisch.

«Gute Idee.» Walker zeigte seine gebleichten Zähne. «Wie sieht es in der Wirtschaftsredaktion aus?»

Lea Brönnimann blies sich eine Haarsträhne aus der Stirn. «In zwei Wochen hätte Graf eine Gruppe prominenter Firmenchefs auf einer Chinareise anführen sollen. Wir können nachfragen, was jetzt geschieht.»

Neben Zoe machte Justus Läderach ein Würgegeräusch. Der sechzigjährige Sportredaktor mit den geröteten Augen liess seinen Kugelschreiber auf den Tisch fallen. «Graf hat eine Dauerkarte für die Spiele der Young Boys im Wankdorfstadion. Ich werde ein Anforderungsprofil für die Kandidaten aufstellen, die für den Sitz in Frage kommen.»

Walker hob einen Mundwinkel. «Im Sportteil musst du aufpassen mit solchen Spass-Geschichten. Deine Leser nehmen so etwas für bare Münze.»

Läderach zog die Augen zu Schlitzen zusammen. «Hältst du meine Leser für blöd?»

«Na ja, wenn ich ganz ehrlich sein soll …»

«Du kannst mich mal, Walker», polterte Läderach in seinem Oberländer Dialekt. «Diesen Beweihräucherungsquatsch hier höre ich mir nicht länger an. Ich muss nämlich arbeiten. Deswegen habe ich auch keine Zeit für ein Essen mit unserem Herrn Verleger.

Genauso wie die Kolleginnen und Kollegen, die sich zwischen Weihnachten und Neujahr den Arsch für dich aufgerissen haben. Vermutlich warst du da auf der Skipiste, Walker. In der Redaktion habe ich dich nämlich nie gesehen. Und jetzt ziehst du hier deine grosse Show ab.» Läderach legte den Kopf schräg und stützte die Wange auf den Zeigfinger. «Mich hat ein Verlag angerufen, weil ich so wahnsinnig toll bin», äffte er Walker mit einer Mädchenstimme nach. «So ein Scheiss.» Er stand abrupt auf, sodass sein Stuhl beinahe umkippte. Dann stürmte er aus dem Besprechungszimmer. Bei der nächsten Gelegenheit würde Zoe ihm ein Bier spendieren.

Nach ein paar Sekunden peinlichen Schweigens seufzte Nyffeler. «Okay, im Sportteil werden wir morgen wohl nichts über den Bundesrat lesen. Aber deine Idee, Lea, finde ich gut. Bitte koordiniert all eure Texte mit Andy. Sonst noch etwas?»

Zoe räusperte sich. «Was ist mit Graf selber?»

«Was soll mit ihm sein?», fragte Walker.

Zoe zuckte betont lässig mit den Schultern. «Vielleicht würde er mit uns reden. Bis jetzt hat er sich nicht geäussert zur Affäre.»

Walker verwarf die Hände. «Denkst du, ich habe es nicht versucht? Er hat alle Anfragen abgelehnt. Und sowieso, Graf ist jetzt Geschichte. Ab heute konzentrieren wir uns auf den Nachfolger.»

«Nicht so schnell.» Nyffeler hob eine Hand, er richtete den Kugelschreiber auf Zoe. «Denkst du, du bekommst ein Interview mit Graf? Vielleicht sogar exklusiv?»

Das Du, das ihr Nyffeler an der Weihnachtsfeier angeboten hatte, fühlte sich noch ungewohnt an. «Ich kann es versuchen.»

Walker verdrehte die Augen.

Nyffeler nickte knapp. «Okay, dann tu das. Das wärs, danke.»

Zoe malte Kringel auf ihren Block, während die anderen ihre Sachen zusammenrafften. Wieder mal hatte sie es geschafft, sich in die Nesseln zu setzen. Wie zum Teufel sollte sie bloss an einen Ex-Bundesrat herankommen, der alle Journalisten hasste?

2

An einem Sonntagmorgen pro Monat traf sich der «Club der alten Schachteln» zum Brunch, wobei jede im Turnus Gastgeberin spielte. Lucy Eicher inspizierte die Wände im Wohnzimmer ihrer alten Freundin Trudi Stähli, die heute an der Reihe war. Den handgeschriebenen Brief von Ron Wood, das Gitarrenplektrum von Keith Richards und die Trommelschläger von Charlie Watts kannte sie. Doch «Dirty Work», eine LP aus den 80er Jahren, musste neu sein. Sie trat davor und sah genauer hin. Tatsächlich, Mick Jagger hatte die Hülle unterschrieben. «Wo hast du denn die Platte her?»

Trudi stellte ein Tablett mit Teigtaschen auf den Tisch neben das trockene Rührei und die angebrannten Würste. «In England gekauft. Online.»

«Teuer?», fragte Ursi Flück.

«Hat mich ein halbes Vermögen gekostet. 1200 Franken», antwortete Trudi.

Viola Foletti verdrehte die Augen. «Na ja, für die Beatles würde ich ja auch einen Batzen Geld hinlegen. Aber für die Stones …»

«Halt, halt.» Lucy hob eine Hand. «Wir haben abgemacht, dass wir diese Diskussion nicht mehr führen.» Sonst würde es unweigerlich Streit geben. Denn Trudi war bekannt für zwei Dinge: ihre Verehrung der Rolling Stones und ihre miese Küche. Während sie selber über ihre nicht vorhandenen Kochkünste lachen konnte, verstand sie bei der Rockband keinen Spass.

Das wussten die vier Mitglieder des Clubs nur zu gut. Sie alle waren um die siebzig und kamen aus dem Marziliquartier. Man kannte sich seit Jahrzehnten. Lucy, Trudi und Viola lebten alleine. Eine Ausnahme bildete da Ursula Flück, die kurz vor ihrer dritten Hochzeit stand. Lucy mochte ihr es von Herzen gönnen.

Ursi hielt die rechte Hand hoch, ein Diamant von der Grösse einer Mandarine glitzerte am Ringfinger. «Meine Kinder finden, der sei übertrieben. Sie meinen, in meinem Alter hätte ich etwas Bescheidenes auswählen sollen.» Sie machte ein finsteres Gesicht unter der lila Dauerwelle. «Ich bin doch nicht fünfundsiebzig geworden, um jetzt plötzlich bescheiden zu werden. Mein ganzes Leben lang habe ich mir so einen Brummer gewünscht.»

Guter Themenwechsel, dachte Lucy. Sie pflichtete Ursi bei. «Das hast du genau richtig gemacht.»

«Ich hoffe, das Kleid passt dazu», sagte Trudi.

«Darauf kannst du Gift nehmen.» Ursi hielt ein Tulpenglas mit Prosecco hoch, alle stiessen an. «Ich habe mir ein weisses Brautkleid mit Rüschen ausgesucht, auch wenn es die Kinder peinlich finden. Die wissen immer ganz genau, was sich für eine alte Dame schickt und was nicht.»

«Ha! Sollen die erst mal siebzig werden und es selber herausfinden», fand Lucy. Sie war froh, dass ihre Tochter Lara ihr nie dreinredete. Wie sollte sie auch, wo sie doch bei wechselnden Männern irgendwo in der Welt hockte, gegenwärtig in Argentinien. Das war auch der Grund, weshalb Zoe, Lucys Enkelin, bei ihrer Grossmutter aufgewachsen war. Und die Kleine schenkte Lucy Dinge wie einen Zehenring, einen Gutschein für ein Tattoo oder aufreizende Unterwäsche von Victoria's Secret. Ein Hoch auf Zoe! Lucy nahm noch einen Schluck. Sie liess sich auf dem samtbezogenen grünen Sofa neben Viola nieder.

«Na, wie lebt es sich denn mit einem Hund?» Viola tätschelte den Kopf von Winston, der halb unter dem Sofa schnarchte. Nur mit einer Spezialbewilligung hatte sie dem Club beitreten dürfen. Zum einen war sie mit zweiundsechzig viel zu jung dafür, zum anderen wohnte sie seit ein paar Jahren nicht mehr im Marzili, sondern im Berner Vorort Gasel. Doch mit ihrer umgänglichen Art passte sie gut zu den alten Schachteln.

«Wunderbar. Es war eine der besten Entscheidungen meines Lebens, ihn aus dem Tierheim zu holen. Winston freut sich über alles, das ist ansteckend.

Zudem zwingt er mich dazu, mehrmals pro Tag an die frische Luft zu gehen.»

«Es wird auch Zeit, dass du wieder auf die Beine kommst.» Unter Violas schwarzen Haaren zeigten sich mehr und mehr graue Strähnen. Doch ihr rundliches Gesicht blieb das ganze Jahr über gebräunt, als käme sie immer direkt vom Strandurlaub. «Etwas komisch sieht er ja schon aus mit diesem Schwanz und den grossen Pfoten.»

Lucy lachte. «Du glaubst nicht, wie oft ich darauf angesprochen werde. Er ist eine Promenadenmischung im besten Sinn.» Winston hatte das schwarzbraune Fell eines Schäferhundes und den buschigen Schwanz eines Collies, dazu schlanke Beine und Pfoten wie Pingpongschläger.

Viola musterte Lucy mit ihren wachen braunen Augen. «Sind deine Wunden gut verheilt oder trägst du immer noch Kompressen?»

Nach dem Brand bei der Jagd auf den Mörder einer alten Freundin im vergangenen Sommer war Lucy nur sehr langsam wieder auf die Beine gekommen, sowohl psychisch wie auch physisch. «Fast, ein paar Narben werden übrig bleiben. Aber es geht von Tag zu Tag besser.»

«Schön, das freut mich sehr.» Viola zupfte einen Fusel vom Rock, sie trug ein schickes dunkelblaues Kostüm und eine Perlenkette darüber. «Hast du von

Bundesrat Graf gehört? Das muss schrecklich sein für seine Frau. Wie konnte er ihr das bloss antun? Sich mit einer Fremden im Bett fotografieren zu lassen. Also wirklich …»

Das fragte sich Lucy auch. «Ich kenne ihn recht gut aus meiner Zeit bei den Berner Nachrichten. Damals war er noch Nationalrat. Eigentlich hätte ich ihn nicht für einen Typen gehalten, der fremdgeht. Aber wer sieht schon in einen Menschen hinein?»

«Da hast du recht. Ich mache mir schon lage keine Illusionen mehr, im Bundeshaus wimmelt es doch bloss von Heuchlern. Und Graf sitzt sogar im Vorstand der katholischen Kirchgemeinde von Lyss.»

«Ich frage mich, weshalb er nicht öffentlich Stellung nimmt. Das wäre doch das Mindeste.» Die Berner Nachrichten hatten die Story mit der Prostituierten am 7. Januar veröffentlicht. Zwei Wochen lang hatte der Bundesrat wohl gehofft, er könne die Sache aussitzen.

«Schreibt Zoe etwas über ihn?»

«Ich weiss es nicht, heute habe ich noch nicht mit ihr gesprochen.»

«Letzte Woche habe ich ihr Porträt gelesen über diese Berner Parfümeurin. Unglaublich, was die für eine gute Nase hat.»

«Stimmt.» Ja, der Text über die Frau, die Erfolge mit einer eigenen Marke feierte, war ganz okay gewesen. Aber Zoe hatte deutlich mehr drauf. Sie brauchte endlich wieder mal einen Reisser.

«He, ihr zwei», rief Trudi aus der Küche, «redet ihr wieder über Politik? Bei mir zu Hause ist das verboten.» Sie streckte den Kopf ins Wohnzimmer. «Wir wollen etwas über dein Liebesleben hören, Lucy.»

Ein heikles Thema. Denn Lucy wusste selbst nicht recht, wie es darum stand. Sie setzte ein Pokerface auf. «Du meine Güte, was soll da sein? Ich gehe mit dem Hund spazieren, erhole mich von meinen Verletzungen. Da bleibt keine Zeit für die Liebe.»

Trudi kam mit einem weiteren Tablett ins Wohnzimmer, sie hinkte leicht. «Da höre ich aber ganz andere Geschichten. Ein Amerikaner namens Robi ist in den letzten Monaten oft hier im Quartier gesehen worden.» Trudi grinste. «Wie ernst ist das denn?»

Die Augen von Viola, Ursi und Trudi richteten sich auf Lucy.

Ursi hob einen Zeigfinger. «Antworte ehrlich, sonst hängen wir dich an den Lügendetektor.»

Tatsächlich hatte sie seit bald zwei Jahren wieder regelmässigen Kontakt zu Robert Siegrist, einem guten Freund aus Jugendtagen. Seit dem Brand war er drei Mal aus den USA in die Schweiz geflogen. Und im April würde Lucy zu ihm nach Minneapolis reisen. «Ach, das ist bloss ein guter Freund», log sie und senkte den Blick.

«Ha! Das habe ich gesehen», rief Ursi Flück. «Damit kommst du nicht durch.»

Deren Blick entging nichts, Lucy musste selber schmunzeln. «Um ehrlich zu sein: Ich weiss es nicht so recht. Ich mag Robi wirklich, doch die räumliche Distanz zwischen uns ist im Moment einfach zu gross. Aber er redet davon, wieder in die Schweiz zu ziehen.»

«Gleich zu dir?», fragte Viola. «Riskant.»

Lucy hob beide Hände. «Doch nicht in meine Wohnung. So gescheit bin ich schon. Und Robi auch.»

Trudi nahm einen Schluck Prosecco. «Wenn er in der Schweiz wohnt, werdet ihr bald feststellen, ob ihr es aushaltet miteinander.»

«Bestimmt.»

«Gut für dich.» Ursi hielt einen Warnfinger hoch. «Aber zögere bloss nicht zu lange. Viel Zeit bleibt uns alten Schachteln nicht.»

«Stossen wir an auf Robi. Und darauf, dass wir alle auch in fünf Jahren noch zusammenkommen.» Trudi hinkte einen Schritt näher und hob ihr Glas.

Die Gläser klirrten, Lucy nahm einen Schluck. «Was ist denn mit deinem Fuss passiert, Trudi?»

«Verstaucht. Alle Nachbarn denken, dass ich beim Snowboarden in Grindelwald gestürzt bin.»

Viola machte grosse Augen. «Du fährst Snowboard?»

«Unsinn. Aber das tönt doch hundert Mal besser als die Wahrheit. Nämlich, dass ich im Bad auf einem Waschlappen ausgerutscht bin.»

Ursi kicherte. «Jaja, die grössten Gefahren lauern im Haushalt.»

«Mir ist vor drei Wochen der Staubsauger auf den grossen Zeh gefallen. Das habe ich auch niemandem erzählt», sagte Viola und grinste.

«Das kann ich toppen», meinte Lucy. «Letzte Woche wollte ich nachsehen, ob das Brot im Toaster feststeckt. Als ich den Kopf darüber beugte, sprang es heraus. Ein paar Stunden lang habe ich mit dem linken Auge alles nur verschwommen wahrgenommen.»

Alle brachen in Gelächter aus, und Lucy wünschte sich, dass es ihren Club auch in zehn oder zwanzig Jahren noch geben möge.

3

«Mein Sohn ist ein Schlufi», rief Clemens Scholer über seine Schulter hinweg Alex Vanzetti zu. «Stiefsohn, um genau zu sein. Der erste Mann meiner Frau ist früh verstorben. Sie hat das vermutlich kompensieren wollen und ihn komplett verhätschelt.»

Vor Vanzetti, Ermittler der Bundeskriminalpolizei, schritt der Mann mit dem sorgfältig getrimmten Schnurrbart durch das lichtdurchflutete Treppenhaus im Altbau an der Berner Lorrainestrasse. Vanzetti schätzte Scholer auf etwa sechzig. Auf den weissen Fliesen quietschten dessen Freizeitschuhe bei jedem Schritt. «Wann haben Sie ihn zum letzten Mal gesehen?»

Vor einer schwarz gestrichenen Wohnungstür blieb Scholer stehen. «Zwischen Weihnachten und Neujahr. Aber natürlich brachte Leon keine Geschenke, er wollte welche. Er taucht bloss auf, wenn er Geld braucht. Viel Geld. Für ein paar hundert Franken macht sich der Herr nicht auf den Weg.»

Der Stiefvater kramte einen Schlüsselbund aus seiner dunkelroten Gore-Tex-Jacke, darunter trug er einen schwarzen Wollpullover. Vanzetti fiel eine fingergrosse Überwachungskamera über dem Türrahmen auf. «Sollten wir nicht klingeln?»

«Der Vogel ist ausgeflogen. Ich war kurz vor Mittag schon mal hier. Meine Frau hat keine Ruhe gegeben, weil sich der Leon seit drei Wochen nicht mehr bei ihr gemeldet hat. Also habe ich mich ins Auto gesetzt. Isabelle wäre lieber selber gekommen, aber sie ist seit einem Kletterunfall auf einen Rollstuhl angewiesen.» Er öffnete die schwarze Tür.

«Wie kommt es, dass Sie den Schlüssel haben?»

Scholer ging voran. «Den hat Leon seiner Mutter gegeben für den Fall, dass er seinen mal verliert.»

Der Eingangsbereich war mit einem dunkelblauen Teppich ausgelegt. Neben der Tür hingen eine Alarmanlage sowie ein Monitor für die Kamera, beide waren ausgeschaltet. Die Wand gegenüber schmückte ein gerahmtes Schwarz-Weiss-Foto einer nackten jungen Frau, die sich unter einem Wasserfall räkelte. «Darf ich mich mal umsehen?»

«Klar, deswegen habe ich ja die Polizei gerufen.»

Vanzetti liess das mal so stehen. Eigentlich war es Justizminister Marchand gewesen, der die Bundeskriminalpolizei um einen Gefallen gebeten hatte – inoffiziell. Er war der Götti von Leon und ein alter Freund der Familie Scholer.

Zwei geschlossene Türen gingen vom Entrée ab. Vanzetti fand rechts ein mit dem gleichen dunkelblauen Teppich ausgelegtes Wohnzimmer mit einigen exklusiven Möbelstücken darin: schicke Ledersessel, ein kleiner, verchromter Schreibtisch und ein eleganter Beistelltisch.

An den Wänden hingen noch mehr gerahmte Frauenakte. Eine Sammlung kunstvoller Metallobjekte zierte das Regal, dazu gab es einen silbernen, gerahmten Spiegel und luxuriöse italienische Tischlampen. Alles wirkte wie aus einem Heft für Innenarchitektur. «Ihr Stiefsohn hat Geschmack», sagte Vanzetti zu Scholer, der ihm gefolgt war.

Da sich der junge Mann schon früher diverse Eskapaden geleistet hatte, wollte die Familie laut Justizminister Marchand vorerst keine Vermisstenanzeige erstatten. Dementsprechend hatte Vanzetti die Sache auch drei Tage liegen lassen – es gab schliesslich genug Wichtiges im Büro. Nun opferte er seinen freien Sonntagnachmittag für Herrn Scholer.

Vanzetti begab sich ins angrenzende Schlafzimmer. Es war schwarz-weiss gehalten, im Wäschekorb lagen ein Hemd, drei Hosen, Socken und Unterwäsche, alle mit Designerlabels. Der eingebaute Kleiderschrank enthielt eine Reihe modischer Anzüge. «Und über Geld scheint er auch zu verfügen.»

«Woher das Geld kommt, weiss ich», knurrte der Stiefvater. «Beim Geschmack bin ich mir nicht sicher.»

«Ist Ihre Familie vermögend?»

«Wir besitzen ein Geschäft für Sport- und Kletterartikel in Freiburg.»

Das schien Vanzetti nicht gerade lukrativ heutzutage. «Und das läuft gut?»

«Eigentlich schon, vor allem online. Wir sind ausgezeichnet vernetzt im Schweizer Alpen-Club und in der Kletterszene. Früher haben meine Frau und ich ein paar Jahre als Hüttenwarte gearbeitet. Da lernt man Gott und die Welt kennen. Das hilft uns bis heute.»

Die Küche blitzte vor Chrom. Vanzetti checkte routinemässig den Raum. Im Kühlschrank lag eine Packung Milch, das Datum war vor über einer Woche abgelaufen. Eine Keramikschale auf dem kleinen Esstisch enthielt Kleingeld und ein paar zerknitterte Kassenzettel. In den Schränken fand er bloss zwei Büchsen Ravioli, dafür aber einen Vorrat an Alkohol: drei Flaschen Pinot Noir, dazu Whiskey, Wodka, Gin und einen Sechserpack Feldschlösschen.

Kein Haar oder Schmutz befand sich im Waschbecken oder in der Wanne im Badzimmer, von den Kacheln hätte man essen können. Die Wohnung war viel zu sauber für einen Junggesellen – jedenfalls hatte Vanzetti in seiner siebzehnjährigen Polizeikarriere wenige so ordentliche gesehen. Die Schachteln und Röhrchen diverser Medikamente im Schrank über dem Waschbecken enthüllten, dass Leon Sodbrennen, Schlafprobleme und wahrscheinlich ein aktives Sexleben hatte.

«Was genau arbeitet Ihr Stiefsohn denn?»

Mit verschränkten Armen stand Scholer auf der Schwelle zum Bad. «An Weihnachten hat er behauptet, er sei jetzt Vizedirektor einer Sicherheitsfirma. Allerdings hat uns Leon in der Vergangenheit schon einige Märchen aufgetischt.»

Vanzetti kehrte zurück ins Wohnzimmer und nahm sich den Schreibtisch vor. Er enthielt nur Blöcke und ein paar Kugelschreiber. Bekam der Kerl denn keine Rechnungen? Vanzetti suchte in Schubladen, auf Regalen und Schränken – nichts. «Wollte er das letzte Mal wieder Geld?»

«Natürlich, fünftausend Franken. Einen todsicheren Anlagetipp habe er bekommen, das Geld werde er innerhalb von zwei Monaten verdoppeln, hat er versprochen. Und Isabelle hat sich mal wieder bequatschen lassen.» Der Stiefvater schnaubte. «Sie verehrt ja den Boden, auf dem dieser Windhund läuft.»

Auf dem Schreibtisch stand ein Telefon mit integriertem Anrufbeantworter. Vanzetti nahm den Hörer ab und drückte die Wahlwiederholung. Alle Nummern waren ebenso gelöscht wie die Nachrichten. Er bekam ein mulmiges Gefühl. «Vielleicht macht Leon Ferien mit dem Geld.»

«Das würde ich ihm durchaus zutrauen. Macht sich auf unsere Kosten einen schönen Lenz auf den Bahamas oder den Malediven. Ein gewisses Mass an Intelligenz kann man Leon nicht absprechen. Aber er besitzt keine Disziplin, keinen Ehrgeiz.»

Vielleicht tauchte der Verschwundene in ein paar Tagen tatsächlich wieder auf. Für viele Männer der Mittel- und Oberschicht schien es heutzutage in Mode zu sein, dem Bürotrott für eine Weile von heute auf morgen zu entfliehen. Vanzetti kannte mehrere Fälle von solchen Kurzschlusshandlungen. Die Männer räumten das Bankkonto leer, verschwanden und legten sich einen Aston Martin oder ein Segelboot zu. Irgendwann kamen sie zur Besinnung und kehrten reumütig zu ihren Familien zurück. Die Chancen standen also gut, dass Leon Scholer, wo immer er auch stecken mochte, nichts zugestossen war. Andererseits – diese geleckte Wohnung schmeckte Vanzetti nicht. «Haben Sie schon mit dem Abwart geredet?»

«Nein.»

«Dann tun wir das jetzt.»

Vanzetti ging voran, sie verliessen die Wohnung und nahmen die Treppe hinunter ins Parterre.

P. Wullschläger, Abwart stand unter einer Klingel an der letzten Tür vor dem Hofzugang. Vanzetti drückte darauf.

Es dauerte, bis die Türe von einem bulligen Mann geöffnet wurde. Vanzetti schätzte ihn auf Anfang vierzig, ein paar Jahre älter als er selber. Wullschlägers Gesicht war gerötet und die Wangen von Aknenarben gezeichnet, der Schädel war kahl rasiert.

«Kann ich Ihnen helfen?», fragte er mit einer für seinen Körperbau unerwartet hellen Stimme.

«Wir sind auf der Suche nach Leon Scholer aus dem zweiten Stock.»

«Darf ich fragen, wer Sie sind?»

«Das ist Herr Scholer, sein Stiefvater. Ich bin von der Polizei.» Vanzetti hielt ihm seinen Ausweis hin.

Wullschläger warf einen kurzen Blick darauf. «Ihr müsst verdammt wenig zu tun haben in eurem Laden.»

«Was meinen Sie damit?»

Er verdrehte die Augen. «Ihre Kollegen von der Bundeskriminalpolizei waren schon am Freitag hier.»

«Wie bitte?» Scholer starrte Vanzetti von der Seite an. «Was soll das denn?»

Beschwichtigend hob Vanzetti eine Hand. «Unmöglich.» Er wandte sich wieder Wullschläger zu, der Betrügern aufgesessen sein musste. «Haben Sie sich deren Ausweise zeigen lassen?»

«Klar, sahen genauso aus wie Ihrer. Also ziemlich echt, ich meine, echt echt.»

Dreist. Vanzetti würde sofort in der Zentrale melden müssen, dass zwei falsche Polizisten unterwegs waren. Auch wenn es dann mit dem inoffiziellen Auftrag vorbei war. «Was wollten die?»

Wullschläger zuckte mit den Schultern. «Sie haben mich gefragt, wann ich Scholer zum letzten Mal gesehen habe.»

«Und?» Aus dem Wohnzimmer drang das Geballere aus einem Actionfilm oder Western.

Wullschläger lehnte sich mit der Schulter gegen den Türrahmen. «Zwischen Weihnachten und Neujahr, an das genaue Datum kann ich mich nicht erinnern. Er hatte sein Auto falsch abgestellt. Ich habe ihn darauf hingewiesen, er ist weggefahren. Keine grosse Sache.»

Scholer schüttelte den Kopf. «Wenn Leon an etwas hängt, ist es sein Auto. Ein Audi Coupé. Und er hat sich gerühmt, dass er immer die Verkehrsregeln beachte.»

«Waren die Männer oben in der Wohnung?», fragte Vanzetti.

«Mehr als eine Stunde lang.»

Mist. «Was haben sie dort gemacht?»

«Keine Ahnung, ihre Arbeit vielleicht? Die haben mich aufschliessen lassen und fortgescheucht.»

Dann hatten die falschen Polizisten wohl die Wohnung gesäubert. «Können Sie sich an ihre Namen erinnern?»

«Egloff und ... Kammer oder Kummer.»

Unglaublich, so hiessen tatsächlich zwei Kollegen aus der Abteilung Staatsschutz. Vielleicht hatten die

Betrüger deren Ausweise geklaut, was sehr unangenehm für sie würde. «Wie sahen die beiden denn aus?»

«Der Chef, dieser Egloff, war ein Armeetyp mit Bürstenschnitt und einem grossen Zinken im Gesicht.» Wullschläger schob die Unterlippe vor. «Wuff, wuff. Der Kerl hat gebellt wie eine Bulldogge. Bei ihm war ein Milchbubi mit struppigen blonden Haaren und blauen Augen.»

Vanzetti fluchte innerlich.

4

Zoe liess den Hörer auf die Gabel fallen. Seit über einer Stunde suchte sie nach Ex-Bundesrat Graf, doch weder bei ihm zu Hause noch im Aussendepartement oder in der FDP-Zentrale ging jemand ans Telefon. Und seine Handynummer kannte sie leider nicht. Ob sie einfach mal nach Lyss fahren und an seiner Haustür klingeln sollte? Solche Boulevard-Methoden hatte sie eigentlich immer gehasst.

Sie lehnte sich zurück in ihrem Bürostuhl und stierte nach vorne zur Videowand. Dort informierte ein Newsticker über die aktuellen Geschehnisse und eine Rangliste zeigte auf, welche fünf Artikel auf der Webseite am häufigsten angeklickt wurden. Die Meldung über Grafs Rücktritt stand weiter auf Platz eins, dicht gefolgt von «Zum Heulen: Die schlechtesten Witze aller Zeiten» und «Sexbeichte eines Kardinals».

Zoe nahm den gelben Tennisball vom Pult und knetete ihn in ihrer Hand. Über Mittag hatte sich der Newsroom fast geleert, noch sechs Kolleginnen und Kollegen diskutierten, hingen am Telefon oder witzelten mit Fotografen. Und Zoe hörte zwangsläufig alles mit im Grossraumbüro. Wie sollte sie sich da nur konzentrieren?

«Zoe!»

Sie kippte beinahe vom Bürostuhl, dicht hinter ihr stand Walker. «Verflucht, warum schleichst du dich immer so an?»

Er richtete den Knoten seiner Seidenkrawatte und lächelte süffisant. «Hat da jemand ein schlechtes Gewissen, weil er nichts zu tun hat? Hier habe ich eine Liste für dich.» Er streckte Zoe ein Blatt Papier hin.

Sie nahm es und überflog den Text.

– *Strassenumfrage zum Rücktritt Grafs beim Bahnhof machen*
– *Auflistung: Welche Politiker sind über Sexaffären gestolpert (international)?*
– *Bilder dazu im Archiv suchen*

Zoe hielt das Blatt mit spitzen Fingern hoch. «Das ist ein Witz, ja?»

Er breitete die Arme aus. «Nyffeler hat mir die Leitung in Sachen Graf übertragen. Dies sind meine Aufträge für dich.»

«Träum weiter.» Sie zerknüllte das Blatt und warf es in ihren Papierkorb.

Er stemmte die Hände in die Hüften. «Du weigerst dich?»

«Und ob ich das tue. Das gebe ich dir gerne schriftlich.»

Er drohte mit dem Zeigfinger. «Das hast du dir selber zuzuschreiben.» Wie ein trotziger Kindergärtler stampfte Walker schnurstracks zu Nyffelers Büro, einem Glaskubus rechts neben der Videowand. Dort drin referierte er gestenreich. Wenn dieser Kerl nur ein kleines bisschen dümmer wäre, müsste man ihn zwei Mal pro Woche giessen.

Schliesslich trat Nyffeler aus seinem Büro und winkte Zoe zu. «Zoe? Auf ein Wort.»

Sie liess den Tennisball auf ihr Pult fallen und schlenderte durch den Newsroom, begleitet von den Blicken der Kolleginnen und Kollegen. Sportredaktor Läderach schüttelte seinen Kopf. Als Zoe an Helen Liniger von der Lokalredaktion vorbeikam, steckte die zwei Finger in den Mund und tat, als ob sie sich übergeben müsse. Zoe unterdrückte einen Lachimpuls.

Nyffeler stand hinter seinem Schreibtisch. Wie immer war alles makellos aufgeräumt, keine Stifte oder Büroklammern lagen auf der Glasplatte, neben dem Computermonitor stapelten sich ein paar wenige Papiere mit einer Lesebrille obendrauf. «Also, was ist los?»

Walker hatte die Arme hinter dem Rücken verschränkt und marschierte vor dem Schreibtisch auf und ab. «Sie verweigert die Mitarbeit im Fall Graf.»

Mit dem Rücken lehnte sich Zoe gegen die Glaswand. «Das stimmt nicht. Doch er hat mir nicht zu sagen, was ich tun und lassen soll.»

«Worum geht es?»

Zoe schnaubte. «Eine Strassenumfrage soll ich machen. Und Informationen im Archiv zusammentragen.»

Nyffelers Augenbrauen bildeten einen Strich. «Das kann wirklich ein Volontär erledigen, Andy. Bestimmt findest du einen mit Kapazitäten in der Redaktion.»

Wie ein Dirigent ruderte Walker mit den Armen. «Es geht nicht nur um diese Aufträge. Zoe ist wieder mal auf dem Egotrip. Während wir uns alle abrackern, verplempert sie ihre Zeit mit Graf. Bringen wird das rein gar nichts.»

«Ach, und woher weisst du das?»

Nyffeler fuhr mit der Hand durch die Luft. «Genug. Ich habe Zoe das Okay für das Interview gegeben. Sie soll es zumindest mal versuchen. Sonst noch was?»

Walker stiess einen gequälten Lacher aus. «Oh, ja, eine ganze Menge. Sie ist unzuverlässig, kommt zu spät zu Sitzungen. Und seit Monaten hat sie keine vernünftige Geschichte mehr abgeliefert.»

Zoe stand der Mund offen. Dass sie den ehemaligen und vielleicht jetzt wieder Starschreiber der Berner Nachrichten in den letzten beiden Jahren öfters in den Schatten gestellt hatte, musste den schwer getroffen haben.

Nyffeler liess sich in seinen Sessel fallen und schnaufte laut. «Jeder von uns hat schon mal eine

Durststrecke überwinden müssen. Du auch, Andy. Ich bin sicher, dass sich Zoe wieder fangen wird.» Er guckte zu ihr hin. «Hast du den Bundesrat erreichen können?»

«Bis jetzt nicht. Ich überlege mir, ob ich einfach mal zu ihm nach Hause fahren soll.»

Walker schnaubte laut. «Grandiose Idee. Bestimmt wird er dich zu Kaffee und Kuchen einladen.»

Nyffeler drehte einen Kugelschreiber zwischen den Fingern. Wo hatte er den plötzlich her? «Ich finde das nicht mal so schlecht. Niemand rechnet damit, dass er öffnen würde. Also geht keiner hin. Wer weiss, vielleicht hast du Glück.»

Walker fingerte an seinen goldenen Manschettenknöpfen herum, die unter dem schwarzen Jackett hervorlugten. «Du bist der Chef. Du musst es verantworten, wenn sie ihre Zeit vergeudet.»

Nyffeler schoss in die Höhe. «Kümmere du dich um deine Angelegenheiten, den Rest kannst du mir überlassen. Und wenn dir mein Führungsstil nicht passt, kannst du dich gerne beim Verleger beschweren. Das wärs.»

«Wie du willst.» Natürlich musste Walker das letzte Wort haben. Wie ein Gockel straffte er seine Schultern und stelzte aus dem Büro.

Zoe blieb noch ein paar Sekunden stehen und wartete, ob Nyffeler noch etwas sagen wollte. Doch er setzte sich hin und wandte sich dem Monitor zu.

Also machte sie sich auf den Weg zurück zu ihrem Arbeitsplatz.

Was war denn das gerade gewesen? Dass Walker sie auf dem Kieker hatte, war nichts Neues. Aber hier schien es nicht nur um sie zu gehen. Zoe machte beim Pult von Helen Liniger Halt. «Kann ich dich was fragen?»

«Klar.» Helen schob ihre Hornbrille auf der Nase hoch.

«Was ist los mit den beiden?»

Helen liess den Drehstuhl herumfahren und senkte die Stimme. «Hast du es denn nicht gehört?»

Zoe schüttelte den Kopf. In den vergangenen Monaten hatte sie kaum Redaktionsklatsch mitbekommen.

Helen stand auf und brachte ihr Gesicht auf Flüsterdistanz. «Seit Wochen gehen sie aufeinander los. Mittlerweile tun sie das auch ganz öffentlich. Walker ist scharf auf Nyffelers Job.»

«Unmöglich! Eher wird DJ Bobo Schwingerkönig als Walker Chefredaktor.»

«Nicht so laut! Nyffeler macht privat eine schwere Zeit durch. Amstutz aus der Korrektur sagt, dass Frau Nyffeler schwer krank ist. Darmkrebs. Hast du nicht gemerkt, dass er oft verschwindet? Und wenn er mal im Haus ist, ist er nicht richtig bei der Sache.»

«Das ist mir nicht aufgefallen.»

Doch jetzt, wo es sich Zoe richtig überlegte …

«Walker will das ausnutzen.»

«Dieser Drecksack. Aber von Känel steht doch sicher hinter Nyffeler.»

«Klar, Nyffeler hat einen guten Draht zum Verleger. Aber Walker ist ein Schleimer. Und er kennt sich mit den sozialen Medien viel besser aus als Nyffeler. Der ist halt auch schon dreiundsechzig. Ich könnte mir vorstellen, dass sie im 5. Stock eine Frühpensionierung ins Auge fassen.» Mit dem Daumen deutete sie zur Zimmerdecke. «Und Walker soll in der letzten Zeit oft dort oben gewesen sein.»

Shit. «Stell dir mal Walker als Chef vor. Mannomann. Der hat einen IQ so hoch wie eine Teppichkante. Und Nyffeler …» Sie drehte sich um zum Glaskubus und fühlte Mitleid mit dem Mann, der etwas vom Monitor ablas und dabei die Lippen bewegte. «Ich mag ihn.»

«Alle mögen ihn. Aber was hilft das heutzutage? Auch bei uns sinken die Verkaufszahlen. Und die Werbung ist rückläufig. Es könnte tatsächlich sein, dass der Verleger die Notbremse zieht.»

«Danke.» Zoe tippte Helen auf den Arm.

Deprimiert schleppte sie sich zurück zu ihrem Pult. Eines war klar: Mit Walker als Chef wären ihre Tage bei den Berner Nachrichten gezählt.

5

23. Januar

Früh am Montagmorgen sass Vanzetti in der Zentrale der Bundeskriminalpolizei an der Nussbaumstrasse an seinem Schreibtisch und füllte ein Formular am Bildschirm aus. Der Antrag sollte ihm Einblick in die Kreditkartenabrechnungen des vermissten Leon Scholer verschaffen. Dann würde sich schnell zeigen, ob sich der Herr Sohn irgendwo an einem Palmenstrand beim Cuba Libre entspannte.

Draussen wurde es langsam hell. Vanzettis Blick wanderte vom Fenster über die Topfpflanze und die unverputzten Betonwände zum verwaisten Pult vis-à-vis. Noch weitere zwei Wochen würde sein guter Kollege Reto Saxer durch die Südinsel von Neuseeland streifen. Auch wenn er ihm den Urlaub gönnte, in Momenten wie diesen könnte Vanzetti dessen Input brauchen. Dass Egloff und Kummer letzten Freitag Scholers Wohnung durchsucht hatten, schmeckte ihm überhaupt nicht. Der Armeetyp mit dem grossen Zinken und das blonde Milchbubi würden ihm ein paar Fragen beantworten müssen. Durch die offene Türe beobachtete Vanzetti den Flur, mit den Fingern trommelte er auf die Tischplatte. Das Büro der Kollegen lag am Ende des Ganges, noch waren sie nicht aufgetaucht. Maledizione. Die Sache hatte ihn so aus dem Konzept gebracht, dass er gestern etwas vergessen hatte. Vanzetti griff nach dem Visitenkärtchen, das ihm Clemens Scholer gegeben hatte. Die Uhr an der Wand stand auf Viertel vor acht, ein Naturbursche wie der stand bestimmt früh auf.

Scholer meldete sich nach dem zweiten Klingeln. «Gibt es Neuigkeiten?»

«Noch nicht. Aber ich muss noch etwas wissen. Sie haben mir gesagt, dass Ihr Stiefsohn um Weihnachten herum zu Besuch gekommen sei. Wann genau war das?»

«Am Tag des Eröffnungsspringens.»

«Wie bitte?»

Scholer schnaubte. «Am 30. Dezember, Sie interessieren sich wohl nicht für Sport, wie? Vierschanzentournee. Das erste Skispringen findet immer am 30. Dezember in Oberstdorf statt.»

Wer hüpfte denn schon freiwillig von einer Schanze? «Okay. Hatte Leon eine feste Freundin?»

«In den vergangenen Jahren hatte er mehrere. Erinnern kann ich mich bloss an eine, Sandra irgendetwas, eine nette Bernerin. Keine Ahnung, wie er sich die geangelt hat. Sie haben uns im letzten Jahr mal besucht zusammen. An Weihnachten hat uns Sandra noch eine Postkarte aus Kreta geschickt, obwohl sie da schon nicht mehr zusammen waren.»

«Kennen Sie den Grund für die Trennung?»

«Ich nehme an, weil Sandra nicht dumm war. Irgendwann muss sie begriffen haben, was für ein Schlawiner Leon ist. Ende Dezember hatte er jedenfalls schon eine andere mit dabei, so eine Geschminkte mit Kopfhörer. Nicht mal aus dem Audi stieg die. Ihren Namen kenne ich nicht.»

Draussen im Flur hörte Vanzetti Stimmen, kurz darauf schritten Egloff und Kummer vorbei. «Wissen Sie, wie ich diese Sandra erreichen kann?»

«Eine Adresse oder Telefonnummer habe ich nicht. Aber sie arbeitet in der Altstadt in einem Restaurant. Ich habe da mal vorbeigeschaut, als ich in Bern war.»

«In welchem?»

«Dort, wo Albert Einstein gewohnt hat.»

«Im Café Einstein?»

«Heisst das so? Wollen Sie Sandra befragen?»

«Ja.»

«Sagen Sie ihr bitte einen lieben Gruss.»

«Mache ich.» Vanzetti beendete das Gespräch.

Er verliess sein Büro und ging über den grauen Spannteppich bis zum Ende des Flurs. Zwei Mal klopfte er an die schwarze Holztür, bevor er sie öffnete.

Armee-Egloff hängte seinen Wintermantel gerade an den Haken, der junge Kummer mit den blonden Strubbelhaaren hatte schon an seinem Pult Platz genommen.

Egloff strich sich über den Bürstenschnitt. «Was verschafft uns die Ehre?»

«Ihr habt am Freitag eine Hausdurchsuchung gemacht. Weshalb?»

Egloff schnaubte. «Was geht dich meine Arbeit an?»

«Ich war heute dort, auf Anweisung der Chefin. Weiss sie, dass ihr die Wohnung gefilzt habt?»

Egloff warf Kummer einen schnellen Blick zu, doch der bewunderte die Aussicht. «Ich weiss nicht mal, wovon du redest.»

«Spar dir deine Märchen. Der Abwart kann sich sehr gut an euch beide erinnern. Ich kann ihn herbestellen, wenn das nötig ist.»

Kummer knabberte an seinen Fingernägeln, Egloff zog eine Verblüfftheitsnummer mit grossen Augen und O-Mund ab. «Ach, *die* Wohnung in der *Lorraine* meinst du. Das war ein Gefallen für den Nachrichtendienst. Die haben uns gebeten, dass wir uns dort mal umschauen.»

Vanzetti trat auf Egloff zu. «Welcher von deinen Kumpels dort hat dich darum gebeten?»

Egloff stemmte die Hände mitten auf den Schreibtisch und beugte sich vor: «Spiel dich nicht so auf, Vanzetti. Ein alter Kollege beim NDB war es, kein Grund zur Aufregung.»

«Ihr spaziert dort also einfach rein ohne Bewilligung oder Durchsuchungsbefehl?» Vanzetti hielt ihm einen Finger vor das Gesicht. «Nochmals werde ich nicht hinter dir aufräumen wie im vergangenen Herbst.»

Damals hatte Egloffs schludrige Arbeit dazu geführt, dass ein Syrien-Rückkehrer beinahe unbehelligt geblieben wäre. Nach Kritik aus der Bundesanwaltschaft hatte BKP-Chefin Oppliger Vanzetti eingesetzt, um Egloffs Ermittlungen unter die Lupe zu nehmen. In tagelanger Knochenarbeit hatte er entdeckt, dass Egloff wichtige Informationen übersehen hatte und offenbar zu faul gewesen war, ein paar simple Anrufe zu machen. Am Ende war es darauf hinausgelaufen, dass Vanzetti seine Ferien hatte verschieben müssen.

Egloffs Augen verengten sich zu Schlitzen. «Das war nicht mein Fehler, mir fehlten damals wichtige Akten. Egal, was die da oben dir erzählt haben.»

Nichts als dumme Ausreden. «Du hättest es beinahe versaut, Egloff. Der Kerl könnte jetzt noch in seinem Kämmerchen sitzen und Bomben basteln. Sei wenigstens so ehrlich und steh dazu.»

Egloff kam um den Schreibtisch herum und baute sich einen Meter vor Vanzetti auf. «Von dir brauche ich mir nichts sagen zu lassen.»

Kummer kratzte unsichtbaren Dreck von seinem Schreibtisch.

«Dafür hast du aber verdammt wenig Ahnung von Ermittlungen.»

Die Röte stieg Egloff ins Gesicht. «Ich bin wesentlich länger dabei als du.»

«Du bist einfach ein fauler Hund.»

Egloff grunzte tief und holte wuchtig aus.

Vanzetti sah den Schlag kommen. Er blockte die Faust ab, umklammerte Egloffs Handgelenk und drehte ihm den Arm auf den Rücken. Dort übte er so viel Druck aus, dass Egloff seinen Oberkörper vornüber beugen musste. Dann liess Vanzetti das Handgelenk los.

Egloff büsste dafür, dass er ein starker Raucher war. Er richtete sich mit pfeifendem Atem auf. «Du Drecksack.» Er stürmte aus dem eigenen Büro.

Vanzetti rieb sich mit einer Hand über die Stirn und wandte sich Kummer zu. «Tut mir leid, dazu hätte es nicht kommen dürfen. Doch manchmal muss man Dampf ablassen.»

Der Sechsundzwanzigjährige schaute drein wie eine erwachsene Version von Michel aus Lönneberga, nachdem er wieder mal Mist gebaut hatte. «Diese Wohnung … Das war nicht meine Idee.»

«Schon klar. Du hast es nicht einfach mit Egloff.»

Kummer arbeitete erst seit einem Jahr bei der Bundeskriminalpolizei und hatte das Pech gehabt, dass ihm ein Drückeberger als Partner zugewiesen worden war. «Er ist mies drauf in der letzten Zeit.»

Der war seit vierzig Jahren schlecht drauf. Vanzetti senkte die Stimme. «Ich weiss, du wirst dich nicht offiziell beschweren über ihn. Das respektiere ich. Aber ich rate dir, dass du dich bald in eine andere Abteilung versetzen lässt. Es ist schlecht für deine Karriere, wenn du zu lange nur mit Egloff arbeitest.»

Kummer schüttelte den Kopf. «Er hat nur noch ein halbes Jahr bis zur Pensionierung.»

Zum Glück. «Hältst du es so lange aus?»

«Ich komme schon klar.»

Vanzetti glaubte ihm, der Junge hatte in zwei Sonderkommissionen Talent und Einsatzwillen bewiesen. «Weshalb seid ihr an der Lorrainestrasse gewesen?»

Kummer stiess Luft durch die Nase. «Keine Ahnung. Egloff erzählt mir selten etwas. Es heisst einfach, ‹Los, gehen wir.› oder ‹Heb d Schnurre.› So war das am Freitag auch.»

«Habt ihr etwas mitgenommen aus der Wohnung?»

«Einen Heftordner. Ich fand es eigenartig, dass dieser Scholer nicht mehr Papiere hatte.»

Gut erkannt. «Wo ist der Ordner jetzt?»

Kummer stand auf, schritt hinter Egloffs Pult und zog die oberste Schublade auf. «Hier.»

Vanzetti stellte sich neben ihn. In der Schublade lag, unter einem Durcheinander aus Zigaretten, Büroklammern, einem halben Brötchen, Aspirin und Rennie, ein dunkelblauer Heftordner. Er fischte ihn heraus. «Sag Egloff ruhig, dass ich den mitgenommen habe. Wenn ihm das nicht passt, kann er sich bei Oppliger beschweren.» Er knallte die Schublade zu. «Wie sauber war die Wohnung bei eurem Besuch?»

«Blitzblank. Ich habe Egloff darauf hingewiesen, doch er fand das nichts Besonderes.»

«Was denkst du?»

«Wenn du mich fragst, wollte da jemand Spuren verwischen.»

Vanzetti hielt einen Daumen hoch und nickte. «Halte noch sechs Monate durch.»

Kummer setzte sich wieder hinter sein Pult. «Okay, das werde ich. Kann ich dich noch was fragen?»

«Klar.» Vanzetti klemmte den Ordner unter den Arm.

Kummer kratzte sich übertrieben in den struppigen blonden Haaren. «Du weisst ja, dass wir … äh … jede Menge Zeugs schreiben müssen. All diese Berichte und Rapporte. Da habe ich mich gefragt, ob ich vielleicht einen Schreibkurs nehmen soll. An der Volkshochschule. Meinst du, das brächte etwas?»

Vanzetti wünschte, es gäbe mehr Nachwuchs von dieser Sorte. «Das ist eine super Idee. Eigentlich müsste man alle in der BKP zwangsverpflichten zu so etwas.» Das Deutsch in den meisten Berichten war katastrophal. «Tu es. Trotzdem solltest du es für dich behalten.»

«Weil ich mir sonst jede Menge Sprüche von den Kollegen anhören muss? Schon klar.»

Mit einem Winken verliess Vanzetti das Büro. Er beneidete Kummer nicht. Für den Rest des Tages würde Egloff seine Scheisslaune an ihm auslassen.

6

Kraftvoll stiess sich Zoe ab, ging in die Hocke und klemmte die beiden Stöcke unter die Arme. Auf dem leichten Abhang zwischen tief verschneiten Tannen nahmen ihre Skatingskis schnell Fahrt auf. Ihr Herz hämmerte noch vom kurzen, knackigen Anstieg. Der Schweiss rann ihr über den Rücken und das Gesicht und gab ihr ein wunderbares Gefühl von Lebendigkeit. Sie liebte den Gantrisch, den markanten Naturpark eine knappe Autostunde von Bern entfernt. Sie müsste wirklich öfter hier langlaufen.

Der Abhang führte in ein kurzes, flaches Stück, dann stieg die Loipe wieder leicht an. Zoe stiess sich mit einem Bein und Doppelstock ab, nach dem Abdruck folgte die Gleitphase auf dem anderen Ski. Links, rechts, links, rechts. Sie blickte den Hang hoch, der Schnee glitzerte in der Sonne, kurz vor 10 Uhr führte keine einzige Spur über die frisch präparierte Loipe vor ihr. Auf einem Schild las sie, dass es noch drei Kilometer bis zum Berghaus Gurnigel waren. Echt? Hatte sie wirklich schon zwölf Kilometer in den Beinen?

Der Klang der Gitarren von «ZZ Top» dröhnte aus ihrer Brusttasche. Nicht jetzt! Mit Telekinese versuchte Zoe, den Klingelton ihres Handys zum Schweigen zu bringen. Es war zwar Montag, doch sie hatte frei nach dem Dienst von gestern.

Moment!

Vielleicht war das Bundesrat Graf, der ihre Notiz mit der Bitte um Rückruf gefunden hatte. Bei ihm zu Hause in Lyss hatte am Sonntagnachmittag niemand die Türe geöffnet, also hatte Zoe das Blatt und ein Visitenkärtchen in den Briefkasten gesteckt.

Sie bremste ab, zehn Meter links von ihr ragte ein Hochsitz am Waldrand aus dem Schnee. Zoe löste die Schlaufen der Skistöcke und klaubte mit den Handschuhen umständlich das Handy aus ihrer Brusttasche. Der Anrufer hatte die Nummer blockiert. Noch immer jaulten die Gitarren. Sie drückte die grüne Taste. «Ja?»

«Zoe Zwygart?»

«Kommt darauf an.»

«Sind Sie die Journalistin bei den Berner Nachrichten?» Ein Mann, nicht mehr ganz jung, sprach Berndeutsch mit einer hellen Stimme.

«Wer ist denn dran?»

«Niklaus Marthaler von der Bundesanwaltschaft. Ihre Redaktion hat mir diese Nummer gegeben. Ich würde Sie gerne treffen.»

Stärneföifi, sie müsste wirklich mit dem Redaktionssekretariat reden. Die konnten doch nicht einfach jedem ihre Handynummer geben. Und schon gar nicht an einem freien Tag. «Worum geht es?»

«Das will ich nicht am Telefon sagen. Wann haben Sie Zeit?»

Gar nicht. In den vergangenen Wochen war Zoe vielen *brisanten Tipps* nachgejagt, die sich bei genauerer Betrachtung alle in Luft aufgelöst hatten. «Warum können wir nicht am Telefon reden?»

«Einflussreiche Leute fürchten sich vor dem, was ich Ihnen erzählen werde. Ich will kein Risiko eingehen.»

Du meine Güte. Wieder so ein Wichtigtuer, der sich über seinen pingeligen Chef beschweren wollte. «So etwas höre ich nicht zum ersten Mal.»

«Vertrauen Sie mir, es lohnt sich für Sie.»

Warum glaubten so viele Bundesangestellte bloss, dass ihre beruflichen Problemchen in die Zeitung gehörten. «Ohne Stichwort, etwas Konkretes, läuft gar nix.»

Marthaler seufzte im Handy. «Sind Sie immer so schwierig?»

Nein, bloss wenn sie zum ersten Mal in diesem Winter auf der Loipe stand und jemand sie dabei belästigte. Mitte Januar hatte es endlich genügend Schnee, seit Tagen freute sich Zoe auf den Gantrisch. «Tun Sie nicht so geheimnisvoll.»

«Berufskrankheit.» Mehr sagte er nicht.

Von hinten hörte Zoe einen Langläufer kommen, sie machte Platz. In hohem Tempo glitt er auf sie zu, nickte knapp und skatete vorbei. «Also, was ist jetzt?»

«Ich denke nach.»

«Ich habe wirklich Besseres zu tun, als ein stummes Handy an mein Ohr zu drücken.» Der Skaterkollege erklomm den Hang mit flottem Tempo, gerne würde Zoe ihm nachjagen.

Marthaler liess ein Geräusch hören, als ob er heftig Luft ausstiess. «Okay, einen Hinweis gebe ich Ihnen. Ich habe Informationen über ein schmutziges Geschäft, in das ein hochrangiger Politiker involviert ist. Interessiert?»

Zoe richtete sich auf. Das klang besser als «Mein Chef übergeht mich bei Beförderungen». «Möglicherweise. Um wen handelt es sich?»

«Nicht am Telefon. Aber die Person steht weit oben in der Nahrungskette.»

«Sprechen Sie von einem Politiker auf Bundesebene? Oder in einem kleinen Kaff?»

«Der Mann sieht sich schon im Bundesrat sitzen.»

«Das tun praktisch alle Politiker in Bern.»

«Unser Mann sucht bereits die Möbel für sein Büro im Aussendepartement aus.»

Plötzlich war Zoe hellwach. Für die Nachfolge von Graf kamen bloss eine Handvoll Leute in Frage. Falls einer von denen krumme Geschäfte machte, wäre das auf jeden Fall eine Story wert. Aber wieso wandte sich dieser Marthaler über sie an die Medien? «Die Bundesanwaltschaft wird doch normalerweise selber aktiv bei solchen Dingen.»

Er schwieg wieder lange. Der andere Skater hatte die Kuppe erklommen und verschwand dahinter. «Wenn Sie sich mit mir treffen, werde ich Ihnen nicht nur Material für eine Exklusivgeschichte liefern, sondern Ihnen auch darlegen, weshalb ich das tue. Einverstanden?»

Das klang fair. «Einverstanden.»

Ausserdem brauchte Zoe dringend eine Story. Das Interview mit Graf würde sie wohl abschreiben müssen.

«Wo treffen wir uns?»

«Wie wäre es im Tierpark Dählhölzli? Um eins bei den Wisenten?»

Er wollte nicht mit ihr gesehen werden. Und das Gehege der Wisente lag abgelegen mitten im Wald. *Vorsicht, du kennst den Kerl nicht!* Noch vor einem Jahr wäre Zoe so etwas nie in den Sinn gekommen. Doch der Brand im letzten Juni hatte Spuren hinterlassen. Seither hatte Zoe, die normalerweise wie ein Murmeltier im Winterschlaf pennte, viele Nächte halbwach verbracht. Sie schüttelte den Gedanken ab. Falls nötig, wüsste sie sich schon zu wehren. «Wie erkenne ich Sie?»

«Keine Sorge. Ich werde Sie erkennen.»

Ehe Zoe etwas antworten konnte, war die Verbindung weg. Sie verstaute das Handy in der Jacke und schlüpfte in die Schlaufen der Stöcke. Vor ihr glitzerte der Pulverschnee, in der Ferne ragten weisse Berggipfel in die Höhe. Herrlich! Zoe saugte die kalte Luft ein und stiess sich ab. Bis um eins würde sie es locker schaffen in den Tierpark.

Vielleicht stand das Glück endlich mal wieder auf ihrer Seite.

7

Von 1903 bis 1905 arbeitete Albert Einstein beim Schweizer Patentamt und wohnte im 2. Stock des Hauses an der Berner Kramgasse 49. Die Wohnung wurde später in ein Museum umgewandelt, ins Erdgeschoss zog das «Café Einstein».

Vanzetti hatte auf der langen Bank Platz genommen, die sich über die ganze Länge der einen Seitenwand hinzog. Er mochte die intime Atmosphäre, das dunkle Holz, die schweren Deckenbalken und ass hier ab und zu mal einen Happen. Und bevor er – kürzlich wieder einmal – mit dem Rauchen aufgehört hatte, war er auch ein regelmässiger Gast im Rauchsalon gewesen.

Scholers Ex-Freundin bewegte sich in T-Shirt und Jeans – beide schwarz – flink zwischen der Theke und den Tischen im schmalen, langgestreckten Raum. Sie war um die dreissig und hatte das dunkelblonde Haar zu einem Pferdeschwanz gebunden. Von der Grösse und der Statur her könnte sie eine Hochspringerin sein. Dass sie die Richtige war, hatte Vanzetti auf den ersten Blick erkannt. Sie war die junge Frau, die sich nackt unter dem Wasserfall an Scholers Flurwand räkelte. Er nickte ihr zu, als sie den Espresso vor ihn hinstellte. «Hätten Sie einen Moment Zeit?»

Er legte seinen Ausweis diskret neben die Tasse.

Sie lächelte entwaffnend mit hohen Wangenknochen, dunklen Augen und dem gebräunten Teint eines Menschen, der viel Zeit draussen verbrachte. «Hab ich mein Auto falsch parkiert?»

Er winkte ab. «Ich bin auf der Suche nach Leon Scholer.»

Sie blies ihren Atem hörbar aus. «Na, viel Glück.» Sie schaute sich um, nur ein junger Mann mit Pudelmütze befand sich noch im Schankraum. Dann zog sie den Stuhl ihm gegenüber unter dem Tisch hervor. «Wie haben Sie mich denn gefunden?»

«Leons Vater hat mir den Tipp gegeben. Aber ich kenne nicht mal Ihren vollen Namen.»

Beim Lächeln zeigten ihre Augen Fältchen. «Ach, der Herr Scholer, ein netter Mann. Ich heisse Sandra Nussbaumer. Was hat Leon jetzt wieder ausgefressen?»

«Er hat bei seinen Eltern Geld ausgeliehen. Seither ist er verschwunden.»

Nussbaumer rümpfte die Nase. «Viel Geld wahrscheinlich.»

«Fünftausend Franken.»

«Die werden sie nie wiedersehen.» Sie schüttelte den Kopf. «Eigentlich müssten sie es ja besser wissen.»

«Das ist nicht das Problem. Leons Mutter macht sich Sorgen, weil ihr Sohn seit Silvester verschwunden ist.»

Sie nahm ein Päckchen Zucker aus dem Spender und rieb es zwischen Daumen und Zeigfinger, die Nägel ihrer langen Finger waren abwechselnd gelb und schwarz lackiert. «Bis das Geld aufgebraucht ist, wird er sich nicht mehr blicken lassen. Da können Sie lange suchen.»

«Wie haben Sie Leon denn kennengelernt?»

«Hier im Café, im Herbst vor einem Jahr. Damals kam er regelmässig hierher. Was für ein gut aussehender Kerl, dachte ich. Mit einem knackigen Hintern.» Sie senkte den Blick. «Entschuldigung, das war jetzt sexistisch.»

«Kein Problem.»

«Doch, denn ich muss mich als Kellnerin regelmässig über dumme Sprüche von Gästen ärgern. Jedenfalls: Leon war anders, er machte auf schüchtern. Silvia, eine ältere Kollegin, meinte, wenn sie zwanzig Jahre jünger wäre, würde sie den sofort in Tortenpapier einwickeln und mit nach Hause nehmen.»

Zwei weisshaarige Gäste, er mit einem Gehstock, sie mit unsicheren Trippelschritten, betraten das Restaurant und setzten sich umständlich an den Tisch am grossen Fenster. Draussen in der Kramgasse fuhr eine orangefarbene Putzmaschine vorbei. Mit einem Wink bat Nussbaumer eine Kollegin hinter der Theke, sich um das Paar zu kümmern.

Sie drehte sich wieder Vanzetti zu. «Erst viel später

habe ich erkannt, dass die süsse Schüchternheit bloss Leons Masche war.» Sie schlug sich mit der flachen Hand auf die Stirn. «Mein Gott, wie dumm ich war. Leon wäre ohne zu zögern mit Silvia in die Kiste gestiegen. Er liess sich mit jeder ein, die Interesse zeigte.» Sie quetschte das Zuckerpäckchen zwischen den Fingern zusammen. «Noch heute kommt die Wut in mir hoch, wenn ich daran denke.»

Vanzetti nahm einen Schluck des herrlich starken Espressos. «Wo hat Leon damals gearbeitet?»

«Bei der Bahnpolizei, er war höllisch stolz auf seine Uniform. Vorher hat er nie etwas auf die Reihe gekriegt, hat das Gymnasium und eine Lehre geschmissen … Wobei, vielleicht hat man ihn da auch rausgeworfen, so genau weiss ich das nicht. Der Job bei der Bahnpolizei hat ihm gefallen, er verschaffte ihm ein gewisses Mass an Anerkennung. Doch letzten Frühling kam er plötzlich an und erzählte, dass er es dort nicht mehr aushalte. Seine Chefs und die Kollegen seien allesamt Schweine und beklauten Passagiere. Weil er nicht mitmachen wolle, werde er überall schikaniert. Und ich dumme Kuh hab diesen Mist auch noch geglaubt.»

Vanzetti nickte zustimmend und liess sie reden.

«Im September oder Oktober, damals hatten wir uns bereits getrennt, hab ich einen ehemaligen Kollegen von Leon im Wankdorf getroffen. Gucken Sie nicht so erstaunt, ich verpasse kein Heimspiel der Young Boys.» Sie hielt ihre schwarz-gelb lackierten Fingernägel in die Höhe. «Jedenfalls hat er mir erzählt, dass Leon nicht gekündigt hat, die haben ihn rausgeworfen. Er war es gewesen, der geklaut haben soll. Doch man konnte ihm nichts nachweisen. Später soll er eine Kollegin belästigt haben. So wurden sie ihn los.»

Die alte Frau beim Fenster las ihrem Partner die Speisekarte vor, die sie in ihren zittrigen Fingern hielt.

«Wann haben Sie Schluss gemacht mit Leon?»

«Am 2. Juli.» Sie lehnte sich zurück, bevor sie das Kinn reckte. «Damals wusste ich bereits, dass er mir immer mal wieder Märchen aufgetischt hatte. Und es hat mich gestört, dass er sich immer Geld von mir lieh – natürlich immer mit dem Versprechen, dass er es bald zurückzahlen werde. Doch den Ausschlag gab die Sache mit meiner Schwester.»

«Hatte er ein Verhältnis mit ihr?»

«Das wäre ja noch schöner.» Die Muskeln in ihrem Unterkiefer bebten. «Nein, meine Schwester war ganz durcheinander, weil Leon mit ihrem Babysitter geschlafen hatte, einer achtzehnjährigen Nachbarin. Am helllichten Tag, im Bett meiner Schwester, während die Tochter im Nebenzimmer spielte.»

Die Frauen mussten wirklich auf diesen Kerl stehen. «Was hat denn Leon an sich, das ihn so attraktiv macht?»

«Oh.» Sie lächelte breit. «Zunächst einmal sieht er so gut aus, dass er in einer Boygroup mitsingen könnte. Und er weiss, wie man eine Frau umgarnt. Er kann sehr gut mit Worten umgehen.» Mit einem Finger strich sie sich über eine Augenbraue. «Aber wenn er eine Frau eingewickelt hat, saugt er sie aus wie eine Spinne.»

So langsam bekam Vanzetti einen Eindruck von diesem Leon – kein schönes Bild. «Fand er nach dem Abgang bei der Bahnpolizei einen neuen Job?»

«Überraschend schnell sogar. Verkaufen kann er sich ja. Er kam bei einer Firma unter, die Sicherheitsdienste anbietet, im April oder Mai war das. Damit hatte er ja Erfahrung. Mit Kontrollen, meine ich.»

«Wie heisst die?»

«Falke Security.»

Die alte Frau bestellte zwei Apfelschorle und zwei Käseteller bei Nussbauers Kollegin. Vanzettis Magen knurrte.

«Ich glaube, bei der Firma arbeitet ein alter Kollege von Leon», fuhr Nussbaumer fort.

«Der hat sich für ihn eingesetzt. Allerdings weiss ich nicht, ob er Ende Jahr noch dort war. Seit dem vergangenen Juli habe ich Leon nicht mehr gesehen – na ja, mit einer Ausnahme.»

Sie hatte seine nächste Frage vorweggenommen. «Ja?»

«Er ist Anfang Dezember hier aufgetaucht mit einem aufgetakelten alten Weib. Können Sie sich das vorstellen? Drüben am Fenster haben sie gesessen und gekichert wie kleine Kinder.» Sie deutete auf einen Tisch, wo das alte Paar sass. «Und ständig hat mir dieser Lumpenhund Blicke zugeworfen. Zum Glück ist Silvia für mich eingesprungen und hat sie bedient. Sonst hätte ich diesem Idioten den Hals umgedreht.»

«Kannten Sie die Frau?»

«Damals noch nicht. Aber jetzt weiss ich, dass es eine Prostituierte war. Beim Bezahlen – sie bezahlte übrigens – hat Silvia ein Visitenkärtchen gesehen, das ihr aus dem Portemonnaie rutschte. Lady Chatterley stand da drauf. Ich hab das gegoogelt und sie gefunden. Eine Domina, arbeitet in Bümpliz. Dieses Schwein.»

Ihren Ex schien Nussbaumer doch nicht ganz überwunden zu haben. Vanzetti stellte die Nachforschung nach Lady Chatterley ganz oben auf seine To-do-Liste. Ob Leon auf Sado-Maso-Spielchen stand? «Merci, Sie waren mir eine grosse Hilfe. Jetzt bekomme ich langsam eine ziemlich gute Vorstellung von Leon.» Er fischte einen Fünfliber aus seinem Portemonnaie und legte ihn auf den Tisch. «Das stimmt so.»

«Danke.» Sie kassierte das Geld ein, stand auf und lächelte resigniert. «Ich wünschte, mir hätte auch jemand die Augen geöffnet. Wir wollten zusammen eine Wohnung mieten, haben sogar über Heirat und Kinder gesprochen. Wie blöd kann man eigentlich sein? Ich gehe zwar nicht in die Kirche. Aber ich sollte Gott jeden Tag auf meinen Knien danken, dass mir das erspart geblieben ist.»

Draussen war es dunkel, die Häuser in der Kramgasse duckten sich gegen die Kälte. Vanzetti schlug den Mantelkragen hoch und presste das Kinn auf die Brust. Gut aussehend und nett, diese Frau Nussbaumer. Hoffentlich nun nicht mehr so naiv. Selbst wenn nur die Hälfte stimmte von dem, was sie erzählt hatte, kannte Leon offenbar keine Skrupel. Vielleicht hatte er diesmal die falschen Leute aufs Kreuz gelegt.

8

Ursprünglich hatte es Lucy für eine super Idee gehalten: Sie würde einfach mal zum Autohaus Graf in Lyss fahren. Vielleicht wusste einer der Mitarbeiter ja etwas über den Verbleib des Bundesrats. Möglicherweise hielt sich Graf sogar selber im Betrieb auf, den er mit aufgebaut und nach der Wahl an seinen Bruder übergeben hatte. Die Information könnte sie dann an Zoe weitergeben.

Soweit die Theorie.

Als sie ihr Mini-Cabrio kurz vor Mittag auf dem Parkplatz vor dem Autohaus parkierte, entdeckte sie eine Gruppe von Fotografen und Journalisten auf dem Trottoir gegenüber. Okay, ihre Idee war wohl doch nicht so super gewesen.

Sie drehte sich um zu Winston, der sich auf den Rücksitz ausgestreckt hatte. «Hör zu, Kleiner, ich muss schnell etwas besorgen. Ich bin gleich wieder zurück.» Mit schlechtem Gewissen tätschelte sie die Flanke des Hundes.

Winston öffnete die Augen nur halb, hob kurz den Kopf, gähnte und legte sich wieder hin.

Lucy stieg aus, schloss das Auto ab und marschierte zwischen Occasionsfahrzeugen auf das Autohaus zu. Der Eingang lag mitten im würfelförmigen Glasbau. Ins Innere konnte sie nicht blicken, weil sich Sonne und Himmel im Glas spiegelten.

Vor den Schiebetüren wachte ein Zweimeterhüne in einem schwarzen Overall. Der musste die Medienschar auf die andere Strassenseite gescheucht haben. Im Autohaus hatte offenbar jemand vorhergesehen, was heute hier los wäre.

Lucy straffte die Schultern, schritt selbstbewusst auf Goliath zu und rekapitulierte ihre Geschichte. Der Motor ihres Minis machte eigenartige Geräusche, und die Heizung fiel immer wieder aus. Deswegen suchte sie nach einem Ersatz – am liebsten wieder ein rotes Cabrio. Das klang doch plausibel. Sie verlangsamte ihren Schritt und öffnete den Mund für die kurze Ansprache.

Doch der Wandschrank sah einfach über sie hinweg. Als ob sie überhaupt nicht existierte.

Es war nicht das erste Mal, dass Lucy mit diesem Phänomen konfrontiert wurde. Angefangen hatte es vor ein paar Jahren. In Restaurants hatte Lucy immer länger auf die Bedienung warten müssen. Immer weniger Menschen hatten ihr Türen aufgehalten oder an Kassen den Vortritt gelassen. Das hatte zur Erkenntnis geführt, dass sie als Frau mit zunehmendem Alter für viele Menschen nicht mehr zu existieren schien.

Lucy musste dem Impuls widerstehen, die Finger in die Ecken ihres Mundes zu stecken, die Augen zu verdrehen und eine Grimasse zu schneiden. Denn meistens ärgerte sie sich über ihre relative Unsichtbarkeit. Doch in Momenten wie diesen hatte die auch ihre Vorteile. Sie umkurvte den Hünen und schob die Glastür auf.

Wohlige Wärme empfing sie im Innern. Auf blankpolierten weissen Fliesen spiegelten sich das Deckengestänge und Scheinwerfer. Sie beleuchteten die Flotte von Mercedes, die über eine Fläche von der Grösse einer Turnhalle verteilt war. Alle Autos waren schwarz, weiss oder silbern lackiert. Wohin waren bloss die Farben verschwunden? Zwischen den Autos standen, strategisch geschickt verteilt, diverse Sitzgruppen und Informationstafeln. Aus versteckten Lautsprechern rieselte massentauglicher Jazz, Kaffeemaschinen und Softdrinks luden zur kostenlosen Verköstigung. Lucy wäre nur mässig überrascht gewesen, hätten Kellner Häppchen serviert.

Für Montagmittag war hier ganz schön viel los. Elf Personen zählte Lucy im Showroom. Drei von ihnen – zwei Männer und eine Frau – mussten Verkäufer sein; sie trugen Jacketts mit dem Mercedes-Stern auf der Brusttasche. Ausser den dreien waren die Kunden und Kundinnen alle über vierzig. Sie schlenderten alleine oder zu zweit zwischen den Autos herum, setzten sich hinein, begutachteten Armaturen und Lederbezüge. Ob die alle auch tatsächlich ein neues

Auto suchten? Oder bloss einen Blick auf den gestürzten Bundesrat erhaschen wollten? Vielleicht eine Mischung aus beidem, Neugier war menschlich.

Lucy setzte eine Expertinnenmiene auf, spazierte zwischen den glänzenden Karossen herum, setzte hie und da ihre Lesebrille auf und überflog Informationen über PS und Benzinverbrauch. Dabei hielt sie sorgfältig Abstand zu den Verkäufern. So kam sie nach und nach einem Büro nahe, das sich hinter Glasscheiben in der linken hinteren Ecke des Showrooms befand. An zwei Schreibtischen sassen Frauen, eine mollige unter dreissig tippte, eine grossgewachsene Fünfzigjährige sprach in ein Telefon.

An einer schwarzen Holztür rechts des Büros las Lucy die Aufschrift Direktion. Offenbar befand die sich hinter den fensterlosen Mauern im Anschluss an den Showroom. Lucy nahm Prospekte aus einem Regal, studierte einen Motor, der in zwei Teile zerschnitten war und bewunderte einen Oldtimer aus den 1950er Jahren. Schliesslich stand sie noch zwei Meter von der Türe entfernt. Sie warf einen Blick in die Runde – niemand schenkte ihr Beachtung – dann machte sie drei schnelle Schritte, drückte die Klinke und fand sich in einem weiss gestrichenen Flur.

Gerahmte Bilder von Rennwagen hingen an den Wänden, zwei Zimmerpalmen standen auf dem grauen Spannteppich. Am Ende des Flurs führte ein offener Durchgang in ein Sitzungszimmer, links und rechts gingen vier schwarz gestrichene Türen ab. Hinter einer davon hörte Lucy eine laute Männerstimme.

«…wieder für einen Stuss. X-mal habe ich dir gesagt, was du wo ablegen sollst. Jetzt müssen wir wieder alles durchsuchen und hoffen, dass er irgendwo auftaucht. Wenn nicht, ziehe ich dir das vom Lohn ab. Ist das klar?»

«Ja, ja, schon gut. Aber mach doch nicht immer gleich so einen Aufstand. Es sind nur achtzig Franken», antwortete eine zweite Männerstimme, jünger.

Lucy lauschte an der Türe.

«Mit dieser Einstellung wirst du hier keine grosse Karriere machen. Ich hole Rita, damit sie dir helfen kann.»

Bevor Lucy reagieren konnte, wurde die Türe aufgerissen. Ein korpulenter Mann mit Stirnglatze und Knollennase stürmte aus dem Büro und prallte mit ihr zusammen. Die Wucht schleuderte Lucy zwei Meter rückwärts und gegen die Wand.

«He, was tun Sie denn da?», bellte er.

Wie unhöflich! An der Flurwand drückte Lucy ihr schmerzendes Kreuz durch und suchte eine passende Antwort.

«Mensch, Papi. Vielleicht ist sie verletzt.» Der zweite Mann tauchte auf, Anfang zwanzig, das Ebenbild seines Vaters. Nur hatte er mehr Haare auf dem Kopf und weniger Kilos um die Hüften. «Wir sollten vielleicht einen Krankenwagen rufen.»

Ins Spital wollte Lucy auf keinen Fall. Sie stemmte eine Hand in die Hüfte und richtete sich auf. «Das ist nicht nötig. Mir geht es gut. Ich wollte eigentlich ein Auto kaufen.»

Ein Grunzen drang aus den schmalen Lippen des Vaters. «Dieser Bereich ist privat.»

«Ich habe die Toilette gesucht», sagte Lucy mit brüchiger Stimme.

Der Junge nahm sie am Arm. «Kommen Sie herein und setzen Sie sich für einen Moment.»

Vielleicht konnte der Sohnemann ihr weiterhelfen. «Gerne.»

«Also gut, kümmere dich um die Dame», kommandierte der Senior. Er beugte sich zu seinem Sohn hin. «Und danach spedierst du sie hinaus», flüsterte er hörbar. Er verschwand in einem Büro auf der anderen Seite des Flurs.

Der Junge in grauen Hosen und weissem Hemd dirigierte Lucy zu einem Sessel vor dem Schreibtisch, über der Lehne seines Stuhls hing ein graues Jackett. «Geht es Ihnen wirklich gut? Mein Grosi hat bei einem Sturz mal die Hüfte gebrochen. Das war schrecklich, wochenlang musste sie das Bett hüten. Möchten Sie etwas trinken? Einen Tee oder Kaffee vielleicht?»

Lucy zupfte ihre Bluse zurecht. «Ein Glas Wasser wäre nett.»

Aus einer PET-Flasche goss der junge Mann Mineralwasser in einen Plastikbecher. «Hier, bitte sehr. Und Ihnen tut wirklich nichts weh?» Sorgenfalten bildeten sich zwischen seinen braunen Augen.

«Nein, es geht schon. Ein paar blaue Flecken wird es vielleicht geben, mehr aber nicht.» Lucy nahm einen Schluck und sah sich um. Durch ein kleines Fenster fielen Sonnenstrahlen auf ein Regal mit Modellautos. Fotografien von Go-Kart-Rennen hingen an den Wänden, auf dem Schreibtisch surrte ein Laptop. «Darf ich fragen, wer Sie sind?»

«Cyril Graf. Meinem Vater gehört das Autohaus.» Er setzte sich hinter das Pult. «Sie haben ihn eben kennengelernt.»

«Ein eindrückliches Erlebnis.»

Graf schenkte ihr ein warmes Lächeln. «Bitte verzeihen Sie. Er ist manchmal etwas ruppig.»

Und ob! Sie deutete auf das Regal. «Hier dreht sich wohl alles um Autos.»

«Das lässt sich nicht vermeiden in dieser Familie. Das Autovirus wird einem von klein auf eingeimpft. Ich habe es sogar als Rennfahrer versucht.» Er deutete auf ein Bild an der Wand. «Der Fahrer im vordersten Go Kart dort, das bin ich.» Seine wachen Augen leuchteten. «Das hat grossen Spass gemacht. Doch leider reicht mein Talent nicht für eine richtige Karriere.»

«Also arbeiten Sie jetzt im Betrieb Ihres Vaters.»

Er zuckte mit den Schultern. «Das war schon immer so geplant. Ich habe eine Lehre als Automech gemacht, später soll ich den Betrieb mal übernehmen.»

«Ja, ja die Familie. Ich kenne das.» Lucy lächelte nachsichtig. «In die Politik wie Ihr Onkel wollen Sie also nicht einsteigen?»

Er schüttelte den Kopf. «Oh, nein, das ist nichts für mich. Schon hinter dem Schreibtisch fühle ich mich nicht richtig wohl. Ich arbeite lieber mit meinen Händen.»

Die sahen kräftig aus, als ob sie anpacken konnten.

Sie nahm noch einen Schluck. «Mir ist der Wachmann draussen aufgefallen. Haben Sie Angst vor Übergriffen?»

Graf zog die Nase kraus. «Mein Vater ist manchmal übervorsichtig. Seit gestern gab es einige Beschimpfungen per Mail und auf Facebook. Unsere Familie ist nicht gerade beliebt zurzeit.»

Jetzt oder nie. «Dabei ist ihr Onkel bestimmt nicht mal hier.»

In Grafs Wange zuckte ein Muskel. Er studierte ihr Gesicht und kratzte sich ausgiebig am Kinn. «Sie suchen also ein neues Auto?»

Lucy setzte ein strahlendes Lächeln auf. «Ich will ein Cabrio, knallrot. Meine Enkelin meint zwar, ich spinne. In meinem Alter solle ich mir lieber etwas Gemütliches zulegen, meint sie. Oder gleich ganz auf das Auto verzichten. Aber ich fahre nun mal für mein Leben gern.» Zoe würde sich krummlachen, wenn sie das hören könnte.

Seine Gesichtszüge entspannten sich. «Wir haben verschiedene Modelle im Angebot, zwei stehen auch in der Ausstellung. Wie viel Geld möchten Sie ausgeben?»

«Was kostet denn ein Mercedes Cabrio?»

«Die C-Klasse um die sechzigtausend, die E-Klasse hunderttausend Franken.»

Wie konnte jemand bloss so viel Geld für ein Auto verschwenden? «Ich bin nicht sicher, ob ich so viel ausgeben will. Kann ich probefahren?»

Mit dem Daumen deutete Graf auf den Parkplatz, der vor dem Fenster lag. «Sicher. Wir hätten auch ein paar Occasionsmodelle, die liegen zum Teil unter dreissigtausend Franken. Die kann ich Ihnen gerne zuerst zeigen.»

«Das wäre wunderbar. Aber ich will Sie nicht von der Arbeit abhalten.»

Graf winkte ab. «Kein Problem, im Gegenteil. Sie retten mich vor langweiligen Schreibarbeiten.» Er stand auf, kam um den Schreibtisch herum, öffnete die Türe und liess Lucy den Vortritt. «Kommen Sie, wir gehen hinten raus. Dort ist auch unsere Toilette.»

Er schritt voran durch den Flur und strebte auf das Sitzungszimmer zu. «Und entschuldigen Sie meine Reaktion vorhin. Es ist einfach so, dass wir heute schon einigen ungebetenen Besuch hatten.»

«Sicher wegen Ihres Onkel. Die Leute sind schrecklich neugierig. Was können Sie im Autohaus schon dafür.»

«Sie sagen es. Dabei verbringt mein Onkel Mauro ein paar ruhige Tage in seinem Ferienhaus in Brienz.» Er öffnete eine Glastür ins Freie und wies mit dem Arm über die Asphaltfläche. «Sehen Sie, wir haben sogar eins in rot.»

Lucy ballte ihre Faust auf dem Weg zum Cabrio. Gleichzeitig nagte das schlechte Gewissen an ihr. Eigentlich schade, dass sie diesem netten Jungen gar kein Auto abkaufen wollte. Wobei, so einen schnittigen kleinen Mercedes… Mal einsteigen und Probe fahren könnte sie ja.

9

Kurz vor 13 Uhr spazierte Zoe durch den Wisentwald, ein weitläufiges Gelände mitten im Berner Tierpark Dählhölzli. Sie befand sich auf einem etwa zweihundert Meter langen Steg aus Holz und Metall, der zwischen Buchen hindurch drei bis vier Meter über der schneebedeckten Erde verlief. Ab und zu erhaschte sie einen Blick auf ein Wisent, mächtige Tiere mit Hörnern und braunem Fell. Am Ende des Stegs befand sich eine überdachte Plattform mit Sitzbänken, Informationstafeln und Fernrohren. Mit dem Rücken ihr zugewandt sass dort ein Mann mit schwarzem Mantel und schwarzem Hut. Weit und breit war sonst keine Person in Sicht; das also musste Marthaler sein.

Ihre Nachforschungen im Archiv hatten ergeben, dass Marthaler kein Würmchen in der Bundesanwaltschaft war. Er leitete das Berner Büro der Abteilung Wirtschaftskriminalität. Beim Näherkommen erkannte Zoe von der Seite ein blasses Gesicht um die fünfzig. Die Farbe der Strähnen, die unter dem Hut hervorlugten, bewegte sich zwischen blond und braun. Er musste gehört haben, dass sich Zoe zügig über die Holzplanken näherte. Doch Marthaler guckte unverwandt geradeaus in die kahlen Baumwipfel.

Zoe setzte sich neben ihn hin. «Warum treffen wir uns hier?»

Er drehte ihr das Gesicht zu, das Gesicht eines Zahlenmenschen, der nicht viel in die Sonne kam. Die braunen Augen wirkten wie grosse Weintrauben in einem Haferbrei. «Als meine Kinder noch kleiner waren, haben wir ab und zu einen Ausflug in den Tierpark gemacht.»

«Wohnen Sie in Bern?»

«Nein, in Biel. Aber ich arbeite schon seit dreiundzwanzig Jahren hier.»

«Immer bei der Bundesanwaltschaft?»

«Ja.» Marthaler stand auf, machte drei Schritte zum Geländer und lehnte sich mit dem Gesäss dagegen. «Von Haus aus bin ich Jurist. Erst hat mich die Baudirektion der Stadt Biel angestellt, ein paar Jahre später habe ich mich bei der Bundesanwaltschaft beworben.» Er machte eine wegwerfende Geste mit der rechten Hand, die in einem schwarzen Lederhandschuh steckte. «Aber das wissen Sie bestimmt schon.»

Da lag er falsch. Zoe stellte sich neben ihn. Mit ihren eins achtzig überragte sie ihn um einen halben Kopf. «Im Archiv gibt es nicht viele Informationen über Sie.»

Er richtete den Mantelkragen und strich über die Hutkrempe. «Ich mag die Medien nicht besonders.»

Er lächelte schief.

Zoe hob einen Mundwinkel. Das bekamen Journalisten oft zu hören aus der Bundesverwaltung, gerade von Leuten, die unbedingt in die Zeitung wollten. «Aber meine Artikel gefallen Ihnen?»

«Manchmal.» Wieder dieses schiefe Lächeln. Marthaler kontrollierte den Steg in beide Richtungen, bevor er mit der rechten Hand ein weisses Couvert im C5-Format aus der Manteltasche holte. Er hielt es Zoe hin. «Deswegen wollte ich Sie treffen. Das ist die Kopie eines internen Berichtes.»

Sie zog gefaltete Papiere heraus und schob die drei Seiten auseinander. Sie trugen den Briefkopf der Bundesanwaltschaft, diverse Stellen waren geschwärzt. «Was soll ich mit einer zensierten Version?»

«Unleserlich gemacht sind bloss Informationen, die der Nachrichtendienst als geheim eingestuft hat. Der Rest ist immer noch brisant genug. Daraus geht hervor, dass Adrian Ott krumme Geschäfte macht.»

«Der Zürcher Nationalrat, der Bundesrat werden will?»

«Genau der.»

Verkehrspolitiker Ott trat als Favorit zur Wahl an, er galt als kompetent und hatte Freunde über die Parteigrenzen hinweg. «Was für Geschäfte?»

«Der grösste Auftrag in der Geschichte der Bundesbahnen, neue Doppelstockzüge, neunundfünfzig

Stück. Der Auftrag ist fast zwei Milliarden Franken schwer. Den Zuschlag erhielt die deutsche Railtec.»

«Die jubeln heute noch.» Alle Medien hatten über die neuen Doppelstockzüge für den Fernverkehr berichtet. «Und was hat das mit Ott zu tun?»

Zwei Wisente trabten auf die Fläche unter ihnen, Dampf stieg von ihren Nüstern auf.

«Wissen Sie, was Frontrunning ist?», fragte Marthaler.

Zoe wandte sich wieder ihm zu. «Illegale Börsengeschäfte.»

«Genau. Wenn jemand vertrauliche Informationen besitzt und diese zum Kauf von Aktien nutzt, spricht man von Frontrunning. Als Präsident der Verkehrskommission wusste Ott vorab, wer den Zuschlag für diesen Auftrag erhalten würde. Über einen Strohmann kaufte er Aktien von Railtec, die nach der Bekanntgabe auch prompt anstiegen. Mit dem Geschäft verdiente er 230 000 Franken.»

Zoe stiess einen Pfiff aus. Wenn sich dieser Insider-Handel beweisen liesse, hätte sie einen Knüller in der Hand. «Wieso untersucht das die Bundesanwaltschaft nicht einfach selber? Oder besser noch die Finanzmarktaufsicht?»

«Der Finma fielen die Aktienbewegungen auf, sie erstattete Anzeige gegen unbekannt. Wir untersuchten den Fall. Doch zu einer Anklage kam es nie. Bundesanwalt Marti war der Ansicht, dass die Faktenlage zu dünn sei. Damit können Sie sich selber ein Bild machen.» Mit dem Kinn deutete er auf die Papiere. «Im Amt wird gemunkelt, dass Justizminister Marchand bei dem Entscheid mitgewirkt haben soll.»

Der war ein FDP-Parteikollege von Ott. Zoe wedelte mit den drei Seiten. «Das steht alles hier drin?»

Mit dem Fuss klopfte er einen nervösen Takt auf die Planken. «Nicht alles, aber einiges. Jedenfalls genug.»

«Kann ich diese Informationen uneingeschränkt verwenden?»

Marthaler nickte. «Unter zwei Bedingungen: Sie dürfen dieses Papier niemandem zeigen, auch nicht in der Redaktion. Und Sie behalten für sich, von wem Sie es haben.»

Das verstand sich von selbst, für ihre Quellen würde Zoe notfalls ins Gefängnis gehen. Sie trat einen Schritt zurück, nahm den Rucksack von ihren Schultern und steckte den Bericht hinein. «Wieso tun Sie das?»

Marthaler stopfte beide Hände tief in die Manteltaschen. «Nennen Sie mich naiv, aber ich glaube an die Prinzipien unseres Justizsystems. Niemand sollte über dem Gesetz stehen oder es verbiegen. Diese Sache hier stinkt.»

Das deckte sich mit ihrer Recherche. Der Leiter der Berner Abteilung für Wirtschaftskriminalität fürchtete sich nicht vor grossen Namen und hatte schon einflussreiche Leute vor Gericht gebracht. Zweifellos nagte es an ihm, dass sein Chef die Ermittlungen begraben hatte. «Ott hat Feinde im Parlament. Weshalb haben Sie das Material nicht denen zugespielt?»

Er hob die Hände und liess sie an die Seiten klatschen. «Weil Ott dann von einer politischen Kampagne seiner Gegner sprechen könnte.» Marthaler schüttelte den Kopf. «Die Enthüllungen müssen von unabhängiger Seite kommen.»

Ein Mann mit Prinzipien. Durch die Übergabe des Berichtes brach er eine ganze Reihe von Gesetzen. Marthaler riskierte seinen Job. «Es gibt jede Menge Journalisten mit mehr Erfahrung und besseren Verbindungen in Bern. Warum ich?»

Er wackelte mit dem Kopf. «Ich mag Ihren Stil. Sie schreiben frech, respektlos. Sie lassen sich von niemandem einschüchtern. So jemanden brauche ich. Denn wenn Sie da nachbohren» – er deutete mit der Hand auf ihren Rucksack –, «brauchen Sie eine dicke Haut.»

Lob fühlte sich immer gut an. In den vergangenen beiden Jahren hatten Zoes Artikelserien über die Ermordung einer Ständerätin und einen skrupellosen Firmenchef landesweit für Aufsehen gesorgt und ihr einen Namen in der Medienszene verschafft. «Ich werde meinem Ruf gerecht werden. Versprochen.»

Marthaler holte sein Portemonnaie aus der Innentasche seines Mantels und fischte eine Visitenkarte heraus. Auf der Rückseite stand handgeschrieben eine Nummer. «Wenn Sie mich erreichen wollen, rufen Sie hier an und hinterlassen eine Nachricht auf der Combox. Lassen Sie es aber immer wie eine normale journalistische Anfrage klingen.»

Der Mann hatte alles durchdacht. «Verstanden.»

«Viel Erfolg.» Er nickte ihr zu und schritt über den Steg davon.

Zoe sah ihm nach, bis er zwischen den Bäumen verschwunden war. Endlich hatte sie wieder mal eine heisse Spur. Diesen Marthaler hatte ihr der Himmel geschickt.

Zoe streifte den Rucksack über und lehnte sich mit den Unterarmen auf das Geländer. Die beiden Wisente hatten sich in den Schnee gelegt. Sie trommelte einen Takt mit ihren Fingern und spürte, wie sich das Kribbeln in ihrem Körper ausbreitete. Zoe kannte das Gefühl und genoss es: Jagdfieber.

10

Obwohl sie eigentlich frei hatte, war Zoe gleich in die Redaktion gefahren. Kurz nach 14 Uhr schaufelte sie an ihrem Pult ein Stück der Tischplatte frei, indem sie Zeitungen, Müesliriegel, PET-Flaschen und eine Schwimmbrille wegschob. Sie legte den dreiseitigen Bericht Marthalers vor sich hin und las konzentriert.

Die erste befasste sich mit dem SBB-Auftrag: 2014 hatten die Bundesbahnen neunundfünfzig Doppelstockzüge für den Fernverkehr bestellt, fünfzig Stück mit zweihundert Metern Länge und neun mit hundert Metern. 1,9 Milliarden Franken sollten die Kompositionen kosten, es war der teuerste Auftrag in der Geschichte der SBB. Vier Hersteller hatten sich um den Auftrag beworben, den Zuschlag hatte die deutsche Firma Railtec erhalten. Am Tag der Bekanntgabe – am 28. April 2014 – legten die Railtec-Aktien um zwölf Prozent zu.

Zwei Monate später wiesen zwei Banken die Finanzmarktaufsicht auf verdächtige Börsengeschäfte hin. In der Woche vor dem 28. April war der Handel mit Railtec-Aktien spürbar angestiegen. Die meisten Aktienkäufe hatte die Fairtrust veranlasst, eine Stiftung mit Sitz in Liechtenstein. Sie stiess die Aktien am 15. Mai 2014 wieder ab und machte dabei einen Gewinn von 233 000 Franken. Als Geschäftsführer von Fairtrust war Gaudenz Frick eingetragen, ein Liechtensteiner Anwalt.

Zoe las auf der zweiten Seite weiter. Dort folgte die Abschrift eines Gesprächs, bei dem die Angaben darüber, wann und wo es stattgefunden hatte, geschwärzt worden waren.

[redacted] *Wir haben grad eine ziemlich beunruhigende Antwort vom Zürcher Stadtrat bekommen.*

A. Ott: Worum geht es?

[redacted] *Ums Steuergeheimnis. Stell dir vor, vierundzwanzig Dienstabteilungen der Stadt haben Zugriff auf alle Steuerdaten.*

A. Ott: Ist mir egal, ich habe meine Daten sperren lassen.

[redacted] *Spielt für die keine Rolle, die können alles abrufen.*

A. Ott: Echt jetzt? Ja, spinnen die denn? Was sind das für Abteilungen?

[redacted] *Es geht quer durch die ganze Verwaltung. Vom Büro für Wohnraumförderung über die Polizei bis hin zu den Alterszentren oder dem Schulamt.*

A. Ott: Verflucht nochmal. Wie begründet die Stadtregierung diesen Scheiss?

[redacted] *Öffentliches Interesse. Wir werden im Gemeinderat verlangen, dass das aufhört. Aber das wird seine Zeit brauchen.*

A. Ott: Verfluchte Sauerei. Stell dir mal all die neidischen Sesselfurzer in der Verwaltung vor, die nur zu gerne Steuerrechnungen an die Medien durchsickern lassen.

[redacted] *Deswegen rufe ich ja an. In deinen Steuerunterlagen steht nichts über Fairtrust, oder?*

A. Ott: Ich bin doch nicht blöd. Und selbst wenn. Gaudenz ist zuverlässig. Der würde sich eher die Zunge abbeissen. Er will sich ja nicht in den eigenen Fuss schiessen.

[redacted] *Was denkst du, wie lange wir das Geld dort parkieren müssen?*

A. Ott: Wieso fragst du? Brauchst du Stutz?

[redacted] *Ich bin gerade etwas klamm, die Scheidung und alles. Und dummerweise habe ich auf dem See einen Baumstumpf gerammt, muss den Rumpf reparieren lassen. Könnte einen Zuschuss brauchen.*

A. Ott: Zehntausend?

[redacted] *Zwanzig wären besser.*

Ott: Okay, zwanzig kann ich dir vorschiessen. Aber keine teuren Spässchen damit. Wir wollen nicht, dass jemand dumme Fragen stellt.

[redacted] *Keine Sorge, das fliesst alles in die Bootsreparatur. Über die Zürcher Journis musst du dir sowieso keine Sorgen machen. Die sind doch zu blöd, um eine Banane zu öffnen.*

A. Ott: (lacht) Klar. Aber die Finma ist verdammt bissig. Ich will kein Risiko eingehen.

[redacted] *Und selbst wenn, mit uns soll man sich besser nicht anlegen.*

A. Ott (lacht) Du sagst es.

Zoe lehnte sich zurück. Unglaublich dreist, dieser Ott. Einmal hatte Zoe mit ihm zu tun gehabt, sie hatte ihn befragt zur dritten Autobahnröhre durch den Gotthard. Der Nationalrat hatte durch Sachkenntnis geglänzt und sympathisch gewirkt. Von wegen, geldgierig wie viele andere war er. Mensch, dieser Bericht müsste doch allemal reichen für eine Anklage. Es sei denn, das Gespräch war vom Nachrichtendienst illegal abgehört worden.

Am langen Tisch im hinteren Ende des Newsrooms fand gerade die Nachmittagsbesprechung der Dienstredaktoren statt.

Wem Ott da wohl Geld versprochen hatte? Es muss eine Person sein, die ihm nahestand.

Zoe fuhr ihren Computer hoch, öffnete den Browser und tippte *Zürcher Gemeinderat* in das Suchfeld bei Google. Mit zwei weiteren Klicks hatte sie eine Liste des Zürcher Stadtparlaments auf dem Bildschirm. Sie scrollte durch die Namen, bis sie *Ott, Thomas* entdeckte.

Eine nächste Suche bei Google ergab, dass es sich um den jüngeren Bruder des Nationalrates handelte. Möglicherweise stand sein Name unter den schwarzen Balken. Eine nette Familie, diese Otts.

«Was tust du da?»

Zoe fuhr zusammen. «Herrgott, Walker, hör endlich auf damit.» Instinktiv drehte Zoe die Papiere um.

Er beugte sich über ihre Schulter und spähte auf die weissen Rückseiten und den Bildschirm. «Thomas Ott? Du wolltest doch ein Interview mit Graf machen. Gibt es einen Zusammenhang?»

Da könnte er ihr Daumenschrauben anlegen. «Ich brüte an einer Idee für die Lokalredaktion. Ich will die Arbeit der Stadtparlamente von Zürich und Bern vergleichen.»

«Klingt nach einer Schlaftablette. Was ist jetzt mit Graf?» Wie üblich sprach Walker zu laut, und seine Blicke wanderten im Newsroom auf der Suche nach Publikum herum.

Laut Grosis Spontanrecherche hielt sich der Ex-Aussenminister in Brienz auf. Clever, wie sie das herausgefunden hatte. Auch bei früheren Gelegenheiten hatte Grosi sie super unterstützt. «Ich bin an Graf dran. Ich habe Hinweise darauf, dass er sich im Berner Oberland befindet.»

Eine Strähne seines silberblonden Haares hing Walker in die Stirn, seine Miene wechselte zwischen einem bedauernden Lächeln und einem höhnischen Grinsen. «Falsch. Er ist im Tessin.»

«Und warum sagst du das nicht gleich? Wir sind doch ein Team, oder?»

Er wedelte mit der Hand. «Alpöhi schreibt in seinem Blog, dass Graf heute im ‹La Chiesa› in Locarno gesehen wurde.»

Der Alpöhi kommentierte als Berner Hobby-Journalist das Tagesgeschehen in der Bundesstadt. Ab und zu lag er richtig mit seinen Pseudo-Nachrichten, meist verbreitete er aber bloss Geschwafel. «Meine Quelle sagt etwas anderes.»

«Wer?»

Zoe schüttelte den Kopf. «Vergiss es.»

Walker seufzte, als spräche er mit einem ungezogenen Kind. «Wie du willst. Bis du das Gegenteil beweist, liegt Alpöhi richtig. Schreib fünfzig Zeilen darüber, dass Graf im Tessin ist.»

«Nein, ich werde keine Gerüchte als Wahrheit verkaufen.»

Walker hob die Augenbrauen. «Ach, plötzlich nimmst du es so genau mit der Wahrheit?»

«Was soll das heissen?»

«Ach, komm. Die ganze Redaktion weiss doch, dass du deine Geschichten gerne etwas ausschmückst.»

Zoe schoss in die Höhe und setzte Walker den Zeigfinger auf die Brust. «Zeig mir *eine einzige* Stelle in meinen Artikeln.»

Er machte eine Hände-hoch-Geste. «He, wieso so empfindlich? Du wirst mich doch nicht gleich verprügeln für einen Spruch.»

Zoe schnaufte ein paar Mal durch. «Verschwinde, Walker.»

Er tippte auf seine goldene Armbanduhr. «In einer halben Stunde will ich den Text über Alpöhi haben.»

Gerne hätte ihm Zoe die Faust in den Magen gerammt. «Alpöhi verbreitet Schrott, Graf ist im Oberland. Meine Quelle ist jemand aus seiner Familie. Der wird es ja wohl besser wissen.»

Walker spitzte die Lippen. «Haben wir das exklusiv? In zehn Minuten können wir das online stellen. Und erwähne, von wem du es weisst.»

Shit. Zoe müsste sich besser im Griff haben. «Das geht nicht. Die Information habe ich vertraulich bekommen.»

«Ruf die Quelle an und klär das.» Walkers Handy klingelte. Er fischte es aus seinem Jackett, das wie der Rest seiner Kleidung auch am frühen Nachmittag aussah, als käme es direkt aus der Bügelpresse. Er checkte das Display und nahm den Anruf entgegen. «Herr von Känel, schön, von Ihnen zu hören.» Natürlich laut, es sollte jeder im Newsroom mitbekommen, dass er den Verleger am Draht hatte. Dann entfernte sich Walker ausser Hörweite.

Zoe hätte sich in den Hintern beissen können. Natürlich würde sie Grafs Neffen weder anrufen noch nennen. Aber sie könnte auch nach Brienz fahren und versuchen, ein Interview mit dem Ex-Bundesrat zu bekommen. Das würde die Redaktion zufriedenstellen und ihre Quelle schützen. Doch Otts Insiderhandel versprach eine tausendmal bessere Story.

Zoe griff zum Hörer ihres Schreibtischtelefons und drückte die Schnellwahltaste.

«Eicher.»

Vielleicht würde Grosi ihr ein weiteres Mal aus der Patsche helfen. «Hallo, ich bins. Hör mal, ich hätte eine klitzekleine Bitte ...»

11

Das blank geschrubbte Treppenhaus hätte jeden Putzteufel entzückt. Vanzetti keuchte, als er das Dachgeschoss im Mehrfamilienhaus am Winterfeldweg in Bümpliz erreichte. LC stand in goldenen Lettern auf dem Namensschild unter der Türklingel. Kurz nach 15 Uhr drückte er zwei Mal darauf. Hinter der schwarz gestrichenen Türe hörte er das Klirren von schweren Ketten und einen gedämpften Schrei.

Vanzetti klopfte an.

«Polizei. Bitte machen Sie auf.»

Es rasselte, als ob ein Anker hochgezogen würde. Nach ein paar weiteren Sekunden wurde die Türe geöffnet von einer Frau in einem seidenen Morgenmantel, unter dessen Saum Lederstiefel hervorlugten – alles in Schwarz. Die Dame, deren Alter irgendwo zwischen dreissig und sechzig lag, hatte ein hell gepudertes Gesicht, schwarz geschminkte Lider, knallrote Lippen und dunkle, zurückgekämmte Haare, die von einem Lederband zusammengehalten wurden. Ihre wachen Augen musterten Vanzetti routiniert.

«Lady Chatterley?»

«Was will denn die Polizei bei mir?»

Vanzetti zückte seinen Ausweis trotzdem.

«Darf ich Ihnen ein paar Fragen stellen? Es würde nicht lange dauern.»

Sie nahm ihm den Ausweis aus der Hand und checkte ihn sorgfältig. «Bundeskriminalpolizei? Interessant. Kommen Sie herein», sagte sie mit leicht näselnder Stimme und Walliser Akzent.

Lydia Dubach hiess die Dame mit bürgerlichem Namen, das wusste Vanzetti seit einer Recherche im Büro. Auf ihrer Webseite stand: *Unersättliche Herrin sucht Sklaven. Willst du mir dienen? Ruf an!*

Dubach ging voraus durch den kurzen Flur, der in einen kleinen Raum mit weiss gestrichenen Wänden, schwarzen Lederstühlen und Magazinen auf dem niedrigen Beistelltisch mündete: Geo und Der Spiegel, wie beim Zahnarzt. Ein Durchgang mit Rundbogen führte in ein weiteres Zimmer, ein Vorhang verdeckte den Blick, es roch nach Parfum und Männerschweiss.

«Sind Sie alleine?», fragte Vanzetti mit einem Blick auf den Vorhang.

Sie warf einen schnellen Blick zur Anrichte an der Wand gegenüber. «Nein, aber meine Kammer ist zurzeit leer. Ich hoffe, Sie wollen hier niemanden verhaften.» Sie sprach betont laut und hob einen Mundwinkel.

Vanzetti konnte sich ein Schmunzeln nicht verkneifen. Er deutete auf den Vorhang. «Darf ich einen Blick hineinwerfen? Berufliches Interesse.»

«Aber natürlich.» Sie machte eine einladende Geste mit der Hand. «Bitte.»

Vanzetti schob den Vorhang zur Seite, dahinter befand sich ein fensterloser, drei mal fünf Meter grosser Raum. Kerzen auf kleinen Säulen spendeten ein wenig Licht. Die Wände bestanden aus rohen Backsteinen, in regelmässigen Abständen waren Haken und Ringe aus Stahl darin eingelassen. Daran hingen Ketten und Lederriemen. Auf einem kleinen Tisch lag eine Auswahl an Peitschen und Ruten sowie ein paar Sexspielzeuge, deren Funktion Vanzetti nicht einordnen konnte. Am anderen Ende des Raumes stand ein schmiedeeisernes Bett mit Handschellen an zwei Pfosten, darunter eine Bettpfanne. Vanzetti zog den Vorhang zu. «Gut eingerichtet.»

«Danke. Meine Kunden schätzen die intime Atmosphäre.» Dubach liess sich auf einen Lederstuhl nieder und schlug die Beine übereinander. Der Morgenmantel glitt auf und zeigte lange, schlanke Beine, die Stiefel reichten bis über ihre Knie. Sie schenkte ihm ein verruchtes Lächeln. «Mein Terminkalender ist ziemlich voll. Doch ich hatte eine kurzfristige Absage für 19 Uhr. Falls Sie Interesse hätten.»

Vanzetti winkte ab, das war nichts für ihn. «Nein, danke.» Er setzte sich ihr gegenüber. «Ich suche Leon Scholer. Er wird vermisst.»

Sie hob eine Augenbraue.

«Das kann ich beim besten Willen nicht als schlechte Nachricht betrachten.»

«Das scheint eine weit verbreitete Meinung zu sein. Aber seine Mutter macht sich Sorgen.»

«Sogar Mistkerle haben eine liebende Mutter, nehme ich an.» Sie strich sich den Mantel über der Brust glatt. «Ich weiss nicht, wo er ist.»

«Hatten Sie eine geschäftliche Beziehung zu Leon?»

«Zu Beginn, ja. Er hat ein paar Mal meine Dienste in Anspruch genommen. Ich war dumm genug, mich auch privat auf ihn einzulassen.» Es klang beinahe wie ein Seufzen als sie einatmete. «Er ist ein hübscher Kerl und hat diesen Welpenblick drauf, Sie wissen schon … Aber es war nicht für lange.»

«Weshalb?»

Sie lächelte schmal. «Im Grunde genommen ist Leon ein unsicheres Kind, das von allen geliebt werden will. Deswegen muss er alles unter Kontrolle haben, Frauen inklusive. Und dann ist da noch der Alkohol. Wenn er viel säuft, verliert er die Hemmungen und wird gewalttätig. Vermutlich dachte er, damit sei er bei mir an der richtigen Adresse.»

Von Alkoholproblemen hatte Sandra Nussbaumer im Café Einstein nichts erzählt.

Mit einer Hand strich sie sich über die dunkelbraunen Haare. «Ich erfülle die geheimen Wünsche meiner Kunden. Für sie kreiere ich Situationen, in denen sie Angst und Erniedrigung empfinden. Manchmal gehören auch Schläge dazu. Dass sich aber eine Domina ihrerseits nicht gerne schlagen lässt, hat Leon nicht kapiert.»

«Wer nimmt denn Ihre Dienste in Anspruch?»

«Das geht quer durch alle Schichten, vom Mechaniker bis zum Uniprofessor, von jung bis alt. Polizisten hatte ich auch schon hier. Jeder hat unterschiedliche Bedürfnisse.»

«Politiker auch?»

Dubach bedachte ihn mit einem kleinen Lächeln. «Die auch, ja. Aber Namen werde ich keine nennen.»

Klar, das würde ihr Geschäft ruinieren.

«Hatte Leon einen Job, als Sie mit ihm zusammen waren?»

«Ja, bei einer Sicherheitsfirma. Muss ziemlich einträglich gewesen sein, Geld hatte er jedenfalls immer in der Tasche.»

«Falke Security?»

«Keine Ahnung. Leon hielt sich bedeckt, was das anging. Er war viel unterwegs, zum Teil auch im Ausland. Ich glaube, irgendetwas war da nicht ganz koscher. Leons Verhalten gab mir recht bald ein ungutes Gefühl. Anfang Januar hat er dann einen Kumpel mitgebracht, einen betrunkenen, ungewaschenen Flegel. Leon verlangte, dass ich mit dem Typen eine Nummer schiebe. Und er wollte zugucken. Da habe ich die beiden Kerle rausgeworfen. Seither habe ich Leon nicht mehr gesehen.»

Aus der Anrichte waren ein Poltern und ein kurzer Schmerzensschrei zu hören.

«Könnte er in Schwierigkeiten stecken?»

«Leon ist ein Synonym für Ärger.» Sie schnaubte. «Überall hinterlässt er verbrannte Erde.»

Eine Domina mit beeindruckendem Wortschatz. «Haben Sie studiert?»

«Germanistik und Kunstgeschichte, mit Liz abgeschlossen. Ich habe am Kollegium Spiritus Sanctus in Brig unterrichtet. Doch irgendwann wurde es mir zu dumm, mich jeden Tag mit pubertierenden Teenagern abzumühen.»

«Gefällt Ihnen der neue Job besser?»

«Viel besser. Damals hätte ich einige der arroganten Schnösel nur zu gerne vermöbelt, wofür mich ihre Eltern vor Gericht geschleift hätten. Jetzt werde ich bezahlt für so etwas.»

Vanzetti nickte. «Wo würde Leon hingehen, wenn er sich verstecken müsste?»

Dubach blies Luft durch die Lippen. «Nicht zu einem Freund, davon hatte er keine.»

«Der Flegel?»

«Das war bestimmt kein Freund, so, wie die miteinander umgingen.»

Ein lauter Schrei ertönte aus der Anrichte.

Vanzetti erhob sich, ging hinüber und riss die Schranktüre auf. «Alles in Ordnung mit Ihnen?»

Auf dem Boden im Innern kauerte ein nackter, pummeliger Mann in den Fünfzigern mit schütterem hellem Haar, der seine Knie mit beiden Armen umfing. «Ich habe einen Krampf in der Wade.»

Vanzetti schüttelte den Kopf und seufzte.

Der Mann keuchte, Schweiss rann über sein gerötetes Gesicht, mit angstgeweiteten Augen starrte er hoch. «Sie gehören zur Show, oder?»

Vanzetti verdrehte die Augen. «Klar, alles nur Show.»

Ein leichtes Stöhnen drang aus dem Mund des Kunden. «Wahnsinn …»

Vanzetti knallte die Schranktüre zu und winkte Dubach zum Abschied. «Ich danke Ihnen für Ihre Mühe.»

Sie verbeugte sich mit einem Lächeln. «Ich danke *Ihnen.*»

12

Zoe strich über die Pfote des bronzenen Bären, der in der Eingangshalle des Parlamentsgebäudes Wache stand. Dann erst stieg sie die breite Treppe hoch und bewunderte das Kuppeldach mit den Wappen aller Schweizer Kantone. Seit sie bei den Berner Nachrichten arbeitete, hatte sie öfters über Parlamentsdebatten schreiben müssen – der langweiligste Job überhaupt. Doch das Gebäude beeindruckte sie bei jedem Besuch.

Unter den mächtigen Steinfiguren der drei Eidgenossen bog sie nach links ab.

Am Ende einer weiteren Treppe stand sie auf Marmorfliesen im Flur vor dem Café Vollotton. Linker Hand befand sich der Eingang zum Saal des Ständerats, rechts ging es in den Nationalrat.

Zoe öffnete einen Flügel des Portals zum Café. Das alte Holzparkett knarrte. Ein langer, schwarz lackierter Tresen dominierte den fünf Meter hohen Raum, dessen Wände zur Hälfte dunkle Holzpaneelen und – darüber – Tapeten mit roten Mohnblumen zierten. Hinter der Theke spülte eine ältere Dame mit weissem Chignon Gläser.

Zoe winkte Inlandchefin Sonja Aeberhard zu, die auf einer der beiden langen Sitzbänke aus schwarzem Leder sass. Vor ihr auf dem schwarz lackierten Tischchen standen ein Kaffee und ein Brötchen. Nur noch ein weiterer Gast, ein Nationalrat, dessen Name Zoe nicht einfiel, befand sich im Café. Er las Zeitung.

Bei der Bedienung am Tresen kaufte Zoe ein Mineralwasser, dann setzte sie sich auf die Bank zu Sonja.

«Danke, dass du so kurzfristig Zeit für mich hast.»

Die Einundfünfzigjährige, eine eindrucksvolle Frau mit kurzem, kupferrot gefärbtem Haar und grünen Augen, winkte ab. «Kein Problem. Abgesehen von ein paar Kommissionen läuft zurzeit eh nicht viel. Und was die Nachfolge für den Bundesrat betrifft, halten sich die meisten Politiker bedeckt. Bist du weitergekommen mit dem Interview?»

«Bis jetzt nicht. Graf ist abgetaucht.»

Sonja rückte den Kragen ihres schwarzen Kostüms zurecht. «Das überrascht mich nicht. Der wird sich hier vor lauter Scham kaum mehr blicken lassen. Worüber wolltest du mit mir reden?»

Zoe nahm einen Schluck Mineralwasser. Sie schätzte Sonja als Kollegin, die ihren Job beherrschte und jeden kannte im Parlament. Doch in Bezug auf Andy Walker hatte sie einen blinden Fleck. Gerüchte machten die Runde, dass die beiden mehr als nur eine berufliche Beziehung verband. Was Zoe der Inlandchefin anvertraute, würde Andy erfahren. Deswegen würde sie sich bedeckt halten. «Es geht um die Ersatzwahlen. Wir möchten im Lokalteil eine kleine Serie mit den Favoriten und ihren Lieblingsplätzen in Bern machen. Bisher hat nur Nationalrat Ott seine Kandidatur angemeldet, deswegen wollen wir mit ihm beginnen.»

«Keine schlechte Idee.» Mit dem Fingernagel tippte Sonja auf den Tisch. «Und von mir möchtest du mehr über ihn erfahren?»

Zoe nickte.

«Das wäre toll.»

Sie fischte einen kleinen Notizblock und einen Kugelschreiber aus ihrer Jacke.

«Okay.» Sonja biss ein Stück Brötchen ab und nahm einen Schluck Kaffee. «Otts sind eine alte Zürcher Familie, seit drei Generationen im Immobiliengeschäft. Das hat klein in der Stadt angefangen und ist stark gewachsen. Heute besitzen sie Hotels, Geschäftslokale und Wohnungen vorwiegend in der Schweiz, einige aber auch in Deutschland und Frankreich.»

Zoe machte sich Notizen. «So eine Firma ist bestimmt stressig. Wieso ist Ott auch noch in die Politik eingestiegen?»

«Öffentliche Ämter betrachtet die Familie quasi als Pflicht. Bereits Adrians Grossvater war Zürcher Regierungsrat, sein Vater Ständerat. Der starb während der dritten Amtsperiode an einem Herzinfarkt. Deswegen musste Adrian die Firma früher als geplant übernehmen. Erst kurz zuvor hatte er sein Studium an der HSG St. Gallen abgeschlossen.»

Zwei FDP-Ständerätinnen in schicken Kostümen und Laptops unter den Armen betraten plaudernd das Café.

«Wann kam Ott in den Nationalrat?»

«Das dürfte – lass mich schnell nachrechnen – elf Jahre her sein. Die Wahl schaffte er im ersten Anlauf, was niemanden überraschte. Bei diesem Stammbaum. Und der Bundesrat wäre für die Familie vermutlich nichts weiter als der nächste logische Schritt.»

«Er ist noch ziemlich jung. Denkst du, er könnte das?»

«Ott wird dieses Jahr dreiundvierzig. Es gab schon jüngere Bundesräte.» Sonja rührte den Kaffee mit dem Löffel um. «In Gesprächen erlebe ich ihn als Schnelldenker, beim Thema Verkehr macht ihm keiner etwas vor. Doch er hat einen Hang zur Ungeduld. Wenn er andere für unterbelichtet hält, lässt er die das spüren. Deswegen können ihn ein paar Kollegen nicht leiden. Allerdings sind das Ausnahmen.» Sonja tippte sich mit dem Zeigfinger auf die Lippen. «Also ja, ich denke, Ott wäre ein guter Bundesrat. Und er wird Stimmen von links und rechts bekommen, weil er Koalitionen schmieden kann. Wenn ich eine Wette abschliessen müsste, würde ich mein Geld auf ihn setzen.»

Die beiden Ständerätinnen nahmen auf der Bank auf der anderen Seite des Cafés Platz und klappten die Laptops auf.

«Was weiss man von Ott privat?»

«Wohnt in Meilen am Zürichsee, verheiratet, zwei Kinder. Ein toller Skifahrer, gewinnt jedes Jahr das Rennen der Parlamentarier. Aber sonst hält er sich sehr bedeckt. Keine Homestories, kaum private Fotos.»

«Und sonst?»

Beim Lächeln bildeten sich Falten in Sonjas Augenwinkeln. «Von der Bettkante würde ich den nicht stossen. Hast du mal seine Hände gesehen? Ganz zarte Finger hat er, wie ein Klavierspieler.»

Zoe stand nicht auf diese Intellektuellentypen mit schmalen Schultern und glatter Haut. Sie zog eher harte Kerle vor. «Nichts für mich.» Sie nahm einen Schluck Mineralwasser.

«Verstehe ich. Mit Männern hast du es ja nicht so.»

Zoe verschluckte sich und bekam einen Hustenanfall. «Wie kommst du denn darauf?»

«Ups.» Sonja legte eine Hand auf ihren Mund. «Ist das ein Geheimnis? Wenn du es für dich behalten möchtest, solltest du deine Lederjacke und die schweren Stiefel zu Hause lassen. Und ein Hauch Make-up würde nicht schaden.»

Offenbar hielt Sonja sie für eine Lesbe. Andere

auch? Das würde den einen oder anderen Spruch in der Redaktion erklären. Aber Zoe hasste nun mal das ganze Farbgepinsel im Gesicht. Und klar, ihr Pullover schlabberte, die Lederjacke war ausgebeult und die Jeans hatten auch schon bessere Tage gesehen. Doch wenn sie sich zwischen schick und bequem entscheiden müsste, würde sie jederzeit bequem vorziehen. «Mit Männern wie Ott kann ich tatsächlich nichts anfangen. Aber aus anderen Gründen, als du denkst.»

Sonja legte eine Hand auf Zoes. «Keine Sorge, jedem das Seine, sage ich immer. In meiner Studienzeit habe ich selber mit einer Freundin experimentiert. Das fand ich sehr interessant.»

Wollte Sonja sie jetzt tatsächlich anbaggern? Zoe befreite ihre Hand. «Schön für dich, aber …»

«Falls du deinen Stil aufpeppen möchtest, ich kenne da ein paar tolle Kleiderboutiquen.» Sie musterte Zoe von oben bis unten, als probierte sie eine neue Brille aus. «Wir können mal zusammen shoppen gehen.»

Himmel, jetzt wollte die ihr auch noch Kostümchen aufschwatzen. Zoe im Business-Röckchen, das fehlte gerade noch. «Danke, Sonja, aber ich muss mich bewegen können, auch in den Klamotten. Du hast mir sehr geholfen.» Hastig steckte Zoe den Notizblock und das Mineralwasser ein und erhob sich, bevor sie auch noch Schminktipps bekam. «Ich muss los.»

Sie verliess das Café und eilte die Treppe hinunter in Richtung Ausgang.

«Zoe!»

Vor den drei Eidgenossen blieb sie stehen und sah sich um.

«Zoe, hier.» Vor dem Büro des Ratssekretariates winkte Pia Foletti.

Das war jetzt aber eine schöne Überraschung. Zoe machte kehrt und nahm immer zwei Stufen auf einmal. «Pia, come va?»

«Sto bene, e tu?»

«Auch gut, danke.» Zoe umarmte ihre alte Freundin, die im Marziliquartier gleich um die Ecke am Ländteweg gewohnt hatte. Seit frühester Kindheit waren sie beste Freundinnen gewesen. Gemeinsam hatten sie den Kussmund vor dem Spiegel geübt, mit ihr hatte sich Zoe zum ersten Mal geschminkt: Pia als Prinzessin, sie als Pirat.

Zoe musterte ihre Freundin, die ein rotes Kleid mit weissen Punkten trug und eine farblich passende Schleife im schwarzen Lockenkopf – ihr typischer Fünfzigerjahre-Look. Pia war klein und zierlich, fast mager, bis auf ihren grossen Busen. Wie immer trug sie perfektes Make-up, doch ihr Gesicht wirkte erschreckend hager. «Letzte Woche habe ich deine Mamma in der Stadt getroffen. Sie hat mir erzählt, dass du umgezogen bist.»

Pia strahlte. «Ich habe eine tolle Wohnung am Altenbergrain gefunden. Zwei Zimmer, Aussicht über die Aare. Himmlisch. Ganz angekommen bin ich aber noch nicht. Die Hälfte von meinem Zeugs liegt noch bei Mamma im Keller.» Pia legte ihr eine Hand auf den Arm. «Sag, wie geht es deinem Grosi?»

«Die Verletzungen sind fast ausgeheilt. Aber es dauert wohl noch eine Weile, bis sie sich psychisch ganz erholt hat.» Pia konnte sie erzählen, dass sie sich Sorgen machte. In der Primarschule hatten sie keine Geheimnisse voreinander gehabt. Erst später hatten sie sich auseinandergelebt. Während Pia die Jungs und die Politik entdeckt hatte, war Zoe ganz versessen auf eine Karriere als Kunstturnerin gewesen – bis der Traum durch einen Wachstumsschub in der Pubertät platzte.

Pia nickte aufmunternd. «Sie wird darüber hinwegkommen. Dein Grosi ist zäh.»

«Und ob.» Über all die Jahre waren sie in Kontakt geblieben. Inzwischen arbeitete Pia als Übersetzerin für die Parlamentsdienste. Perfekt zweisprachig, hatte sie eine Dolmetscherschule in Winterthur besucht. «Sie geht auch mehrmals pro Tag an die frische Luft. Sie hat jetzt einen Hund, der sie dazu zwingt.»

«Ach, von dem hat mir meine Mamma erzählt. Das muss ein komisches Viech sein.» Zoe lachte. Obwohl Mamma Foletti seit Jahren nicht mehr im Marzili wohnte, wusste sie alles über ihr altes Quartier. «Grosi meint, er sehe aus wie Churchill. Sie hat ihn Winston getauft.»

Pia lachte mit. «Sag deinem Grosi bitte einen lieben Gruss.»

«Das werde ich. Wollen wir schnell etwas trinken gehen? So ein Zufall muss doch gefeiert werden.»

Pia schüttelte den Kopf. «Kein Zufall. Ich habe in deiner Redaktion angerufen. Die haben mir gesagt, dass du hier bist.»

«Du hast auf mich gewartet?»

«Ja… Schreibst du etwas über den Bundesrat?»

«Du meinst den Rücktritt von Graf?»

Pia sah sich nach beiden Seiten um und zog Zoe hinter eine der Säulen, welche die Kuppelhalle trugen. «Da läuft eine ganz miese Sache. Ich habe gehört, dass Graf zum Rücktritt gezwungen wurde. Seine Nachfolge wurde von langer Hand geplant.» Pias Stimme war jetzt nicht mehr als ein Flüstern.

«Wo hast du das gehört?»

Ein Mitarbeiter des Sicherheitsdienstes kam die Treppe hoch, nickte beim Vorbeigehen «Wir kommen gut zurecht, jetzt, wo wir zu viert sind im Büro», sagte Pia laut. Der Bauch des Sicherheitsmannes hing über seinen Gürtel, auf dem Hinterkopf gingen ihm die Haare aus. Er blieb vor dem Eingang zum Nationalratssaal stehen.

Pia beobachtete ihn. «Ich muss gleich in die Gesundheitskommission Übersetzen gehen. Wie wärs? Wollen wir mal zusammen joggen? Und über alte Zeiten plaudern?»

«Du machst Sport? Seit wann denn das?»

«Da staunst du, ja? Seit ich die Aare vor der Haustüre habe. Ich habe mich für den Frauenlauf im Juni angemeldet. Mit dir kann ich natürlich nicht mithalten. Aber für ein paar Kilometer reicht es.»

Der Sicherheitsmann beugte sich hinab und guckte unter Bänke und Sessel, die verteilt über den Flur standen.

«Wie wäre es morgen früh? Um halb sieben bei der Bushaltestelle am Bärenpark?»

Pia tippte sich an die Stirn. «Spinnst du? Frühestens um halb acht.»

Die alte Schlafmütze. «Einverstanden.»

Pia streckte ihre roten Retro-Pumps vor. «Ich habe mir grad neue Nikes gekauft. Neonpink! Du wirst begeistert sein.»

Jetzt tippte sich Zoe an die Stirn. «Wehe, du kommst ganz in pink. Dann wird mir schlecht.»

Pia lachte auf. «Okay, dir zuliebe in neon-orange.»

13

24. Januar

Am Dienstagmorgen um zwanzig nach sieben schloss Zoe den Reissverschluss der Laufjacke bis unters Kinn. Von ihrem Mehrfamilienhaus im Marzili-Quartier trabte sie los, folgte der Aarstrasse, obwohl sie eigentlich lieber auf dem Naturweg jenseits des Flusses lief. Doch im fahlen Dämmerlicht stolperte man dort zu leicht über eine Wurzel oder einen Stein. An der Aarstrasse hingegen spendeten Strassenlaternen helles Licht.

Zoes Ohrläppchen drohten einzufrieren, sie rückte das Stirnband zurecht. Kein Wunder, das Thermometer auf ihrem Balkon hatte vorhin –9 Grad angezeigt. Im Mattequartier dämpfte der Schnee das Geräusch der Schritte, die Stimmen von drei Teenagern und die Motoren. Wunderbar! Brächte der Winter nicht auch die verflixten Eisplatten auf den Joggingstrecken mit sich, dürfte er ruhig länger dauern.

Nachdem sie die Nydeggbrücke unterquert hatte, bog Zoe nach links in den Nydeggstalden ein. Auf dem Kopfsteinpflaster zog sie bergauf das Tempo ein wenig an, bis sie den Puls pochen spürte. Wärme breitete sich in ihren klammen Fingern aus, ihr Körper kam auf Betriebstemperatur – sie genoss das schöne Gefühl. Oben angekommen trabte Zoe locker über die Nydeggbrücke bis zum Treffpunkt an der Bushaltestelle. Die Dame im Kiosk sortierte Zeitschriften, ein Mann trug eine Kiste Brot von einem Lieferwagen in die Brasserie Bärengraben.

Pia war noch nicht da.

Zoe schlenderte hinüber zu den Gruben, in denen die Braunbären früher eingepfercht gewesen waren. Heute konnten sie sich in einem Park über der Aare tummeln. Zum Glück lagen die Touristen noch im Bett. Sie stützte sich auf der Mauer ab und dehnte ihre vorderen Oberschenkelmuskeln. Auf den Sitzbänken dort drüben hatten sie und Pia in der 4. Klasse ihre geheime Zeitung besprochen. Im «Marzili Blettli» hatten sie alle paar Wochen Witze, ein Horoskop sowie Klatsch über Lehrer verbreitet. *Im Werkunterricht hat Herr Iseli seinen Finger mit einem Nagel verwechselt. Ist Frau Keller etwa schon wieder schwanger?* Die Kopien der zwei Seiten hatten im Marzili-Schulhaus reissenden Absatz gefunden – für fünfzig Rappen das Stück. Nach vier Ausgaben, einem Skandal um einen Kuss zwischen Herrn Iseli und Frau Leibold sowie einer Krisensitzung mit Pias Eltern, Zoes Grosi und der Schulvorsteherin hatten sie das Blettli leider einstellen müssen.

Auf dem Aargauerstalden stauten sich die Autos, in der Ferne hörte Zoe eine Sirene. Um 7.40 Uhr war Pia immer noch nicht in Sicht. Zoe schlüpfte aus dem Handschuh, fischte das Mobiltelefon aus ihrer Jacke und kontrollierte, ob Pia ihr eine SMS geschickt hatte. Nein. Ob die Eule verpennt hatte?

Stattdessen entdeckte sie eine Nachricht von Vanzetti auf WhatsApp. *Wollen wir wieder mal zusammen essen gehen?* Zoe wollte bereits *Ja, gerne* tippen, hielt jedoch inne. Im letzten Sommer wäre sie bereit gewesen, sich auf eine Beziehung einzulassen. Vanzetti hatte gezögert. Dann, nach dem Brand, hatte Grosi ihre ganze Aufmerksamkeit erfordert. Und jetzt?

Langsam kroch die Kälte unter Zoes dünne Laufkleidung. Eigentlich könnte sie Pia ein Stück entgegenjoggen. Sie überquerte die Strasse und guckte den Klösterlistutz hinunter, von dort unten sollte Pia kommen.

Gemächlich trabte Zoe über das Kopfsteinpflaster hinab, sie lief an der Mahagony Hall vorbei und die Altenbergstrasse entlang. Schon bald erreichte sie das Niveau der Aare und unterquerte die Kornhausbrücke. Eine Läufergruppe kam ihr in flottem Tempo entgegen, grossgewachsene, schlaksige Ausdauertypen.

«He Zoe.» Einer der Läufer wurde langsamer und hielt an.

Zoe erkannte Sam Knuchel und blieb stehen. «Wie läufts?» Sam, Banker und Vater von vier Kindern, gehörte zur Rennvelogruppe, mit der Zoe von Frühling bis Herbst jeden Sonntag eine Tour machte.

«Ich komme nach», rief Sam seinen Kollegen zu. Er trug eine rote Mütze auf der Glatze und ein schwarzes Sweatshirt mit der Aufschrift *Ich würde jetzt auch lieber schlafen!* Sam rang nach Luft, beugte sich vornüber und stützte die Hände auf die Knie. Er atmete ein paar Mal durch. Schliesslich richtete er sich wieder auf. «Mit diesen Kerlen zu laufen, ist echt das Dümmste, was ich je gemacht hab.»

«Deine Laufkumpel?»

Er stöhnte. «Mann, ehrlich, die sind das Letzte. Alles Frischlinge aus der Bank, zehn Jahre jünger als ich. Die Typen legen ein Tempo vor, das ich knapp mitgehen kann. Und wenn ich schliesslich so erledigt bin, dass ich kaum Luft kriege, legen sie noch einen Zahn zu. Und die ganze Zeit plaudern sie munter miteinander.»

Zoe grinste. «In deinem Alter solltest du vielleicht mit Walken anfangen.» Sam war zweiunddreissig.

Er schnitt eine Grimasse.

«Mach dich nur lustig über mich. Aber du bist auch bald fällig.»

Ihr dreissigster Geburtstag war im Mai. «Erinnere mich bloss nicht daran. Sorry, aber ich muss los. Ich treffe mich mit jemandem.»

Sam deutete mit dem Daumen über seine Schulter.

«Da kommst du nicht durch, der Aareweg ist gesperrt.»

«Wieso?»

«Ein Unfall, glaube ich. Jedenfalls wimmelt es von Polizei und Sanitätern.»

Wahrscheinlich stand Pia irgendwo dort vorne und kam nicht weiter. «Ich schaue mir das mal an.»

«Immer die Journalistin auf der Suche nach einer Story.» Sam schüttelte den Kopf. «Machs gut.» Er lief weiter in Richtung Nydeggbrücke.

Zoe lief los auf dem Uferweg und entdeckte nach ein paar hundert Metern einen Polizisten unter dem mächtigen Bogen der Lorrainebrücke. Ein Krankenwagen mit offener Hecktür ein Stück dahinter, zwei Sanitäter in leuchtend gelben Jacken entfernten sich mit einer Trage.

«Stopp, hier können Sie nicht durch.» Der junge Polizist mit einem kümmerlichen rotblonden Bart hielt einen Arm hoch, als regle er den Verkehr. «Sie müssen umkehren.»

Zoe blieb dicht vor ihm stehen. «Was ist denn los? Ich treffe mich dort vorne mit einer Freundin.» Zoe deutete die Aare hinab.

«Hier ist gesperrt. Bitte drehen Sie um und nehmen Sie den Weg zurück. Sie können über den Altenbergsteg und auf der anderen Seite laufen.» Dampfwolken bildeten sich vor seinem Mund beim Sprechen.

Über die Schulter des Bärtigen konnte Zoe etwa fünfzig Meter entfernt einen zweiten Polizisten erkennen, der einen weissen Sichtschutz in den Händen hielt. Die Sanitäter waren dahinter verschwunden.

Auf einem Fussweg rechts, der hinauf in die Lorraine führte, standen zwei Spaziergänger mit ihren Hunden und beobachteten die Szene. Zoe gesellte sich zu ihnen, was der Polizist mit mürrischer Miene quittierte.

«Wissen Sie, was passiert ist?», fragte Zoe einen schnauzbärtigen Sechzigjährigen mit Dalmatiner.

«Jemand soll bös gestürzt sein.»

«Bestimmt spart die Stadt wieder beim Salzen», meinte sein junger Kollege mit Fade-Haarschnitt und Pudel. «Gestern hat es mich beinahe auf dem Altenbergsteg hingelegt.»

Bei der Unfallstelle trat der Polizist mit dem Blickfang zur Seite, die beiden Sanitäter kamen zurück mit der beladenen Trage. Der Körper darauf war von Kopf bis Fuss mit einem weissen Laken bedeckt; die Person darunter war also tot. Eine dritte Sanitäterin schritt hinter dem traurigen Zug her.

Die beiden Männer trugen die Bahre zum Heck des Krankenwagens und hoben sie leicht an. Dabei rutschte ein Bein unter dem weissen Laken hervor. Als es an der Seite herabbaumelte, entdeckte Zoe grellorange Tights und einen neon-pinken Laufschuh.

Pias verrückte Farben! Zoe wurde schwindlig, sie musste sich im Geäst der Hecke festkrallen.

Nicht überreagieren, es gab viele Läuferinnen mit pinken Schuhen.

Die Sanitäterin stoppte ihre beiden Kollegen, hob das Bein sanft auf die Trage und deckte das Laken darüber.

Mit zittrigen Fingern holte Zoe das Handy aus ihrer Laufjacke, suchte Pias Nummer und drückte darauf. *Bitte nimm ab, Pia!*

Die Sanitäter bugsierten die Bahre in den Krankenwagen.

Aus dem Innern hörte Zoe ganz leise das Klingeln eines Telefons.

14

Ein Stück oberhalb von Brienz rollte Lucy über eine schmale Teerstrasse. Sie nahm den Fuss ganz vom Gas, als sie den dunkelbraunen Briefkasten am Strassenrand erblickte. Nur die Nummer schimmerte in Messinglettern darauf: 27. Nach einer guten Stunde Autofahrt von Bern hatte sie Ex-Bundesrat Grafs Ferienhaus gefunden.

Hier wohnte jemand, der Wert auf Diskretion legte. Die Zufahrt, die von der schmalen Strasse abbog, führte hinter Hecken einen Hang hoch und zwischen Bäumen hindurch, ein Gebäude war nicht in Sicht. Auch die Adresse war in keinem Telefonbuch zu finden gewesen. Eine junge Verkäuferin unten in der Brienzer Chäsi hatte Lucy den Weg netterweise beschrieben.

Sie parkierte das Mini Cabrio am Strassenrand so, dass ein Fahrzeug vorbeikäme, und stellte den Motor ab. Schnee bedeckte den sanften Abhang, links der Strasse streckten junge Obstbäume ihre kahlen Äste in die Höhe, in Sichtweite rechts standen zwei Ferien- und ein Bauernhaus – allesamt Chalets.

Unten, hinter den Dächern des Dorfes, breitete sich der Brienzersee zwischen hohen Bergen aus. Zauberhaft!

Sie könnte zwar einfach an der Tür klingeln und schauen, ob Graf tatsächlich hier war. Aber dass er ihrer Enkelin einen Interviewtermin gäbe, wie Zoe es wünschte, daran glaubte Lucy nicht. Eher spräche Graf der alten Zeiten wegen mit Lucy. Und Interviews hatte sie in ihren dreiunddreissig Jahren als Journalistin schon x-mal gemacht. Den Text könnte Zoe dann ruhig unter ihrem Namen veröffentlichen. Obwohl ihre Enkelin sich natürlich dagegen sträuben würde.

Lucy stieg aus und betrachtete den wedelnden Winston auf dem Rücksitz. Ob Graf Hunde mochte? Es könnte heikel werden, wenn sie Winston mitnähme. Andererseits war es um die null Grad, durch das Stoffdach würde es rasch abkühlen im Auto. Okay, sie würde klingeln gehen und schauen, ob jemand im Haus war. Und dann den Hund ins Warme holen. «Bin gleich zurück. Kleiner.»

Das schmiedeeiserne Tor stand offen, die Zufahrt aus Pflastersteinen schlängelte sich von der Strasse hoch. Lucy folgte dem Weg etwa fünfzig Meter und erreichte eine Kuppe, von der aus sie das Haus auf einer ebenen Fläche fünfzig Meter vor sich stehen sah: Das prächtige dreistöckige Chalet schmückten in der Mitte Balkone, je einer auf der rechten und der linken Seite. Zwei Treppen führten in perfekter Symmetrie an der Frontseite zu den Balkonen im 1. Stock.

In die Fassade war 1826 eingeritzt, die Jahre hatten das Holz fast schwarz werden lassen. Darüber stand mit geschnitzten Buchstaben ein Spruch:

Lug, Untreu, Tücke, falschem Schein
Soll dieses Haus verschlossen sein.

Mit welchen Gefühlen Graf das wohl in der letzten Zeit gelesen hatte?

Lucy folgte dem Weg auf die linke Seite des Gebäudes über einen kleinen Parkplatz zum überdachten Eingang. Ein SUV, dessen Frontscheibe eine Schutzfolie bedeckte, sowie ein kleiner blauer Renault standen vor dem Haus.

Als Journalistin hatte Lucy an mehr Türen geklopft, als sie zählen konnte. Doch jetzt spürte sie einen Kloss im Hals. Damals, in ihrer Zeit bei den Berner Nachrichten, hatte sie einen recht guten Draht zum jungen Nationalrat Graf gehabt. Doch jetzt wusste sie nicht, wie sie ihn begrüssen sollte. Mit Mitgefühl? Oder professionell distanziert?

Dir wird schon das Richtige einfallen.

Sie straffte ihre Schultern und schritt zur Eingangstür. Neben einer Sitzbank lehnte eine Schneeschaufel an der Wand, Vliesverpackungen schützten zwei Topfpflanzen links und rechts, ein Adventskranz aus Tannästen hing an der dunklen Holzwand. Bevor sie den Türklopfer aus Messing anhob, spitzte Lucy die Ohren. In der Ferne bellte ein Hund, aber es war nicht Winston. Weit über ihr rauschte ein Flugzeug. Sonst gab es kein Geräusch.

Dumpf prallte der Klopfer auf das Holz. Lucy wollte ihn ein zweites Mal anheben, als die Türe einen Spalt aufglitt. Sie gab ihr einen kleinen Stoss. «Hallo?»

Lucy liess ein paar Sekunden verstreichen. Keine Antwort. Mit einer Hand hielt Lucy das Türblatt fest, mit der anderen liess sie den Klopfer nochmals auf das Holz prallen. «Hallo! Ist jemand da?»

Wieder nichts.

Einfach hineingehen? Lucy machte ein paar Schritte rückwärts zu den parkierten Wagen. Von hier oben lief doch keiner im Winter zu Fuss ins Dorf. Sie blickte um sich. Weder hinter den Chalet-Fenstern noch auf der Zufahrt oder den Feldern ringsum zeigte sich jemand. Ein Nachbarhaus, bei dem sie fragen könnte, war nicht in Sicht.

Ein letzter Versuch. Lucy klopfte an, lauter diesmal. «Herr Graf? Ist jemand zu Hause?» Solche Leute liessen ihre Türe nicht offen stehen. Vielleicht war jemand verletzt. Oder Graf hatte sich etwas angetan.

Lucy musste kurz nachschauen. Zur Sicherheit… Sie würde sich sonst Vorwürfe machen, wenn… Okay, ein Stück berufsbedingte Neugierde war auch mit dabei. Die Türe quietschte leise, als Lucy sie ganz aufstiess. Es roch nach Pfeifentabak und gebratenen

Zwiebeln. Von einem kleinen Foyer mit Einbauschränken führte ein offener Durchgang ins Wohnzimmer.

«Ist jemand zu Hause?»

Schwere Holzbalken trugen die hohe Decke, ein langes Sofa aus braunem Leder dominierte den Raum. An der rechten Wand drehten Fische in einem Aquarium langsam ihre Runden, kleine Luftblasen stiegen auf. Gegenüber stand ein Cheminée mit sorgfältig drapierten Holzscheiten. Eine Reihe von Fenstern an der hinteren Wand bot einen fantastischen Blick über Berge und See.

Die Stille verstärkte jeden Schritt, den Lucy auf dem Parkett machte. Das ging ihr langsam unter die Haut. Als ob ein ganzes Haus den Atem anhielte.

Es reicht!

Lucy wandte sich zum Gehen, hielt aber in der Bewegung inne. Auf dem Parkett vor dem Aquarium lag ein zusammengeknülltes, weisses Handtuch mit einem komischen roten Fleckenmuster. Sie beugte sich hinab: Blut!

Das Herz schlug ihr bis zum Hals. Lucy richtete sich auf und entdeckte eine feine rote Tropfenspur, die quer durch das Wohnzimmer führte und unter einer Tür aus hellem Holz verschwand. Sie folgte ihr mit Trippelschritten, griff nach der Klinke, drückte sie ganz sachte herunter und schob die Tür auf.

Dahinter befand sich eine Küche mit viel blitzendem Chromstahl und einem Erker mit Sitzbank, Tisch und Stühlen aus Holz. Einzelne rote Spritzer sprenkelten die weissen Fliesen.

Der Schrecken fuhr Lucy in die Glieder, als das Telefon in ihrer Manteltasche klingelte. Mit zitternden Fingern fischte sie es heraus, Zoe stand auf dem Display. «Ich kann jetzt nicht reden», flüsterte Lucy.

«Es ist aber wichtig, Grosi.» Zoe klang unerwartet niedergeschlagen.

«Was ist … Oh, mein Gott!» Unter dem Tisch lugten ein Paar mit Klebeband verschnürte Füsse in schwarzen Socken hervor. Lucy ging auf die Knie. Zwischen den Stühlen lag ein Mann auf dem Bauch, auch die Hände waren gefesselt.

«Ruf sofort die Polizei und einen Krankenwagen, Zoe. Schick sie zum Haus von Graf in Brienz. Hier ist jemand verletzt. Oder tot.»

«Okay, mach ich sofort.» Zoe trennte die Verbindung.

Lucy steckte das Handy zurück in ihren Mantel, schob die Stühle zur Seite und kroch unter den Tisch. Blut rann aus einer Wunde am Kopf des Mannes. Lucy tastete seinen Hals ab und spürte einen Puls. Zum Glück!

Sachte drehte sie den Körper auf die Seite, sodass sie das Gesicht erkennen konnte: Mauro Graf.

Er öffnete die Augen, Klebeband war mehrfach um seinen Kopf gewickelt und bedeckte den Mund.

«Moment, ich werde Sie befreien.» Lucy kroch rückwärts unter dem Tisch hervor, sie brauchte ein Messer oder eine Schere.

Graf schüttelte den Kopf. «Holuzui», tönte es dumpf durch das Klebeband.

«Polizei? Ich soll die Polizei rufen?»

Er nickte.

«Keine Sorge, das habe ich schon …» Auf den Fliesen hinter sich hörte Lucy Schuhe quietschen. Ehe sie reagieren konnte, spürte sie eine Decke auf ihrem Kopf, und alles wurde dunkel. Sie strampelte und boxte, bis sie einen harten Schlag auf den Kopf bekam.

15

Das grosse, helle Studio reichte von der kleinen Kochnische über eine Couch und zwei Stühlen bis nach hinten zum gemachten Einzelbett. Vanzettis Blick fiel auf das Büchergestell hinter dem Sofa: dicke Reiseführer, dazwischen ein paar Biografien und Krimis.

«Du siehst aus, als könntest du ein Bier vertragen», sagte Donat Wandfluh. Er hielt eine Flasche «Felsenau Lager» hoch mit seinen dicken Unterarmen über einen noch dickeren Bauch. Seine kurzen weissen Haare standen ab wie die Stacheln eines Igels.

Vanzetti winkte ab. «Nicht um elf Uhr morgens. Kaffee wäre mir lieber.» Wandfluh war jetzt vierundsiebzig, hatte dreiunddreissig Jahre bei der Berner Kantonspolizei gearbeitet, davon vierzehn bei der Kriminalpolizei. Dort war er Vanzettis Chef gewesen.

«Lebst immer noch wie ein Mönch, was? Du musst mal ein wenig aus dir rausgehen, Spass haben.» Wandfluh stellte das Bier für sich auf dem niederen Couchtisch ab, schlurfte in die Kochecke und liess die Kaffeemaschine surren.

Bei seiner Recherche nach Falke Security hatte Vanzetti – ausser dem Eintrag ins Handelsregister und einer wenig informativen Webseite – nicht viel zutage gefördert. Er brauchte einen Insider in der Sicherheitsbranche: Wandfluh.

Der kam zurück. «Setz dich doch.» Er deutete auf das Sofa, stellte die heisse Tasse auf das Tischchen und liess sich Vanzetti gegenüber auf einen der Stühle fallen.

«Wie geht es dir denn so?», fragte Vanzetti. Beim Reinigen einer Dachrinne war sein Mentor vor sechzehn Jahren von der Leiter gefallen und hatte sich das Becken gebrochen. Daraufhin hatte ihn die Chefetage permanent in den Innendienst versetzen wollen. Wandfluh hatte gekündigt und ein eigenes Sicherheitsunternehmen aufgebaut. Mit einem hübschen Gewinn hatte er es vor ein paar Jahren verkauft.

«Es ist neun Monate her, seit Irene gestorben ist. Aber das weisst du ja …» Wandfluh seufzte schwer. «Meine Tochter wohnt in Steffisburg, kommt ein Mal pro Woche vorbei, hilft mir mit der Wäsche. Hemden bügeln und so.» Er hob die Schultern.

Er hätte sich längst mal melden müssen. «Wenn ich was für dich tun kann …»

«Danke. Ich komme zurecht, kochen kann ich ganz gut. Den Staubsauger kann ich auch bedienen.» Er nippte an seinem Bier. «Also, worum geht es?»

«Ich versuche da jemanden zu finden. Es ist ein Gefallen für Bundesrat Marchand. Inoffiziell. Der

Sohn einer befreundeten Familie ist verschwunden.» Vanzetti erzählte ihm die ganze Geschichte.

Während er zuhörte, holte Wandfluh in der Kochnische eine Packung gesalzene Erdnüsse und riss sie auf. Knabbernd setzte er sich wieder hin und legte die Packung auf den Tisch. «Bedien dich. Warum melden die Scholers ihren Sohn nicht als vermisst?»

«Im Moment ist er nur für eine Weile nicht zu Hause aufgetaucht. Leon verschwindet offenbar ab und zu.» Vanzetti nahm einen Schluck Kaffee und fühlte die wohlige Wärme in seiner Speiseröhre.

«Aber du glaubst nicht, dass er irgendwo am Strand liegt.»

«Einiges ist zu seltsam. Diese klinisch saubere Wohnung zum Beispiel. Oder die Erzählungen der Ex-Freundinnen. Und das Geld. Nachdem Leon bei der Bahnpolizei rausgeflogen ist, hat er einen Job bei Falke Security bekommen. Das sieht eigentlich nach Abstieg aus. In seiner Wohnung lag aber ein Heftordner mit Bankauszügen. Leon hat von Juli bis Dezember letzten Jahres dreiundachtzigtausend Franken verdient.»

Wandfluh stiess einen kurzen Pfiff aus. «Nicht schlecht für einen Anfänger.»

«Es kommt noch besser. Gestern Nachmittag habe ich bei Falke angerufen. Eine Dame in der Personalabteilung sagte, sie habe noch nie von einem Leon

Scholer gehört. Kurze Zeit später meldet sich ein Mann aus der Geschäftsleitung von Falke und spricht von einem Missverständnis. Leon habe als Wachmann für die Firma gearbeitet und Ende Jahr gekündigt.»

Wandfluh hob eine Augenbraue.

«Ich hab mich erstaunt gezeigt, dass ein einfacher Wachmann so viel Geld verdient. Der Mann meinte, das müsse ein Irrtum sein. Ende des Gesprächs. Eine Stunde später klingelte es schon wieder, diesmal war eine Anwaltskanzlei aus Zürich dran, Büchler, Tanner und Strub, Adresse an der Bahnhofstrasse. Frau Büchler persönlich teilte mir mit, dass es keinerlei Verbindung mehr gebe zwischen Leon Scholer und Falke Security. Man habe sich einvernehmlich getrennt mit einem Kündigungsvertrag.»

«Okay, irgendetwas macht die nervös. Bei Falke ist das allerdings kein Wunder.» Wandfluh stellte die Flasche auf den Tisch und legte die Unterarme auf die Knie. «Die Firma hat einen zweifelhaften Ruf in der Branche. Es heisst, sie arbeite eng mit der Dover Defense Group zusammen.»

«Über die habe ich schon gelesen.» Das britische Unternehmen war eine grosse Nummer in der Sicherheitsbranche.

Wandfluh nickte bedächtig. «Die arbeiten in vielen Ländern, machen Personen- und Objektschutz, überall, auch in Kriegsgebieten. Von der US-Regierung hat DDG im Irak und in Afghanistan Aufträge über mehrere Hundert Millionen Dollar bekommen.»

Ein blühendes Geschäft. Vanzetti wusste, dass zahlreiche Regierungen die Privatarmeen für Einsätze engagierten, die als risikoreich oder heikel galten. «Weisst du, wie Falke und DDG miteinander ins Geschäft kamen?»

«Aus geografischen Gründen, nehme ich an. DDG hatte ihren Sitz ebenfalls in der Schweiz.»

Vor ein paar Jahren hatten sich mehr und mehr ausländische Söldnerfirmen in der Schweiz niedergelassen – vornehmlich aus steuerlichen Gründen. Deswegen hatte der Bundesrat ein Gesetz ausarbeiten lassen, das die dubiosen Firmen ab 2015 aus der Schweiz verbannte.

«Die DDG hat ihren Sitz, glaube ich, auf die britischen Kanalinseln verlegt.»

«Du bist gut informiert, wie immer.» Wandfluh griff nach dem Bier, erhob sich und spazierte zum Fenster hinüber; der Blick ging über Sigriswil und den Thunersee. «Ich hab mit dem Rauchen aufgehört», sagte er unvermittelt. «Es ging uns gut, plötzlich wurde Irene krank. Lungenkrebs.» Er nippte an seinem Bier, musterte Vanzetti, nickte. «Du brauchst eine Frau, so jung, wic du bist. Ist nicht gesund, allein zu leben. Es macht dich kaputt.»

Vor drei Jahren war Vanzettis Frau Tamara bei der Geburt ihrer Tochter gestorben. Doch seit ein paar Monaten gab es mit Zoe eine neue Frau in seinem Leben. Oder vielleicht auch nicht. Vanzetti war sich unklar über seine Gefühle, und Zoe ging es vermutlich ebenso. Aber dieses Minenfeld würde er jetzt nicht mit seinem Mentor betreten. «Du hast bestimmt recht… Falke arbeitet also mit der Dover Defense Group zusammen?»

«Ja. Allerdings weiss ich nicht, wie die Kooperation im Detail aussieht.»

«Meinst du, dass die auch Schweizer Söldner vermitteln?»

«Wer weiss? Wir haben ja eine lange Tradition als Kämpfer in fremden Diensten. Das ist zwar seit 1927 verboten, trotzdem dienten Schweizer auch danach noch in der Fremdenlegion, im Spanischen Bürgerkrieg oder in der deutschen Waffen-SS. Und heute stehen sie unter anderem in der Ukraine im Einsatz.»

«Meinst du, Leon könnte in einem Kriegsgebiet sein?»

Vanzetti nahm einen Schluck.

«So ein Schlufi?» Er kratzte sich am Kinn. «Gut, es müsste ja nicht unbedingt ein Einsatz an der Front sein. Er könnte auch in der Logistik arbeiten. Das wäre denkbar. Hast du schon mal von Roman Zurbrügg gehört?»

«Dem Namen nach.» Ein millionenschwerer Investor mit Villen, protzigen Karren und dem ganzen Schnickschnack. «Was hat der damit zu tun?»

Wandfluh setzte sich wieder auf den Stuhl. «Ihm gehört Falke Security. Man weiss kaum etwas über ihn, er hält sich sehr bedeckt. Du solltest mal mit Michel Iten reden. Kennst du den? Ein kleiner Dünner mit einer Radiostimme.»

Der Name klang vertraut. «Arbeitet der nicht bei der Berner Staatsanwaltschaft?»

«Nicht mehr. Hat letztes Jahr dort aufgehört.»

«Und Iten weiss mehr über Zurbrügg und Falke?»

«Oh ja. Mehr als er sollte, nehme ich an. Ich hab neulich abends mit Michel ein paar Bier gekippt, wir kennen uns schon lange. Seine Frau ist mit einer Lehrerin aus Thun abgehauen. Einer Lehrerin! Einen Lehrer hätte er vielleicht verkraftet, aber eine Frau? Das hat ihn ganz schön mitgenommen. Und kurz danach haben sie ihn im Büro aufs Kreuz gelegt. Wegen Zurbrügg.»

«Was ist passiert?»

Wandfluh winkte ab. «Ich bin mir nicht ganz sicher, war wohl zu besoffen für die Details. Vielleicht lag es auch an Michel, der wirr durcheinandergeredet hat von seiner Frau, Ferien in Thailand, irgendeinem Kinofilm und was weiss ich noch. Soll ich ihn fragen, ob du ihn mal besuchen kannst?»

«Das wäre super.»

«Kein Problem. Wie gesagt, ich war ziemlich breit an dem Abend mit Michel. Aber an eines, das er gesagt hat, kann ich mich noch genau erinnern.»

«Ja?»

Wandfluh fixierte ihn mit seinem Blick. «Er hat gesagt, dass der Name Zurbrügg Leute umbringen kann.»

16

Mit einer Manschette um den Oberarm lag Lucy auf der Trage im Heck des Krankenwagens. Die Digitalziffern auf einem kleinen Monitor zeigten einen Puls von 136 Schlägen pro Minute. Doch abgesehen von ein paar Prellungen an Kopf, Unterarmen und Schienbeinen ging es ihr gut.

Vor einer guten Stunde hatten zwei Männer der Kantonspolizei sie vom Fussboden in Grafs Küche aufgelesen und aus der Wolldecke befreit, die mit Klebeband um ihren Oberkörper, Arme und Beine gewickelt war. Auch Bundesrat Graf hatte überlebt – etwas Konkretes erzählte ihr allerdings niemand.

«Haben Sie mich verstanden?», fragte die junge Sanitäterin mit dem Diamanten im Nasenflügel.

«Was, bitte?»

Sie entfernte die Manschette um Lucys Arm. «Ich habe gesagt, dass Ihr Blutdruck etwas hoch ist, aber kein Grund zur Beunruhigung besteht. Und die Polizei möchte jetzt mit Ihnen sprechen.»

«Schon wieder?» Lucy stöhnte. Sie hatte der Kantonspolizei doch schon alles erzählt.

Die Sanitäterin hob beide Hände in einer Dafür-kann-ich-nichts-Geste. «Zuerst gebe ich Ihnen aber noch etwas Sauerstoff. Das bringt Ihren Kreislauf in

Schwung.» Sie stülpte Lucy eine durchsichtige Plastikmaske über Mund und Nase. «Bitte atmen Sie ganz normal.»

Lucy versuchte es, doch es fiel ihr schwer. Sie fühlte sich nicht bloss innerlich aufgewühlt, auch rund um die Ambulanz herrschte Chaos. Immer wieder hörte sie Sirenen und aufgeregte, kurze Rufe vieler Stimmen, durch die Milchglasscheiben des Krankenwagens schimmerte blaues Geblinke. Kein Wunder: Nach den beiden Kantonspolizisten, die sie befreit hatten, war eine halbe Armee aufmarschiert und hatte das Gelände gesichert. Erst danach war der Krankenwagen eingetroffen.

Die Hecktür wurde geöffnet, und Lucy hob den Kopf von der Bahre. Sie erhaschte einen kurzen Blick auf einen Kastenwagen, in dem drei Männer in Kampfmontur sassen. Eine Frau sprach in ein Funkgerät.

Zwei Männer, ein Alter und ein Junger, kletterten in die Ambulanz, die davonschaukelte. Sie trugen fast identische schwarze Jacken, dunkelblaue Jeans und praktische Schuhe – ein klarer Fall: *Polizei.*

«Hat sie irgendwelche Medikamente bekommen?», knurrte der bullige Alte.

«Nein.» Die Sanitäterin schüttelte den Kopf.

Mit dem Daumen zeigte er über seine Schulter. «Wir müssen alleine mit ihr reden.»

«Kein Problem.» Die junge Frau nahm ihr die Atemmaske ab.

Lucy hob den Kopf von der Trage. «Mir ist nicht wohl im Liegen. Kann ich mich aufsetzen?»

«Aber sicher.» Mit ein paar geübten Handgriffen klappte die Sanitäterin das Kopfteil der Trage hoch, sodass Lucy halb sass, halb lag. Als sie den Krankenwagen verliess, schenkte sie dem jungen Polizisten mit den blonden Strubbelhaaren ein Lächeln. Sie schloss die Hecktür von draussen.

Der Alte, ein Machotyp mit Bürstenschnitt und Adlernase, beobachtete es mit grimmiger Miene. Er setzte sich auf den freien Sitz der Sanitäterin, sein Kollege liess sich auf einem Klappsitz gegenüber nieder. Lucy fühlte sich umzingelt im engen Raum.

«Egloff, Bundeskriminalpolizei», bellte der Alte. Seinen Kollegen stellte er nicht vor. «Wie geht es Ihnen?»

«Ganz gut. Aber ich bin immer noch etwas aufgewühlt.»

«Erzählen Sie uns, was passiert ist.» Egloff nickte dem Jungen zu, der einen kleinen Notizblock zückte, bis zu einer neuen Seite vorblätterte und etwas hineinkritzelte.

«Noch einmal?»

«Wie gesagt, wir sind von der Bundeskriminalpolizei. Uns interessiert nicht, was Sie den Kollegen vom

Kanton erzählt haben. Angriffe auf Bundesräte fallen in unser Ressort. Fangen wir mit Ihrem Namen und Ihrer Adresse an.»

Lucy wusste Bescheid. Nur hatte sie gehofft, dass die BKP vielleicht Alex Vanzetti schicken würde, einen guten Freund. Stattdessen hatte man diesen Rüpel aufgeboten. «Ich heisse Lucy Eicher und wohne an der Brückenstrasse in Bern.»

«Sie wollen uns verarschen, ja?»

«Wie bitte?»

Egloff schüttelte den Kopf. «Sie sind doch die Frau, die letzten Sommer das Observatorium in Zimmerwald abgefackelt hat.»

So ein Schwachkopf. «Das habe doch nicht ich angezündet.»

«Das glaub ich jetzt nicht…» Wie ein Zirkusdirektor breitete er beide Arme aus. «Und ein paar Monate später tauchen Sie ganz zufällig an einem Ort auf, an dem ein Bundesrat überfallen wird?»

«Ja, denken Sie denn, ich hätte Herrn Graf niedergeschlagen und mich selbst mit Klebeband gefesselt?»

Er hob eine Augenbraue, als wäre das durchaus eine Option. «Erzählen Sie mal Ihre Geschichte.»

Lucy zog Zoe lieber nicht hinein. «Ich war früher Journalistin und kenne Bundesrat Graf schon lange aus meiner Zeit bei den Berner Nachrichten. Sein

Rücktritt hat meine Neugierde geweckt. Ich habe mich gefragt, weshalb er mit keinem Medium spricht. Und ob er vielleicht mit mir reden würde. Wir haben immer vertrauensvoll zusammengearbeitet.» Sie beschrieb, wie sie Graf gefunden hatte, von einem Unbekannten überwältigt und von der Polizei befreit worden war.

Egloff hatte aufmerksam zugehört. «Und woher wussten Sie, dass der Bundesrat in Brienz ist?»

Dumm war der Kerl nicht. «Wie gesagt, wir sind alte Bekannte. Ich habe vermutet, dass er in seinem Ferienhaus sein könnte. Das kenne ich von früher. Wie geht es ihm denn?»

«Er ist ins Inselspital nach Bern geflogen worden. Mehr weiss ich nicht.»

«Gehen Sie denn von einem Raubüberfall aus? Oder steckt etwas anderes dahinter?»

«Unsere Ermittlungen laufen.»

«Weiss Graf, wer ihn angegriffen hat?»

«Ich stelle hier die Fragen», blaffte Egloff. «Sie begleiten uns jetzt in die Zentrale nach Bern. Dort nehmen wir Ihre Aussage offiziell auf. Zudem brauchen wir Ihre Fingerabdrücke, damit die Techniker sie abgleichen können mit den Spuren im Haus.»

Das Telefon klingelte in Lucys Mantel, der an einem Haken an der Wagenwand hing. «Dafür habe ich jetzt keine Zeit. Ich will nach Hause.» Sie setzte sich seitlich auf die Trage, reckte sich vor und kramte nach dem Telefon.

«Nein, Sie kommen mit uns nach Bern», befahl Egloff.

«Sie bekommen meine Aussage, sobald ich gesundheitlich wieder auf dem Damm bin.» Sie nahm den Anruf auf ihrem Smartphone entgegen.

«Grosi, wo bist du?», fragte Zoe am anderen Ende. «Niemand sagt mir richtig, was abläuft.»

«Immer noch in Brienz.»

«Ich meine, wo genau?»

«Ich sitze in einem Krankenwagen vor dem Haus von Graf und gebe zwei Herren von der Bundeskriminalpolizei Auskunft. Aber wir sind jetzt fertig, gleich komme ich nach Hause.»

Die Hecktür der Ambulanz wurde aufgerissen und Zoe steckte draussen ihr Handy weg. «Mensch, Grosi…» Sie stieg ein und drängte sich an den beiden Männern vorbei.

«He, Sie können hier nicht einfach so hereinplatzen.» Egloff erhob sich halb von seinem Sitz.

Der hübsche Junge schob seine Beine zur Seite.

Zoe umarmte Lucy auf der Trage. «Wie bin ich froh, dass es dir gut geht.» Zoe beachtete die beiden Männer gar nicht. «Ich habe deinen Mini unten bei der Einfahrt gesehen. Winston schläft im Auto. Komm, ich fahre dich heim.»

«Wie bist du denn hergekommen?», fragte Lucy. Aus dem Augenwinkel beobachtete sie, wie der Blondschopf Zoe von oben bis unten musterte.

«Mit einem Taxi.» Zoe zuckte mit den Schultern.

Kälte drang durch die offene Hecktür in den Krankenwagen. Lucy schlüpfte in ihren Mantel. «Das hat bestimmt ein Vermögen gekostet.» Sie drängelte sich an Egloff vorbei.

Der hielt sie am Ärmel fest. «Sie sind Zeugin an einem Tatort, Frau Eicher. Sie begleiten mich jetzt nach Bern.»

Er stand halb auf.

Zoe schob ihn zurück auf seinen Sitz.

«Nimm deine Pfoten weg, Gorilla. Sonst breche ich dir die Finger.»

Lucy legte eine Hand auf ihre Schulter. «Lass nur, Kleines.» Sie wand ihren Arm aus Egloffs Klammergriff. «Ich habe mit Ihnen kooperiert und alles gesagt, was ich weiss. Ich kenne Ihr Büro an der Nussbaumstrasse. Dort werde ich später vorbeischauen.»

Egloff hob einen Drohfinger. «Das Strafgesetz verpflichtet Sie zu einer Aussage. Sonst müssen Sie mit Konsequenzen rechnen.»

Lucy quetschte sich an seinen Beinen vorbei. «Ich kann mir problemlos eine ärztliche Bestätigung geben lassen, dass ich noch nicht vernehmungsfähig bin.»

Zoe hüpfte aus dem Krankenwagen und half Lucy beim Aussteigen.

Egloff sah aus wie ein Ballon kurz vor dem Platzen. «Das werden Sie bereuen …»

«Bitte kommen Sie möglichst bald in die Zentrale für Ihre Aussage», murmelte der junge Polizist.

Lucy winkte beiden lächelnd zu. «Und ich wünsche Ihnen noch einen schönen Tag.» Sie hakte sich bei Zoe ein.

Gemeinsam spazierten sie zwischen Polizeiautos und Einsatzwagen über den Parkplatz davon.

Zoe warf einen Blick zurück. «Wer sind diese Komiker?»

«BKP, der Alte heisst Egloff. Der andere hat sich nicht vorgestellt. Wir sollten Alex nach ihnen fragen.» Sie wollte locker wirken und sich nicht umdrehen. «Verfolgt er uns?»

«Nein, er schmollt immer noch im Krankenwagen. Schade eigentlich. Dem hätte ich gerne eine Abreibung verpasst.»

«Besser nicht.» Lucy sah das Bild des Mannes im Spitalbett vor sich. «Ich will nicht, dass du im Gefängnis landest. Danke, dass du die Polizei hergeschickt hast.»

Zoe stöhnte. «Du kannst dir nicht vorstellen, was die für ein Theater gemacht haben. Die genaue Adresse des Chalets hast du mir ja nicht durchgegeben.

Erst nach langem Hin und Her haben sie dann jemanden hergeschickt. Und dann wollten sie mir nicht sagen, wo in Brienz Graf wohnt. Zum Glück konnte das Taxi einem Polizeiauto folgen.» Sie guckte Lucy von der Seite an. «Bist du wirklich okay?»

Sie fühlte sich noch etwas wacklig auf den Beinen, doch es ging ihr überraschend gut. «Absolut, mach dir keine Sorgen.» An einem Feuerwehrauto vorbei schritten sie die Zufahrt hinab. «Du solltest die Redaktion anrufen. Der Einbruch bei Graf gäbe eine Geschichte für die Frontseite.»

Zoe legte einen Arm um Lucys Schulter. «Das können wir später besprechen. Vorher muss ich dir etwas erzählen. Etwas Trauriges. Es geht um Pia Foletti.»

Lucy mochte Zoes Freundin. «Was ist denn mit ihr?»

17

Zoe schob den Kopf noch näher zur Frontscheibe von Grosis Cabrio. Die Dunkelheit und das dichte Schneetreiben zehrten an ihren Nerven. Filmschnipsel aus der Kindheit schossen ihr durch den Kopf: Pia und sie am Aareufer, kichernd und errötend beim Betrachten eines «Playgirl», das sie bei der Papiersammlung eingesteckt hatten. Oder das Kreischen von René Fuchs, dem Oberpetzer, dem sie einen toten Regenwurm ins Znünibrot gesteckt hatten.

Ach, Pia.

Zwischen Häusern und Bäumen auf der linken Seite konnte Zoe die Aare erahnen, im Schneckentempo steuerte sie am Restaurant Altenberg vorbei und die ansteigende Strasse hoch. Sie hatte Grosi nicht nach Hause in Bern gefahren, sondern direkt nach Gasel zu Mamma Foletti. Pias Mutter hatte apathisch gewirkt und stumm geweint. Nur einmal, ganz kurz, hatte sie Zoe angesprochen und sie gebeten, Pias Kater aus der Berner Wohnung zu holen. Natürlich war Zoe gleich losgefahren. Obwohl sie viel lieber im Bett läge und die Decke über den Kopf zöge.

Am Altenbergrain spähte Zoe nach der richtigen Nummer. Da! Es musste dieser frisch renovierte Altbau hinter dem Botanischen Garten sein.

Sie parkierte den Mini halb auf dem Trottoir hinter einem Lieferwagen, öffnete die Fahrertüre und stellte die Beine auf den Schnee. Als sie aufstand, rutschten ihr die Füsse einfach weg. Nur mit einem schnellen Griff zum Türrahmen konnte sie einen Sturz vermeiden.

Mannomann, die schmale Strasse glich einer Eisbahn. Zoe erschauderte: So musste es Pia am Morgen ergangen sein, als sie am Aareweg auf dem Eis ausgeglitten und auf den Hinterkopf geknallt war. Das war zumindest die vorläufige Version der Polizei, bei der sie aus Gasel nachgefragt hatte.

Zwischen schneebedeckten Betonmauern führte eine schmale Treppe von der Strasse hoch zum Haus. Zoe krallte sich an das Metallgeländer und schaffte es ohne Sturz bis zum Eingang. Dort kramte sie den Schlüssel aus der Jackentasche, den ihr Mamma Foletti gegeben hatte. Durch eine hohe, schmale Milchglasscheibe in der Haustüre sah sie einen Schatten im Innern. Zoe wartete, bis er die Türe öffnete. «Guten Abend.»

Der vielleicht vierzigjährige Mann mit Lederjacke, Baseballmütze und Sonnenbrille nickte bloss und stakste an ihr vorbei, der Schnee knirschte unter seinen Halbschuhen.

Im Treppenhaus stieg Zoe über graue Fliesen in den ersten Stock hoch. Dunkle Hölzer, weisse Wände mit dezenten Grafiken sowie Topfpflanzen verströmten ein edles Flair. Wow! Pia musste höllisch gut verdient haben als Übersetzerin. Oben drang aus einer Wohnung leise klassische Musik. Zoe steckte den Schlüssel ins Schloss der Wohnung gegenüber und drückte die Klinke.

Doch die Türe bewegte sich nicht.

Sie nestelte am Schlüssel herum und versuchte es ein zweites und ein drittes Mal. Nichts regte sich. Also presste Zoe ihre Schulter gegen das Türblatt. Knirschend bewegte es sich so weit, dass sie sich hineinquetschen konnte.

Zoe stockte der Atem.

Das Schuhgestell lag umgeworfen auf dem Boden hinter der Türe, die Schubladen einer Kommode waren herausgerissen, Mäntel, Hüte und Handschuhe bildeten einen Haufen.

«What the fuck…?»

Zoe stieg über das Chaos hinweg bis in das Wohnzimmer und knipste das Licht an. Das rote Sofa war quer über die Polster aufgeschlitzt, das Füllmaterial herausgerissen und überall verteilt worden. Der Fernseher lag zersplittert zwischen Büchern unter dem Regal, der Wohnzimmertisch streckte alle Viere von sich, Stücke von Vinylplatten und deren zerrissene Hüllen bedeckten das Parkett. *Little Richard, Ray Charles, Chuck Berry.*

Sprachlos starrte Zoe auf die Verwüstung, Tränen stiegen ihr in die Augen. Was sollte das? Mit dem Handrücken wischte sie die Tränen weg, dann legte ihr Hirn wieder einen Gang ein. Okay, jemand hatte die Wohnung durchsucht. Und dieser jemand konnte noch immer hier sein. Sie müsste den Rückzug antreten und sich Hilfe holen. Jetzt!

Zoe machte kehrt und marschierte zurück ins Entrée, wo sie vor dem Kleiderhaufen stehen blieb.

Und den Scheisskerl davonkommen lassen, der das hier verursacht hatte? Der die Sachen ihrer toten Freundin durchwühlt und zerstört hatte? Auf keinen Fall! Ausserdem konnte sie nicht einfach gehen, bevor sie den Kater gefunden hatte. *Buddy Holly*.

Zoe ballte die Fäuste, ging zurück ins Wohnzimmer und stiess die Tür zur Küche auf: herausgerissene Schubladen, zerschlagene Teller, überall Abfall und Lebensmittel. «Buddy, wo steckst du?»

Zoe schnappte sich ein Brotmesser vom Boden, fluchte lautlos und stürmte durchs Wohnzimmer in den Flur, sprang über das Zeug zu den beiden Türen am Ende. Links stand das Bad offen, dessen Fliesen übersät waren mit zersplittertem Glas. Der Spiegel über dem Waschbecken fehlte, der Schrankinhalt lag darunter: Bürsten, Tampons, Schminke, Lidstifte, Zahnpasta. Dem Bad gegenüber lag Pias Schlafzimmer. Zoe schaltete die Deckenlampe an.

Auch hier waren die Schubladen einer Kommode herausgezogen, die Kleider durchwühlt und im ganzen Zimmer verteilt worden. Das Bettzeug lag, von der Matratze gezerrt, herum. Bücher, Halsketten, Sonnenbrillen und Unterwäsche vervollständigten das Chaos.

«Niemand hier. Was jetzt?», fragte Zoe laut und hörte ihre Stimme zittern.

Erschöpft sackte sie auf die Matratze und legte das Messer neben sich. Offensichtlich war jemand in Pias Wohnung eingebrochen. Diebstahl, weil ein Junkie den Unfall mitbekommen und die Gelegenheit genutzt hatte? Vielleicht. Doch diese Zerstörung deutete auf etwas anderes hin, auf Rache oder Wut. Am Tag von Pias Tod konnte das kein Zufall sein.

Zoe hob ein Buch vom Boden auf und drehte es um: *Elvis: Die Legende lebt!* Sie legte es auf den Nachttisch.

Vielleicht war Pia gar nicht bei einem Unfall ums Leben gekommen. Wer war der Kerl gewesen, der ihr die Haustüre geöffnet hatte? Er hatte eine Sonnenbrille und Halbschuhe getragen – an einem eiskalten Winterabend!

Ein kratzendes Geräusch direkt unter ihrem Hintern liess Zoe aufspringen. Sie hörte es wieder und ging von der Matratze auf die Knie, schob einen Petticoat zur Seite und guckte unter das Bett. Ganz hinten in der

Ecke kauerte ein verängstigter Kater mit schwarz-weissem Fell. «Buddy, da bist du ja. Komm her, Kleiner.» Zoe streckte den Arm aus. «Puss, Puss.» Doch der Kater zitterte bloss und bewegte sich nicht von der Stelle.

Zoe hatte einen Kloss im Hals und verspürte gleichzeitig eine glühende Wut auf den Kerl, der Buddy dermassen verängstigt hatte.

Sie brauchte einen neuen Plan: das Bett zur Seite schieben und den Kater dahinter schnappen. Aber das würde Buddy wohl noch mehr in Panik versetzen. Vielleicht konnte sie ihn mit einer Schnur oder einem Spielzeug hervorlocken. Doch sie entdeckte nichts Brauchbares. Futter! Bestimmt würde Buddy aus seinem Versteck kriechen, wenn sie ihm seinen Fressnapf hinstellte.

Auf dem Weg in die Küche fiel Zoes Blick auf die Wohnungstüre. Die war verschlossen gewesen, als sie hier angekommen war. Wie hatte der Einbrecher das geknackte Schloss wieder einrasten lassen? Oder hatte er einen Schlüssel gehabt?

In der Küche fand Zoe einen umgedrehten Futternapf auf dem Boden, begraben unter Spülmitteln und Gewürzen. Erfolglos durchsuchte sie diverse Schränke und Schubladen, bis sie mit dem Fuss gegen einen Teller stiess. Darunter kam eine Dose Katzenfutter zum Vorschein. Sie wusch den Futternapf aus, öffnete die Dose und füllte eine ordentliche Portion ab.

Auf dem Weg zurück entdeckte Zoe im Wohnzimmer ein rotes Blinken unter einem zersplitterten Bilderrahmen. Sie hob den Rahmen hoch, das Foto zeigte einen hellblauen Oldtimer mit geschwungenen Heckflügeln. Am Steuer sass Pia in einem blauen Kleid und einer Schleife im schwarzen Haar. Unter dem Foto lag ein Telefon, eines dieser schnurlosen Dinger mit integriertem Anrufbeantworter. Eine Taste blinkte rot, Zoe drückte drauf. Auf dem Display leuchtete die Nummer 3 auf, drei Nachrichten waren eingegangen. Zoe drückte auf «Play»:

«Guten Tag Frau Foletti, Hungerbühler vom Nähatelier Fingerhut. Ihre Vorhänge sind fertig, Sie können sie abholen, wir haben von neun bis halb sieben geöffnet.»

Durch das nackte Fenster sah Zoe draussen noch immer dicke Flocken fallen. Der Anrufbeantworter sprang zur zweiten Nachricht.

«Ich bins, Alessia. Wollten wir heute nicht zusammen essen? Oder habe ich das Datum verwechselt? Melde dich mal, wenn du Zeit hast. Tschüss.»

Alessia? Die kannte Zoe nicht. Sie legte den Bilderrahmen auf einen Stuhl, als die dritte Nachricht kam:

«Pia, verdammt nochmal. Ruf mich an!»

Zoe starrte den Hörer in ihrer Hand an. Die tiefe Stimme mit dem starken Zürcher Dialekt kannte sie aus Radio und Fernsehen. Sie gehörte Nationalrat Adrian Ott.

18

Im Katzenkorb auf dem Beifahrersitz schnurrte Buddy ganz zusammengerollt. Fast eine Stunde hatte Zoe gebraucht, um den Kater mit Futter unter dem Bett hervor und in den Korb zu locken. Jetzt, um halb zehn Uhr abends, befand sie sich endlich auf dem Rückweg nach Gasel. Sobald sie den Kater bei Mamma Foletti abgeliefert hatte, würde sie mit Grosi nach Hause fahren und ins Bett fallen.

Gleissende Halogenscheinwerfer blendeten Zoe im Rückspiegel. Irgendein Idiot hatte Mühe, den Schalter für das Abblendlicht zu finden. Er folgte Zoe mit einigem Abstand auf der Schwarzenburgstrasse ausserhalb von Köniz, fünf Kilometer südlich von Bern.

Sie sollte sich lieber wieder auf die rutschige Strasse konzentrieren, die sie durch die Wand aus weissen Flocken kaum erkennen konnte. Deswegen fuhr sie weniger als fünfzig und orientierte sich an den Wällen links und rechts, welche die Schneepflüge aufgetürmt hatten.

Ob sie Mamma Foletti nach Nationalrat Ott fragen durfte? Zu gerne wüsste Zoe, weshalb der so eine Nachricht auf Pias Anrufbeantworter gesprochen hatte. Nein, heute war nicht der Zeitpunkt dafür.

Der Fahrer hinter ihr nervte Zoe tierisch. Nicht nur blendeten seine Scheinwerfer nach wie vor, er hatte auch noch aufgeschlossen. Das Amöbenhirn klebte fast an Zoes Heck mit seiner Protzkarre. Sie legte den Hebel am Rückspiegel um, jetzt blendeten die Scheinwerfer etwas weniger.

Links der Strasse lastete der Schnee schwer auf den Bäumen eines Waldes, rechts färbte er ausgedehnte Felder weiss. Zoe nahm den Fuss vom Gas und steuerte das Mini Cabrio nahe an den Schneewall. «Komm schon, jetzt hast du aber genug Platz.»

Doch der SUV machte keine Anstalten, sie zu überholen. Er blieb dicht hinter ihr.

Zoe überfiel ein mulmiges Gefühl.

Am Strassenrand suchte sie eine Stelle zum Anhalten. Fünfzig Meter vor ihr zweigte ein Weg ab, der zu einem Bauernhof führte. Zoe setzte den Blinker, bremste sanft, fuhr von der Hauptstrasse ab und hielt an.

Der SUV scherte aus hinter ihr, der Motor heulte auf, weil der Fahrer gehörig Gas gab. Durch die kleine Heckscheibe im Stoffdach konnte Zoe hinter dem Steuer nur die bullige Silhouette einer Person ausmachen, als der SUV, ein Range Rover, an ihr vorbeirauschte.

Sie blieb noch ein paar Sekunden sitzen und atmete durch. So schnell liess sie sich sonst eigentlich nicht aus der Ruhe bringen. Doch Pias Tod am frühen

Morgen und der Angriff auf Grosi mussten ihre Nerven über Gebühr strapaziert haben.

Buddy auf dem Nebensitz pennte friedlich. «Hey, Schlafmütze. Ich hätte ein wenig Hilfe brauchen können.» Als sich ihr Puls wieder beruhigt hatte, legte Zoe den Rückwärtsgang ein und setzte zurück auf die Schwarzenburgstrasse. Dann fuhr sie weiter in Richtung Gasel.

Wenig später erreichte sie das Dorf. Wie auf Eiern steuerte Zoe am Bahnhof und am Rössli vorbei. Als die Häuser wieder spärlicher wurden, erreichte sie den Abzweiger, der ins Wohnquartier von Mamma Foletti führte. Doch die Barrieren der Bahnlinie Bern–Schwarzenburg versperrten ihr den Weg, die Warnlichter blinkten Rot. Zoe ordnete sich rechts in die Abbiegespur ein und stoppte den Mini vor der rotweiss gestreiften Schranke.

Der scharfe Wind wirbelte Schnee um das Auto auf, das Stoffdach des Cabrios dämpfte das Ding-Ding der Barrieren nur schwach. Durch das Schneegestöber konnte Zoe hinter den Gleisen die Häuser ausmachen, in denen Licht brannte. Kein Mensch weit und breit, bei dem Mistwetter ging niemand freiwillig raus. Gerne würde Zoe jetzt auch mit einer Tasse Tee vor dem Fernseher hocken.

Hinter ihr tauchten Scheinwerfer auf. Ein Auto fuhr langsam die Schwarzenburgstrasse entlang, blinkte und hielt hinter Zoe. Sie drehte sich um auf dem Sitz und spähte durch das Heckfenster. Noch so eine Riesenkarre.

In der Ferne hörte sie ein Pfeifen, das Licht-Dreieck einer Lokomotive kam aus Richtung Schwarzenburg durch die Schneelandschaft auf sie zu.

Der Motor hinter Zoe heulte auf, der Fahrer schaltete die Scheinwerfer aus. Nanu? Im Rückspiegel versuchte Zoe zu erkennen, was der da trieb. In dem Moment spürte sie einen Schlag, der Mini bewegte sich ruckweise nach vorn.

Hatte der einen Knall?

Das Auto rutschte auf die Schranken zu, instinktiv trat Zoe sofort fest auf die Bremse. Sie starrte über die Rückenlehne durchs Heckfenster. Der SUV schob den Mini langsam vor sich her. Die Schranken vor ihr waren noch zwei Meter entfernt, noch einen.

Mit aller Kraft riss Zoe an der Handbremse. Doch auf der glatten Strasse fand der Mini keinen Halt. Die Barriere stiess gegen den Kühler und knirschte, als sie den Lack der Motorhaube aufriss. Sie blieb irgendwo hängen und prallte mit Wucht gegen die Frontscheibe, sodass diese sich in eine Fläche mit tausend Rissen verwandelte. Mit einem lauten Quietschen bog sich die Barriere immer weiter, bis das Metall schliesslich abknickte.

Der SUV drückte Zoe weiter vorwärts. Ihr Mini stellte sich quer und rutschte auf die Gleise.

Durch das Spinnennetz der zerborstenen Windschutzscheibe sah Zoe den Zug auf sich zurasen, er war keine hundert Meter mehr entfernt. Das schrille Pfeifen übertönte das Heulen des Windes.

Weg von hier! Zoe löste die Handbremse.

Die Scheinwerfer der Lokomotive kamen schnell näher. Zoe haute den ersten Gang ein und gab Vollgas. Die Räder rutschten durch.

«Shit.»

Zoe ging vom Gas, drückte die Kupplung und versuchte es mit Gefühl. Die Scheinwerfer der Lok tauchten sie in gleissendes Licht. «Los, los!» Da fand der Mini Halt und machte einen Satz vorwärts.

«Ja», schrie Zoe – in dem Moment knallte es, die Lokomotive hatte den Mini am vorderen rechten Kotflügel erwischt.

Wie ein Spielzeug wurde das Auto vom Bahnübergang gefegt. Der Stoss katapultierte es auf den Schotter, Metall kreischte, ein Regen aus Glassplittern ging auf Zoe nieder, eisiger Wind mischte sich darin.

Zoe riss die Hände schützend über ihren Kopf und schrie, als der Mini seitwärts kippte und sich überschlug. Das Stoffdach wurde in Fetzen gerissen, Funken sprühten von irgendwoher nur wenige Zentimeter an ihrem Kopf vorbei, alles flog ihr um die

Ohren. Und die ganze Zeit über gellte das Pfeifen des Zuges.

Und dann, nach unendlichen Sekunden, blieb der Mini kopfüber liegen. Stille kehrte ein.

Zoe hing mit ihrem ganzen Gewicht im Gurt, ihr Gesicht dicht über dem Schotter und dem Schnee. Das Autodach war abgerissen, die Frontscheibe verschwunden. Doch der intakte Fensterrahmen hatte ihr das Leben gerettet.

Vorsichtig drehte Zoe den Kopf von links nach rechts, bevor sie ihre Arme und Schultern bewegte. Sie guckte zum Beifahrersitz, der Katzenkorb war weg. Himmel! Der Zug hatte Buddy erwischt. Tränen stiegen Zoe in die Augen.

Gerüche von geschmortem Gummi, Motorenöl und Benzin drangen ihr in die Nase. Bloss kein Feuer jetzt. Raus, sofort!

Zoe bewegte ihre Zehen, die Oberschenkel. Sie versuchte, ihre Beine unter dem Lenkrad herauszuziehen. Die Knöchel taten weh, die Füsse schienen wie in Beton gegossen. Sie mussten zwischen den Pedalen eingeklemmt sein.

Draussen hörte sie Stimmen. «Jemand steckt hinter dem Steuer fest. – Hallo, hörst du mich?»

«Hier», krächzte Zoe. «Hier bin ich.»

«Die Frau lebt, schnell», rief ein Mann irgendwohin.

«Unmöglich», antwortete ein zweiter.

«Wenn ichs dir doch sage. Sie gibt noch Antwort.»

Steine knirschten unter Schritten, Schnee stob in Zoes Gesicht. Über ihrem Kopf tauchte ein grauer Bart auf, sie spürte eine Hand auf dem Arm. «Hallo? Alles in Ordnung soweit?»

«Ich glaube … Ja.»

«Halt durch, Mädchen. Wir holen dich raus hier.» Das Gesicht verschwand, Zoe hörte seine Stimme von weiter weg. «Eine junge Frau. Weiss der Herrgott, wie sie das überlebt hat. Wir müssen sie aus dem Wrack schneiden. Wir brauchen die Feuerwehr. Und einen Krankenwagen.»

«Buddy … Mein Kater … Bitte …» Zoes Stimme war nicht mehr als ein leises Krächzen. Das Blut stieg ihr in den Kopf und der Schnee schmolz, der überall auf und unter ihrer Kleidung gedrungen war. Sie schlang die Arme um sich.

Das bärtige Gesicht tauchte wieder auf. «Hab etwas Geduld. Es dauert nur ein paar Minuten. Ich bleibe bei dir.»

Mit der Hand grub er eine Kuhle in den Schnee neben dem Fahrersitz, legte sich auf den Bauch und nahm Zoes Hand. «Mach dir keine Sorgen, alles wird gut.»

«Buddy …» Zoe fühlte sich unendlich müde, die Lichter und die Stimmen verschwammen zu einem dicken Brei, und Zoe sackte ab in die Dunkelheit.

19

25. Januar

Die Flure und Zimmer im Inselspital weckten schreckliche Erinnerungen in Lucy. Drei Wochen hatte sie im vergangenen Sommer selber hier verbracht. Noch immer verfolgten sie die Schüsse, der Brand und die Schreie in ihren Träumen. Doch hätte sie die Wahl, so würde sie hundert Mal lieber selber hier liegen, als Zoe zu besuchen.

Mit achtzehn Jahren war Lucys Tochter Lara – damals selber noch ein halbes Kind – Mutter geworden. Also hatte Lucy die Betreuung der Enkelin übernommen. Beklagt hatte sie sich nie, auch wenn sie ihre eigene Karriere als Journalistin hatte vernachlässigen müssen. Um nichts in der Welt mochte sie die Jahre missen, in denen Zoe bei ihr aufgewachsen war – auch wenn das zuweilen Nerven gekostet hatte. Denn von klein auf hatte ihre Enkelin einfach kein Risiko gescheut. Nie. So hatte sie sich als Knirps Brüche beim Klettern und beim Biken zugezogen und als Teenager beim Versuch, auf einer Slackline eine Nachbarin im Haus gegenüber zu besuchen – im 1. Stock.

Lucy strebte die weiss gestrichenen Wände entlang auf Zimmer 227 zu, die Digitalanzeige einer Wanduhr stand auf 02.05. Dass Zoe nicht auf der Intensivstation lag, wertete Lucy als gutes Zeichen. Über das Quietschen von Schritten und Klingeln eines Telefons hinweg hörte sie aus dem Stationszimmer Gesprächsfetzen, die Türe stand einen Spalt offen.

«…Bahnlinie noch lahmgelegt. Und der Wagen ist bloss ein Schrotthaufen. Ist das zu fassen? Die muss eine Armee Schutzengel haben», sagte eine ruhige, weibliche Stimme.

Lucy blieb stehen.

«Der Polizei hat sie gesagt, ein anderes Auto habe sie auf das Gleis geschoben.»

Durch den Spalt sah Lucy einen jungen Arzt im weissen Kittel, aus dessen Seitentasche ein Stethoskop lugte.

«Stell dir das mal vor, vielleicht ist da draussen irgendein Verrückter unterwegs.» Er zuckte mit den Schultern. «Falls sie keine Märchen erzählt.»

«Betrunken war sie jedenfalls nicht», antwortete die Frauenstimme. «Der Bluttest ergab 0,0 Promille. Aber exzentrisch ist sie schon, die hat uns hier ganz schön …»

Lucy schritt am Stationszimmer vorbei, sie musste Zoe sehen. Bei Viola Foletti hatte sie auf ihre Enkelin gewartet und die Lichter und den Lärm unten beim Bahnübergang wahrgenommen. Da hatte sie sich noch keine Sorgen gemacht. Die kamen erst gegen

Mitternacht, als sich die Kleine immer noch nicht gemeldet hatte und nicht zu erreichen gewesen war. Vor einer halben Stunde war dann der Anruf aus der Insel gekommen, und Lucy hatte ein Taxi bestellt.

Sie fand Zimmer 227 ein Stück den Korridor hinunter, legte die Hand auf die Klinke, hielt inne und bereitete sich auf den Anblick vor: Zoe reglos auf einem weiss bezogenen Bett, einbandagiert an werweiss-was für Gliedern, angeschlossen an verschiedene Monitore und Beutel mit Flüssigkeiten. Lucy holte tief Luft, drückte die Klinke und blieb mit offenem Mund stehen.

«Hoi Grosi.» In Pullover und Jeans sass Zoe auf der Bettkante, umgeben von Zeitungen auf der Matratze. Sie hielt die Titelseite der Berner Nachrichten hoch. «Du hattest recht, der Einbruch bei Graf in Brienz ist der Aufmacher. Unser Anruf hat sich ausgezahlt.»

Lucy brachte keinen Ton heraus. Gott sei Dank hatte die Kleine … Wie war denn das nur …? Wenn sie doch nur nicht immer so … Ach, das alles war doch völlig egal. Sie stiess die Tür hinter sich zu, eilte zum Bett und umarmte Zoe. Schliesslich liess sie los und musterte ihre Enkelin aus Armeslänge: den breiten Mund, die etwas grosse Nase, die hohen Wangenknochen, die durchdringenden grau-blauen Augen und das schwarze Haar, das Zoe zu einem Pferdeschwanz gebunden hatte. «Und du bist nicht verletzt?»

«Nein, mir geht es gut.» Nur ein einziges braunes Pflaster über dem linken Auge zeugte davon, dass die Kleine von einem Zug gerammt und aus einem Autowrack geschält worden war. Und viel zu dünn war sie, aber das nicht erst seit heute.

«Ist wirklich alles in Ordnung mit dir?»

Zoe schob die Zeitungen auf einen Stapel zusammen. «Na ja, ein wenig durchgeschüttelt hat es mich schon. Und offenbar bin ich ein paar Mal ohnmächtig geworden. Aber Schmerzen habe ich keine. Nur dein Mini … das tut mir echt leid.»

Lucy legte eine Hand auf ihre Wange. «Das ist mir so was von egal. Und sowieso, ich habe eine Vollkasko-Versicherung.»

«Puh, jetzt bin ich erleichtert. Und danke.» Zoe rutschte von der Matratze und legte ihre kräftigen Arme um Lucy.

«Du bist mir doch hundertmal wichtiger als ein Haufen Blech.» Die «Kleine» überragte Lucy um einen ganzen Kopf.

Zoe gab Lucy einen Klaps auf den Rücken und liess los. «Komm, lass uns gehen.»

«Willst du nicht über Nacht hier bleiben? Nur zur Sicherheit.»

Zoe nahm ihre Lederjacke vom Haken an der Wand. «Nein, mir reichts. Die Entlassungspapierc hab ich schon unterschrieben.»

Lucy widersprach nicht. Auch sie würde jedes Spital lieber heute als morgen verlassen. «Gepäck hast du ja wohl nicht dabei.»

Die Türe zum Krankenzimmer flog auf und krachte gegen den Türstopper. Mit wehendem Mantel stürmte Vanzetti ins Zimmer.

«Wie geht es ihr?», fragte Vanzetti und schaute dabei Lucy an.

«Hast du ihn angerufen?» Zoe taxierte Lucy mit strengem Blick.

Sie fühlte sich wie in einem Sandwich. «Ich dachte, er sollte es wissen.» Lucy umarmte Vanzetti. «Hallo Alex. Schön, dass du so schnell kommen konntest.» Bei einer Mordermittlung vor zwei Jahren hatten sich die drei kennengelernt, Lucy und der Polizist hatten bald Freundschaft geschlossen.

«Also echt, Grosi, das war doch nicht nötig.» Zoe stemmte die Hände in die Hüften.

«Doch, das war es», antwortete Lucy. Im vergangenen Sommer hatte sich etwas angebahnt zwischen Vanzetti und Zoe. Was genau, hatte Lucy nie richtig einschätzen können. Wäre Zoe ihretwegen nach dem Brand nicht krank vor Sorge gewesen …

«Hallo? Ich bin auch noch hier.» Vanzetti verschränkte die Arme vor der Brust und streckte das energische Kinn vor. Gut sah er aus mit seinen kurzen hellbraunen Haaren und den blauen Augen.

Zoe streifte ihre Jacke über. «Es ist nichts passiert, alles bestens.»

«Ach ja?» Vanzetti stiess Luft durch die Lippen. «Das sehen die Kollegen von der Kantonspolizei aber anders. Sie sagen, du hättest tot sein müssen, so wie der Mini zusammengefaltet war. Du kannst von Glück reden, dass das Auto so einen stabilen Fensterrahmen hat.» Er rieb sich den Nacken. «Hat dich wirklich ein betrunkener Autofahrer auf das Gleis geschoben?»

«Vielleicht.» Zoe studierte das graue Linoleum.

«Was soll das heissen?»

So wie Zoe ihr Ohrläppchen zwischen zwei Fingern rieb, war es ihr unangenehm. «Möglicherweise war das Absicht.»

Lucy legte eine Hand auf Zoes Arm. «Wieso denkst du das?»

Zoe schnitt eine Grimasse. «Das Timing. Ich bekomme brisantes Material über einen Bundesratskandidaten. Am nächsten Tag will mir Pia erzählen, wie Bundesrat Graf zum Rücktritt gezwungen wurde. Doch bevor sie das kann, stirbt sie beim Joggen an der Aare. Dann wird ihre Wohnung verwüstet. Und ein paar Stunden später soll mich zufälligerweise ein durchgeknallter Automobilist angreifen? Das stinkt doch zum Himmel.»

«Wer ist Pia?», fragte Vanzetti.

«Eine Freundin von Zoe aus Kindertagen. Die beiden haben in der Primarschule jede Menge Unfug getrieben. Pias Mutter wohnt in Gasel, Zoe wollte ihr Pias Kater bringen», erklärte Lucy.

Tiefe Furchen gruben sich in Vanzettis Stirn. «Du warst dort, weil du einen Kater herumkutschiert hast?»

«Ja.» Zoes Augen füllten sich mit Tränen. «Die Feuerwehr hat bloss den zerfetzten Katzenkorb gefunden.»

Vanzetti streckte einen Arm aus und machte einen Schritt auf Zoe zu.

Sie wandte sich ab und griff nach dem Stapel Zeitungen.

Vanzetti setzte eine grimmige Miene auf. «Und dir ist nicht in den Sinn gekommen, mich mal anzurufen? Vielleicht hätte ich verhindern können, dass du dich in Gefahr begibst. Wieder einmal.»

Zoe starrte ihn an. «Ich kann gut auf mich selber aufpassen, vielen Dank.»

Vanzetti taxierte sie mit seinem Röntgenblick. «Wer ist der Bundesratskandidat, über den du brisantes Material hast?»

Zoe winkte ab. «Vergiss es. Darüber werde ich dir bestimmt nichts erzählen.»

«Ach ja, dein Leitmotiv als Journalistin: Traue keinem Polizisten.» Die Muskeln an seinem Kiefer spannten sich. Doch schliesslich schüttelte er den Kopf. «Das ist der Unterschied zwischen uns beiden. Ich könnte jetzt auch für mich behalten, dass die Kantonspolizei einen Range Rover mit beschädigtem Kühler in Schwarzenburg entdeckt hat. Er wurde in Bern gestohlen.»

Zoe stützte ihr Gesäss am Krankenbett ab und hielt die Zeitungen mit verschränkten Armen vor ihrer Brust.

Jetzt verstand Lucy, weshalb Vanzetti sich Sorgen machte. Und verärgert war. Ihre Kleine konnte so verflucht dickköpfig sein. «Das sieht tatsächlich nicht nach Zufall aus.» Sie wünschte sich, Zoe würde Vanzetti einweihen. Aber heute würde das nicht mehr geschehen. «Ich glaube, wir brauchen alle ein paar Stunden Schlaf.»

Zoe stiess sich vom Bett ab. «Du hast recht, Grosi, ich bin hundemüde. Und morgen werde ich herausfinden, wer es auf mich abgesehen hat.»

Vanzetti öffnete den Mund zum Protest, doch Zoe marschierte einfach an ihm vorbei und hinaus in den Flur.

Lucy bekam es mit der Angst zu tun, denn Zoe hatte wieder diesen energischen Schritt drauf: Sie befand sich auf einer Mission.

20

Kurz nach 9 Uhr morgens hallten Vanzettis Schritte laut in der Tram-Remise Weissenbühl. Schienen waren in den Betonboden eingelassen, auf denen sich ausrangierte Fahrzeuge aneinanderreihten. «Hallo? Ist da jemand?»

«Hier», erklang es aus einer Ecke der Halle an der Berner Seftigenstrasse.

Vanzetti schlängelte sich zwischen den Waggons hindurch, wobei er in der Nähe ein Hämmern hörte. «Herr Iten?»

Ein Ächzen ertönte unter einem blau-weissen Triebwagen, dann kroch ein schmaler Mann hervor. Er war Mitte vierzig, hatte einen Kinnbart und trug eine verrutschte schwarze Wollmütze auf dem Kopf. «Rostet an allen Ecken und Enden. Wirklich schade. Fuhr mal zwischen Bern und Worb, stand später leider lange in einer Salzhalle im Elsass. Das ist ihm schlecht bekommen.»

Iten stand auf und wischte sich die Hände am dunkelgrünen Overall ab.

«Sie müssen Herr Vanzetti sein.»

Was hatte sein Mentor Wandfluh gesagt? Ein kleiner Dünner mit einer Radiostimme. Das traf absolut zu. «Danke, dass Sie mich so kurzfristig empfangen.»

Iten winkte ab. «Hab sowieso ein paar Tage frei und bastle hier nur herum. Meine Frau meint, ich verbringe mehr Zeit im Tram-Museum als zu Hause.»

Mit dem Kinn wies Vanzetti auf ein grün-crèmefarbenes Tram, das vor dem Triebwagen einrangiert war. «Mit denen bin ich als Knirps oft gefahren.»

«Ja, die Be 8/8 waren bis 2009 auf den Linien 3 und 9 unterwegs. Die letzten hochflurigen Berner Trams, nicht sehr beliebt bei älteren Leuten. Aber sehr zuverlässig. Fahren in Rumänien heute noch.»

Trams interessierten Vanzetti nicht besonders. «Hat Ihnen Donat Wandfluh gesagt, worum es geht?»

«Um Roman Zurbrügg. Wie sind Sie auf den gestossen?»

Vanzetti berichtete von seiner Suche nach Leon Scholer. «Zuletzt arbeitete er als Sicherheitsberater bei Falke. Die Firma gehört offenbar Zurbrügg. Meint zumindest Donat.»

Iten nickte, bückte sich und sammelte einen Hammer, Schraubenzieher und Ringschlüssel zusammen. Er warf sie in eine Werkzeugkiste. «Wissen Sie, dass ich bei der Staatsanwaltschaft beschäftigt war?»

«Das hat Donat mir erzählt, ja.»

«Wissen Sie auch, weshalb ich dort aufgehört habe?»

«Nur so viel, dass es etwas mit Zurbrügg zu tun hatte. An mehr konnte sich Donat nicht erinnern.»

Iten lachte. «Ja, wir waren ziemlich besoffen an dem Abend. Kommen Sie, setzen wir uns.» Er kletterte hoch ins Worbbähnli. Im Fahrgastraum liess er sich auf eine der Holzbänke nieder.

Früher war das die 3. Klasse gewesen. «Toll, dass man hier noch die Fenster öffnen kann.»

«Erkennen Sie es wieder?» Iten schaute erwartungsfroh.

«Sollte ich?»

«Ja, wenn Sie Mani Matter mögen. Hier drin sitzt er auf dem Cover einer seiner Platten.»

Tatsächlich. «Das muss ‹Ir Ysebahn› sein. Cool.» Vanzetti setzte sich ihm gegenüber auf den Holzsitz.

Iten nickte zufrieden über seinen kleinen Insider-Coup. «Zurbrügg also. Ich muss etwas ausholen. Letzten Sommer wurde ein Mann namens Sascha Mironow in der Garage vor seiner Villa in Nidau erschossen. Am gleichen Tag stoppte die Polizei einen Raser auf der Autobahn bei Kirchberg. Der Fahrer wirkte nervös, also nahmen sie das Auto genauer unter die Lupe. Unter dem Reserverad im Kofferraum fanden sie eine Glock 22. Es stellte sich heraus, dass das Auto gestohlen war. Und die Ballistiker entdeckten, dass Mironow mit dieser Glock erschossen worden war. Also hatte der Fahrer, ein Günther Baumann aus Mannheim, eine Anklage wegen Mordes am Hals. Er rief irgendjemanden an, zwei Stunden später kreuzte eine Anwältin von Büchler, Tanner und Strub, einer Kanzlei aus Zürich, auf. Die übernahm Baumanns Vertretung.»

Schon wieder diese Kanzlei. «Mit denen habe ich es vorgestern zu tun bekommen.»

«Ach, ja? Die kassieren Stundenansätze von sechshundert Franken. Kennen alle Tricks. Und unser Herr Baumann wirkte nicht gerade wie der hellste Stern am Himmel. Da stellte man sich schon ein paar Fragen, etwa, wie er zu solchen Schickimicki-Anwälten kommt. Das tat auch ein Kriminalpolizist namens Frutiger.»

Der Name sagte Vanzetti nichts. Vor acht Jahren hatte er von der Kripo zur BKP gewechselt, seither hatte es dort einige Wechsel gegeben.

Iten kratzte sich unter der Wollmütze. «Ein guter Mann, fleissig. Er hatte Baumann als Erster befragt. Ich übernahm den Fall bei der Staatsanwaltschaft und versprach Frutiger unsere Unterstützung. Ein klarer Fall, einer Mordanklage stand nichts im Weg. Doch warum war Mironow ermordet worden? Der Mann war uns ein Rätsel. Schien nach aussen hin ein ganz normaler, seriöser Investor.»

«Aus Russland?»

«Ja, er hatte sein Geld mit Gas gemacht, lebte seit zwanzig Jahren in der Schweiz und hatte in verschiedene Unternehmen investiert. Ich ermutigte Frutiger dazu, auch Mironow unter die Lupe zu nehmen. Der Täter, dieser Baumann, war mal in der Bundeswehr gewesen, hatte ein paar kleinere Vorstrafen. Angeblich verdiente er sein Geld als freischaffender Masseur. Doch die deutschen Kollegen hatten den Verdacht, dass sich Baumann für ganz andere Jobs anheuern liess, einschliesslich Mord. Das führte natürlich zur Frage, wer Baumann engagiert hatte. Mit den Handydaten und den gespeicherten Fahrtzielen im Navi fanden wir heraus, dass Baumann intensive Kontakte in der Schweiz pflegte. Die Spuren führten zu Falke Security in Ostermundigen.»

Vanzetti brachte seinen Hintern in eine bequemere Position auf der harten Bank. «Einen Masseur brauchten die wohl nicht.»

Iten breitete die Arme aus. «Wer weiss? Vielleicht stand das Management unter Stress.» Er grinste. «Für Baumann wurde die Lage ungemütlich. Ohne das Wissen seiner Anwälte schlug er Frutiger einen Deal vor. Er werde auspacken, es gebe eine grosse Verschwörung. Im Gegenzug wolle er in ein Zeugenschutzprogramm. Oder mit einem falschen Pass ins Ausland. Sonst könne er sich gleich selber eine Kugel in den Kopf jagen. Frutiger rief mich an, ich beriet mich mit meinem Chef, Generalstaatsanwalt Karrer. Wir rochen eine grosse Sache und signalisierten Baumann unser Interesse.»

«Sie wollten ihn unter Zeugenschutz stellen?»

Iten schüttelte den Kopf. «Straffrei wäre er nicht davongekommen, der Kerl hatte schliesslich einen Mord begangen. Aber wir hätten ihm einiges anbieten können. Eine kürzere Haftstrafe, Hafterleichterungen, zusätzlichen Schutz.»

«Sie reden im Konjunktiv.»

Iten rutschte auf die Kante der Sitzbank vor. «Jetzt kommen wir zum springenden Punkt. Vier Tage nach dem Gespräch ruft mich der Generalstaatsanwalt in sein Büro und erklärt mir allen Ernstes, dass es neue Erkenntnisse gebe. Die ballistische Untersuchung sei wiederholt worden. Es habe sich herausgestellt, dass Mironow nicht mit Baumanns Glock 22 erschossen worden sei.»

«Was soll das heissen, die ballistische Untersuchung sei wiederholt worden?» So etwas müsste der zuständige Staatsanwalt veranlassen.

Iten scharrte mit den Füssen auf dem Tramboden. «Genau so habe ich auch reagiert. Fühlte sich an, als hätte mir jemand den Stuhl unter dem Hintern weggezogen. Hab gefragt, wer die denn angeordnet habe. Und Pius Karrer, der Generalstaatsanwalt des Kantons Bern, guckt bloss aus dem Fenster. Das ist ein Mann, den ich geschätzt habe als Chef. Mit dem ich auf dem Bielersee segeln gegangen bin. Und jetzt meidet er meinen Blick und sagt nichts weiter als:

‹Der Fall ist abgeschlossen, Michi. Mach kein Theater.› Hab eine Nacht darüber wachgelegen und am nächsten Tag gekündigt.»

Über Staatsanwalt Karrer hatte Vanzetti bisher nur Gutes gehört. Jetzt geriet das Bild in Schieflage. «Und Sie wollen sagen, dass das alles mit Zurbrügg zusammenhängt?»

«Ich konnte die Sache nicht einfach ruhen lassen und habe selber noch etwas herumrecherchiert. So bin ich auf einen Artikel in der Wochenzeitung gestossen. Darin stand, dass Falke Security in illegale Waffengeschäfte und geheime Aktionen in Kriegsgebieten verwickelt sein soll. Grosse Kisten. Und dass Zurbrügg in enger Verbindung mit dem MI6 stehe.»

«Dem britischen Auslandsgeheimdienst?»

«Exakt. Ich habe die WoZ angerufen und die Nummer der Autorin bekommen. Kathrin Wyss, eine freie Journalistin, clevere Frau. Hat mir gesagt, sie könne mir nicht mehr erzählen, als schon in dem Artikel stehe. Dann hat sie mich nach Referenzen gefragt, weil sie sich über mich erkundigen wolle. Ich hab ihr einen Berner Grossrat und einen Uniprofessor angegeben. Zwei Stunden später ruft Wyss zurück und fragt, was ich denn genau wissen wolle. Ich erzähle ihr die Geschichte von Baumann und Wyss sagt, sie könne mir nur einen Rat geben: Lassen Sie die Finger davon. Sie jedenfalls werde sich in Zukunft zweimal überlegen, ob sie noch etwas über Falke oder Zurbrügg schreiben werde.»

«Wurde sie bedroht?»

«Das nehme ich an. Auf eine entsprechende Frage hin wich sie aber aus.»

Vanzettis Blick fiel auf ein Emailleschild an der Waggonwand mit der Aufschrift Raucher. Er sehnte sich nach einer Zigarette. «Und Sie? Haben Sie tiefer gegraben?»

«Nein.» Iten legte die Unterarme auf die Knie und starrte durch die verkratzte Scheibe. «Zwei Tage nach meinem Gespräch mit Wyss lag ein Couvert in meiner Post. Die Fotos darin zeigten meine beiden Töchter, sechs und acht, auf dem Schulweg. Und auf dem Spielplatz im Quartier. Es gab keinen Drohbrief oder Anruf, nur diese Fotos. Doch die Botschaft habe ich verstanden. Seither konzentriere ich mich auf meine kleine Kanzlei, bastle in der Freizeit hier an den Trams herum und lese meinen Kindern abends eine Gute-Nacht-Geschichte vor.»

«Und Baumann?»

«Er starb in Deutschland bei einem Autounfall. Angeblich. Kriminalpolizist Frutiger wurde versetzt und bekam einen ruhigen Job auf der Polizeiwache in Konolfingen. Drei Monate später verunglückte er beim Skifahren. Genickbruch.» Iten stand auf, machte ein paar Schritte die Sitzbänke entlang in Richtung Ausgang, drehte sich nochmals um. «Sie sind ein guter Freund von Donat, nur deswegen rede ich mit Ihnen. Und deswegen gebe ich Ihnen einen Rat: Falls dieser Leon Scholer tatsächlich mit Falke und Zurbrügg in Verbindung steht, rühren Sie nicht dran.»

Vanzetti erhob sich ebenfalls. «Danke für den Tipp.» Er würde sich in Acht nehmen müssen.

«Ich hoffe, dass Sie ihn zu Herzen nehmen. Diese Leute sind wie Anthrax, das Killerpulver. Wenn Sie mit denen in Berührung kommen, lassen die Sie noch eine Weile herumschnüffeln. Und ehe Sie es merken, sind Sie tot.»

21

Um Viertel nach zwölf schritt Zoe im Dählhölzli auf den Kinderspielplatz beim Wisent-Wald zu. Unter einem Torbogen rechts von ihr begann der Steg, der sich zwischen den Bäumen hindurch schlängelte.

Marthaler wartete am Zaun, hinter dem Kinder im Sommer auf Ponys reiten konnten. Wie bei ihrem ersten Treffen vor zwei Tagen trug der Abteilungsleiter der Bundesanwaltschaft schicke Kleidung: Hut, Mantel, Hosen, Winterstiefel und Lederhandschuhe in Grau- und Schwarztönen. Unter dem Hut lugten diesmal keine hellbraunen Haare hervor, er musste beim Coiffeur gewesen sein. Er zog die Augenbrauen hoch und lächelte. «Sie haben ja in ein hübsches Wespennest gestochen.»

Zoe stellte sich neben ihn an den Holzzaun. «Glauben Sie, dass der Tod meiner Freundin und der Anschlag in Gasel mit Ott zusammenhängen?»

Mit seinen kleinen, klugen Augen studierte er ihr Gesicht. «Sie nicht?»

Natürlich tat sie das. Deswegen hatte sie auf Marthalers Combox gesprochen und ihn bei seinem Rückruf um ein Treffen gebeten. «Aber wieso?»

Er legte beide Hände auf die Latten des Zauns. «Ich habe ein wenig nachgeforscht. Im Bundeshaus wird gemunkelt, dass sich Frau Foletti und Herr Ott gut kannten. Sehr gut sogar.»

Diese Möglichkeit war auch Zoe durch den Kopf gegangen. Aber Pia hätte sich niemals mit einem verheirateten Mann eingelassen. Oder etwa doch…? «Selbst wenn sie eine Affäre hatten. Das wäre bestimmt kein Grund, Pia umzubringen.»

«Ich habe mit dem zuständigen Beamten bei der Kantonspolizei geredet. Ihre Freundin ist an einer Hirnblutung gestorben. Er geht davon aus, dass sie auf einer Eisplatte ausgerutscht und hart auf den Hinterkopf gefallen ist. Darauf deuten auch die Spuren am Unfallort hin. Wir wissen also nicht zu hundert Prozent, ob sie tatsächlich umgebracht wurde.» Er stiess sich vom Zaun ab. «Kommen Sie, gehen wir ein paar Schritte.»

Zoe stopfte ihre Hände in die Jackentaschen. «Ich verstehe Sie nicht. Reden wir jetzt über einen Mord oder einen Unfall?»

Er drehte eine Handfläche nach oben. «Ich tendiere zu Mord, bin mir aber nicht ganz sicher. Und Sie liegen meiner Meinung nach falsch. Die Affäre könnte ein Motiv sein. Denn ich glaube nicht, dass das Parlament einen ehebrecherischen Nationalrat in den Bundesrat hieven würde.»

«Sie denken, dass Ott sie ermordet hat?» Sie schritten über Holzschnitzel zu einem Klettergerüst.

«Es wäre eine Möglichkeit. Jedenfalls sollten wir Ott noch genauer unter die Lupe nehmen.»

«Sie hätten mich warnen müssen, dass die Sache so gefährlich ist.» Vielleicht wäre Pia dann noch am Leben.

Er machte ein betretenes Gesicht. «Das konnte ich nicht ahnen, und es tut mir sehr leid um Ihre Freundin. Ich verstünde es, wenn Sie aussteigen möchten.»

«Kommt nicht in Frage.» Mindestens das war sie Pia schuldig. «Aber ich brauche ein paar Antworten.»

«Die ich Ihnen vielleicht nicht geben darf. Vieles unterliegt der Geheimhaltung. Aber ich werde Ihnen helfen, soweit ich das verantworten kann. Vor mir selber und auch vor meiner Familie.»

Zum ersten Mal begriff Zoe richtig, welches Risiko Marthaler selber einging. Wenn ihn die Bundesanwaltschaft bei der Weitergabe von vertraulichen Informationen oder Dokumenten erwischen würde, verlöre er nicht bloss seinen Job. Er könnte auch ins Gefängnis wandern. «Die Mitschrift des Telefonats: Ist es Thomas Ott, der seinen Bruder Adrian vor den Zürcher Steuerbehörden warnt?»

Er verschränkte die Arme hinter dem Rücken und schwieg, was Zoe als Zustimmung wertete.

«Wieso verwendet die Bundesanwaltschaft diese Informationen nicht? Ist das Gespräch illegal abgehört worden?»

Marthaler spazierte hinüber zu einer grossen Nestschaukel und hielt sich an den Ketten fest. «Als Kind habe ich nicht genug davon bekommen können, immer höher und höher.» Er liess die Kette los. «Sie sind auf einem guten Weg. Folgen Sie der Spur.»

«Wohin wird sie mich führen?»

«Wenn ich das wüsste, hätte ich Sie nicht kontaktiert.»

Zoe stiess eine Atemwolke in die kalte Luft. «Wer auch immer mich angegriffen hat, wird wohl nicht so einfach Ruhe geben.» Sie selber käme damit klar, doch sie wollte Grosi nicht in Gefahr bringen.

Marthaler drehte sich ihr zu, die Muskeln in seinem linken Augenlid zuckten. «Bis jetzt hat die Polizei keine Anhaltspunkte, wer hinter dem Anschlag auf Sie steckt. Ich habe gehört, dass sich mittlerweile auch der Nachrichtendienst eingeschaltet hat, es wird intensiv ermittelt. Viele Augen sind auf Sie gerichtet. Der Angreifer wäre dumm, wenn er es jetzt nochmals probieren würde.»

«Leider ist die Welt voller Hohlköpfe.» Zoe balancierte über einen Stamm auf dem Boden.

Marthaler ging neben ihr her. «Deswegen sollten Sie ein paar Vorkehrungen treffen. Lassen Sie immer jemanden im Büro wissen, wo Sie sind und mit wem Sie sich treffen. Und sorgen Sie dafür, dass Ihre Informationen nicht bloss hier oben gespeichert sind.» Er tippte sich an die Stirn. «Machen Sie sich Notizen und bewahren Sie eine Kopie bei jemandem auf, dem Sie vertrauen.»

Vanzetti! Zoe wunderte sich, dass ihr der Name als Erstes einfiel. «Als eine Art Versicherung?» Sie blieben vor einer Feuerstelle stehen.

Eine dick eingemummte Frau schob einen Kinderwagen vom Eingang des Tierparks her in ihre Richtung.

Marthaler beobachtete sie. «Exakt. Falls jemand aus Otts Umfeld hinter Ihnen her ist, wird er abwarten und Ihre nächsten Schritte beobachten.» Er reckte das Kinn zur Frau hin. «Wer weiss, vielleicht geschieht das gerade. Verschlüsseln Sie Ihren Computer und seien Sie vorsichtig, was Sie am Telefon sagen. Und mit wem Sie sich treffen.»

Die Frau trug einen dunkelblauen Mantel, eine hellblaue Mütze und Wildlederstiefel über den Jeans. Sie bog ab zum Steg in den Wisent-Wald. «Okay, ich werde vorsichtig sein.»

«Bestimmt wird der Nachrichtendienst ein wachsames Auge auf alle in Otts Umfeld richten. Ich vermute, die werden auch meine Telefone abhören und meine Mails checken. Wir dürfen keine Spuren hinterlassen. Kontaktieren Sie mich nur im Notfall und nicht mehr über die Combox. Verwenden Sie das hier.» Er griff in seine Manteltasche und holte ein altes Nokia-Handy heraus. «Diese Nummer ist auf einen falschen Namen registriert.»

Zoe nahm den Rucksack vom Rücken und verstaute das Handy darin. «Das ist illegal.»

Er zuckte bloss mit den Schultern. «Wenn Sie mich anrufen, sagen Sie nichts, hängen Sie einfach wieder auf. Dann weiss ich, dass Sie mich treffen wollen. Wo, lasse ich Sie wissen.»

«Okay.» Zoe schlüpfte in die Riemen des Rucksacks.

Er legte eine Hand auf ihren Arm. «Sie haben eine Verpflichtung, diese Geschichte zu schreiben. Ihrer toten Freundin und der Öffentlichkeit gegenüber. Wir müssen die Schuldigen zur Rechenschaft ziehen.»

Er klang wie ein Motivationstrainer. Doch Zoe brauchte keinen zusätzlichen Antrieb. Sie verabschiedete sich mit einem Nicken und stakste vorbei am Eisfuchs-Gehege über die verschneiten Wege auf den Ausgang zu. Sie würde mehr über Ott in Erfahrung bringen müssen. Und sie würde Vanzetti einweihen, auch wenn sie abwägen musste, wie viel sie ihm erzählen wollte.

Als Zoe ihr Velo unten am Aareufer erreichte und das Schloss um das Hinterrad öffnete, klingelte ihr Handy. Sie fischte es aus der Jacke. «Zwygart.»

«Wieso bist du nicht im Büro?», sagte Andy Walker am anderen Ende. «Falls du dich grossartig fühlen solltest wegen der Titelgeschichte über den Einbruch bei Graf, so sehe ich keinen Grund dafür. Da steht nichts drin, was die anderen Medien nicht auch haben.»

Bullshit. «Hast du irgendwo sonst gelesen, dass eine Besucherin Graf fand? Dass er eine Kopfverletzung hatte und mit Klebeband gefesselt war? Und dass die Besucherin die Polizei informiert hat, danach aber selber überrumpelt wurde?»

«Wer war diese Besucherin? Ich könnte ein Interview mit ihr machen. Das wäre eine echte Exklusivstory.»

Ach, darum ging es. Walker wollte wieder mal eine Geschichte schnorren. Aber Grosi würde Zoe auf keinen Fall ins Spiel bringen. «Sie will anonym bleiben.»

«Typisch. Einmal mehr beweist du, dass du kein Teamplayer bist. Genau wie beim Interview mit Graf. Du versprichst viel, doch dann tauchst du ab. Wir warten immer noch darauf.»

Der quatschte einen Haufen Mist. «Was hast du denn so getan gestern und heute? Ich meine, ausser dem Verleger in den Hintern zu kriechen.»

Vor ihrem geistigen Auge sah sie, wie Walker den Hörer ans Ohr presste und die Zähne fletschte. «Ich warne dich. Es wird Veränderungen geben in der Redaktion, wir werden Stellen streichen müssen. Und dein Stuhl wackelt gerade bedenklich.» Damit legte er auf.

Dieser Kerl hatte den IQ eines Velopneus. Sollte er sie doch feuern, wenn er Chefredaktor würde. Unter so einem Vollpfosten würde sie niemals arbeiten. Zoe stopfte das Handy in die Jacke, hob ein Bein über den Rahmen und trat so hart in die Pedale, dass das Hinterrad durchdrehte.

22

«Jemand verfolgt uns», murmelte Zoe mitten auf dem Bärenplatz.

Vanzetti glaubte ihr aufs Wort. Als ehemalige Militärpolizistin besass sie die Ausbildung, um eine Observation zu entdecken. Er unterdrückte den Impuls, sich umzudrehen. «Wer?»

«Geh normal weiter. Eine Frau, rosarote Kappe, dunkelblauer Mantel, Jeans, Wildlederstiefel.»

Vanzetti stöhnte innerlich. Endlich hatte sich Zoe dazu durchgerungen, ihm bei einem Kaffee in der Stadt mehr über ihre Recherche zu erzählen. Und jetzt das … Er steuerte auf die Kantonalbank zu, blieb vor dem Schaufenster mit den Börsenkursen stehen. «Die will ich mir anschauen.»

Zoe trat neben ihn. «Sie geht etwa dreissig Meter hinter uns.»

Das wäre ein vernünftiger Abstand für eine Beschattung. Vanzetti wartete, bis eine Frau mit rosaroter Mütze im Spiegelbild der Fensterscheibe auftauchte. «Die da?»

«Ja. Über Mittag habe ich sie im Dählhölzli gesehen, nur trug sie da eine hellblaue Mütze und schob einen Kinderwagen.» «Okay.» Mit dem Finger deutete Vanzetti auf den Aktienkurs von Nestlé, Zoe schüttelte den Kopf. Im Licht der Strassenlaternen schritt die Frau an ihnen vorbei, verschränkte die Arme auf dem Rücken und verschwand in die Schauplatzgasse, wobei sie den Kopf kein einziges Mal in ihre Richtung drehte.

Nicht schlecht, die verhielt sich wie ein Profi. Und die unauffällige Kleidung würde zu einer Büroangestellten auf dem Heimweg passen. Nur bei der Kappe hatte sie sich vertan, besser wäre eine dezente Farbe. «Mit dem Verschränken der Arme auf dem Rücken hat sie ihrem Partner vermutlich ein taktisches Zeichen gegeben: Zielpersonen bleiben stehen. Also sind sie mindestens zu zweit und haben keine Funkverbindung», sagte Vanzetti leise.

In der Fensterscheibe beobachtete er die Ströme auf dem Bärenplatz. Kurz vor 18 Uhr befanden sich viele Menschen auf dem Heimweg, einige von ihnen kamen als Observanten in Frage. Keiner blieb stehen oder verhielt sich verdächtig. «Die sind gut. Ich tippe auf ein ABC-System, die verwenden wir selber auch oft», raunte er Zoe zu.

«Drei Leute?»

«Genau. Die Observanten A und B gehen gestaffelt hinter uns, C deckt die andere Strassenseite ab. Dort blicken Zielpersonen selten hin. Vermutlich hat uns C jetzt übernommen.»

«Soll ich nachschauen?»

«Ja.»

Zoe hakte sich bei ihm ein, was sich gut anfühlte. Sie wandten sich vom Fenster ab und spazierten in die Schauplatzgasse.

«Gegenüber vor der UBS steht ein Anzugträger, etwa fünfzig, rot-brauner Bart, grauer Mantel, graue Hose, Krawatte, Hut und Aktenkoffer.» Sie schaute Vanzetti an und lächelte wie verliebt.

Leider war es gespielt. «Klingt plausibel.»

«Wer zum Teufel sind diese Typen?»

«Schwer zu sagen, vielleicht der Nachrichtendienst, vielleicht Privatermittler. Jedenfalls keine Anfänger.»

«Die gehen mir echt auf den Wecker.» Schweigend gingen sie ein paar Schritte.

«Wollen wir sie ein wenig ärgern?» Diesmal lächelte sie ihn an, echt, aber boshaft.

Ihrer Stimme hörte Vanzetti die Aufregung an. «Was hast du im Sinn?»

«Den Loeb, dort könnten wir ein Täuschungsmanöver inszenieren.»

Vanzetti nickte. Warenhäuser bildeten ein schwieriges Pflaster für Observationen. Zielpersonen konnten in der Menschenmenge untertauchen, die Umgebung auf Rolltreppen beobachten oder die Spiegel in den Kleiderabteilungen nutzen. «Das wird uns auch zeigen, ob es viele sind.»

«Wie das?», fragte Zoe.

«Der Loeb hat mehrere Ausgänge. Wenn es genug Leute sind, werden sie einfach alle sichern. Sind sie zu zweit oder zu dritt, werden sie uns ins Innere folgen müssen.» Er steuerte auf den Seiteneingang des Warenhauses zu, öffnete die Glastür und liess Zoe den Vortritt.

Sie schritt schnurstracks zur Rolltreppe. «Lass uns ein paar Einkäufe machen.»

Sie fuhren hoch in den fünften Stock, wo sie sich in Ruhe Bademode, Schuhe und Beautysachen ansahen. Vanzetti sah Zoe gerne dabei zu, wie sie Waren begutachtete, die Nase rümpfte, die Augen ob den Preisen verdrehte. Er wünschte sich, solche Shoppingtouren würden zu seinem Alltag gehören.

Zoe liess sich viel Zeit und kaufte auf verschiedenen Etagen ein: einen Regenmantel, Strümpfe, Perücken, Unterwäsche, Wanderschuhe, Sportsocken und ein Sackmesser.

«Willst du eine Expedition in die Antarktis machen?», fragte Vanzetti. Zoe lächelte bloss.

Fortwährend sah sich Vanzetti diskret um. Entdecken konnte er die Beschatter vorerst zwar nicht, doch er hatte keinen Zweifel: Sie waren da. Die Bestätigung dafür bekam er auf der Rolltreppe hinunter in den 1. Stock.

«Das ist der Typ, der vor der UBS gewartet hat», murmelte Zoe in sein Ohr.

Der Anzugträger mit dem rot-braunen Bart stand in der Abteilung Damenmode neben einem Tisch mit Schals. Er hielt den Aktenkoffer in der einen und ein blau verpacktes Geschenk in der anderen Hand. Der Mann spielte seine Rolle gut, guckte immer wieder auf seine Armbanduhr, wippte auf den Fussballen – ganz der genervte Ehemann, der auf seine verspätete Frau oder Freundin wartete. Allerdings hatte der Mann einen Fehler gemacht: Kein Angestellter des Bundes oder einer Bank trüge zum Anzug schwarze Turnschuhe, mit denen man notfalls rennen konnte.

Zoe schlenderte zwischen Gestellen mit Frauenkleidern hindurch, nahm sich eine Strickjacke und einen Wolljupe. Dann begab sie sich in die Umkleideräume.

Vanzetti lungerte vor den Kabinen herum, stopfte die Hände in die Manteltaschen und gab den gelangweilten Begleiter.

Die Minuten vergingen, Frauen kamen und gingen, begutachteten die Ware. Derweil spielten ihre Ehemänner auf Smartphones herum oder starrten vor sich hin.

Plötzlich marschierte Vanzetti los, ganz so, wie er es mit Zoe abgesprochen hatte. Flink bewegte er sich zwischen den Gestellen und den Kundinnen durch die Modeabteilung und steuerte auf die Rolltreppe zu. Jetzt würden sich die Beschatter fragen, wo Zoe abgeblieben war. Und während sie sich auf die weibliche Zielperson konzentrierten, machte Vanzetti seinen Zug.

Mit der Rolltreppe fuhr er hinunter ins Erdgeschoss, öffnete die Türe zum Treppenhaus und stieg zurück in den 1. Stock. Das Treppenhaus hatte einen direkten Zugang zu den Umkleidekabinen. In der ersten Kammer rechts hinter der Türe hatte Zoe eine Tasche mit einem Teil ihrer Einkäufe deponiert.

Vanzetti zog den Vorhang hinter sich zu und kramte in der Tasche. Perbacco, was hatte sich Zoe bloss dabei gedacht? Vor dem Spiegel überdeckte er seine Bartstoppeln mit Schminke, setzte eine schwarze Perücke mit Pagenschnitt, eine Brille und eine Baskenmütze auf. Schliesslich schlüpfte er in die Wanderschuhe und zog sich den grauen Regenumhang über seinen Mantel. Das Resultat glich einem Elefanten unter einem Plastikzelt.

Er stopfte seine Winterschuhe in die Einkaufstasche und verliess die Umkleidekabinen, watschelte zu den Rolltreppen und fuhr damit ins Untergeschoss. Dann steuerte er durch die Buchhandlung auf den Ausgang zu. Hoffentlich hatte Zoe auch alle Einkäufe bezahlt. Falls der Alarm losginge, würden die Loeb-Detektive einen Transvestiten mit schlechtem Kleidergeschmack verhaften. Noch jahrelang würde er sich Sprüche der Kollegen anhören müssen – von Zoe ganz zu schweigen.

Beim Ausgang in die Bahnhofunterführung entdeckte er die Frau mit der rosaroten Mütze. Sie drückte ein Telefon an ihr Ohr, starrte hektisch in alle Richtungen und schenkte der Matrone mit der Einkaufstasche keinen zweiten Blick.

Vanzetti grinste.

An Geschäften vorbei spazierte er durch die Unterführung auf die Züge zu, wobei er eine sexy Blondine entdeckte, die einen engen schwarzen Rock, schwarze Strümpfe und einen roten Wollpullover trug. Sie kaute einen Kaugummi und lehnte mit dem Rücken an einem Stützpfeiler vor dem Swatch-Uhrengeschäft.

Vorne in der Bahnhofhalle nahm Vanzetti die Rolltreppe nach oben, passierte das tibits und schritt auf den Bahnhofplatz.

Die Blondine schloss zu ihm auf, gab ihm einen Klaps auf den Hintern und lächelte anzüglich. «Hoi, Schätzli, hast du heute schon was vor?» Zoe hickste und brach in schallendes Gelächter aus. «Das war der grösste Spass, den ich seit langer Zeit in Kleidern hatte.»

Vanzetti knurrte bloss.

23

«Oh. Sie!» Ex-Bundesrat Mauro Graf liess die Türe seiner Villa in Lyss offen stehen und schlurfte durch den Flur einfach ins dunkle Innere des Hauses.

Überrumpelt davon, dass er gleich selbst aufgemacht hatte, betrachtete Lucy den Strauss in ihrer Hand. Den hatte sie in einem Blumengeschäft unten beim Bahnhof erstanden, er hätte die «Lieferantin» an Sicherheitsleuten oder Journalisten vorbei bis zur Haustüre bringen sollen. Dort hatte Lucy Grafs Frau oder Tochter mit einer Ansprache bequatschen wollen, die sie im Zug nach Lyss geübt hatte. Aus diesem Grund hatte sie auch Winston bei ihrer Nachbarin Florence Döbeli gelassen.

Lucy schloss die Türe hinter sich und folgte Graf. Drei dunkle, holzgetäfelte Türen gingen auf jeder Seite des Flurs ab. Eine davon ging in ein grosses Wohnzimmer über, dessen Rückwand eine gläserne Verandatüre einnahm. Die Aussicht musste toll sein, lag die Villa doch leicht erhöht am Dorfrand. Doch die Rollläden waren zu.

Im schwachen Licht einer Tischlampe erkannte Lucy einen Perserteppich auf dem Parkett, die Möbel waren teils skandinavisch schlicht, teils antik, was eigenartigerweise zusammenpasste. Rechts von ihr ragte ein Bücherregal bis fast zur Decke, ein hohes Weinregal daneben war gut gefüllt. Die linke Seite dominierte ein grosser Flachbildschirm auf einem Standfuss, in dem ohne Ton «Wer wird Millionär?» lief. Es roch nach Zigaretten und Alkohol.

Graf liess sich auf das Ledersofa im Zentrum des Zimmers nieder wie in ein heisses Sitzbad. Vor ihm auf dem niedrigen Tisch stapelten sich Heftordner und Schreiben mit dem Stempel der Eidgenossenschaft, dazwischen lagen Toastbrot, Butter, Schinkenscheiben und eine offene Schachtel mit einer fettigen Pizza; bloss ein Stück war angebissen.

Lucy hatte die Wahl zwischen einem roten Ledersessel und einem gegossenen Plastikstuhl vor dem Couchtisch. Sie entschied sich für den Sessel, legte den Blumenstrauss auf das Parkett und konnte aus der niedrigen Position leere Flaschen unter dem Couchtisch ausmachen. Das würde kein einfaches Gespräch werden.

Tiefe Falten zerfurchten Grafs Gesicht unter den grauen Bartstoppeln, auf der Stirn klebte ein breites Pflaster. Er war immer ein grosser hagerer Mann gewesen, doch schien er jetzt richtiggehend ausgezehrt. Als Bundesrat hatte er Wert auf Eleganz und Stil gelegt. Jetzt trug er ausgewaschene Jeans, ein altes rotes Sweatshirt mit der Aufschrift Washington State und bloss eine weisse Socke. So, wie er aussah, wäre er besser noch ein paar Tage im Inselspital geblieben. Doch von einer Freundin, einer Physiotherapeutin in der Insel, hatte Lucy erfahren, dass Graf selber auf seiner Entlassung bestanden hatte.

Er kramte in der Tasche seines Sweatshirts herum und fischte eine Packung Zigaretten heraus. «Einen Vorteil hat die Sache. Ich muss jetzt nicht mehr heimlich rauchen.» Mit fahrigen Fingern steckte er einen Glimmstängel an und nahm einen tiefen Zug. Dann lehnte er sich zurück, legte den Hinterkopf auf die Lehne des Sofas und blies den Rauch gegen die Decke. «Ich muss mich wohl bedanken bei Ihnen. Dafür, dass Sie in Brienz Alarm ausgelöst haben. Also danke.»

Er sprach undeutlich, was wohl dem Alkohol geschuldet war.

Lucy war erleichtert über das Stichwort. «Wie geht es Ihnen wirklich?»

«Eine Platzwunde und eine leichte Hirnerschütterung. Könnte schlimmer sein.»

«Das freut mich zu hören. Haben Sie eine Ahnung, warum bei Ihnen eingebrochen worden ist?»

Langsam drehte er den Kopf auf dem Polster hin und her, noch immer mied er jeden Augenkontakt. «Die Suche nach Geld, vermute ich. Oder Wertsachen. Ende Januar stehen die Ferienhäuser oft leer. Normalerweise wäre ich auch nicht dort gewesen…»

…wenn nicht mein ganzes Leben den Bach runtergegangen wäre, ergänzte Lucy den Satz. «Meinen Sie nicht, es könnte um etwas anderes als einen normalen Einbruch gegangen sein?»

Graf nahm einen tiefen Zug, ohne den Rauch auszublasen. «Woran denken Sie?» Energisch stiess er den Rauch aus. «Dass der Einbrecher weitere Fotos gesucht hat? Vom untreuen Bundesrat?»

Genau an so etwas hatte sie gedacht.

Er machte eine hilflose Geste mit der Hand und verfiel ins Schweigen, drückte die Zigarette in einem Aschenbecher aus, nahm eine Flasche vom Boden, goss Whiskey in ein Glas auf dem Tisch und trank einen Schluck.

Irgendwo im Haus klingelte ein Telefon, drei, vier fünf Mal, Lucy zählte mit. Es war, als ob ein Fremder das Gebäude betreten hätte. Nach neun Klingeltönen verstummte es.

Graf machte ein Geräusch, das sich als Seufzer oder Stöhnen deuten liess. «Mein ganzes, verdammtes Scheissleben …» Sein Körper spannte sich an, er ballte die Hände zu Fäusten und drückte die Knöchel gegen die Augen. Dann starrte er Lucy an.

Sie hielt seinem Blick stand, doch Graf schien durch sie hindurch zu schauen. «Das alles tut mir leid für Sie.»

Graf schrak zusammen, als sähe er Lucy zum ersten Mal. Er leerte das Glas in einem Zug, stellte es auf dem Tisch ab, griff in sein Sweatshirt, holte die Schachtel heraus und steckte sich die nächste Zigarette an. «Wissen Sie, was der Witz der ganzen Sache ist? Es gäbe gute Gründe, mich aus dem Amt zu jagen. Ich habe einiges getan, worauf ich nicht stolz bin. Aber diese Sache in Genf…» Er wedelte mit der Hand. «…war nichts.»

Lucy widerstand der Versuchung, ihm ein Stichwort zu geben.

Sein Atem beschleunigte sich. Er nahm einen hastigen Zug, seine Finger krallten sich zusammen. «Ja, ich habe meine Frau betrogen. Wollen Sie das von mir hören? Sind Sie deswegen hier? Jetzt haben Sie, was Sie wollten.»

Nach einer Zeit des Schweigens, die Lucy angemessen schien, fragte sie: «Was ist geschehen in Genf?»

Zunächst schien Graf sie nicht gehört zu haben. Doch plötzlich lachte er tonlos. «Hereingelegt hat sie mich, dieses Miststück.» Die Stimme und die Hände zitterten. «An der Hotelbar hat sie sich als Juristin der UBS ausgegeben, wir haben einen Fendant getrunken zusammen, mehr nicht. Und als Nächstes wache ich in meinem Hotelbett mit einem Brummschädel auf.»

«Und danach?», fragte Lucy.

Er drückte die Zigarette auf einem Aktenordner aus. «Nichts. Mein Geld war noch da, mein Pass auch.

Nichts deutete darauf hin, dass sie die Nacht mit mir verbracht hätte. Bis die Bilder plötzlich in den Medien auftauchten.» Mit sichtbarer Anstrengung hielt er seine Wut im Zaum.

Weshalb Lucy ihm glaubte, konnte sie sich selber nicht erklären. «Haben Sie eine Ahnung, wer sie geschickt haben könnte?»

Er kaute auf seiner Unterlippe und schüttelte den Kopf.

«Und Ihre Frau?»

«Die? Ist weg. Ein für alle Mal.» Er öffnete den Mund. Doch kein Laut drang mehr heraus. Er lehnte sich zurück, sein Kinn sank auf die Brust. «Gehen Sie jetzt, bitte.»

Lucy nickte wie zu sich selber und stand auf. Auf der Türschwelle drehte sie sich nochmals um. «Leben Sie wohl.»

Graf sass noch immer in der gleichen Position und griff nach dem Whiskey. Nur trank er jetzt direkt aus der Flasche.

24

Kurz nach 20 Uhr rührte Vanzetti mit einem Holzlöffel die hausgemachten Nudeln im kochenden Wasser um. Dann griff er nach dem Schneidbrett und schob die gehackten Zwiebeln in die Bratpfanne. Sie zischten schön im heissen Olivenöl.

«Bestehst du auf Servietten?», fragte Zoe in seinem Rücken.

«Natürlich. Dort im Schrank links. Bitte nimm die aus Stoff.» Über den Tresen seiner offenen Küche deutete er zum Schrank an der rechten Wand im Wohn- und Esszimmer.

Zoe verdrehte die Augen, befolgte aber seinen Wunsch und deckte den Tisch – inklusive Servietten.

Sie schlenderte über das Parkett, dehnte den Rücken über den Tisch, hob dann eine Serviette mit durchgestreckten Beinen vom Boden auf – er hätte ihre Körperbeherrschung, eine Mischung aus Eleganz und Athletik, stundenlang bewundern können. Der rote Pullover lag eng an ihrem Körper, der schwarze Rock endete ein gutes Stück über den Knien, schwarze Strümpfe betonten perfekt ihre schlanken Beine.

Vanzetti seufzte innerlich, wandte sich wieder der Bratpfanne zu und leerte eine Schale mit Steinpilzen und Eierschwämmen hinein.

Nach dem Abenteuer im Loeb hatte Zoe ihn zum Abendessen zu sich einladen wollen. Doch Vanzetti hatte darauf bestanden, dass er jetzt an der Reihe sei. Einerseits stimmte das, das letzte Mal hatte tatsächlich sie gekocht. Andererseits schauderte es ihn noch heute beim Gedanken an das Menü: Fertigpizza aus dem Tiefkühler, Erbsen aus der Dose, dazu ein Powershake aus Früchten und Gemüse. Und zum Dessert hatte sie Bananen mit Nutella serviert, das Glas auf dem Tisch.

Also gab Vanzetti nun in seinem Haus am Sonnmattweg in Münsingen drei Deziliter Gemüsebouillon zu den Pilzen. Dann hob er das Weinglas vom Tresen und nahm einen Schluck. Der Rioja hatte eine wunderbare Balance zwischen Frucht und Frische. «Willst du wirklich keinen Wein?»

«Wasser ist mir lieber, danke.» Sie warf das Besteck neben die Teller.

Vanzetti biss sich auf die Zunge und rührte im Nudeltopf, der überzukochen drohte. «Du hast also keine Ahnung, wer diese Typen im Loeb gewesen sein könnten?»

«Nein. Aber wir haben sie schön an der Nase herumgeführt.»

Und es hatte sogar Spass gemacht, hatte sich Vanzetti eingestehen müssen, sobald er sich die Klamotten vom Leib gerissen hatte. «Haben sie etwas mit dem Angriff gestern zu tun?» Noch immer wusste er nicht, was genau auf dem Bahnübergang geschehen war. Und weshalb die es auf Zoe abgesehen hatten.

Sie stellte sich neben ihn und beugte sich über die Bratpfanne. «Das riecht herrlich. Essen wir bald?»

Auch sie duftete wunderbar. Mit dem Holzlöffel zeigte er auf Zoe. «Lenk jetzt nicht ab. Du hast gesagt, dass du mir alles erzählen willst.»

«Ja, das werde ich. Aber erst nach dem Essen.»

Aus ihrer grimmigen Miene konnte er lesen, dass da nichts zu machen war. «Wieso muss alles nach deinem Kopf gehen? Du bist immer so verflucht stur.»

«Muss an meiner Erziehung liegen.»

«Das glaube ich dir aufs Wort. Deine Grossmutter kann genauso ein Dickschädel sein.» Vanzetti schüttete die Teigwaren in ein Sieb, gab sie in eine Schüssel und fügte etwas Olivenöl dazu.

«Sie ist viel schlimmer als ich.» Zoe nahm ihm die Schüssel ab und stellte sie auf den Tisch.

Das fand Vanzetti nicht. Im Vergleich zu Zoe war Lucy ein Hort der Vernunft. Aber er wollte jetzt nicht mit ihr streiten, mischte etwas Rahm unter die Pilzsauce und schmeckte sie mit Pfeffer, Salz und Muskat ab.

Wortlos starrte Zoe in die Teigwaren.

«Machst du dir Sorgen um Lucy?»

Beim Nachdenken biss sie sich auf die Unterlippe.

«Ja. Sie hat sich verändert seit letztem Sommer. Früher konnte ich kaum mithalten mit ihrer Energie. Jetzt wirkt sie manchmal … wie eine alte Frau. Aber ich glaube, sie erholt sich langsam.»

Diesen Eindruck hatte Vanzetti auch. Er goss die Sauce in eine zweite Schüssel. «Wie war das denn früher bei euch? Habt ihr oft gestritten?»

Zoe sass bereits am Tisch und schaufelte Berge von Nudeln auf beide Teller. «Eigentlich nicht. Wir waren fast immer gleicher Meinung. Tatsächlich erinnere ich mich bloss an zwei Gelegenheiten, bei denen Grosi richtig sauer war.»

Er setzte sich ihr gegenüber an den runden Eichentisch und legte eine Serviette über seine Knie. «Wann war das?»

Zoe rührte ihre Serviette nicht an. «Das erste Mal in der Primarschule. Jungs in meiner Klasse beschimpften sich gegenseitig als Schwuchteln, das war damals ein beliebtes Schimpfwort. Als mich einmal ein Junge aus der Nachbarschaft mit dem Velo angefahren hatte, nannte ich ihn zu Hause auch so. Lucy machte das Radio aus und setzte sich zu mir. Ich konnte ihr ansehen, dass sie verärgert war. Sie hat dann immer so eine Falte zwischen den Augen. Hier.» Sie tippte mit dem Zeigfinger auf einen Punkt über ihrer Nase. «Doch sie gab sich grosse Mühe, ihre Stimme ruhig zu halten. Sie sagte: ‹Gute Freunde von uns sind homosexuell, auch in meiner Redaktion gibt es Schwule und Lesben. Sie sind genau wie du und ich, nicht besser und nicht schlechter. Ich will nicht, dass du dieses Wort jemals wieder in den Mund nimmst.›»

«Was hast du geantwortet?»

«Nichts. Ich habe nachgedacht und verstanden. Und bis gerade eben habe ich das Wort nie mehr gebraucht.»

«Wann war das zweite Mal?»

Zoe goss Pilzsauce über ihre Teigwaren und streute Parmesan darüber. «Da war ich ein Teenager, verkehrte regelmässig in der Reitschule, ging ab und zu mit an Demos mit dem Schwarzen Block. Dort sprachen alle immer von den Bullenschweinen. Eines Tages war ich mit Grosi in der Stadt unterwegs, als uns ein Polizist entgegenkam. Er grüsste uns höflich, Grosi grüsste zurück, ich ignorierte ihn. Sie stellte mich zur Rede, und ich antwortete ihr, dass ich keine Bullenschweine grüsse. Grosi, die Alt-Kommunistin und quasi Berufsdemonstrantin, packte mich richtig fest am Arm. ‹Dieser Mann macht seinen Job wie du und ich. Ohne ihn könnten wir hier nicht so friedlich durch die Stadt spazieren. Ich erwarte, dass du allen Menschen gegenüber respektvoll bist, das gilt auch für Polizisten.› Es hat zwar eine Weile gedauert, doch schliesslich hat es mir eingeleuchtet.»

Er nahm einen Schluck Rioja. «Du hast Glück, so eine Grossmutter zu haben. Es gab Zeiten in meinem Leben, da hätte ich mir auch so jemanden gewünscht.»

«Du hattest doch einen tollen Nonno, oder nicht?»

«Ja, er war ein wunderbarer Mann. Von ihm habe ich die Liebe zu den Büchern geerbt.» Er deutete auf das Bücherregal, das fast die ganze Stirnseite des Wohnzimmers füllte. «Doch leider ist er viel zu früh gestorben.»

«Und deine Eltern?»

«Die interessiert bloss die Bibel. In einem erzkatholischen Haushalt aufzuwachsen ist, als ob man in einer Truhe steckt. Ich habe mir immer so ein grosses Ding vorgestellt, das man früher mit auf Reisen nahm. Es gibt ein Schlüsselloch, durch das du hinausblicken kannst. Aber du siehst bloss einen winzig kleinen Ausschnitt von der Welt. Drinnen ist es dunkel und stickig.»

«Klingt ziemlich dramatisch. Übertreibst du nicht ein wenig?»

Vanzetti stocherte in seinen Nudeln herum. «Ich will dir eine Geschichte erzählen. In der fünften Klasse kam ein Junge aus Marokko an unsere Schule. Arib Boussoufa. Seine Eltern hatten sich in den Neunzigerjahren für mehr Demokratie in ihrem Land eingesetzt und mussten fliehen. Wir Jungs haben Arib das Leben schwer gemacht. ‹Bist du busuffa, Arib?›, war noch einer der harmloseren Scherze. Überall haben wir ihn ausgegrenzt, beim Fussball wählte ihn nie jemand in seine Mannschaft. Oft stand er einfach am Rand und schaute zu. Auch bei Geburtstagen oder Partys war er nie mit dabei. An einem Elternabend in der Schule hat das unsere Lehrerin mal angesprochen. Und was denkst du, haben meine Eltern dazu gesagt?»

Zoe zuckte mit den Schultern.

«Die seien selbst schuld. Muslime hätten hierzulande nichts zu suchen, fanden die guten Christen.» Vanzetti legte seine Gabel neben den Teller. «Heute kann ich mir etwa vorstellen, wie schwer das für Arib gewesen sein muss damals. Ein neues Land, eine neue Sprache, eine andere Kultur. Der Entscheid zur Flucht war bestimmt nicht einfach gewesen für seine Familie. Und niemand hiess sie willkommen. Noch heute liege ich manchmal wach im Bett und fühle mich mies deswegen. Ich glaube inzwischen sogar, dass mein damaliges Verhalten Arib gegenüber mit ein Grund dafür ist, weshalb ich Polizist geworden bin.»

«Was wurde aus ihm?»

«Keine Ahnung. Als ich an die Sekundarschule wechselte, habe ich ihn aus den Augen verloren.»

Zoe legte ihre Gabel Nudeln zurück auf den Teller, bevor sie zu ihrem Handy griff und auf dem Bildschirm herumtippte. «Es gibt einen Hassan Boussoufa, er wohnt in Meikirch.»

«Das könnte sein Vater sein.»

«Auf Search.ch gibt es eine Telefonnummer. Finden wir es heraus.» Zoe tippte auf das Smartphone und presste es an ihr Ohr.

«Mach keinen Blödsinn, Zoe.»

Sie zwinkerte ihm zu. «Guten Abend Herr Boussoufa, Zoe Zwygart hier. Ich bin nicht ganz sicher, ob ich bei Ihnen richtig bin. Ich suche Arib Boussoufa, einen ehemaligen Schulkollegen von mir … Wirklich? … Ja, in der Primarschule … Wir planen eine Klassenzusammenkunft, nun suche ich die aktuellen Adressen aller Schüler zusammen … Ja, und ob … Wunderbar. Wo arbeitet Arib denn? … Echt? … Ist er verheiratet? … Aha … Okay … Ja, das glaube ich Ihnen … Ich werde ihn anrufen. Vielen Dank für Ihre Hilfe. Ich wünsche Ihnen einen schönen Abend.» Sie tippte auf das Handy und lächelte.

Vanzettis Hände waren ganz feucht geworden. «Und? Was sagt er?»

Sie legte das Handy neben den Teller. «Ein netter Mann, der Herr Boussoufa. Arib arbeitet als Zugverkehrsleiter bei den SBB in Olten. Er wohnt in Rothrist, ist mit einer Lehrerin verheiratet, einer Schweizerin, wie Herr Boussoufa betont hat. Das Paar hat drei Töchter, die Mädchen sind der Augenstern ihrer

Eltern und das grösste Glück im Leben der Grosseltern. Wenn ich Herrn Boussoufa glauben darf, hat Arib sein Leben voll im Griff.»

Vanzetti fühlte seine Augen brennen. So ein simpler Anruf… «Ich hätte das längst auch tun sollen. Mensch, Zoe, du bist wirklich eine Nummer.»

Sie strahlte. «Ja, das sagt man mir öfters.»

25

26. Januar
Zoe machte zwanzig Liegestütze, gefolgt von zwanzig Rumpfbeugen und zehn Klappmessern. Der Schweiss lief ihr über das Gesicht, als sie sich mit den Händen auf dem Fensterbrett abstützte und die Wadenmuskulatur dehnte.

Für eine gute Stunde war sie wach gelegen in Vanzettis Gästezimmer auf der viel zu weichen Matratze. Dann, um halb vier in der Früh, hatte sie den Gedanken an Schlaf aufgegeben, war aufgestanden, hatte einen Pullover und Wollstrumpfhosen übergezogen und ihre Morgengymnastik auf dem Teppich vor dem Bett gemacht. Licht brauchte sie keines dafür, im Gegenteil. Die Dunkelheit half ihr beim Nachdenken. Über Vanzetti. Okay, er sah gut aus mit seinem markanten Kinn und den ozeanblauen Augen. Und er hatte Grips. Damit war er doch eigentlich gar nicht ihr Typ. Sie stand sonst auf die wilden Kerle, auf Rocker oder Biker. Doch viel zu oft war sie auf Schaumschläger hereingefallen. Wie Conradin. Mit dem war sie im letzten Jahr ein paar Wochen zusammen gewesen, weil er dunkle Schokolade gemocht hatte. Das hatte Zoe als Hinweis auf Sinnlichkeit betrachtet. Conradin hatte ihr sogar ein Gedicht gewidmet.

Die Tapete blättert von der Wand
Mein Herz schlägt ausser Rand und Band
Ich betrachte dein Foto in meiner Hand
Und träume von uns beiden an einem weissen Strand.

Mannomann! Wie hatte sie bloss so bescheuert sein können?

Eine Hand stützte Zoe auf dem kalten Fenster ab, mit der anderen zog sie den rechten Fuss hinten nach oben und dehnte die vorderen Oberschenkelmuskeln. Im Licht einer Laterne vorne an der Strasse rieselte noch immer Schnee vom Himmel, das beschauliche Wohnquartier schien wie ausgestorben. Der Wind hatte nachgelassen. Wegen des Sturms hatte ihr Vanzetti das Bett in seinem Gästezimmer angeboten – ganz ohne Hintergedanken! Zudem kochte er ausgezeichnet und hörte besser zu als jede Kummertante. Leider hatte der Mann auch eine andere Seite: Trotzig konnte er sein und hochmütig. Ausserdem war er so verflucht proper. Vanzetti hatte sogar seine Gewürze im Regal alphabetisch aufgereiht!

Trotzdem.

Zoe spürte sich ganz kribbelig werden, Muskeldehnung hin oder her. Sie musste sich eingestehen, dass sie ihn mochte. Sehr sogar.

Doch wie lange würde so eine Beziehung halten? Die grosse Liebe war ihr nun einmal nicht vorbestimmt, das hatte sie auf die harte Tour lernen müssen. Es würde unweigerlich in einem Desaster enden. Wie immer.

Sie wechselte vom rechten zum linken Bein.

Es wäre klüger, sie würde ihm aus dem Weg gehen. Und sich die Enttäuschung und Tränen ersparen. Sie hatte sowieso Wichtigeres zu tun. Sie musste sich um Grosi kümmern. Und um ihre Arbeit als Journalistin. Es war der erste Job in ihrem Leben, den sie wirklich mochte.

Ein leises Scharren von unten aus dem Erdgeschoss liess Zoe aufhorchen – vielleicht ein Stuhl, der ein wenig über das Parkett schob.

Sofort liess sie den Fuss los, schloss die Augen und konzentrierte ihre Sinne auf das Gehör. Sie stand absolut still da und lauschte für dreissig Sekunden, eine Minute. Nichts.

Doch das beruhigte Zoe nicht.

Sie schlich zur Zimmertür. Natürlich waren sämtliche Scharniere in Vanzettis superorganisiertem Haushalt bestens geölt. Trotzdem packte Zoe die Klinke mit aller Vorsicht und drückte sie ganz langsam hinunter.

Sie huschte hinaus durch einen Spalt, gerade gross genug für ihren Körper. Im Flur machte Zoe vier leise Schritte zum Geländer, duckte sich und starrte zwischen den Holzsprossen hindurch nach unten zum offenen Durchgang ins Wohnzimmer. Von dort drang ein schwaches Leuchten in den Flur, das vermutlich vom WLAN-Router stammte. Zoe verharrte still und atmete flach. Es dauerte zwei oder drei Minuten, bis sie einen länglichen Schatten über das Parkett huschen sah, nur ganz kurz.

Leise bewegte sie sich rückwärts zur Wand und rang ihren Atem unter Kontrolle. Ein Einbrecher, das wäre der logische Schluss. Die Ereignisse der letzten Tage legten allerdings nahe, dass der Kerl dort unten nicht zum Stehlen gekommen war.

Vanzettis Schlafzimmer lag rechts von ihr am Ende des Korridors. Wenn sie ihn weckte, machte das Lärm und würde den Eindringling warnen. Wenn sie doch bloss ihre Pistole dabei hätte. Ohne Waffe kam eine direkte Konfrontation nicht in Frage, eher List und Tücke. Sie brauchte ein Versteck zur Beobachtung und – falls nötig – zum Angriff.

Zoe schlich rückwärts durch den Flur. Auf halbem Weg zu Vanzettis Zimmer befand sich ein schmaler Einbauschrank mit einer Lamellentüre. Leise zog sie am Griff, Magnete hielten die Türe zu. Im Innern erspürte sie einen Staubsauger und diverse Besen oder Wischmobs. Zoe holte drei davon heraus und stellte sie ganz leise an die Wand neben dem Schrank. Dann quetschte sie sich neben dem Staubsauger hinein und zog die Türe hinter sich zu. Jetzt musste sie abwarten.

Es dauerte nicht lange.

Durch die schräg stehenden Lamellen konnte Zoe im schwachen Licht bloss Beine sehen. Der dunkel gekleidete Kerl bewegte sich geschmeidig, er setzte seine Füsse vorsichtig und mit gebeugten Knien auf. Ein Profi.

Er stoppte direkt vor ihrem Versteck, als ob er ihre Präsenz spürte. Zoe hielt den Atem an. Doch er schlich weiter den Flur hinunter. Sie atmete ganz langsam aus.

Zoe öffnete die Schranktüre einen kleinen Spalt, gerade gross genug, damit sie ein Stück Korridor im Blickfeld hatte. Der Mann stand gebeugt vor Vanzettis Türe. Er starrte durch das Schlüsselloch und hatte eine Hand auf die Klinke gelegt. Mittelgross war er und kräftig gebaut, seinen Kopf bedeckte eine Haube mit Sehschlitzen. In seiner rechten Hand befand sich eine Waffe! Vanzetti hätte keine Chance, wenn der Kerl ihn im Schlaf überraschen würde.

Jetzt oder nie.

Ganz leise glitt Zoe aus dem Schrank und ging leicht in die Knie.

Langsam drückte der Einbrecher die Klinke zu Vanzettis Schlafzimmer herunter.

Zoe sprang drei Schritte vor und stiess ihr rechtes Knie hart in seine Rippen. Gleichzeitig landete sie mit dem Ellenbogen einen Hieb auf seinem Nacken.

Der Einbrecher krachte vornüber auf den Boden, die Pistole polterte auf das Parkett. Zoe warf ihr ganzes Gewicht auf seinen Rücken und schlang ihren rechten Arm um seinen Hals. Sie spürte einen muskulösen Nacken unter der Maske – und drückt erst recht fest.

Er grunzte und wand seinen Körper, gleichzeitig stiess er mit dem linken Ellenbogen nach Zoe.

Doch sie liess nicht locker. Mit aller Kraft quetschte Zoe ihm die Luft ab.

Plötzlich schoss die rechte Hand des Mannes unter seinem Körper hervor und nach hinten. Etwas blitzte auf. Zu spät erkannte Zoe das Messer. Der Angreifer stiess die Spitze in ihren rechten Oberschenkel. Brennender Schmerz durchzuckte Zoe.

«Nein», schrie sie auf, als er erneut ausholte. Sie liess den Hals los, griff mit beiden Händen nach seinem rechten Arm und erwischte das Handgelenk. Mit aller Kraft bog sie es nach hinten und spürte den Griff des Dolches. Sie zerrte an der Hand.

«Bitch.» Das Messer fiel zu Boden und schlitterte davon. Doch der Mann nützte aus, dass Zoe ihn nicht mehr im Würgegriff hielt. Er warf sie von seinem Rücken.

Sie sackte zu Boden und spürte im nächsten Moment einen harten Schlag auf ihrem blutenden Oberschenkel. Der Schmerz nahm Zoe den Atem. Sie rollte sich über das Parkett, zwei, drei Meter.

Der Kerl kam hoch auf die Beine und keuchte. Er sah sich um, entdeckte die Besen an der Wand, packte einen mit beiden Händen, setzte ihr nach und holte aus.

Auf dem Rücken liegend wehrte Zoe den Schlag mit den Unterarmen ab.

Aber der Mann warf sich auf sie und presste mit beiden Händen den Besenstiel gegen Zoes Kehle.

Mit aller Energie drückte sie den Besenstiel weg.

Der Kerl verstärkte den Druck auf ihren Hals, Schweiss tropfte durch seine Maske. Er kämpfte routiniert wie jemand, der das jahrelang trainiert hatte.

Sie spürte, wie ihr die Luft ausging. Zoe wand ihre Hüften von links nach rechts und versuchte, den Angreifer abzuschütteln. Doch seine Knie nagelten sie auf dem Boden fest. Das Blut rauschte durch ihren Kopf, die Lungen wollten gleich platzen.

Der Kerl wollte sie töten.

Da spürte Zoe einen harten Gegenstand unter ihrer rechten Hüfte. Die Pistole! Mit der Linken drückte sie gegen das Holz an ihrer Kehle, die Rechte schob sie an ihrem Körper herab und tastete nach der Waffe. Zoe bekam den Pistolengriff zu fassen, zog die Waffe unter ihrer Hüfte hervor und bekam den Finger um den Abzug herum.

Doch der Kerl erkannte die Gefahr, liess sich mit seinem ganzen Gewicht nach vorne fallen und klemmte mit seinem linken Knie die Hand mit der Pistole ein.

Der Druck am Hals wurde zu stark, Zoes Kräfte schwanden. Sie konnte nicht mehr richtig zielen und drückte ab. Sofort liess der Druck auf Zoes Kehle nach.

Über ihr stöhnte der Mann auf. «Verfluchte Schlampe.»

Zoe stiess ihren Gegner von sich, rollte sich zweimal herum, keuchte. Ihr Oberschenkel blutete und ihre Kehle brannte.

Der Einbrecher kam auf die Knie und zog sich am Geländer hoch. Er umklammerte seinen linken Fuss mit der Hand. «Ihr seid tot, alle beide.» Er drehte ihr den Rücken zu und wankte gebeugt die Treppe zum Erdgeschoss hinunter.

Zoe hätte ihm nachsetzen wollen. Doch es ging nicht mehr. Sie brauchte alle Energie dafür, ihre Lungen mit ein bisschen Luft zu füllen.

Vanzettis Schlafzimmertür flog auf, Licht blendete Zoe.

Er stand in Boxershorts auf der Schwelle und hielt eine Pistole in seinen ausgestreckten Händen. Da entdeckte er Zoe und die Blutspur auf dem Boden. «Um Himmels willen …»

Mehr hörte sie nicht mehr.

26

Mit den Berner Nachrichten unter dem Arm kam Vanzetti zurück ins Wohnzimmer. «Jetzt haben wir erst mal Ruhe. Bei Tageslicht werden die Forensiker nochmals zurückkommen für eine zweite Spurensuche. Wie geht es deinem Bein?» Er warf die Zeitung vor Zoe auf den Couchtisch neben einen schwarzen Aktenkoffer, den die Spurensicherung dagelassen hatte.

Sie hatte sich auf dem Sofa ausgestreckt, die Wunde tat verflucht weh. «Ist auszuhalten. Bloss eine oberflächliche Verletzung, sagt die Ärztin. Haben deine Kollegen etwas gefunden?»

«Eine Kugel in der Wand im Flur, dazu Blutspuren drinnen und draussen, wir haben also seine DNA. Die Fahndung hat bisher nichts gebracht.»

«Der Schuss hat ihn wohl nur gestreift. Der ist längst über alle Berge.» Zoe setzte sich ein Stück auf und stützte sich auf die Ellenbogen. «Was ich immer noch nicht verstehe: Woher wusste der Kerl, dass ich hier bin?»

«Vielleicht haben wir sie doch nicht abschütteln können im Loeb. Oder sie haben es auf gut Glück hier versucht. Meine Adresse ist nicht geheim.»

Möglich, ja. Doch der Angreifer hatte direkt auf

Vanzettis Schlafzimmer zugesteuert. «Vielleicht war er gar nicht hinter mir her.»

Vanzetti betrachtete sie stumm. Offensichtlich überraschte ihn der Gedanke nicht.

«Komm schon, raus mit der Sprache.»

«Sagen wir es so: Es ist nicht ganz undenkbar. Aber darüber kann ich nicht reden.»

Zoe verdrehte die Augen. «Typisch. Mich hast du gestern beackert, bis ich dir alles über Pia Foletti und Nationalrat Ott erzählt habe. Du weisst genau, dass du mir vertrauen kannst.» Sie setzte sich auf und wollte zu einer Tirade ansetzen, als ihr Blick auf die Frontseite der Berner Zeitung fiel: *Ott stellt 10vor10 bloss*

Sie griff nach der Zeitung und las den kurzen Anreisser.

In einem Interview mit der Nachrichtensendung 10vor10 wehrte sich Bundesratskandidat Adrian Ott gestern Abend gegen den Vorwurf, für Vorstösse im Nationalrat Geld kassiert zu haben. Er zeigte sich empört über das Schweizer Fernsehen. Seite 5

«Hast du einen Computer in der Nähe?», fragte Zoe.

Vanzetti ging hinüber zum Büchergestell, zog einen Laptop aus einer Schublade, klappte ihn im Gehen auf und drückte den Startknopf. Er legte ihr den Laptop auf den Schoss und setzte sich neben sie.

«Was ist das für eine Story?» Er nahm die Zeitung vom Couchtisch.

«Lass mich etwas checken.» Zoe öffnete einen Browser, tippte *10vor10* ein, rief die Sendung vom Vorabend ab und klickte auf *Interview mit Nationalrat Ott.*

Auf dem Bildschirm erschien das Gesicht der Moderatorin Flurina Weibel, einer etwa vierzigjährigen Frau mit kurzem, hellbraunem Haar und dunkelbraunen Augen. Sie sprach stumm.

Vanzetti deutete auf das Lautsprecher-Symbol am Bildschirmrand, Zoe klickte darauf.

«…begrüssen wir heute Abend FDP-Nationalrat Adrian Ott.» Schnitt. Sie standen sich an einem Tresen gegenüber, Weibel rechts, Ott links. *«Guten Abend, Herr Ott. Haben Sie die Bundesratssitzungen ab März eigentlich schon in Ihren Terminkalender eingetragen?»*

«Guten Abend, Frau Weibel. Nein, das habe ich nicht.» Adrian Ott war gross gewachsen, sportlich. Sein Gesicht war lang und kantig, man müsste es zum Verschicken wohl in eine Schuhschachtel verpacken. Das anthrazitgraue Jackett betonte seine kräftigen Schultern.

«Sie stimmen mir aber zu, dass Sie der grosse Favorit für die Wahl sind?» Weibel trug eine rostfarbene Seidenbluse und perfektes Make-up.

«Ach, das schreiben bloss Sie und Ihre Kollegen. Journalisten darf man nicht alles glauben.» Er setzte ein Tausend-Watt-Lächeln auf und strotzte nur so vor Selbstsicherheit. *«Natürlich ist es mein Ziel, in den Bundesrat gewählt zu werden. Aber es gibt mehrere fähige Kandidaten mit guten Chancen.»*

«Fühlen Sie sich denn dem Amt gewachsen?»

Ott setzte eine staatsmännische Miene auf. *«Ja, das tue ich. Nach elf Jahren im Nationalrat verfüge ich über einen guten politischen Rucksack. Ich habe viel gelernt darüber, wie die Schweizer Politik funktioniert. Ich kann Allianzen schmieden, aber auch eine harte Linie fahren, wenn Allianzen nicht möglich sind.»*

«Was reizt Sie denn an diesem Job?»

«Ich will mich für die Menschen in diesem Land engagieren. Als Bundesrat könnte ich viel gestalten. Das fasziniert mich.»

Weibel guckte kurz auf ihre Notizen. *«Und die Macht eines Politikers? Haben Sie Gefallen daran gefunden?»*

«Mir gefällt das Gestalten. Ich will mithelfen, Lösungen für die Herausforderungen dieses Landes zu erarbeiten. Macht ist nur ein Mittel, um diese Ziele zu erreichen.»

«Sehen Sie denn keine Gefahr für Machtmissbrauch? Im Parlament haben Sie sich immer wieder für die Anliegen der Bauwirtschaft und der Hausbesitzer ein-

gesetzt. Sie stammen aus einer Familie, der zahlreiche Immobilien gehören. Arbeiten Sie da nicht in Ihre eigene Tasche?»

Ott blieb ganz entspannt. *«Es gehört zum Schweizer Milizsystem, dass man neben seiner politischen Tätigkeit einer Arbeit nachgeht. Aber ich wundere mich über die Stossrichtung Ihrer Frage. Was ist schlecht daran, dass meine Familie Immobilien besitzt? In unseren Wohnungen finden viele Menschen Platz, auch solche mit kleinem Einkommen.»*

Vanzetti rückte Zoe ein Polster in den Rücken, ohne dass er den Blick vom Bildschirm liess.

«Also gibt es in der FDP keine Unzufriedenheit über die Positionen, die Sie einnehmen?»

«Absolut nicht. Die Partei und ich sind auf einer Linie.»

Weibel machte grosse Augen. *«Wir hören aber andere Stimmen aus dem Parlament. Es gibt Menschen in Ihrer Partei, die besorgt sind. Sie meinen, dass Sie beeinflussbar sein könnten.»*

Bedächtig schüttelte Ott den Kopf wie ein Vater mit einem trotzigen Kind. *«Sie enttäuschen mich, Frau Weibel. Nennen Sie Namen. Wer ist denn besorgt? Und worüber?»*

Sie lächelte süffisant. *«Menschen aus Ihrem Umfeld. Sie befürchten, dass Sie Berufliches und Privates nicht sauber trennen.»*

«Konkret, bitte.»

Sie lehnte sich etwas vor. *«Vor vier Jahren haben Sie sich vehement für den Verbleib von ausländischen Söldnerfirmen in der Schweiz eingesetzt. Es heisst, dass Sie für Ihren Einsatz bezahlt worden sind.»*

«Haben Sie Beweise für Ihre Behauptungen? Dann legen Sie sie auf den Tisch, hier und jetzt.» Er blieb ganz cool, staatsmännisch.

Weibel sah aus wie jemand, der ein paar Trümpfe in der Hand hatte: *«Uns liegt die eidesstattliche Erklärung einer Frau vor, die bei einer dieser Söldnerfirmen gearbeitet hat, der Dover Defense Group. Sie sagt, dass der Vorstoss, den Sie im Parlament eingereicht haben, in der Kommunikationsabteilung Ihrer Firma verfasst worden sei. Dass es diverse Treffen zwischen Ihnen und den Firmenchefs gab. Und dass die Dover Defense Group Ihnen in mehreren Tranchen hunderttausend Franken überwiesen hat.»*

«Nanu», sagte Vanzetti.

Ott blieb gelassen. *«Sie enttäuschen mich, Frau Weibel. Von Ihnen hätte ich besseren Journalismus erwartet. Ich kenne die Dame, von der Sie sprechen. Sie hat erwiesenermassen psychische Probleme. Deswegen hat sie die Dover Defense Group vor längerer Zeit verlassen müssen. Ihre Anschuldigungen waren bloss eine Folge davon. Wenn Sie besser recherchiert hätten, wüssten Sie, dass die Dame ihre Behauptun-*

gen mittlerweile widerrufen und sich entschuldigt hat. Schriftlich. Sie sagt, dass sie missverstanden und beim Interview in eine Richtung gedrängt worden sei.»

Weibel räusperte sich, rote Flecken zeichneten sich auf ihren Wangen ab. *«Das werden wir natürlich abklären.»*

«Etwas spät, meinen Sie nicht?» Ott hob einen Warnfinger. *«Die Menschen in diesem Land haben Besseres verdient vom Schweizer Fernsehen.»*

Weibel studierte ihre Notizkärtchen. *«Und die Tatsache, dass die Dover Defense Group diverse Liegenschaften Ihrer Firma gemietet hatte, spielte keine Rolle bei Ihren Vorstössen im Parlament?»*

«Auf dem Rückzug feuerte Weibel noch einen Schuss ab», sagte Vanzetti.

«Das eine hat mit dem anderen überhaupt nichts zu tun. Als liberaler Politiker trete ich für eine freie Marktwirtschaft ein. Firmen wie die DDG bringen viel Geld und Arbeitsplätze in die Schweiz. Doch die Parlamentsmehrheit hat sich dafür entschieden, dass diese Firmen das Land verlassen sollen. Ich akzeptiere das, auch wenn ich anderer Meinung bin. Aber so funktioniert die Demokratie.»

«Herr Ott, ich danke Ihnen für dieses Gespräch.»

«Puh.» Zoe schloss den Browser. Sie legte den Laptop auf den Couchtisch und massierte sich den Nacken. «Durchgekaut und ausgespuckt. Weibel tut mir fast etwas leid. Entweder war das tatsächlich mieser Journalismus. Oder sie haben diese Zeugin umgedreht.»

Falten zeichneten sich auf Vanzettis Stirn ab. «Und du denkst wirklich, dass Ott hinter dem Angriff auf dem Bahndamm stecken könnte?»

Zoe stiess den Atem aus. «Beweisen kann ich es nicht. Bis jetzt.» Sie zeigte auf den Laptop. «Der scheint ziemlich tief im Morast zu waten.»

«In dem du gräbst.»

«Das ist mein Job.»

Vanzetti stand auf und machte ein paar Schritte durch das Wohnzimmer. Er blieb stehen und stemmte beide Hände in die Hüften. «Okay, Zoe, was ich dir jetzt sage, darfst du nicht für die Zeitung verwenden. Verstanden?»

Das schmeckte Zoe gar nicht, sie wollte protestieren.

Vanzetti kam ihr zuvor. «Bitte, Zoe. Es ist wirklich wichtig.»

So aufgewühlt hatte sie ihn kaum je gesehen. «Okay.»

«In meinen Ermittlungen spielt die Dover Defense Group eine zentrale Rolle. Es könnte sein, dass deine Recherchen und mein Fall zusammenhängen.»

Zoe schluckte leer. «Na, das würde einiges erklären. Erzähl mir die ganze Geschichte.»

27

Kurz vor Mittag folgte Vanzetti Heike Tuchel und fragte sich, ob sie eine Freundin, eine Wohngenossin oder die Lebenspartnerin der WoZ-Journalistin Kathrin Wyss war – der Frau, die den ehemaligen Staatsanwalt und Tramfan Michel Iten vor Falke Security gewarnt hatte. Tuchel war um die vierzig und hatte kurze, braune Haare, ein Kontrast zu ihrem blassen Teint.

In der Aussprache mit Zoe hatte Vanzetti alle Karten auf den Tisch gelegt. Sie hingegen hatte trotz seinem Drängen den Namen ihres Informanten nicht preisgeben wollen.

Manchmal ging ihm Zoe wirklich auf den Geist, es war doch genug passiert. Sie waren übereingekommen, dass sie beide sämtliche Spuren mit Nachdruck verfolgen und ihre Erkenntnisse austauschen würden. Hoffentlich hielt der Sturkopf sich an die Abmachung.

Der Wohnungsflur war hell, frisch gestrichen, der Teppich an manchen Stellen abgetreten, aber sauber. Es roch gut, kein Vergleich zum Uringestank im Treppenhaus des abbruchreifen Hauses im Fischermätteli-Quartier. Aus einem Zimmer drangen leise Stimmen.

«Meine Tochter guckt sich einen Trickfilm an», erklärte Tuchel auf Hochdeutsch. «Sie hat sich nicht ganz wohlgefühlt heute, deswegen behalte ich sie zu Hause.»

Sie führte Vanzetti in die halb aufgeräumte Küche. Verandatüren gingen von der linken Seite ab. Becher und Geschirr stapelten sich in einem Regal über der Spüle, auf der Arbeitsfläche daneben lagen ein grosses Schneidebrett mit einem Messer und zwei Peperoni, gelb und rot.

«Hier haben wir Ruhe.» Eine Sitzbank stand an der hinteren Wand. Tuchel deutete auf einen der beiden Stühle vor dem kleinen Küchentisch. «Bitte nehmen Sie Platz.»

Vanzetti setzte sich vor eine Schale mit Mandarinen und Äpfeln.

Tuchel selbst blieb mit dem Rücken zur Spüle stehen. Sie strich über ihre weisse Küchenschürze, die sie über Jeans und einem schwarzen Pullover trug. «Haben Sie etwas herausgefunden?»

«Wie meinen Sie das?»

«Sie sind doch von der Polizei.»

An der Türe hatte er ihr seinen Ausweis gezeigt. «Das ist richtig, ich arbeite für die Bundeskriminalpolizei.»

Tuchel runzelte ihre Stirn. «Wie kommt es, dass die Bundeskriminalpolizei nach Kathrin sucht?»

«Ich möchte Frau Wyss ein paar Fragen stellen. Es geht um eine vermisste Person.»

Tuchel umklammerte die Chromkante mit beiden Händen, die Adern traten hervor. «Noch jemand?»

Vanzetti begriff nicht. «Von wem sprechen Sie?»

«Na, von Kathrin. Sie wird seit etwa zwei Wochen vermisst.»

Vanzetti fühlte sich wie vor den Kopf geschlagen. «Entschuldigen Sie, Frau Tuchel, davon hatte ich keine Ahnung. Ich denke, wir sollten von vorne beginnen. Erzählen Sie mir von Frau Wyss.»

Sie fuhr sich mit der flachen Hand über die Stirn, ihre Finger hatten kurze, unlackierte Nägel. «Ich war weg über Weihnachten, zu Besuch bei meinen Eltern in Bremen. Als ich am 10. Januar zurückkam, war Kathrin nicht hier. Das war nicht ungewöhnlich, sie war viel unterwegs und hinterliess nie eine Nachricht. Das war okay, wir sind nicht beste Freundinnen oder so. Meine Tochter Luise und ich mieten hier bloss zwei Zimmer.»

«Die Wohnung gehört also Frau Wyss?»

«Ja, es ist das Haus ihrer Grosseltern. Wir bilden eine gute WG, lassen uns gegenseitig viel Freiraum.» Sie nickte, als ob sie ihre Worte bekräftigen wollte. «Das habe ich schon ganz anders erlebt.»

«Frau Wyss war also am 10. Januar nicht hier. Ab wann haben Sie sich Sorgen gemacht?»

«Etwa eine Woche später. Da rief nämlich ihre Mutter an. Sie sagte, dass Kathrin ihr immer zum Geburtstag am 16. Januar gratuliert habe. Immer. Doch diesmal habe sie nichts von ihrer Tochter gehört. Am nächsten Tag habe ich Anzeige erstattet.» Kurz blickte sie auf die Männeruhr, die sie am linken Handgelenk trug.

Es war zehn vor zwölf, vermutlich wollte sie kochen. «Was hat die Polizei unternommen?»

«Sie gab eine Vermisstmeldung heraus und checkte die Fluglinien ab. So stellte sich heraus, dass Kathrin am 3. Januar mit EasyJet nach London geflogen war.»

«Sie ist also in England verschwunden?»

«So sieht es aus.» Sie griff nach dem Schneidbrett und setzte sich Vanzetti gegenüber.

«Und niemand hat seither etwas von ihr gehört?»

Tuchel zerteilte die Peperoni und entkernte sie flink. «Niemand, den ich kenne jedenfalls.»

Ein weiterer Mensch, der verschwunden war. Das gefiel Vanzetti nicht. «Könnte es einen Grund für das Verschwinden von Frau Wyss geben?»

«Das haben mich die Polizisten auch gefragt. Und ich muss leider zugeben, dass ich keine Ahnung habe. Wir wohnen zwar seit fast zwei Jahren zusammen, doch ich weiss sehr wenig über Kathrins Leben.»

«Hat sie nie über ihre Arbeit geredet?»

«Nicht wirklich. Sie erwähnte ab und zu Storys, die

sie mal schreiben wollte. Oft ging es um Geheimdienste, Schnüffelstaaten, Überwachungstechnik, solche Sachen. Aber wenn ich nachfragte, bekam ich nie eine richtige Antwort. Ich fand das, ehrlich gesagt, etwas mühsam.» Das Messer ratterte auf dem Schneidbrett, wie ein Profi schnitt sie die Peperoni in kleine Stücke.

«Wissen Sie, ob Frau Wyss Adrian Ott kannte?»

«Den Politiker?» Sie hob die Schultern.

«Und Pia Foletti? Sagt Ihnen der Name etwas?»

Tuchel schüttelte den Kopf.

«Konnte Frau Wyss denn leben vom Beruf als Journalistin?»

«Ich glaube nicht, dass Kathrin Geld verdienen musste. Sie war sehr sparsam und das hier…», mit dem Messer in der Hand machte sie eine Kreisbewegung, «…ist nicht gerade Luxus. Zudem gibt es da auch eine Erbschaft oder so was im Hintergrund. Mit dem Geld hat sie vermutlich die vielen Reisen finanziert. Als freie Journalistin hätte sie sich die kaum leisten können.»

«Wohin fuhr sie denn?»

Nachdenklich spitzte sie die Lippen. «In den letzten zwei Jahren war sie in London, Madrid, St. Petersburg, Peking und Boston. Sie sagte immer, dass sie dort Recherchen mache. In ihren WoZ-Artikeln stand aber nichts davon.»

Es klang ein wenig neidisch. «Hatte sie ein Büro hier im Haus?»

«Sie benutzt nur ein Zimmer zum Schlafen und Arbeiten.»

«Könnte ich es mir ansehen?»

«Sicher.» Tuchel legte das Messer auf das Schneidbrett und lehnte sich etwas vor. «Sie sagten, jemand wird vermisst. Wer denn? Vielleicht kenne ich eine Verbindung zwischen dieser Person und Kathrin.»

Vanzetti entschied sich für Offenheit. «Der Mann, den ich suche, hat für eine Sicherheitsfirma gearbeitet. Und Frau Wyss hat einen Artikel über diese Firma geschrieben. Sagt Ihnen der Name Leon Scholer etwas?»

«Noch nie gehört.» Sie machte ein betretenes Gesicht. «Wann ist er verschwunden?»

«Etwa zur gleichen Zeit wie Frau Wyss.» Er konnte ihr ansehen, wie sie das ins Grübeln brachte.

Tuchel gab sich einen Ruck. «Kommen Sie, das Zimmer liegt zur Gartenseite raus.» Sie stand auf und ging voran durch den Flur. «Jedes Mal, wenn ich heimkomme, horche ich auf Geräusche aus dem Zimmer. Kathrin stand auf Grunge, hat immer Alice In Chains, Mudhoney oder solche Sachen gehört. Manchmal etwas zu laut, vor allem abends, wenn Luise im Bett war. Sie hat die Musik aber immer leiser gedreht, wenn ich sie darum gebeten habe.»

Das Zimmer von Wyss war rein funktional eingerichtet: Einzelbett, ein Nachttisch mit Lampe, eine Kommode, ein Schrank, Filmposter an den Wänden: *Pulp Fiction* und *Fargo*. Auf dem Arbeitstisch unter dem Fenster standen eine Tastatur und ein Monitor. Davor befand sich ein klappriger Gartenstuhl, auf dem Boden rechts ein Papierkorb aus Bambusgeflecht, links ein Aktenschrank aus Metall. Darauf hatte Wyss einen kleinen Drucker und einen CD-Player platziert.

Vanzetti öffnete die vier Schubladen des Aktenschranks, alle waren leer. «War das Zimmer genau so, als Sie es nach Ihren Ferien zum ersten Mal gesehen haben?»

«Ich habe nichts angerührt. Es sind ja Kathrins Sachen.»

«Nichts stand auf dem Tisch? Der Papierkorb und der Aktenschrank waren leer?»

«Ja. Im Aktenschrank habe ich allerdings nicht nachgesehen.»

«Wo bewahrt Frau Wyss ihre persönlichen Unterlagen auf? Bankauszüge, Rechnungen, Steuererklärungen?»

Wie eine Eule steckte sie den Kopf zwischen die Schultern. «Keine Ahnung. Auf ihrem Schreibtisch lag immer einiges an Papier herum.»

«Gibt es Anzeichen dafür, dass sie etwas mitgenommen hat? Fehlen Kleider?»

«Das ist ja das Eigenartige.» Tuchel machte drei Schritte zum Bett, bückte sich und zog einen Aluminium-Koffer darunter hervor, ein teures Modell. «Ihr Koffer liegt immer noch hier. Und von den Kleidern fehlt nichts, soweit ich das beurteilen kann. Es sieht fast so aus, als ob Kathrin gar nie verreist wäre.»

28

Lucy nippte an ihrem Orangensaft und betrachtete die hohe, stuckverzierte Decke des Hotels Beau Rivage, die Kronleuchter, die dunkelgrünen Samtvorhänge, die geschmackvoll bezogenen Stühle und Sessel. Edel. Allerdings konnte man das auch erwarten von einem Genfer Fünfsternehaus, dessen Preise bei fünfhundert Franken pro Nacht begannen. Die auf altmodisch getrimmte Bar, an der Bundesrat Graf seine Verführerin kennengelernt hatte, wirkte mit den vier Hockern davor allerdings recht bescheiden. Lucy wandte sich zur Barfrau und legte ein Foto auf den Tresen. «Est-ce que vous connaissez cette femme?»

Die Bardame, eine grosse, schlanke Frau mit Pferdeschwanz und goldbestickter Weste, warf einen flüchtigen Blick darauf und schüttelte den Kopf. «Je suis désolée.»

Die etwa Dreissigjährige sprach mit Akzent und sah nicht so aus, als ob es ihr leid täte. «Sind Sie Deutschschweizerin?»

«Österreicherin.» Sie liess einen Kaffee aus der Maschine laufen, goss den Rahm rein und vermischte ihn geschickt mit dem Barista-Stift so, dass ein kaffeebraunes Palmenblatt darauf entstand. Die Tasse servierte sie einem Herrn mit Geheimratsecken, der im Nebenzimmer vor einem grossen Fenster Zeitung las.

Die kühle Dame kam zurück, hantierte mit Tassen und Untertellern und ignorierte Lucy.

Knapp zwei Stunden war sie im Zug von Bern nach Genf unterwegs gewesen, so einfach würde sie sich nicht abspeisen lassen. «Könnten Sie sich das Foto bitte nochmals ansehen. Es ist wichtig.»

«Sind Sie von der Polizei?»

«Nein.» Lucy legte ihren alten Presseausweis neben das Foto.

«Journalistin? Dann passen Sie besser auf, dass Sie niemand von der Direktion erwischt. Die werden Sie hochkant rauswerfen.»

«Das wäre unschön. Ich habe es mit dem Kreuz.»

Das entlockte der Bardame ein Lächeln. Sie warf nun doch einen zweiten Blick auf das Foto, das Lucy von Zoe bekommen hatte. Es stammte aus der Bilderserie, die den Berner Nachrichten kurz vor Weihnachten zugespielt worden war. Die Originale hatte Lucy ziemlich langweilig gefunden, zwei nackte Menschen beim Sex auf einem Bett. So sah es zumindest auf den ersten Blick aus. Einer davon, Ex-Bundesrat Mauro Graf, guckte nie direkt in die Kamera. Die Frau hingegen schon. Sie war um die vierzig, hatte schulterlanges, dunkles Haar und ein ovales, sommersprossiges Gesicht. Keine Schönheit, aber hübsch.

Am Computer hatte Lucy den Kopf der Frau ausgeschnitten und auf Fotopapier ausgedruckt. «Am 16. Dezember sprach sie hier an der Bar Bundesrat Graf an.»

«Ach, die ist das.» Nachdenklich spitzte die Bardame ihre Lippen. «Die Zeitungen haben ihr Gesicht ja unkenntlich gemacht. Es tut mir echt leid um den Herrn Bundesrat. Ein netter Mann, behandelt niemanden von oben herab, gibt immer ein gutes Trinkgeld.» Sie tippte mit dem Fingernagel auf das Foto. «Aber gesehen habe ich sie noch nie.»

Die Barfrau wirkte aufrichtig. «Merci.» Lucy steckte das Foto ein, bezahlte den Orangensaft – zwölf Franken – und schlenderte durch den gedeckten Innenhof des Hotels, vorbei an Springbrunnen und gemütlichen Polstersesseln. Mit der Warnung der Barfrau im Hinterkopf machte sie einen Bogen um die Rezeption und verliess das Hotel.

In der Sonne auf dem Quai du Mont-Blanc knöpfte sie ihren Mantel zu und blickte auf das Seebecken und den Jet d'eau. Bereits auf der Herfahrt im Zug hatte Lucy den Plan gefasst, die teuersten Genfer Hotels abzuklappern. Wenn Grafs Aussagen stimmten – und davon ging sie aus –, war diese Frau nicht zufällig im Beau-Rivage aufgetaucht. Möglicherweise arbeitete sie bei einem Escort-Service und war für einen speziellen Job engagiert worden.

Lucy schlenderte die Uferstrasse hoch, vorbei am Denkmal für die österreichische Kaiserin Elisabeth, die vor über hundert Jahren an dieser Stelle ermordet worden war. Hatte die nicht auch im Beau-Rivage übernachtet?

Sie begann im Le Richemond, wo sie das Foto dem Portier und der Rezeptionistin zeigte. Die reagierten unwirsch auf ihre Fragen, die Frau vom Empfang drohte gar mit der Polizei. Lucy zog ab und änderte ihre Strategie. Die Frau auf dem Foto sei ihre Tochter, sagte sie einem Kellner im Ritz-Carlton. Sie fürchte, dass die sich etwas antun könnte. Immerhin schaute sich der Mann das Foto an und gab ihr eine Antwort: «Non, jamais vu.»

Dieselbe Taktik verfolgte Lucy im Hotel Bristol, im Four Seasons, im Hotel d'Angleterre und im Kempinski Geneva. Ohne Erfolg. Also weitete sie ihren Radius auf das umliegende Quartier aus, betrat Apotheken, Lebensmittelgeschäfte, Cafés und Hotels mit drei oder vier Sternen. Die meisten Journalisten hätten das als mühsam empfunden, doch Lucy liebte das Grübeln und Wühlen. Es war das, was sie in ihrem Beruf ausgezeichnet hatte. Sie sprach gerne mit Menschen, stellte Fragen, beobachtete ihre Reaktionen. Denn die bekam man immer von einem Gegenüber. Wer den ganzen Tag am Telefon hing, verpasste das.

Strasse um Strasse arbeitete sie sich vor, sprach mit einem Pizzaboten, Coiffeuren, einem Uhrmacher, Taxifahrern, einer Floristin und einem Polizisten.

Nach drei Stunden, als sie das Hotel Europe in der Nähe des Bahnhofs betrat, knurrte ihr der Magen. Die Vier- und Fünfsternehäuser hatte sie zu dem Zeitpunkt bereits abgehakt. Die Stühle im Empfangsraum sahen abgenutzt aus, die Zeitungen stammten vom Vortag, hinter dem Tresen hingen Schlüssel mit klobigen Anhängern und darauf stand ein iMac aus dem letzten Jahrzehnt. An der Wand hing ein Schild: *Wir sprechen Deutsch.* Der Mann hinter dem Tresen las in einem Automagazin und schaute hoch. «Bonjour, madame.»

Lucy legte das Foto neben den Computermonitor, es sah mittlerweile stark abgegriffen aus. «Haben Sie diese Frau schon einmal gesehen?»

Das weisse Hemd spannte über seinem Bauch, er hatte Hängebacken und wirkte auf den ersten Blick etwas unbeholfen. Doch die wachen Augen des Mittfünfzigers sagten etwas anderes. Er nahm das Foto zwischen Daumen und Zeigfinger. «Möglicherweise.»

Lucys Herzschlag setzte für einen Moment aus. «Sind Sie sicher?»

«Worum geht es denn?»

Lucy überlegte kurz und entschied sich dafür, ehrlich zu sein. «Ich bin Journalistin, und diese Frau könnte wichtige Informationen haben.»

Er setzte eine Lesebrille auf und begutachtete das Foto erneut. «Hat das etwas mit unserem Hotel zu tun?» Er sprach akzentfreies Deutsch.

«Nein. Falls ich etwas schreibe, werde ich Ihr Haus nirgends erwähnen.»

Er setzte sich auf einen Hocker hinter dem Tresen, der dabei knarrte. «Wie viel wäre Ihnen der Name denn wert?»

Als aktive Journalistin hätte Lucy nie Geld für Informationen bezahlt. Die Pensionierung hatte derlei Bedenken weggespült. «Fünfzig Franken.»

Bedächtig schüttelte er den Kopf. «Zweihundert.»

«Hundert.»

«Abgemacht.» Er streckte die Hand aus.

Lucy schlug ein, seine Hand war angenehm warm. Sie kramte ihr Portemonnaie aus dem Mantel und holte eine Hunderternote heraus. Die behielt sie aber fest in der Hand.

«Die Dame hat hier mal ein paar Visitenkarten hinterlassen. Das ist schon eine Weile her. Ich kann mich erinnern, weil ein Gast tatsächlich mal ihre Dienste beansprucht hat. Die Dame hat mir danach fünfzig Franken für die Vermittlung zukommen lassen.»

«Haben Sie noch eine der Visitenkarten?»

«Vielleicht.» Er stieg von seinem Hocker und zog mehrere Schubladen auf. «Hier.»

Lucy griff nach dem Kärtchen. Das Papier war edel. *Für Ihre geheimen Wünsche,* stand in goldenen Lettern in der Kopfzeile. Und darunter: *Lady Chatterley.*

29

Ein Paar, Mann und Frau, hielt ein kleines Mädchen mit schwarzen Zöpfen an den Händen, das sich unsicher über das Eis bewegte. Um sie herum kurvte ein schmaler Junge, vielleicht zehn oder zwölf, der ständig «Uiuiui» schrie und sich mit rudernden Armen nur knapp auf den Beinen hielt. Doch es war offensichtlich, dass er gut Schlittschuh lief und bloss den Clown für seine kleine Schwester spielte.

Zoe stiess sich von der Bande ab und machte ein paar vorsichtige Schritte, um die Kanten der Miet-Schlittschuhe zu testen. Guter Schliff! Und die Wunde im Oberschenkel tat auch nicht sehr weh. Schnell fühlte sie sich wieder wie zu Hause auf der Ka-We-De, war sie doch im Marzili aufgewachsen, nur wenige hundert Meter entfernt von hier. Als Kind hatte sie viele Nachmittage auf der offenen Kunsteisbahn beim Dählhölzliwald verbracht.

Gegen dreissig Kinder und Erwachsene tummelten sich über Mittag auf dem Eis. Zwischen ihnen übte Zoe das Übersetzen vorwärts und rückwärts, dann machte sie ein paar Drehungen. Und ständig hielt sie Ausschau nach der geheimnisvollen Informantin. Um halb zwölf hatte die in der Redaktion angerufen und um ein Treffen gebeten. Etwas über Pia Foletti wollte ihr die Unbekannte erzählen. Doch weder ihren Namen noch weitere Details hatte sie preisgeben wollen, was Zoe ziemlich genervt hatte. Doch nach einem frustrierend erfolglosen Morgen im Büro hätte sich Zoe auch mit einer Hellseherin getroffen.

Ein paar Minuten lang hatte sie ihren Spass auf dem Eis, bevor ihr erste Zweifel kamen. Hatte es sich die Unbekannte anders überlegt? Vielleicht hatte sie Zoe auch bloss herlocken wollen – auf der Eisfläche gäbe sie ein leichtes Ziel ab. Jetzt wurde es Zoe doch mulmig zumute, weshalb sie auf den Ausgang zusteuerte.

Als sie vor der Bande abbremste, hielt eine Läuferin neben ihr. «Frau Zwygart?» Die zierliche, blasse Frau war vielleicht vierzig, um Mund und Augen sah man schon ein paar Fältchen.

«Ja?»

Unter der schwarzen Wollmütze lugten kurze braune Haare hervor. Die Fremde trug eine modische Hornbrille und einen roten Wintermantel über schwarzen Jeans. «Ich habe Sie schon eine Weile beobachtet. Ich kenne Ihr Foto von der Webseite der Zeitung. Entschuldigen Sie, ich wollte bloss sichergehen …»

… dass was? Dass sie niemand verfolgte? «Wer sind Sie?»

«Alessia Bernasconi. Ich arbeite als Übersetzerin für die Parlamentsdienste, Pia war eine Kollegin von mir.» Für einen Moment studierte sie das Eis. «Nein, mehr als das, sie war eine Freundin.»

Pia hatte diese Alessia nie erwähnt. «Woher kennen Sie meinen Namen?»

Ihr Mund war breit, und wenn sie lächelte, kam eine Reihe gerader weisser Zähne zum Vorschein. «Immer, wenn Sie eine grosse Geschichte in der Zeitung hatten, hat Pia gestrahlt wie ein Maikäfer. ‹Meine Freundin hat wieder einen Knüller›, hat sie gesagt und den Artikel jedem im Büro gezeigt.»

Ja, das klang nach Pia. Zoe fühlte ihre Augen brennen. «Worüber wollen Sie mit mir reden?»

Bernasconi stiess sich ab und glitt rückwärts davon. «Kommen Sie, laufen wir ein Stück.» Sie bewegte sich gekonnt über die glatte Fläche.

«Sie sind bestimmt nicht zum ersten Mal hier.»

Alessia machte einen Sprung und landete rückwärts auf einem Bein. «Als Kind war ich ziemlich gut, habe fast täglich trainiert. Doch es hat doch nicht ganz gereicht bis zur Spitze.»

Ähnlich war es Zoe mit dem Kunstturnen ergangen. In flottem Tempo liefen sie nebeneinander über das Eis. «Kommen Sie oft her?»

«Über Mittag regelmässig. Deswegen fand ich das einen guten Treffpunkt. Da denkt sich niemand etwas.»

«Fürchten Sie, jemand könnte uns beobachten?»

Alessia hob kurz die Schultern, fuhr dicht neben Zoe und hakte sich bei ihr ein. «Wussten Sie, dass Pia eine Beziehung hatte? Zu einem Nationalrat?»

«Adrian Ott.» Also doch! «Woher wissen Sie es?»

«Pia hat es mir erzählt. Ein grosses Geheimnis war es allerdings nicht, im Büro wussten einige Bescheid. Oder sie ahnten es zumindest.»

«Schon lange?»

«So genau weiss ich das nicht. Aber bestimmt länger als ein halbes Jahr. Ich machte mir Sorgen um Pia, Ott ist ein verheirateter Mann. Solche Geschichten enden nie gut.»

Ob Bernasconi aus Erfahrung sprach? Vor ihnen spielten ein paar Jugendliche eine wilde Version von Fangen, Zoe und Alessia trennten sich, fuhren in sicherem Abstand links und rechts an ihnen vorbei und kamen wieder zusammen.

«Hoffte Pia, dass Ott seine Frau verlassen würde?»

Alessia glitt rückwärts vor Zoe her. «Ich habe sie das mal gefragt. Zur Antwort summte sie bloss ‹Que sera, sera›, dieses Lied von Doris Day.»

«Sahen sie sich oft?»

«Bestimmt einmal pro Woche gingen sie miteinander essen. Pia hat jeweils länger Mittag gemacht, weil sie irgendwo ausserhalb hinfuhren. Sie wollten nicht auf Politiker oder Bundesangestellte treffen. Ab und zu haben sie auch ein Wochenende zusammen verbracht. Dann hatte Pia am Freitag immer ihren kleinen Koffer dabei.»

Offenbar hatte Alessia das genau beobachtet. «Wussten viele in der Verwaltung davon?»

«Wie gesagt, bei uns im Büro schon. Aber ich glaube nicht, dass es ausserhalb jemand mitbekommen hat. Für das Parlament kann ich allerdings nicht sprechen. Vielleicht hat Ott vor den Kollegen geprahlt damit.»

Ihr Tonfall liess erkennen, dass sie ihm das zutraute. «Kennen Sie ihn?»

Alessia öffnete den Mund und schloss ihn wieder. «Nur vom Sehen.»

«Was halten Sie von Ott?»

Sie schien ein kurzes innerliches Streitgespräch zu führen. «Nicht viel, um ehrlich zu sein. Er denkt, dass ihm die Welt gehört. Ich habe öfters mitgekriegt, wie er Politikerinnen oder weibliche Angestellte dumm angemacht oder betatscht hat. Allerdings ist Ott clever, er weiss immer, wo die Grenze liegt.»

Das überraschte Zoe nicht nach dem, was sie über ihn wusste. «Aber wieso hat sich Pia auf den eingelassen?»

«Da bin ich überfragt. Ich …»

«Vorsicht!» Zoe riss Alessia am Arm, ein Puck zischte knapp an ihnen vorbei. «He, passt ein bisschen auf», rief sie ins benachbarte Hockeyfeld. Den Jungs nahm sie es nicht übel, als Kind hatte sie auch viel lieber dort gespielt als Pirouetten gedreht. «Was wollten Sie sagen?»

«Vermutlich hat Pia irgendwann erkannt, was Ott für ein Typ ist. Jedenfalls hat sie die Beziehung kürzlich beendet. Deswegen hat sie auch ihre Stelle gekündigt.»

«Sie hat was?» Pia liebte ihren Job.

«Wussten Sie das nicht?»

«Nein.» Vielleicht hatte Pia darüber beim Joggen reden wollen.

Alessia schien sich zu freuen über ihren Wissensvorsprung. «Ende dieser Woche hätte sie ihren letzten Arbeitstag gehabt.»

«Hatte sie denn eine neue Stelle?»

«Bis jetzt nicht. Aber sie sagte mir, dass sie sich keine Sorgen mache. Mit ihrem Ersparten komme sie gut für ein paar Monate über die Runden.»

Die Trennung und die Kündigung musste Pia kurzfristig entschieden haben. Sonst hätte sie doch keine neue Wohnung bezogen. «Gab es einen Auslöser dafür?»

«Das weiss ich nicht. Pia wirkte in den letzten Wochen sehr niedergeschlagen. Doch darüber reden wollte sie nicht.»

Vielleicht wusste Mamma Foletti etwas. «Und Ott? Wissen Sie, wie er es aufgenommen hat?»

«Nein.» Sie machten einen Bogen um das Mädchen mit den schwarzen Zöpfen. Es trippelte alleine über das Eis und strahlte. «Aber vermutlich nicht gut.»

«Wie kommen Sie darauf?»

«Ich habe ihn gestern in unserem Büro ertappt. Er kam über Mittag und dachte wohl, dass er ungestört sei. Doch ich bringe häufig einen Salat oder ein Sandwich mit. Als ich von der Toilette zurückkam, durchwühlte er eine Schublade von Pias Pult.»

«Wie hat Ott reagiert?» Die Sonne brach durch die Wolken und spiegelte sich auf dem blanken Eis. Zoe kniff die Augen zusammen.

«Richtig wütend sah er aus, fast ein wenig irre. Doch er erholte sich rasch und murmelte etwas von einer Übersetzung, die er dringend brauche. Er hat ‹Guten Tag› gesagt, ist an mir vorbei gestürmt und in den Flur verschwunden.»

Bestimmt hatte Ott auch Pias Wohnung getrasht. «Haben Sie eine Ahnung, was er gesucht hat?»

«Mein erster Gedanke waren Geschenke oder Liebesbriefe. Vielleicht wollte er verhindern, dass die in falsche Hände geraten.»

Möglich. Und vielleicht hatte Ott Pia aus Eifersucht umgebracht. Jetzt würde Zoe alle Vorsicht fallen lassen. Dieses Schwein konnte sich auf etwas gefasst machen. «Vielen Dank Alessia. Sie haben mir sehr geholfen.»

Alessia machte eine ganze Drehung und bremste ab. «Da ist noch etwas.»

Zoe blieb vor ihr stehen. «Ja?»

«Ich weiss zwar nicht, was Ott im Büro gesucht hat. Aber ich weiss vielleicht, wo es steckt. Es ist nämlich so… Letzte Woche hat Pia damit begonnen, ihre Sachen auszuräumen. Am Freitag haben wir zwei Umzugskartons gefüllt mit persönlichen Dingen.»

«Was waren das für Sachen?»

«Ordner, Bücher, Fotos, ein paar CDs.»

«Hat sie alles mit nach Hause genommen?»

«Vermutlich. Ich habe ihr geholfen, die Kartons zum Auto zu tragen. Wir haben alles im Kofferraum verstaut.»

In Pias Wohnung war Zoe nichts dergleichen aufgefallen. Wäre sie an Pias Stelle gewesen, hätte Zoe einiges bei Grosi zwischengelagert. Mamma Foletti! «Danke, Alessia. Ich muss los.»

30

In der BKP-Zentrale an der Berner Nussbaumstrasse schob Vanzetti die Glastür zur Cafeteria auf. Es wurde an der Zeit, seine Ermittlungen offiziell zu machen. Vielleicht gab es ja eine Verbindung zwischen der Dover Defense Group, dem Tod von Pia Foletti, dem Verschwinden von Kathrin Wyss und dem Einbruch. Er würde mit seiner Chefin Oppliger darüber reden müssen.

In der Cafeteria sassen um 13.45 Uhr nur noch wenige Mitarbeiter an blank polierten weissen Tischen über Kaffees oder Kuchen. Vanzetti hatte sich zu einem verspäteten Mittagessen zwingen wollen. Doch selbst beim Betrachten der Menüs an der Theke verspürte er keinen Hunger. Also griff er nach einem Schinkensandwich und bezahlte an der Kasse.

Beim Hinausgehen winkte er dem jungen Kummer zu, der an einem der Tische auf seinem Smartphone herumtippte. Ob der jetzt seinen Schreibkurs besuchte? Was Kummers griesgrämigen Partner Egloff betraf, so war Vanzetti keinen Schritt weitergekommen. Er hatte intern auf den Busch geklopft, doch niemand wusste, weshalb sich Egloff für Leon Scholer interessierte. Vielleicht sollte er es beim Nachrichtendienst des Bundes versuchen, er kannte dort ein paar Leute.

Vanzetti verliess den Lift im 3. Stock, durchquerte den Flur mit dem hässlichen grauen Spannteppich und blieb vor seiner angelehnten Bürotür stehen. Drinnen hörte er es rascheln. Er gab der Türe einen Schubs. An seinem Schreibtisch stand Egloff mit einem Papier in seiner Hand. Mit raschen Schritten trat Vanzetti hinter den Kollegen und packte ihn an der Schulter. «Was tust du da?»

Egloff fuhr zusammen und fasste sich an die Brust. «Verdammt. Willst du, dass ich einen Herzinfarkt kriege?»

Vanzetti nahm ihm das Blatt aus den Fingern, es waren Notizen über Scholer und die Dover Defense Group. «Warum schnüffelst du in meinen Unterlagen herum?»

Egloff hob beide Handflächen. «He, werd nicht gleich aggressiv. Ich bin zufällig hier vorbeigekommen und wollte mich aussprechen mit dir. Da sind mir diese Papiere ins Auge gesprungen. Du hast doch bestimmt nichts dagegen, wenn ich einen kurzen Blick darauf werfe.»

Zufällig, sicher. Vanzetti ballte die Fäuste. «Und ob mich das stört. Ganz gewaltig sogar. Meine Akten gehen dich nichts an. Wenn du was wissen willst, frag gefälligst vorher.»

Egloff strich sich über den grauen Bürstenschnitt und grunzte. «He, komm herunter, die Unterlagen sind nicht dein Privatbesitz.»

Typisch Egloff, er ging gleich auf Angriff über. «Was hast du überhaupt mit Scholer zu schaffen?»

«Es ist bloss ein Gefallen für einen Kollegen vom Nachrichtendienst.»

Vanzetti schnaubte, das Märchen konnte Egloff sonst wem erzählen. «Ach, der geheimnisvolle NDB-Mann. Nenn mir doch seinen Namen, dann rufe ich dort an und informiere ihn gleich selber.»

Zuerst färbten sich Egloffs Wangen rot, danach folgte der Zinken. Er schien etwas erwidern zu wollen, überlegte es sich jedoch anders. Mit einem «Ach, leck mich doch …» stürmte er aus dem Büro.

Vanzetti guckte ihm nach. Weshalb interessierte sich diese Schnarchnase so sehr für Scholer? Normalerweise würde Egloff den ganzen Tag in seinem Bürostuhl fläzen. Möglicherweise wusste Kollege Kummer mehr.

Vanzetti schob die Unterlagen auf dem Pult zusammen, legte sie in die oberste Schublade und schloss ab.

Mit dem Sandwich in der Hand verliess er das Büro, nahm den Lift nach unten und betrat erneut die Cafeteria. Kummer sass noch vor einem Fenster und tippte auf seinem Handy herum.

Vanzetti liess sich ihm gegenüber nieder. «Ich hatte gerade einen Zusammenstoss mit deinem Kumpel.»

«Egloff?»

«Er hat in meinem Büro herumgeschnüffelt. Weshalb ist er hinter Leon Scholer her?»

«Keine Ahnung. Er erzählt mir ja nichts.» Kummer guckte zum Fenster hinaus an die rot verschalte Hauswand gegenüber.

Vanzetti wickelte das Sandwich aus der Folie. «Nur um das klarzustellen. Was wir hier besprechen, bleibt unter uns.»

Kummer studierte Vanzetti mit einem langen Blick aus seinen hellblauen Augen. «Versprochen?», flüsterte er.

Vanzetti nickte. «Was ist los?»

Mit dem Fingernagel kratzte Kummer einen Kaffeefleck von der Tischplatte. «Egloff wird immer cholerischer. Das funktioniert einfach nicht mit uns beiden. Mittlerweile verfolgt er mich bis in den Schlaf mit seinen Ausbrüchen, ich kriege kaum ein Auge zu. Vielleicht sollte ich mich bei der Berner Kriminalpolizei bewerben, die suchen gerade jemanden.»

Das wäre ein grosser Verlust. «Mach keinen Unsinn. In sechs Monaten ist Egloff weg und du bekommst einen neuen Partner. So lange musst du durchhalten.»

Kummer fuhr sich durch die struppigen blonden Haare. «Das sagst du so einfach.»

Vanzetti nahm einen Bissen. «Ich weiss, es ist hart. Auch mir geht er tierisch auf die Nerven. Was ist bloss los mit ihm?»

«Mir nimmt er meine Ausbildung übel. Ich war an der Uni, er hat sich von unten hochgearbeitet. Ich habe einen Master in Kriminologie, darüber macht er sich immer wieder lustig.»

«Ich wusste gar nicht, dass du studiert hast.»

Kummer lächelte schief, was sein Gesicht noch jungenhafter aussehen liess. «Damit gehe ich nicht hausieren. Du weisst ja, wie manche Kollegen sind.»

Oh, ja, es gab einige alte Schlachtrösser bei der BKP. «Egloff ist alte Schule. Mit neuen Methoden und Ansichten kann er wenig anfangen.»

«Das habe ich gemerkt. Eigentlich habe ich mich darauf gefreut, von so einem alten Hasen zu lernen. Doch er igelt sich ständig ein, bespricht nichts mit mir. Gleichzeitig kann ich ihm nie etwas recht machen, dauernd stänkert er herum.»

«Woran arbeitet ihr denn zurzeit?»

«Der Einbruch bei Bundesrat Graf in Brienz. Na ja, hauptsächlich erledige ich die Arbeit.» Kummer zuckte mit den Schultern. «Egloff lässt mich recherchieren und Befragungen machen.» Konnte das Zufall sein? «Wer hat euch nach Brienz geschickt?»

«Die Einsatzzentrale. Das war ein ganz normaler Auftrag, wir hatten Dienst.»

Okay, das hätte niemand steuern können. Es sei denn, er oder sie sässe weit oben in der Hierarchie. «Hast du etwas herausgefunden?»

«Nicht viel. Bisher deutet alles auf einen normalen Einbruch hin. Und Egloff staucht mich zusammen, weil ihm die mageren Resultate nicht passen.» Kummer stiess einen Seufzer aus.

Der Junge tat Vanzetti leid. «Egloff steht kurz vor dem Abgang, das ist eine schwierige Phase. Ich habe das schon mehrfach miterlebt. Einige können es gar nicht abwarten, dass sie endlich hier wegkommen. Andere verfallen in eine Depression. Egloff gehört wohl zur zweiten Sorte.»

Er nickte bedächtig. «Er soll mal ein guter Polizist gewesen sein.»

Vanzetti schluckte einen weiteren Bissen und merkte, wie ausgehungert er war. «Ja, so erzählt man sich. Aber er galt auch immer als schwieriger Typ. Mit seiner ruppigen Art hat er sich mit vielen Kollegen verkracht. Niemand wird ihm eine Träne nachweinen.»

«Es ist bloss …» Kummer beugte sich vor und senkte die Stimme. «Ich fürchte, er wird langsam paranoid. Er behauptet, ich hätte Geheimnisse vor ihm und arbeite hinter seinem Rücken gegen ihn. Vermutlich redet er deswegen kaum mit mir. Und seine Unterlagen hält er immer unter Verschluss. Dann ist da noch der Alkohol …»

Angewidert schüttelte Vanzetti den Kopf. «Trinkt er im Dienst?»

«Im Büro habe ich ihn nie dabei erwischt, aber ich rieche es an seinem Atem.» Kummers Stimme war nur noch ein Flüstern. «Aber in der untersten Schublade seines Schreibtisches liegt eine Flasche Wodka.»

Vanzetti würde mit BKP-Chefin Oppliger über Egloff reden müssen. Im letzten halben Jahr könnte er viel Schaden anrichten. «Danke, dass du mir das anvertraut hast. Ich werde mich darum kümmern.»

Kummer lehnte sich zurück und schnaufte auf. Es schien, als sei ihm eine schwere Last von den Schultern gefallen.

31

Auf dem nackten Kellerboden neben dem Wasserboiler standen vier gestapelte Stühle, dahinter ein Schreibtisch, zwei Stehlampen und ein Gitarrenkoffer. Zwischen den Tischbeinen entdeckte Zoe zwei Plastikboxen und zwei Bananenschachteln. Sie spürte ein Kribbeln im Nacken. Vielleicht befand sich darin, was Ott verzweifelt gesucht hatte.

Zoe räumte die Stühle zur Seite, kroch unter den Tisch und zog die vier Kisten hervor.

Die obere Plastikbox enthielt Bücher: *Marx, Liebknecht, Grimm, Lenin, Sartre.* Die mussten aus der Studienzeit stammen, als sich Pia für den Kommunismus begeistert und in der Gewerkschaft engagiert hatte. Stundenlang hatte sie Grosi damals befragt über deren Vergangenheit in der Partei der Arbeit. Sie wuchtete sie zur Seite.

Sie hob den Deckel der Box darunter und fand Spielzeug darin. Zwischen Brettspielen, Duplos und Matchbox-Autos lag da ein brauner Holzdackel. Ziggi! Das Tier hatte zwei Gelenke und vier Räder, auf denen Pia und Zoe ihn Gassi geführt hatten. In ihrer Kindergartenzeit hatten sie Ziggi – in Ermangelung von Haustieren – gefüttert und dressiert. Unter Ziggi entdeckte Zoe matt schimmernde Handschellen mit durchtrennter Kette. Vermutlich hatten sie mit denen Räuber und Polizei gespielt.

Zoe schob die Spielzeugkiste zur Seite und öffnete die obere Bananenschachtel. Drin befanden sich schwarze Aktenordner. Sie setzte sich auf den Betonboden, griff nach dem obersten und blätterte ihn durch: Geschäftsbriefe, Spesenabrechnungen, Leistungsbeurteilungen. In einem persönlichen Schreiben dankte der Chef der Zentralen Sprachdienste Pia für ihre Leistungen im vergangenen Jahr. Er teilte ihr mit, dass sie einen Bonus von hundert Franken erhalte. *Geizkragen.*

Zoe schreckte auf, als die Heizung am anderen Ende des Kellers mit einem lauten *Wusch* ansprang. Sie leerte die Bananenschachtel methodisch, schaute sich einen Ordner nach dem anderen an. Nichts Interessantes. Sie wandte sich der letzten Kiste zu, als sie Schritte auf der Treppe hörte. «Zoe, Liebes, ich habe dir einen Kaffee gemacht.»

Noch von der Kunsteisbahn aus hatte Zoe bei Mamma Foletti in Gasel angerufen, und die hatte Zoes Vermutung bestätigt.

Tatsächlich hatte Pia beim Umzug einen Teil ihres Haushalts im Keller ihrer Mutter deponiert. Mit dem nächsten Zug war Zoe nach Gasel gefahren, zwanzig Minuten inmitten von dick vermummten, missmutigen Passagieren.

In Mamma Folettis breitem Gesicht lagen kluge braune Augen, graue Strähnen mischten sich in die pechschwarzen Haare. Sie stellte eine Tasse und einen Teller neben Zoe auf den Boden. «Leider sind nicht mehr viele Guetzli übrig, ein paar Mailänderli und Spitzbuben habe ich aber noch.»

«Wunderbar, vielen Dank.»

«Findest du, was du gesucht hast?» Ihre Stimme klang erschöpft.

«Ich weiss eigentlich gar nicht, was ich suche. Es gibt einfach ein paar Fragen, die ich klären möchte.»

Mamma Foletti legte ihr eine Hand auf die Schulter. «Wie geht es dir damit, Liebes?»

«So lala.» Zoe spürte einen Kloss im Hals. Pia, ihre beste Freundin aus der Kindheit, war tot. Noch wollte sie das nicht richtig an sich heranlassen, denn sonst versänke sie in Trauer und verkröche sich für eine Weile unter ihrer Bettdecke. Doch jetzt wollte Zoe alle Hebel in Bewegung setzen, um Pias Tod aufzuklären. «Wie geht es Ihnen denn, Frau Foletti?»

«Piango ogni giorno…» Sie schlang beide Arme um sich. «Aber viele Leute kümmern sich um mich, ich bekomme jeden Tag Besuch. Deine Nonna will heute wieder vorbeischauen. Und Federica reist aus Italien an.»

Auf Grosi war Verlass. Pias ältere Schwester lebte mit Mann und Kindern in Süditalien. Sie würde nichts wissen, Pia und Federica standen sich nicht sehr nahe. «Wann kommt sie?»

«Morgen. Bestimmt will sie mich wieder überreden, dass ich zu ihr nach Bari ziehe.»

«Vielleicht wäre das eine gute Idee.»

«Non lo credo. All meine Freundinnen habe ich hier, meine Jassrunde, die Wandergruppe und das Aquafit. Vedremo.» Mamma Foletti starrte in die Spielzeugbox. Sie bückte sich und griff nach den Handschellen. «Erinnerst du dich?»

«Nicht wirklich.»

«Die gehören dir. Madonna! Als ich eines Abends von der Arbeit kam, hattet ihr zwei Mädchen Olivia an den Gartenzaun gefesselt. Damit.» Sie hielt die Handschellen hoch.

An den Babysitter Olivia konnte sich Zoe vage erinnern. «Die kleine Blonde von der Aarstrasse?»

«Aber ja. Wir mussten das arme Mädchen mit einer Metallsäge befreien. Und drinnen in der Wohnung hattet ihr beide eine Modeschau veranstaltet. Che pasticcio! Kleider lagen auf dem Boden, Hüte, Handtaschen, Schminksachen.»

Mamma Foletti strahlte. «Ihr beide habt euch gegenseitig geschminkt mit Lippenstift, Lidschatten und Rouge.»

Das weckte Zoes Erinnerungen. «Wir hatten die Models in einem Magazin bewundert.»

«Danach habe ich in der Nachbarschaft keinen Babysitter mehr gefunden.» Mamma Foletti lächelte in sich gekehrt, dann streckte sie Zoe die Handschellen hin. «Hier, nimm sie mit.»

«Vielen Dank.» Zoe nahm sie wie ein filigranes Kunstwerk. «Das ist eine wunderbare Erinnerung an Pia.» Sie spürte, wie ihr die Tränen über die Wangen liefen. Zoe stand vom Boden auf und nahm Mamma Foletti in die Arme.

Pias Mutter weinte ebenfalls, es schüttelte sie in Zoes Armen. Sie verharrten für eine Weile so, bis sich Mamma Foletti löste. Sie strich Zoe mit der Hand über die Wange. «Grazie, cara. Adesso … Ich will noch einen Kuchen backen für meinen Besuch.»

Vermutlich tat ihr die Beschäftigung gut. «Einen Rüeblikuchen?»

«Certo. Den hat Pia immer so gern gehabt.» Auf dem Weg zur Treppe drehte sich Mamma Foletti nochmals um. «Ist Buddy irgendwo aufgetaucht?»

«Leider nein. Aber ich werde weiter nach dem Kater suchen.» Auch wenn sie sich wenig Hoffnungen machte.

Als Pias Mutter nach oben verschwunden war, nahm sich Zoe einen der Stühle, setzte sich darauf und steckte ein Mailänderli in den Mund. Der Geschmack von früher. Mit dem Ärmel wischte sie sich die Tränen vom Gesicht.

Dann hob sie die zweite Bananenschachtel auf ihre Knie und zog den Deckel ab. Ganz zuoberst lag sie: Pias Agenda. Die Frontseite zierte eine altmodische Reklame für eine Harley Davidson. Zoe blätterte durch die Seiten, an vielen Stellen hatte Pia Bemerkungen hingekritzelt. Das Kalendarium reichte bis Ende Dezember, bestimmt hatte Pia Anfang Jahr eine neue Agenda gekauft. Zoe wühlte durch die Schachtel, fand aber keine.

Sie blätterte durch die Einträge. Viele Tage waren gefüllt mit Besprechungen, Anrufen oder Verabredungen, überall standen Mailadressen und Telefonnummern. Pias Notizen waren kryptisch, als ob sie einen Code verwendet hätte. Zoe blätterte zurück zum 25. August im letzten Jahr. Damals hatte sie Pia zum letzten Mal getroffen, zusammen waren sie im Open-Air-Kino im Kocherpark gewesen und hatten «Ma vie de Courgette» gesehen.

Film mit Z. im KP, 19

Okay. Zoe nahm die letzten Einträge im Dezember unter die Lupe.

A. um 19 Uhr im MS

Besprechung mit W. und A. im K. Museum, 10.15

Referat A. im KS, 20.30

Treffen mit W., RG, 12.30

S. anrufen

Bis Silvester hatte Pia praktisch täglich mehrere

Termine eingetragen. A. könnte für Adrian Ott stehen. Oder für sonst jemanden. Und wer waren W. und S.?

Die Schachtel auf Zoes Knien enthielt neben wenigen Fotos, Kugelschreibern, Post-its, einem Taschenrechner und einer Schachtel Tampons auch Sichthüllen und Ordnungsmappen. In einer davon steckten Anweisungen für die Museumsnacht im Bundeshaus. Ein anderes trug den Titel *Verschiedenes* und war gefüllt mit ausgedruckten E-Mails: eine Bestellung für einen Dampfkochtopf bei Manor, die Garantie für eine Regenjacke, eine Buchung für eine Kreuzfahrt im Mittelmeer. Zoes Augen brannten wieder beim Gedanken, dass Pia diese Reise nie antreten würde. In einer E-Mail von Anfang Dezember bestätigte ihr eine Kollegin vom Bundesamt für Energie, dass dort eine Stelle im Übersetzungsdienst frei sei. Ein neuer Job?

Ein Mäppchen trug die Aufschrift *Aurora* und enthielt mehrere Ausdrucke von Mails. Zoe steckte sich einen Spitzbuben vom Kaffeeteller in den Mund und schaute sich die Daten an. Die ersten stammten vom Oktober, damals bedankte sich Pia bei einem W. für die Informationen über das Projekt Aurora. Sie messe der Sache aber keine grosse Bedeutung bei. Das Mail ging an ein Konto bei Gmail, die Mailadresse bestand aus einer Folge von Buchstaben und Zahlen.

In der Antwort drängte W. darauf, die Informationen ernst zu nehmen. Er empfahl, L.S. genauer unter die Lupe zu nehmen. Mit blauem Kugelschreiber hatte Pia L.S. umkreist, daneben stand in ihrer Handschrift: *Scholer im NDB?*

Scholer, so hiess der Mann, den Vanzetti suchte. L.S. für Leon Scholer? Arbeitete der etwa für den Nachrichtendienst des Bundes?

Zoe blätterte weiter durch die Mails, fand jedoch keine weiteren Hinweise. Je länger der Mailverkehr dauerte, desto unverständlicher wurden die Texte. Die letzten Mails enthielten nur noch Kauderwelsch.

Und noch etwas fiel Zoe auf: Die Adressen des Empfängers wechselten ständig, unterschrieben waren die Texte jedoch mehrfach mit W.

Okay. Aus den Papieren ging hervor, dass Pia dieses Projekt Aurora verfolgt hatte – was auch immer das sein mochte. Aber hatte sie Ausdrucke gemacht, weil sie die Mails von ihrem Computer löschen wollte?

Zoe klappe die Agenda zu, steckte die Ausdrucke zurück ins Mäppchen und verstaute beides in ihrem Rucksack. Statt Antworten zu liefern, warfen Pias Unterlagen neue Fragen auf. Zumindest hatte Zoe jetzt ein paar Anhaltspunkte. Sie konnte die Mailadressen und Telefonnummern in der Agenda checken. Sie würde Pias Bürokollegin Alessia nach den

Abkürzungen fragen. Und sie konnte herausfinden, was es mit diesem Projekt Aurora auf sich hatte.

Sie verstaute Pias Sachen in den Boxen und schob alles zurück. Mamma sollte nicht hinter ihr aufräumen müssen.

Zoe schwang einen Riemen des Rucksacks über ihre Schulter, bevor sie das Kaffeegeschirr einsammelte. Es gab viel zu tun.

Von oben hörte sie Mamma Foletti schluchzen.

32

Das dreistöckige Mehrfamilienhaus am Winterfeldweg in Bümpliz strahlte Würde und Eleganz aus mit dem breiten Satteldach und den Verzierungen über den Fenstern. Bestimmt hatte es in den vergangenen Jahrzehnten manchen Sturm überlebt. Wie Lucy selber ja auch. Da störte es nicht, dass die Fassade abblätterte und ein paar Ziegel fehlten.

Kurz vor 20 Uhr öffnete Lucy das Gartentor, Lichter aus Fenstern erhellten den mit Steinplatten ausgelegten Weg. Nachdem sie aus Genf heimgekehrt war, hatte sie Lady Chatterley im Internet gefunden und sie am Telefon um ein Interview über Prostitution in der Schweiz gebeten. Die Frau war überraschend freundlich gewesen und hatte Lucy gleich zu sich eingeladen. Vor der Fahrt nach Bümpliz hatte Lucy Viola Foletti in Gasel besucht. Die Arme machte eine schwere Zeit durch.

Irgendwo im Haus spielte jemand Blockflöte. *Alle meine Entlein.* Die Beschriftung der Klingeln an der Haustüre verrieten Lucy, dass sich das Atelier von Lady Chatterley ganz oben im 3. Stock befand.

Sie drückte die Klinke und betrat das Treppenhaus – augenblicklich stellten sich ihre Nackenhaare auf. Etwas in Lucys Innerem schrie: Lauf weg! Es dauerte eine Sekunde, bis ihr Hirn das Wort fand: Rauch! Seit den Ereignissen im vergangenen Sommer schaltete ihr ganzer Körper in den Fluchtmodus, sobald sie in die Nähe eines brennenden Lagerfeuers oder Cheminées kam. Lucy guckte zwischen dem Geländer die Treppe hoch. Irgendwo dort oben flackerte ein unsymmetrisches Licht, und sie hörte es auch knistern.

Feuer!

Panisch machte Lucy kehrt, eilte hinaus und durch den Garten. Auf der Strasse zückte sie ihr Handy und wählte 118. «Es brennt am Winterfeldweg in Bümpliz. Beeilen Sie sich.» Sie trennte die Verbindung, ohne eine Antwort abzuwarten.

In der oberen Etage war von aussen nur ein schwacher Schimmer durch ein Milchglasfenster zu sehen. Kein Rauchmelder schlug Alarm. Die Blockflöte spielte *Hopp, hopp, hopp, Pferdchen lauf Galopp!*. «Herrgott!» Lucy sah sich um, kein Mensch auf der Strasse oder in den Einfahrten der Nachbarhäuser.

Du musst dich zusammenreissen! Sonst werden Menschen sterben.

Lucys Knie zitterten, sie keuchte und schloss ihre Augen.

Du schaffst das!

Lucy liess ihre Handtasche auf den Boden fallen und rannte zurück ins Gebäude. Der Rauch im Treppenhaus hatte sich bereits verdichtet. Drei Wohnungstüren gingen vom Erdgeschoss ab. Mit der Faust hämmerte Lucy gegen die erste und schrie: «Feuer. Es brennt. Raus hier.» Sie wiederholte das Prozedere zwei weitere Male.

Ohne eine Antwort abzuwarten, spurtete sie die Treppe hoch und schlug im 1. Stock Alarm. «Es brennt. Kommen Sie raus.»

Einzelne Bewohner kamen aus ihren Wohnungen, guckten zunächst verdutzt, schnupperten.

Die begriffen nicht, wie schnell sich so ein Feuer ausbreiten konnte. Lucy brüllte sie an. «Verlassen Sie sofort das Haus.» Obwohl sich alles in ihr dagegen sträubte, erklomm sie die Stufen in den 2. Stock. Oben war der Rauch dichter und Hitze spürbar. Durch eine offene Wohnungstür entdeckte Lucy ein Paar, einen Mann und eine Frau, die Habseligkeiten zusammenrafften und in einem Wäschekorb verstauten. Neben ihnen stand ein Mädchen mit einer Flöte in der Hand. «Lassen Sie das.» Lucy riss ihnen Aktenordner und einen Laptop aus den Händen. «Gehen Sie sofort.»

Die Frau hustete, zögerte. «Aber wir müssen noch …»

«Dafür bleibt keine Zeit.» Lucy riss das Paar und ihr Kind in den Flur.

Bei der Treppe blickten alle drei nach oben zum

Feuer, bevor sie hinunterhetzten. Im Treppenhaus ertönten Schreie, Kinder weinten.

Lucy schlug an zwei weitere Wohnungstüren und drückte die Klinken – abgeschlossen. Dichter Qualm senkte sich von oben herab, er brannte in ihren Augen und brachte sie zum Würgen. Es klang, als ob dort oben eine Herde Büffel herumtrampelte. Sie guckte hoch, der 3. Stock stand in Flammen.

Weg, sonst verbrennst du!

Auf dem Weg hinunter hielt sich Lucy am Geländer fest und nahm immer zwei Stufen auf einmal. Im 1. Stock überholte sie zwei hustende und nach Luft schnappende Menschen – einen alten Mann und eine junge Frau. Lucy warf einen Blick die Treppe hoch. Das Feuer hatte sich bis zur 2. Etage heruntergefressen, der Rauch schränkte die Sicht immer stärker ein. Sie griff dem alten Mann mit Gehstock unter den Arm. «Schnell, schnell.»

In dem Moment erloschen alle Lichter. Nur das flackernde Schimmern von oben erhellte das Treppenhaus. Alle schrien durcheinander.

Eine kleine, schmale Frau riss Lucy am Mantel. «Ich finde Mia nicht. Meine Tochter», kreischte sie hysterisch. Sie keuchte und schlug sich mit den flachen Händen auf den Kopf. Undeutlich erkannte Lucy eine offene Wohnungstüre. Sie schob die Frau zur Treppe. «Gehen Sie hinunter. Ich suche Mia.»

Die Frau bewegte sich nicht, stiess Laute aus wie ein verwundetes Tier. Dann brach sie zusammen.

Ein junger Mann kam rennend die Treppe hoch. «Ich helfe Ihnen.» Er hob den schlaffen Körper wie eine Puppe vom Boden auf und legte ihn über seine breiten Schultern, dann nahm er den alten Mann am Arm. Gemeinsam machten sie sich auf den Weg nach unten.

Draussen kamen Sirenen näher. Die Wohnung befand sich rechts von Lucy, die Türe war hinter einem Vorhang aus Rauch verschwunden. Sie liess sich auf den Boden nieder. Unten war die Luft zwar heiss, aber man konnte noch atmen. Auf allen Vieren kroch Lucy in Richtung der Wohnung, spürte unter ihren Händen den Übergang von Fliesen zu einem Teppich. «Mia.» Ihre Stimme war rau und heiser vom Rauch und Husten, ihre Augen brannten, ihr war schwindlig. Sie krabbelte weiter, bis sie an eine Wand stiess. Ihr entlang tastete sie sich vor, griff unter Schränke und auf ein Sofa. «Mia!»

Sie spürte eine Öffnung in der Wand, wieder Kacheln unter den Händen, Küche oder Bad. Sie robbte hinein, da berührten ihre Finger ein Büschel Haare. Das Mädchen lag mit dem Gesicht nach unten auf dem Boden, reglos. Lucy mass den kleinen Körper ab, das Kind konnte nicht älter als zwei oder drei sein. «Ich bringe dich raus.» Sie verdrängte jeden

Gedanken daran, dass die Kleine nicht mehr am Leben sein könnte.

Sie drehte das Mädchen auf den Rücken, packte es unter den Armen und schleifte es in den Flur. Das Feuer hatte den 1. Stock erreicht, das Treppenhaus brannte lichterloh, Gegenstände platzten in lautem Krachen unter der Hitze, geschmolzene Splitter flogen in die Wohnung.

Du kriegst uns nicht.

Lucy schlug die Gegenrichtung ein, irgendwo musste es ein Fenster geben. Sie befanden sich nicht weit oben. Einen Sprung würden sie überleben. «Halt durch, Mia.»

Lucys Kopf drohte vom Rauch zu zerspringen, doch sie zerrte das Kind durch die Wohnung. Nur kam sie unendlich langsam vorwärts, weil sie selbst flach auf dem Boden bleiben musste.

Ihr Kopf stiess gegen eine Wand. Mit einer Hand tastete Lucy nach oben. Aber da war kein Fenster. Ihre Hände begannen zu zittern, bald würde sie das Bewusstsein verlieren. Sie schob sich an der Mauer vor, einen Arm um Mia geschlungen, den anderen hochgereckt. Mit den Fingern strich sie über die Wand, räumte einen Blumentopf aus dem Weg. Darüber spürte sie etwas Glattes zwischen Sprossen. Ein Fenster!

Lucy legte Mia auf den Boden und schob sich hoch. Um ihren Kopf herum wurde es unerträglich heiss, sie bekam keine Luft mehr. Mit zitternden Fingern entriegelte sie das Fenster und zog die Flügel auf. Die frische Luft fachte das Feuer in ihrem Rücken an, die Hitze war unerträglich. Augenblicklich liess sich Lucy wieder auf den Boden fallen. Sie nahm das Mädchen in den Arm, schob es hoch und legte es auf den Sims. Wenn sich Lucy hinauslehnen würde, das Kind an den Händen hielte und dann losliess, würde Mia nicht weit fallen. Doch plötzlich verschwand sie vom Sims. Panisch schoss Lucy in die Höhe.

«Wir haben das Kind. Kommen Sie», rief eine Stimme im dichten Rauch.

Gott sei Dank! Lucy hob ein Bein, um nach draussen zu klettern. Da packten sie zwei starke Arme und lupften sie durch das Fenster.

«Halten Sie sich fest», rief der Feuerwehrmann.

Lucy klammerte sich an seinen Hals, während er sie nach unten trug. Die frische Luft auf der Feuerleiter war die wunderbarste, die sie je geatmet hatte. Sie inhalierte in vollen Zügen. Im Garten herrschte hektischer Betrieb. Feuerwehrleute in Brandschutzwesten rollten dicke Schläuche aus und zogen Atemschutzmasken über. Ihre Kollegen spritzten Wasser auf das Haus.

Der Feuerwehrmann trug Lucy wie ein Baby aus dem Garten und weg von der Hitze. Das breite Gesicht über dem schwarzen Bart war russverschmiert. «Ist noch jemand da drin?» fragte er. Mit einem Nicken deutete er auf das Haus.

Das Feuer war zu einer massiven orangefarbenen Masse gewachsen, aus der rote und gelbe Funken hochstiegen. Es knackte und ratterte, der Geruch von verbranntem Holz und Plastik hing in der Luft.

«Ich weiss es nicht.» Lucys Kehle fühlte sich an, als sei sie mit Schmirgelpapier bearbeitet worden. «Ich wollte zu einer Frau im Dachgeschoss. Vielleicht ist sie noch dort oben.»

«Im Dachgeschoss?» Der Feuerwehrmann stellte Lucy auf ihre Beine. Er guckte zurück, das Feuer hatte das Dach fast aufgefressen. «Sieht nach dem Brandherd aus.» Der Mann schüttelte den Kopf. «Vielleicht hat sie es rechtzeitig rausgeschafft …»

Daran glaubte Lucy keine Sekunde. Noch jemand war aus dem Weg geräumt worden.

33

27. Januar

Konzentriert steuerte der Taxifahrer am Freitagmorgen über die Laupenstrasse und am Berner Hauptbahnhof vorbei. Er hatte Zoe an der Effingerstrasse aufgeladen – genau so, wie es in der Nachricht gestanden hatte. Ein Velokurier war mit dem Couvert in der Redaktion aufgekreuzt, eine halbe Stunde, nachdem Zoe mit dem alten Nokia-Handy Marthalers Nummer angerufen und die Verbindung nach einem Klingeln wieder getrennt hatte. Die kurze Botschaft auf dem gefalteten A4-Blatt lautete: *Nehmen Sie das Taxi um 10 Uhr vor dem Sitz der Krebsliga.*

Der Fahrer, ein Mann um die vierzig mit Schnauzbart, Geheimratsecken und einer randlosen Brille, hatte weder gegrüsst noch Fragen gestellt. Vor der Lorrainebrücke sprang eine Ampel von Grün auf Rot. Er drückte das Gaspedal durch und raste über die Kreuzung.

Auf dem Rücksitz fragte sich Zoe, ob sie nicht doch besser zu Hause bei Grosi geblieben wäre. Sie zweifelte daran, dass ihre Grossmutter das Abenteuer in Bümpliz so gut überstanden hatte, wie sie selbst behauptete. Doch sie hatte keine Widerrede geduldet und Zoe aus dem Haus gescheucht.

Das Manöver mit der Ampel wiederholte der Fahrer auf dem Nordring. Danach kurvte er langsam durch Quartierstrassen rund um den Tellplatz, wobei er ständig den Rückspiegel im Auge behielt. Schliesslich stoppte das Taxi neben parkierten Autos hinter dem Leichtathletikstadion Wankdorf. Durch den Maschendrahtzaun sah Zoe auf die rote Tartanbahn. Der Himmel war bedeckt, es roch nach Neuschnee.

«Bitte steigen Sie aus», sagte der Chauffeur.

Sobald Zoe auf der Strasse stand, gab er Gas. Im selben Moment öffnete sich auf der anderen Strassenseite die Fondstüre eines silbergrauen Audis mit getönten Scheiben. «Frau Zwygart.» Marthaler winkte vom Fahrersitz.

Zoe ging hinüber, rutschte auf den Beifahrersitz und schloss die Türe. «Ist Ihnen der Tierpark verleidet?» Zum ersten Mal sah sie ihren Informanten ohne Hut, seine Kopfhaut schimmerte unter den dunkelblonden schütteren Strähnen durch.

«Ich bin bloss vorsichtig. Je älter ich werde, desto mehr.»

Zoe steckte der Angriff in Vanzettis Haus noch in den Knochen. «Kann ich verstehen.» Sie wollte keine Zeit vergeuden. «Gibt es eine Verbindung zwischen Ott und der Dover Defense Group?»

Mit einem Blick seiner Knopfaugen scannte er ihr Gesicht. «Sie haben also 10vor10 gesehen. Leider kann ich Ihnen darauf keine fundierte Antwort geben. Aber nach allem, was ich über Ott weiss, würde es mich nicht überraschen.»

«Diese Angestellte, die ihn beschuldigt hat – wieso hat sie ihre Meinung geändert?»

Er strich sich mit einer Hand über das blasse Gesicht. «Ich muss mich bei Ihnen entschuldigen. Ich war davon ausgegangen, dass Ott bloss ein schmieriger Politiker ist, der seine Macht aus Geldgier missbraucht. Sollte er aber wirklich mit einer Firma wie der Dover Defense Group verbandelt sein, reden wir von ganz anderen Dimensionen. Für solche Leute ist es einfach, ihren Willen zu bekommen. Wenn sich jemand nicht kaufen lässt, schrecken die auch vor Mord nicht zurück. Deswegen habe ich Sie auf die kleine Reise mit dem Taxi geschickt. Und ich gucke jetzt auch öfters über meine Schulter.» Er seufzte. «Ich würde es verstehen, wenn auch Sie aufgeben möchten wie die Frau aus dieser Firma.»

Das kam nicht in Frage, sie war es Pia schuldig. Zoe schüttelte den Kopf. «Ich brauche aber Informationen.»

«Schiessen Sie los.»

«Kennen Sie einen Leon Scholer? Er könnte für die DDG gearbeitet haben.»

Marthaler dachte zwei Sekunden nach. «Noch nie gehört.»

«Und eine Journalistin namens Kathrin Wyss?»

«Dito. Haben die etwas mit Ott zu tun?»

«Das weiss ich noch nicht. Wie sieht es mit einem Projekt Aurora aus? Sagt Ihnen das etwas?»

Marthaler studierte ihr Gesicht, seine Miene blieb versteinert. Dann griff er in die Innentasche seines Jacketts und holte eine Schachtel Zigaretten hervor. Er puhlte eine davon heraus und griff nach einem Feuerzeug in der Ablage der Seitentüre.

Zigarettenrauch konnte Zoe nicht ausstehen. «Wenn Sie die anstecken, steige ich aus.»

«Entschuldigung, blöde Angewohnheit.» Er steckte das Feuerzeug ins Jackett und rollte die Zigarette zwischen Daumen und Zeigfinger. «Projekt Aurora. Wie sind Sie darauf gestossen?»

«Ich habe persönliche Unterlagen von Pia Foletti gefunden. Darin wird es erwähnt.»

Auf dem Trottoir spazierten zwei Teenager vorbei, beide mit Stöpseln in den Ohren. Marthaler sah ihnen nach. «Es ist das zweite Mal innerhalb weniger Wochen, dass ich von Aurora höre. Die Göttin der Morgenröte. Beim ersten Mal habe ich darüber gelacht. Das ist mir jetzt vergangen.»

«Worum geht es?»

Er studierte seine Zigarette. «Erinnern Sie sich an das Projekt 26, besser bekannt als P-26?»

Natürlich, ganze Bücher waren darüber geschrieben worden. «Eine Schweizer Geheimarmee, die zu Beginn der Neunzigerjahre aufgeflogen ist.»

«Das ist nicht ganz korrekt. Das P-26 hatte keinen Kampfauftrag. Es war eine geheime Kaderorganisation, die den Widerstandswillen in einer besetzten Schweiz hätte verstärken sollen. Dabei ging es eher um moralischen Widerstand.»

«Trotzdem gab es einen grossen Skandal.»

Marthaler blähte die Wangen auf und stiess Luft aus. «Politik und Medien liefen richtiggehend Amok, sprachen von Putschisten und lautlosen Killern. Totaler Blödsinn. Und die Mitglieder des P-26 durften sich nicht wehren, der Bund hatte ihnen einen Maulkorb verpasst. Erst in den letzten Jahren gab es eine sachlichere Diskussion. Es zeigte sich, dass der zuständige Bundesrat durchaus informiert war. Und, dass es derartige Widerstandszellen seit den 1940er Jahren gegeben hatte. Das P-26 war viel harmloser, als die Medien in den Neunzigerjahren glauben wollten.»

Für Zoe waren das alte Kamellen. «Was hat das mit dem Projekt Aurora zu tun?»

«Offenbar recherchierte die Wochenzeitung Anfang Dezember für einen Artikel darüber. Ein Journalist kontaktierte verschiedene Bundesstellen. Seine These war, dass das P-26 damals nicht liquidiert worden war. Bis heute soll es eine Nachfolgeorganisation geben: eben Projekt Aurora.»

«Halten Sie das für möglich?»

Marthaler wedelte mit der Zigarette. «Wie gesagt. Als ich davon erfuhr, musste ich herzlich lachen. Schwachsinn, habe ich gedacht, so etwas liesse sich heutzutage nicht geheim halten. Mittlerweile bin ich mir da nicht mehr so sicher.»

«Weshalb?»

«Das P-26 und seine Vorgänger arbeiteten seit den Vierzigerjahren eng mit dem MI6 zusammen, dem britischen Auslandsgeheimdienst. Die Schweizer Instruktoren wurden in England ausgebildet. Man kann davon ausgehen, dass so etwas nicht von heute auf morgen versenkt wird. Das führt uns zur Dover Defense Group, bei der es nur so wimmelt von ehemaligen Soldaten und Geheimdienstlern. Wenn ich jetzt davon höre, dass es offenbar enge Verbindungen zur Schweizer Politik gibt, drehen sich die Rädchen in meinem Kopf.»

«Sie meinen also, dass die Schweizer Widerstandsgruppe – sofern sie existiert – mit der britischen Söldnerarmee zusammenarbeitet?»

Er hob die Augenbrauen und drehte beide Hände nach oben.

«Und dass Ott darin involviert ist?»

Er zuckte mit den Schultern. «Warum nicht?»

«Wie hiess dieser WoZ-Journalist? Könnte es eine Frau sein, vielleicht Kathrin Wyss?»

Marthaler wackelte mit dem Kopf. «Von der Recherche habe ich über zwei Ecken gehört. Ich kann mich erkundigen, wenn Sie das möchten.»

Das könnte ein paar Leute aufscheuchen. «Besser nicht.» Drüben auf der Tartanbahn drehten zwei Läufer Runden. Zoe musste sich über das P-26 informieren, sie brauchte Namen und Kontakte. Vielleicht kannte Grosi jemanden. Oder Vanzetti.

Marthaler schnüffelte an seiner Zigarette. «Was haben Sie jetzt vor?», fragte er schliesslich.

«Aurora. Ich will herausfinden, ob tatsächlich so eine Widerstandsgruppe existiert. Und ob es eine Verbindung zu Ott gibt.»

«Viel Glück.» Marthaler machte ein ernstes Gesicht. «Das Taxi für die Rückfahrt wartet auf Sie. Sicherheitshalber auf der anderen Seite des Stadions.»

Zoe stieg aus, aber der silbergraue Audi fuhr nicht los, auch nicht, als sie um die Ecke bog. Marthaler war wirklich vorsichtig, alle Achtung. Sie sollte sich ein Beispiel nehmen.

34

Vanzetti gähnte und dehnte seine verspannten Schultermuskeln. Ganz alleine sass er im Lesesaal des Bundesarchivs, einem kuppelartigen Raum, dessen weisse Decke von Säulen getragen wurde. Freitags war der Saal an sich geschlossen für das Publikum. Doch Zoes Informationen über das P-26 hatte Vanzetti veranlasst, einen alten Schulfreund im Innendepartement anzurufen. Der hatte ihm den Zugang verschafft.

Die offiziellen Dokumente des Parlaments und der Verwaltung ergaben ein leicht unscharfes Bild der geheimen Widerstandsorganisation. Bei der Enttarnung 1990 hatten ihr rund dreihundert Personen angehört, im Ernstfall hätte die Zahl auf achthundert steigen sollen. Die Mitglieder, meist Männer um die fünfzig, waren unter grösster Diskretion rekrutiert worden. Viele von ihnen stammten aus Verbindungen wie der Freimaurerloge oder dem Schweizer Alpen-Club. Gesucht wurden zuverlässige Bürger wie Firmenchefs, Verbandspräsidenten oder Politiker.

Die Ausbildner des P-26 hatten ihr Handwerk beim britischen Geheimdienst MI6 gelernt. Das Training umfasste die konspirative Lebensführung, gewaltlosen Widerstand, Sabotage sowie das Verhalten bei

Gefangennahme. In einer Militäranlage oberhalb von Gstaad bekamen die Angehörigen des P-26 Decknamen, lernten das Anlegen von toten Briefkästen oder das Funken. Die psychologische Kriegsführung wurde ebenso geschult wie das Schiessen oder Sprengen. Finanziert wurde das Projekt mit abgezweigten Mitteln aus der Bundeskasse. Im Ernstfall hätte das P-26 von der Schweizer Regierung im Exil dirigiert werden sollen.

«Ich mache in zehn Minuten Mittagspause und muss abschliessen.»

Die Stimme liess Vanzetti zusammenfahren. Vorne beim Eingang tippte die zierliche Dame vom Informationsschalter auf ihr Handgelenk. Tatsächlich, die Uhr an der Wand stand auf zehn vor zwölf. «In Ordnung, ich bin gleich fertig.»

Graue Strähnen durchzogen ihre Haare, die sie zu einem straffen Knoten gebunden hatte. «Ich kann Ihnen die Unterlagen zur Seite legen. Dann können Sie am Nachmittag weiterarbeiten.»

«Danke, aber das wird nicht nötig sein.» Mittlerweile hatte Vanzetti einiges an Informationen beisammen. Doch die wirklich interessanten Unterlagen, eine Namensliste der P-26-Mitglieder beispielsweise oder der vollständige Bericht der Parlamentarischen Untersuchungskommission, hatte ihm die Dame nicht aushändigen können. Die stünden bis ins

Jahr 2040 unter Verschluss, hatte sie ihm beschieden.

Sobald die Dame den Saal verlassen hatte, überflog Vanzetti seine Notizen ein zweites Mal. Er unterstrich das Stichwort *Schweizer Alpen-Club.* Interessant. Vielleicht war es ein Zufall, vielleicht auch nicht. Er zückte sein Handy und wählte die Nummer von Clemens Scholer, dem Stiefvater von Leon.

Der meldete sich nach dem dritten Klingeln. «Machen Sie Fortschritte?»

«Was die Suche nach Leon betrifft, leider nein. Aber es sind ein paar Fragen aufgetaucht.»

«Schiessen Sie los.»

«Hat Ihr Sohn jemals eine Pia Foletti erwähnt? Sie hat als Übersetzerin in der Bundeskanzlei gearbeitet.»

«Kenne ich nicht. War das eine von Leons Freundinnen?»

Vanzetti wollte kein langes Palaver. «Wahrscheinlich nicht. Sagt Ihnen Projekt Aurora etwas?»

«Noch nie gehört.»

«Ihr Stiefsohn soll zuletzt für eine Firma namens Falke Security gearbeitet haben. Hat er mal darüber gesprochen?»

Scholer schwieg für ein paar Sekunden, Gläser klirrten im Hintergrund. «Den Namen habe ich schon mal gehört. Kann sein, dass er die Firma an Weihnachten erwähnt hat. Aber an Details kann ich mich nicht mehr erinnern.»

«Kennen Sie jemanden, der Anfang der Neunzigerjahre beim P-26 mitgearbeitet hat?»

«Hoppla.» Die Stimme Scholers stieg um eine Oktave. «Das nenne ich aber mal einen Gedankensprung. Wie kommen Sie denn plötzlich auf diese Truppe?»

«Ich habe gelesen, dass einige Mitglieder aus dem SAC stammten.» Natürlich kannte Scholer als ehemaliger Hüttenwart den Alpen-Club bestens.

«Ich kann mich gut an den Skandal erinnern. Ich bin ja schon ewig im SAC, dort habe ich auch meine Frau Isabelle kennengelernt. Das P-26 gab in den Neunzigerjahren viel zu reden bei uns. Ob aber einer meiner Bekannten dort mitgemacht hat, weiss ich nicht.»

«Sie selber gehörten nicht dazu?»

«Gott behüte, nein. Mit militärischen Strukturen konnte ich nie etwas anfangen. Auch im Privatleben habe ich mich nie gerne herumkommandieren lassen. Deswegen liebte ich das Leben auf der Hütte. Dort gab es keinen Chef.»

«Wo waren Sie denn?»

«Auf der Wildhornhütte oberhalb der Lenk. Acht Jahre waren wir dort oben, Frühling bis Herbst. Isabelle ist in den Schulferien jeweils mit Leon hochgekommen. Ich würde behaupten, dass es dem Bub nie besser ging. Damals liebte er die Berge noch. Doch in der Pubertät wollte er plötzlich nichts mehr davon wissen. Wirklich schade …»

So eine abgeschiedene Hütte wäre ein gutes Versteck. «Könnte Leon dort oben sein?»

Er überlegte ein paar Sekunden. «Na ja, im Januar ist die Hütte nicht bewartet. Sie öffnet erst im März wieder für die Tourenfahrer. Trotzdem ist sie natürlich das ganze Jahr über offen für Notfälle. Theoretisch wäre es also denkbar. Aber so wie ich Leon kenne, wäre ihm das zu wenig komfortabel. Er müsste wirklich in Schwierigkeiten stecken, wenn er sich dort oben verkrochen hätte.»

Darauf deutete ja einiges hin. «Vielen Dank, Herr Scholer.»

Vanzetti trennte die Verbindung und raffte seine Unterlagen zusammen. Er verliess den Lesesaal und begab sich zum Informationsschalter, wo die Dame mit dem Haarknoten vor ihrem Computer sass und tippte. Dort legte er sein Material auf dem Tresen ab. «Ich habe im System nach Unterlagen über ein Projekt namens Aurora gesucht. Leider vergeblich. Haben Sie mir einen Rat?»

Sie guckte ihn über dem Rand ihrer Lesebrille an. «Aurora? Mal sehen.» Sie klapperte auf ihrer Tastatur, klickte mit der Maus, drehte das Scrollrad, tippte und klickte noch ein paar weitere Male. Dann stutzte sie und schob ihr Gesicht dicht vor den Bildschirm.

Den Monitor konnte Vanzetti einsehen. «Haben Sie etwas entdeckt?»

«Leider nein. Hier steht was ganz klein … 1993 gab es eine Stabsübung der Armee unter diesem Namen. Doch die Unterlagen sind unter Verschluss.»

Kurz nach der Enttarnung des P-26 also. «Da kann man nichts machen, vielen Dank.» Vanzetti nickte ihr zu und verliess das Bundesarchiv durch das Eingangsportal. Auf der Steintreppe stellte er fest, dass er nichts in den Händen hielt. Die Kopien! Er machte kehrt und joggte die Stufen wieder hinauf.

Die Dame vom Schalter sprach in ein Diensttelefon und schreckte hoch, als sie ihn kommen sah. Sie brach ihr Gespräch ab und hängte den Hörer auf. «Haben Sie etwas vergessen?»

«Meine Kopien.» Vanzetti griff nach dem Stapel auf dem Tresen.

Sie betrachtete ihn mit einem gekünstelten Lächeln, tiefe Falten bildeten sich in ihren Augenwinkeln.

Vanzetti kannte aus Vernehmungen die Gesichter von Leuten, die bei irgendetwas ertappt worden waren. Also hatte er sich beim Hereinkommen nicht verhört – am Telefon hatte die Frau tatsächlich «Aurora» gesagt.

Er winkte zum Abschied und schritt hinaus in die Kälte. Draussen hatte es wieder zu schneien begonnen. Auf dem Weg zur Tramhaltestelle grübelte Vanzetti darüber nach, wen die Frau da wohl informiert hatte.

35

Der Mann war um die vierzig, mittelgross, kräftig, mit einer spitzen Nase und dunklem, kurz geschnittenem Haar. Er trug einen olivgrünen Parka über der schwarzen Jeans und rauchte eine Zigarette auf der Welle, der Passerelle über den Gleisen beim Berner Hauptbahnhof. Den Rauch stiess er aus wie eine Dampflok, dabei blickte er sich vogelgleich ruckartig um. Als er Zoe kommen sah, machte er noch zwei schnelle Züge, warf die Zigarette auf den Boden und trat sie aus.

«Beat Wagner?»

Er nickte kurz.

«Suchen wir uns einen Platz, wo es nicht so kalt ist.»

Sie betraten die Welle 7, eine Ansammlung von Geschäften, Lokalen und Sitzungszimmern. Am Freitagmittag war sie gut gefüllt, sodass sie eine Weile suchen mussten. Schliesslich fanden sie zwei Plätze bei Yogurtlandia. Zoe besorgte einen Smoothie für sich und Kaffee für Wagner, der ständig in alle Richtungen guckte und auf seinem Stuhl herumrutschte. Auf den Namen seiner Ehefrau war Zoe durch den Tipp eines Kollegen von 10vor10 gestossen. Charlotte Wagner hiess die Angestellte der Dover Defense

Group, die Ott der Bestechung bezichtigt hatte. Zoe hatte die Festnetznummer der Frau in Belp angerufen, Beat Wagner hatte abgenommen.

«Danke, dass Sie sich mit mir treffen.»

Er nickte knapp. «Wie kann denn jemand einfach so verschwinden?» Er fuchtelte mit den Händen in der Luft herum, seine Fingernägel waren abgekaut. «Und niemand tut etwas.»

Zoe nahm einen Schluck ihres Fruchtdrinks. «Am Telefon haben Sie gesagt, dass Ihre Frau einen Unfall hatte.»

«Die Polizei hat Charlottes Auto gefunden.» Er nippte an seinem Kaffee, verschluckte sich und hustete. «Es lag bei Sigriswil im Thunersee. Ich meine, was wollte sie denn da? Dort kennen wir keinen Menschen.»

«Sie denken also nicht, dass Ihre Frau tot ist.»

Entschieden schüttelte er den Kopf. «Auf keinen Fall. Die Polizei sagt, dass sie ertrunken sei. Die Fahrertür sei beim Aufprall aufgesprungen und Charlotte von der Strömung hinausgetrieben worden. Unmöglich. Sie war eine hervorragende Schwimmerin. Nie und nimmer würde Charlotte ertrinken.» Er griff in seine Jacke und holte ein gefaltetes Blatt Papier heraus – einen Zeitungsartikel aus dem Blick. Er legte ihn vor Zoe auf den Tisch.

Auto versinkt im Thunersee

Sigriswil. Mit einem Kran musste am Samstag ein Auto aus dem Thunersee geborgen werden. Das Fahrzeug war aus noch ungeklärten Gründen von der Strasse abgekommen. Von der Lenkerin, einer 34-jährigen Frau aus Belp, fehlt jede Spur.

Das Foto unter dem Text zeigte einen schwarzen VW Golf, der mit der Motorhaube nach unten an einem Stahlseil hing. Wasser floss aus dem Kühler, Schlingpflanzen hatten sich um die Antenne und die Stossstange gewickelt, die Windschutzscheibe war zersplittert. Im Hintergrund spiegelte sich die Sonne auf dem See.

Zoe tippte auf den Artikel. «Wann war das?»

«Das Auto wurde am 21. Januar gefunden. Die Polizei geht davon aus, dass es nicht länger als einen Tag im See gelegen hat.»

Also war Charlotte Wagner vor sechs Tagen verschwunden – fünf Tage, bevor 10vor10 Ott in die Mangel genommen hatte. «Wann haben Sie Ihre Frau zum letzten Mal gesehen?»

«Am Mittwoch davor.»

Zoe rechnete nach, das musste der 18. Januar gewesen sein. «War es normal, dass Sie Ihre Frau ein paar Tage lang nicht zu Gesicht bekamen?»

Er zuckte mit den Schultern. «Ich bin Bauingenieur, manchmal bin ich ein paar Tage am Stück weg. Zurzeit arbeite ich am neuen Belchentunnel. Deswegen.»

«Und Ihre Frau?»

«Nachdem sie Falke verlassen hatte, wollte sie sich eine Auszeit nehmen.»

«Sie hat für Falke Security gearbeitet?» Vanzetti hatte ihr von der Firma erzählt.

«Aber ja. Als die Dover Defense Group die Schweiz verliess, bot man einigen Mitarbeitern Stellen bei Falke an. Charlotte hat akzeptiert.»

«Wie lange war sie dort?»

Er knabberte an einem Fingernagel der rechten Hand, riss sich zusammen, stopfte beide Hände in die Jackentaschen. «Zwei Jahre.»

«Und was hat sie dort getan?»

«Werbung, Pressemitteilungen, solche Sachen. Recht oft war sie unterwegs an Konferenzen, die dauerten immer ein paar Tage.»

«Worum ging es da?»

Wagner schüttelte den Kopf. «Das weiss ich nicht genau, die machten immer so ein Tamtam um die Geheimhaltung. Ich wollte meine Frau auch nicht stressen.»

«Wo fanden diese Konferenzen statt?»

«Manchmal in der Schweiz, manchmal im Ausland.»

Zoe nahm einen Schluck. «Wie kam es zu diesem Bestechungsvorwurf gegenüber Nationalrat Ott?»

«Falke Security war zum Kotzen. Die Typen dort

widerten Charlotte an, ständig wurde sie dumm angemacht im Büro. Deswegen hat sie ihre Stelle auf Ende Jahr gekündigt.»

«Im Fernsehen sagte Ott, sie sei entlassen worden.»

«Der feine Herr Ott hat einen Haufen Mist erzählt. Von wegen psychischen Problemen … Ich wünschte, ich bekäme diesen Kerl in die Finger.»

«Okay, gut. Ihre Frau hat also gekündigt. Und dann?»

«Die haben Charlotte augenblicklich kaltgestellt. Nicht mal ihre Sachen durfte sie zusammenpacken. Der Sicherheitsdienst hat ihr die Schlüsselkarte abgenommen und sie hinauskomplimentiert. Als hätte Charlotte die Firmenkasse geplündert. Deswegen wollte sie es der Firma heimzahlen. Sie kannte da eine Journalistin, mit der sie öfters zu tun gehabt hatte. Kathrin Wyss.»

Die WoZ-Journalistin – zwei Puzzleteile passten plötzlich zusammen. «Und der hat sie von den Bestechungsgeldern erzählt.»

«Ja, Anfang Dezember war das. Wyss versprach, dass sie einen Artikel schreiben würde. Doch sie meldete sich nicht mehr. Hatte wohl kein Interesse mehr. Deswegen hat Charlotte jemanden bei 10vor10 angerufen.»

Nein, Wyss war drangeblieben – und verschwunden. «Wieso hat Ihre Frau denn die Dover Defense

Group angegriffen? Sie hatte doch Probleme mit Falke?»

«Das ist doch dasselbe. Die DDG besitzt die Mehrheit an Falke.»

Das war Zoe neu. «Im Fernsehen hat Ott behauptet, dass Ihre Frau die Anschuldigungen widerrufen hat.»

«Das wüsste ich.» Er hob aber beide Schultern.

«Sie sind sich nicht sicher?»

«Können wir rausgehen? Ich brauche eine Zigarette.»

Sie verliessen die Welle 7 und fanden einen Raucherplatz auf der Passerelle. Es war saukalt, Zoe zog die Jacke enger um sich.

Wagner steckte gleich einen Glimmstängel an und machte einen Lungenzug. «Wir haben uns oft gestritten in den letzten Wochen. Charlotte fand, ich solle kürzertreten im Beruf, mehr Zeit mit ihr verbringen. Und plötzlich wollte sie Kinder, einfach so.» Er schnippte mit den Fingern. «Nachdem wir das Thema eigentlich abgehakt hatten.» Er wandte den Blick ab. «Ich meine, okay, wir hätten darüber reden können. Vielleicht, mit der Zeit … Aber Charlotte wollte alles, und zwar sofort. An diesem letzten Mittwoch haben wir uns heftig gezankt. Ich meine, ich arbeite ja auch nicht zu meinem Vergnügen. Ich war sauer und habe sie angebrüllt.» Er liess den Kopf sinken und schwieg.

«Und danach haben Sie sie nicht mehr gesehen.»

Er schüttelte den Kopf und hatte Tränen in den Augen. «Ich könnte es mir nicht verzeihen, wenn das unser letztes Gespräch gewesen wäre.»

Zoe konnte sich gut vorstellen, wie schwer das auf ihm lastete. Viele Dinge, die sie hätte tun oder sagen sollen, waren ihr im vergangenen Sommer am Krankenbett ihrer Grossmutter durch den Kopf gegangen.

Wagner machte zwei schnelle Züge und schnippte die Zigarette über die Brüstung hinunter zu den Gleisen. «Danach kamen diese Kerle von Falke zu mir nach Hause, vor drei Tagen war das. Zwei Typen. Sie sagten, der Arbeitsvertrag von Charlotte laufe noch bis Ende Januar. Und dass es eine Versicherung gebe, hunderttausend Franken. Allerdings zahle die Versicherung nur bei einem Unfall, nicht bei Selbstmord. Ich müsse ein Papier unterschreiben, hier und jetzt, dann werde es keine Probleme geben.» Mit zittrigen Fingern steckte er sich eine neue Zigarette an. «Ich dachte, diese Arschlöcher, spinnen die? Von so einer Versicherung hatte ich noch nie etwas gehört. Wollten die mir mit Geld den Mund stopfen? Ich habe sie rausgeworfen.»

«Haben Sie die Papiere noch, die Sie unterschreiben sollten?»

«Nein, die haben sie wieder eingepackt. Doch die Polizei interessiert das alles gar nicht. Die tut nichts.

Dabei bin ich sicher, dass diese Falke-Typen etwas mit Charlottes Verschwinden zu tun haben. Vielleicht hockt sie irgendwo in einem Loch, bis Ott gewählt ist.» Wagner deutete mit der Zigarette auf Zoe. «Nur deswegen treffe ich mich mit Ihnen. Die Medien. Ich weiss nicht, was ich sonst noch tun könnte.»

Ob Charlotte Wagner tatsächlich noch am Leben war? Angesichts der vergangenen Tage hatte Zoe Zweifel. «Ich verspreche Ihnen, dass ich mich reinhängen werde.»

Er legte eine Hand auf ihren Arm. «Danke.» Er nickte und sah hinunter auf die Gleise.

Zoe verabschiedete sich und verliess die Welle. Sie schritt die Schanzenstrasse hinunter und überquerte die Laupenstrasse. Als sie am Hirschengraben in ein Tram stieg, sah sie sich um. Ein Mann blickte kurz in ihre Richtung, ein stämmiger Typ mit Bürstenschnitt und grosser Nase. Er steckte sich einen Kaugummi in den Mund und warf das Papier auf den Boden.

Das Gesicht hatte Zoe schon einmal gesehen, in Brienz war das gewesen. Egloff von der Bundeskriminalpolizei! Weshalb beobachtete sie dieser Kerl?

36

Hundepension Wuff stand mit weisser Schrift auf einem blauen Schild neben dem Eingang. Das Gebäude lag an der Hauptstrasse in Wohlen bei Bern, eingekeilt zwischen einer Schreinerei und einer Autogarage. Am frühen Nachmittag stellte Lucy ihr Mietauto, einen blauen Toyota Yaris, auf den Parkplatz neben einem ramponierten VW Bus ab. Sie stieg aus und klappte den Sitz nach vorne, worauf Winston wie ein Torpedo herausgeschossen kam. Der Hund sprang neben ihren Füssen auf und ab, dann rannte er im Kreis um Lucy herum. Der Kleine hatte eine ansteckende Frohnatur. Doch als er jetzt die Umgebung in Augenschein nahm, begann er zu winseln.

Lucy beugte sich hinab und kraulte ihn. «Keine Sorge, ich bringe dich nicht zurück.»

Damit schien er zufrieden. Winston bellte einmal und trottete voraus zum niedrigen Backsteingebäude, dessen blaue Türe mit weissen Pfotenabdrücken verziert war. Kaum näherte sich Lucy der Hundepension, ertönte Gebell im Innern. Sie drückte die Klingel, kurz darauf streckte ein junger Mann seine Nase durch einen engen Spalt. «Hallo.»

«Guten Tag. Ich möchte zu Claire Gauthier. Ist sie da?»

«Klar, kommen Sie herein.» Er trug einen blonden Bart und einen grünen Kittel – wie ein gut aussehender Chirurg. «Und keine Angst vor den Hunden», sagte er und machte die Tür weit auf.

Nein, vor Hunden hatte sich Lucy nie gefürchtet. Winston rannte voraus, sie folgte ihm durch einen Flur und betrat schliesslich einen grossen Saal mit Betonmauern, es roch nach feuchtem Hundefell und Desinfektionsmitteln. In einer Ecke standen ein zerschlissenes Sofa und ein paar Sessel. Grosse Drahtkäfige säumten drei Wände, in denen sich jeweils ein paar Hunde befanden: Terrier, Appenzeller, Dackel, Golden Retriever. Sie begrüssten Winston mit lautem Gebell.

Der Mann führte Lucy in ein kleines Büro am anderen Ende des Saals. Es war spärlich möbliert mit einem Schreibtisch aus Eisen, ein paar Stühlen und einem einsamen Aktenschrank. Vor einem Monitor sass Claire mit einer Lesebrille auf der Nase. Seit dreissig Jahren war Lucy mit der ehemaligen Bundeshauskorrespondentin von Le Temps befreundet, die sich in unzähligen Vereinen, Komitees und Stiftungen engagierte. Dadurch kannte sie so ziemlich jeden in der Bundesstadt.

«Lucy, was für eine Überraschung.» Claire sprang hoch von ihrem Stuhl, kam um den Schreibtisch herum und umarmte ihre Freundin. «Wie geht es dir?»

«Bestens, danke.»

«Das glaube ich dir nicht.» Claire griff nach einem «20 Minuten» auf dem Pult und hielt die Zeitung hoch. *Der Engel von Bümpliz* stand auf der Frontseite, darunter prangte ein Foto von Lucy mit russverschmiertem Gesicht. «Nach *dem* Abenteuer.»

Lucy winkte ab. «Ach, die übertreiben völlig. Das war keine grosse Sache.»

«Ach, ja?» Claires Augen sagten, dass sie Lucy kein Wort glaubte. «Ich finde, du gehörst ins Bett.»

«Unsinn.» Tatsächlich fühlte sich Lucy grossartig. Sie hatte gestern ihre Panik vor dem Feuer bezwungen und immerhin ein paar Leben gerettet. «Zu Hause klingeln sowieso ständig Journalisten an meiner Tür. Ich habe mich durch den Garten rausschleichen müssen.»

Claire hatte ihre Haare blau gefärbt, sie trug schwarze Lederhosen und einen giftgrünen Pullover. «Na, dann freue ich mich einfach über deinen Besuch. Komm, setz dich.» Sie deutete auf den Stuhl vor dem Pult und liess sich selber dahinter nieder. «Und jetzt will ich genau erfahren, wieso du in diesen Brand geraten bist.»

«Eigentlich helfe ich Zoe bei einer Recherche.» Lucy erzählte von Bundesrat Graf, der Suche nach der geheimnisvollen Frau in Genf, Lady Chatterley und dem Feuer. «Am Ende hat mich der gut aussehende Feuerwehrmann durch den Garten getragen.»

«Mon Dieu, das ist ja eine Hammergeschichte. Ist diese Lady Chatterley denn jetzt aufgetaucht?»

«Ich fürchte, sie ist tot. Die Feuerwehr hat eine verkohlte Leiche im Dachgeschoss gefunden. Die Identifizierung steht noch aus.»

Winston trottete herein, Claire beugte sich zu ihm hinab und kraulte ihn. «Bonjour, mon chou. Man sieht dir an, dass es dir gut geht.»

«Für Winston gibt es keine schlechten Tage.»

Claire strahlte über das ganze Gesicht. «Siehst du. Und da hast du dich so lange geziert. Aber du bist sicher nicht hier, um einen zweiten Hund zu holen, oder? Ich hätte da einen wunderbaren Collie.»

Lucy winkte ab. «Einer genügt. Aber ich hoffe, du kannst mir auf andere Weise helfen. Ich brauche Informationen.»

«Gerne.»

«Was weisst du über Adrian Ott?»

Nachdenklich spitzte Claire die Lippen. «Alors. Er gilt schon seit Jahren als kommender Mann. Dass er jetzt Bundesrat wird, scheint ganz natürlich. Und ja, er bringt das ganze Paket mit: gute Ausbildung, solide Familie, kluger Kopf, keine Skandale.»

«Er soll eine Affäre mit einer Angestellten der Bundeskanzlei gehabt haben.»

Sie zuckte kurz mit den Schultern. «Une bagatelle.

Darüber regt sich heute doch niemand mehr auf. Na ja, die Ehefrau wahrscheinlich.»

«Seine Geliebte ist vor ein paar Tagen gestorben. Ich kannte sie, ein sehr nettes Mädchen. Es sieht auf den ersten Blick nach einem Unfall aus, doch vielleicht hat jemand nachgeholfen. Traust du Ott zu, dass er damit etwas zu tun haben könnte?»

«Du meinst Mord?» Claire machte grosse Augen. «Meine erste Reaktion ist: Auf keinen Fall, dafür ist er nicht der Typ. Aber so etwas hat man auch über Massenmörder gesagt. Wer sieht schon in einen Menschen hinein?»

«Da hast du recht … Im Zusammenhang mit Ott ist ein Projekt namens Aurora aufgetaucht. Hast du davon schon mal gehört?»

«Das sagt mir nichts.»

«Es soll sich um eine Nachfolgeorganisation des P-26 handeln. Die kennst du ja gut, du hast eine Menge Artikel über die geschrieben. Hältst du das für möglich?»

Claire drehte einen Bleistift zwischen den Fingern. «Das klingt wie eine dieser verrückten Verschwörungstheorien. Andererseits hätten wir vor 1990 auch nie geglaubt, dass es so etwas wie das P-26 gibt.»

«Hast du vielleicht einen Bekannten, der mehr wüsste. Möglicherweise jemand aus dem P-26?»

«Ich kenne ein paar Leute, die mit dabei waren. Mal sehen …» Claire holte ihre Agenda aus der obersten Schublade des Pultes und blätterte sie durch. «Kurt …, nein der ist vor zwei Jahren gestorben. Anna … auch tot. Herzinfarkt im letzten Herbst. Paul …» Sie guckte hoch. «Ist das nicht schrecklich? Wenn ich meine Agenda heutzutage durchblättere, komme ich mir vor wie auf dem Friedhof.»

Lucy fischte ihr Handy aus der Manteltasche und hielt es hoch. «Das geht mir auch so mit meinem Handy. Ich lösche keine Namen und stosse immer wieder auf Tote. Doch ich finde das tröstlich. Denn dann kommt eine Erinnerung zurück, ein tolles Fest oder eine schöne Reise vielleicht. Für einen kurzen Moment wird der Tote wieder lebendig.»

«Ein schöner Gedanke.» Claire lächelte kurz und blätterte weiter. «Guido … nein. Lorenz … hmm … ja, der vielleicht. Der wüsste bestimmt einiges zu erzählen. Lorenz Habegger aus Moosseedorf, hat beim Nachrichtendienst des Bundes gearbeitet und war beim P-26.» Sie griff zu ihrem Handy und tippte eine Nummer ein. «Lorenz? Claire Gauthier hier. Wie geht es denn so? … Ebenfalls, danke. Ich möchte dich um einen Gefallen bitten. Eine Freundin von mir, eine ehemalige Journalistin, sucht jemanden aus dem P-26. Würdest du ihr ein paar Fragen beantworten? … Lucy Eicher … Genau, bei den Berner Nachrichten

… Absolut … Aha … Könntest du sie mitnehmen? … Okay … Nein, nein, schon in Ordnung … Ich kann ihr also deine Nummer geben? … Vielen Dank, Lorenz.»

Sie trennte die Verbindung. «Er würde mit dir reden, allerdings geht das nicht vor nächster Woche. Jeden letzten Freitag im Monat fährt er an den Bielersee, wo er ehemalige Kollegen trifft. Bestimmt lauter alte Männer, die sich nicht damit abfinden können, dass sie unwichtig geworden sind.»

Das wäre eine wunderbare Gelegenheit zum Schnüffeln. «Aber mitnehmen will er mich nicht.»

«Leider nicht. Ist offenbar ein verschworener Club. Frauen gibt es da bloss in der Küche.» Sie kaute auf dem Bleistift herum. «Das bringt mich auf eine Idee … Vielleicht könnte ich dich einschleusen.»

«Das wäre genial.»

«D'accord, ich werde ein paar Anrufe machen. Aber vorher will ich wissen, wie es mit deinem amerikanischen Beau läuft, diesem Robi.»

Lucy verdrehte die Augen. Noch so eine Schnüfflerin.

37

Am Freitagabend bog Zoe im Simmental etwas zu schnell in eine Kurve, und das Auto geriet ins Rutschen. Sanft gab sie etwas Gegensteuer, bis die Reifen wieder Halt fanden.

«Ich wäre dir dankbar, wenn du kein Bundeseigentum zu Schrott fahren würdest.» Vanzetti auf dem Beifahrersitz umklammerte den Haltegriff mit der rechten Hand, in der Linken balancierte er einen Becher Kaffee.

«Wäre nicht schade um diese Kiste. Wer fährt schon einen Skoda?»

«Die Bundeskriminalpolizei. Lässt du mich jetzt endlich ans Steuer?»

«No way. Dann sind wir erst um Mitternacht in der Lenk.» Zoe hatte ihm den Schlüssel aus der Hand gerissen, als er sie zu Hause in der Brückenstrasse abgeholt hatte. Denn Vanzetti fuhr wie ein Grossmütterchen. Nein, Quatsch, ihr Grosi würde ihn jederzeit abhängen.

Sie fuhren durch Därstetten, und Zoe warf einen Blick in den Rückspiegel. Im Licht der Strassenlaternen erkannte sie einen hellen SUV mit Dachträgern. Konnte das der gleiche Wagen sein, der ihr bereits in Bern aufgefallen war?

«Wenigstens wären wir noch am Leben.» Vanzetti nippte an seinem Kaffee.

Zoe ging leicht vom Gas, die Fahrt war tatsächlich knifflig. Im Licht der Scheinwerfer fielen dicke Flocken vom Himmel, sie machten die Strasse zur Rutschbahn. «Denkst du, dass die Frau in Bümpliz, diese Lady Chatterley, ermordet wurde?»

«Davon gehe ich aus. Laut deiner Grossmutter hat sie Bundesrat Graf in eine Falle gelockt. Ihr Auftraggeber könnte Angst bekommen haben, dass sie darüber redet.»

«Wer auch immer es ist, er kennt keine Skrupel. Im Wohnblock hätten viele Menschen sterben können.» Zoe drehte die Heizung im Skoda voll auf, damit sich die Frontscheibe nicht beschlug.

Vanzetti steckte den Becher in die Halterung in der Mittelkonsole. «Im Umfeld der Dover Defense Group wimmelt es bestimmt von Leuten, die damit kein Problem hätten. Wir werden Leon Scholer ein paar harte Fragen stellen.»

«Glaubst du wirklich, dass er sich in der Wildhornhütte aufhält?»

«Eigentlich schon.»

«Wie bist du denn auf den Piloten gestossen?»

Er drehte ihr das Gesicht zu. «Ich habe mir überlegt, wer im Winter in den Alpen unterwegs ist. Dann habe ich alle Heliskiing-Anbieter im Berner Oberland abgeklappert. Ohne Erfolg. Als Nächstes habe ich es bei der Rettungsflugwacht probiert. Und auf der Basis in Zweisimmen bin ich tatsächlich fündig geworden.»

«Dass ein Pilot Rauch aus der Wildhornhütte hat aufsteigen sehen, heisst aber nicht viel. Es könnte irgendjemand dort oben gewesen sein.»

«Schon klar. Deswegen werden wir uns zuerst umhören in der Lenk. Die Scholers waren viele Jahre auf der Wildhornhütte, die Familie ist bekannt. Vielleicht hat jemand Leon gesehen. Falls ja, steigen wir hoch zur Hütte.»

Wenn jemand dort hochstiege, dann sie alleine. «Das stellst du dir vielleicht einfach vor, ist es aber nicht. Ich war selber schon im Frühling auf dem Wildhorn. Bei normalen Bedingungen ist die Skitour tatsächlich nicht sehr schwer. Doch jetzt, bei dem vielen Neuschnee, wäre sie sehr anstrengend.» Vor allem für einen Couch-Potato wie Vanzetti.

«Das schaffen wir schon.»

Sie wollte jetzt keinen Streit provozieren. Nochmals checkte Zoe den Rückspiegel. Der weisse SUV hielt etwa fünfzig Meter Abstand. Litt sie unter Verfolgungswahn? Nein, sie hatte guten Grund, vorsichtig zu sein. «Möglicherweise folgt uns ein Auto.»

Vanzetti drehte sich auf dem Sitz um und starrte durchs Rückfenster. «Was für eines?»

«Ein weisser SUV. Auf gerader Strecke lässt er sich zurückfallen, in den Kurven kommt er näher. So einer ist mir schon in Bern aufgefallen.»

«Viele Leute fahren fürs Wochenende zum Skifahren ins Oberland. Und das ist die einzige Strasse.»

«Stimmt.» Doch Zoe wollte nicht nochmals auf einem Bahngleis landen. Ausgangs von Weissenburg setzte sie den Blinker und stoppte auf dem Parkplatz beim Gasthof Alte Post. Die Reifen sanken tief in den Schnee ein. Nach wenigen Sekunden fuhr der SUV, ein BMW X3, an ihnen vorbei, ohne das Tempo zu verringern. Auf dem Dachträger lag ein Paar Skis, im Innern konnte Zoe die Silhouette einer Person ausmachen: grosser Kopf, grosse Nase. «Vielleicht werde ich paranoid, aber das könnte dein Kollege Egloff sein.»

Vanzettis Kopf schnellte herum. «Wie kommst du denn darauf?»

«Ich habe ihn heute schon mal gesehen. Er ist mir am Hirschengraben aufgefallen. Ich denke, er hat mich beobachtet.»

«Echt? Spinnt der? Na warte, wenn ich den in die Finger kriege.»

«Wenn er uns bei dem Wetter verfolgen kann, muss er verdammt gut sein.» Mit dem Daumen deutete sie durch die Frontscheibe. «Man sieht ja fast nichts.»

Er nippte an seinem Kaffee und starrte zum Fenster hinaus.

«Vanzetti?»

«Du bringst mich auf eine Idee.» Er steckte den Becher in die Halterung, löste den Sicherheitsgurt und stieg aus.

«Was tust du?» Zoe stellte den Motor ab und verliess den Skoda auf der Fahrerseite, wobei sie fast bis zu den Knien im Schnee einsank. «Oh, Mann, hoffentlich kommen wir hier wieder weg.»

Draussen stapfte Vanzetti um das Auto herum und betrachtete die Karosserie. «Vielleicht fällt es Verfolgern ja ganz leicht, an uns dranzubleiben. GPS-Tracker gibt es heutzutage im Supermarkt.»

Zoe zog den Reissverschluss der Jacke hoch, Atemwolken stiegen von ihrem Mund auf. «Wann hätten sie den anbringen sollen?»

«Zum Beispiel, als ich oben in deiner Wohnung war.» Am Heck des Autos beugte sich Vanzetti hinab und guckte sich das Blech an. «Zu sehen ist nichts.» Er tastete das Metall innen mit den Fingern ab. «Verflucht, ist das kalt.» Er stand auf, ging zur Vorderseite des Skodas und wiederholte die Prozedur.

Zoe sah sich um, kein Licht brannte in der Alten Post. Sie hatte mal gelesen, dass der Gasthof einst aus Steinen der Burg Weissenburg erbaut worden war und viele Prominente beherbergt hatte. Es sah verlassen aus. Der Parkplatz jedenfalls war schon lange nicht mehr freigeschaufelt worden.

«Ha!» Vanzetti kam hoch, zwischen Daumen und Zeigfinger hielt er ein kleines eckiges Kästchen. «Er klebte mit einem Magneten unter dem Kotflügel.»

«Mistkerl.»

Vanzetti stapfte durch den Schnee bis zum Rand des Parkplatzes, holte aus und warf den Tracker in die Simme. «Der schwimmt bis in den Thunersee. Jetzt wird er ins Grübeln kommen.»

Das hob Zoes Stimmung. «Lass uns abhauen. Falls wir hier wegkommen.»

Vanzetti stellte sich neben sie und begutachtete die Räder, die fast ganz im Schnee versunken waren. «Versuch es mal.»

Zoe rutschte auf den Fahrersitz, startete den Motor und gab leicht Gas. Das Auto bewegte sich einen halben Meter und ruckelte, die Räder drehten durch.

«Fahr mal rückwärts», rief Vanzetti. Er ging nach vorne und stemmte sich gegen den Kühler.

Zoe legte den Rückwärtsgang ein und gab sanft Gas. Doch die Reifen bekamen keinen Halt. Sie stieg wieder aus. «Wenn wir das Auto ein wenig vor- und zurückschaukeln, bekommen wir die Räder vielleicht frei.»

«Okay, versuchen wir es.»

Zoe stellte sich neben Vanzetti, gemeinsam drückten sie gegen den Kühler, gaben nach, drückten, gaben nach. Der Skoda begann zu schaukeln, bis Zoe plötzlich wegrutschte und bäuchlings im tiefen Schnee landete. Ihr Gesicht fühlte sich an, als ob sie eine eiskalte Dusche genommen hätte.

«Warte, ich helfe dir.» Vanzetti beugte sich hinab, griff nach Zoes Arm und zog sie hoch. Dabei glitt er aus und fiel der Länge nach hin. Sein Gesicht, die Haare, die Schultern, der Bauch – alles war voller Schnee.

Nebeneinander lagen sie halb vergraben vor den Scheinwerfern des Autos – ein umwerfendes Bild, fand Zoe. Sie wälzte sich auf den Rücken und fühlte, wie sich etwas tief in ihrem Innern ausbreitete und zu ihren Schultern hochstieg. Schliesslich schüttelte es ihren ganzen Körper. Sie öffnete den Mund, und lautes Gelächter brach heraus.

Vanzetti neben ihr starrte verdutzt.

«Mensch, für einen Moment habe ich mir Sorgen gemacht.» Doch dann konnte auch er nicht mehr an sich halten und prustete los, bis er lauthals lachte wie sie.

Es dauerte eine Weile, bis Zoe wieder zu Atem kam. «Ich glaube, wir brauchen Unterstützung.»

Vanzetti zog sich an der Motorhaube hoch und streckte Zoe eine Hand hin. «Hinter dem Gasthof habe ich ein paar Häuser gesehen.»

Sie griff nach seiner Hand, liess sich hochziehen und stand ihm schliesslich gegenüber.

Vanzetti wischte ihr Schnee von den Schultern, aus den Haaren und aus dem Gesicht. Unvermittelt zog er Zoe zu sich heran und drückte seine kalten Lippen auf ihren Mund. Es war ein sanfter und doch intensiver Kuss.

Sofort liess er sie wieder los. «Meine Güte, entschuldige.» Er wich einen Schritt zurück. «Aber du warst eben grad so …»

«Grad so wie …?»

Er blickte zu Boden, als suche er im Schnee nach dem richtigen Wort. Dann schaute er ihr wieder in die Augen. «Bezaubernd», sagte er leise.

Das gefiel Zoe. Sehr sogar. Dafür hätte sich Vanzetti auch einen längeren Kuss verdient. «Es ist eine Weile her seit meinem letzten Spailp.» Sie machte einen Schritt auf ihn zu.

«Spailp?»

«Das ist Gälisch. Es bedeutet überraschender Kuss.» Das hatte ihr Sean, ein Folkmusiker in Cork, beigebracht. Aber das brauchte Vanzetti nicht zu wissen.

«Ein schönes Wort. Das werde ich mir merken.»

Sie lächelte und spürte es in ihrem Unterleib kribbeln. Es gäbe da noch ein paar weitere Wörter, die sie ihm gerne beibringen würde.

38

Auf der rechten Hand balancierte Lucy ein Tablett: Blätterteigkissen mit Rauchlachs, Laugenbrötchen mit Roastbeef, und Parmesanwürfel mit Rohschinken. Mit den Häppchen schlängelte sie sich zwischen den Gästen hindurch im Von-Rütte-Gut in Sutz am Bielersee, einer Villa, die einst Berner Patriziern gehört hatte. Wer auch immer das hier bezahlte, an Geld mangelte es ihm nicht.

Dreissig bis vierzig Personen tummelten sich im grossen Saal, einem Raum von vielleicht zehn mal acht Metern, der hoch bis zum Giebeldach reichte. Die alten Männer – Frauen gab es ausser dem Personal kaum – trugen Anzug und Krawatte, einige gar Uniformen. Sie standen in Grüppchen zusammen und diskutierten mit gedämpften Stimmen.

Das eine oder andere Gesicht erkannte Lucy, einen ehemaligen Nationalrat etwa oder einen Mann, der für Radio SRF gearbeitet hatte. Von ihnen hielt sie sich möglichst fern. Immer mal wieder blieb sie stehen und schnappte Bruchstücke von Konversationen auf über die Politik in Bern, den Finanzmarkt, die Armeereform oder das Wetter. Wenn immer ihr ein Thema interessant schien, bediente sie die Gäste aufmerksam, aber schön langsam zum Mithören.

Ein rotwangiger Mann in den Siebzigern packte Lucy am Arm. «Ein Bier, bitte.»

«Getränke gibt es bei der Kollegin.» Lucy deutete auf eine junge Frau, die mit Block und Bleistift herumging.

Beim Apéro hatte das Servicepersonal zwei Aufgaben zu erfüllen: Die einen servierten Appetithappen auf Tabletts, die anderen kümmerten sich um die Getränke. Corinne Huber, die Chefin von Huber Catering, hatte ihnen die Arbeiten am frühen Abend zugewiesen. Von Lucy hatte die kleine Frau mit den kurzen braunen Haaren bloss wissen wollen, ob sie Erfahrung als Kellnerin habe.

«Mehrere Jahre», hatte Lucy wahrheitsgetreu geantwortet. Dass das in den Sechzigerjahren gewesen war, behielt sie für sich.

Corinne hatte keine weiteren Fragen gestellt und Lucy zum Häppchen-Dienst eingeteilt. Dabei geholfen hatte zweifellos die Tatsache, dass Lucys Freundin Claire zahlreiche Events organisierte und Corinne einen lukrativen Auftrag in Aussicht gestellt hatte. Zudem hatte Lucy – im Gegensatz zu zwei jungen Kolleginnen im Mini – die Kleidervorschriften für das Personal eingehalten: knielanger schwarzer Rock, schwarze Strümpfe, weisse Bluse.

Schon sechs Mal hatte sie in den vergangenen fünfundvierzig Minuten ein neues Tablett in der

Küche geholt. Jedes Mal hatte Lucy einen kleinen Umweg gemacht und das Gebäude erkundet. In einigen Räumen schienen Parkettböden und Kachelöfen Jahrhunderte überdauert zu haben, während in anderen hochmoderne Bild- und Tontechnik eingebaut worden war. Lucys Interesse konzentrierte sich auf ein gelb-grün gestrichenes Zimmer im 1. Stock. Dort drin hatte sie Lorenz Habegger verschwinden sehen, den P-26-Mann, der ihr nächste Woche ein Interview gewähren wollte. Im Internet hatte sie ein Foto entdeckt: Habegger war ein kleiner, übergewichtiger Mann, der seinen kahlen Schädel mit einer kunstvollen Quer-über-den Kopf-Frisur zu kaschieren suchte. Als Habegger die Türe zum geheimnisvollen Zimmer hinter sich schloss, hatte Lucy einen kurzen Blick erhaschen können auf einen Zigarre paffenden Mann an einem Tisch mit Papieren und Strassenkarten.

Endlich, um 20 Uhr, wurde das Abendessen im grossen Saal serviert – Kalbsschnitzel an Steinpilzsauce, Safranrisotto und Gemüse-Bouquet. Lucy hatte erwartet, dass Habegger und sein Kollege zur grossen Gruppe stossen würden – und damit recht behalten. Als sich die beiden Männer an einen der festlich gedeckten Tische gesetzt hatten, entschuldigte sie sich bei den Kolleginnen. Ihr sei schwindlig, behauptete Lucy, sie müsse sich kurz hinlegen.

Einige der Servierdamen murrten zwar oder verdrehten die Augen, doch sie hatten keine Zeit für Diskussionen.

Lucy schlich die Treppe hoch, eilte durch den Flur und stellte sicher, dass niemand sie beobachtete. Dann lauschte sie an der Türe und klopfte zur Sicherheit an. Keine Antwort. Also drückte Lucy die Klinke.

Abgeschlossen. Mist.

Sie sah sich um im Flur, es gab keinen zweiten Eingang. Sie zählte die Türen ab, huschte hinunter ins Erdgeschoss und hinaus in den Vorgarten. Der Kies knirschte unter ihren schwarzen Turnschuhen, als sie um die Ecke schritt und die Fenster im oberen Stockwerk im schwachen Licht einer Gartenleuchte abzählte. Da! Das musste das grün-gelbe Zimmer sein. Hinter den beiden Fenstern war es dunkel, doch eines davon war bloss angelehnt. Dem Raucher sei Dank.

An einem Holzspalier an der Aussenwand des Gebäudes wuchs Efeu bis unters Satteldach. Lucy griff nach einem dicken Ast und hängte sich mit ihrem Gewicht daran. Die ganze Konstruktion wackelte bedenklich. Das würde nicht klappen.

Drei Meter links entdeckte sie unter dem Efeu eine Regenrinne. Lucy stellte sich davor und guckte hoch. Über den Sims im 1. Stock käme sie bestimmt zum Raucherzimmer. Doch ob sie es nach oben schaffen würde? Vor ein paar Jahrzehnten wäre es ein Klacks gewesen, oft genug hatte sich die jugendliche Lucy über das Vordach aus dem Elternhaus geschlichen.

Bevor sie es sich anders überlegen konnte, packte Lucy das Rohr mit beiden Händen, stellte ihre Fussspitze zwischen die Ranken und kletterte einen halben Meter hoch. Dann testete sie die Äste mit ihrem Gewicht. Sie knarrten und wippten leicht, doch sie hielten Stand. Sachte kletterte Lucy höher, setzte einen Fuss vor den anderen und krallte sich mit den Händen am Metallrohr fest. Schon bald war sie ausser Atem, Schweiss lief ihr über den Rücken hinab.

Als sie die halbe Höhe geschafft hatte, hörte sie ein Husten und Knirschen, Schritte näherten sich. Lucy presste sich gegen die Hausmauer. Zwei Meter unter ihr ging ein Mann mit Mantel und Hut auf den Eingang zu. Doch statt das Haus zu betreten, blieb er stehen und fummelte an seiner Kleidung herum. Schliesslich flackerte eine kleine Flamme in seiner Hand auf und er zündete sich eine Zigarette an.

Himmel und Hölle!

Lucy klammerte sich an die Regenrinne und versuchte, lautlos mit der Wand zu verschmelzen. Der Kerl stand vor dem Hauseingang, stiess genüsslich Rauch aus und bewunderte die Sterne am wolkenlosen Himmel. Die Kälte kroch unter Lucys Bluse, ihre Finger zitterten vor Anstrengung. Lange würde sie sich nicht mehr halten können. Zum Glück warf der

Kerl die Zigarette nach fünf, sechs Zügen auf den Boden, trat sie aus und verschwand im Innern.

Lucy stöhnte leise und überwand den letzten Meter bis zum Fenstersims. Indem sie sich an den hohen Fensterläden festhielt, konnte sie sich seitwärts über zwei Fenster bis zum Raucherzimmer vorarbeiten. Sie warf einen Kontrollblick hinein: leer. Mit den Fingerkuppen stiess sie gegen das Glas, setzte sich rittlings auf den Sims, schwang die Beine herum und sprang von der Fensterbank ins Zimmer.

Es roch nach Kaffee und Tabak, ihre Turnschuhe quietschten auf dem Parkett. Aus einer Tasche in ihrem Rock fischte Lucy eine kleine Taschenlampe. Das musste die Bibliothek des Gutshofs sein, schwere Holzregale mit kunstvollen Buchrücken füllten zwei Seitenwände vom Fussboden bis zur Decke. Im Zentrum des Raumes stand ein runder Tisch, um den herum vier stoffbezogene Stühle gruppiert waren. Neben leeren Kaffeetassen lagen Papiere, Strassenkarten und ein Laptop darauf. Gegen ein Tischbein lehnte eine Aktenmappe.

Lucy setzte sich vor den Laptop und holte ihn aus dem Energiesparmodus. Doch er verlangte ein Passwort. Sie versuchte es mit P-26, 1234 und Passwort. Ohne Erfolg. Das wäre auch zu schön gewesen.

Sie wandte sich den Papieren zu: Bankauszüge, Geschäftsbriefe, Broschüren. Sie hatte keine Ahnung, was sie zu bedeuten hatten. Doch die Männer hatten sie mitgebracht und studiert, also mussten sie irgendwie wichtig sein. Lucy erhob sich, legte zwei Blätter nebeneinander, fischte ihr Handy aus dem Rock und machte ein Foto mit dem Blitz. Sie kontrollierte auf dem Display, ob der Text lesbar war – okay. Dann ging sie systematisch vor und knipste alles, was auf der Tischplatte lag.

Als sie damit fertig war, checkte sie ihre Uhr: Seit zwanzig Minuten wurde unten das Essen serviert, bestimmt waren die erst beim Hauptgang. Lucy holte die Aktenmappe unter dem Tisch hervor und klappte sie auf. Darin lag ein Heftordner. Sie zog ihn heraus und blätterte durch die Seiten: Kaufquittungen, Flugtickets, Bestellungen. Auch davon machte sie Bilder. Als sie mit der Hälfte durch war, hörte sie Schritte im Flur. Sie blieben vor der Bibliothek stehen. Lucy löschte die Taschenlampe und horchte.

Die Klinke quietschte leicht, doch die Türe ging nicht auf. «Hast du abgeschlossen, Lorenz?» Die Stimme eines stämmigen Mannes.

Irgendwo gab jemand eine Antwort, die Lucy nicht verstand. Schritte einer zweiten Person näherten sich, Lucys Magen zog sich zusammen. Sie knipste die Taschenlampe an, steckte sie in den Mund, packte den Ordner hastig in die Mappe und stellte sie wieder unter den Tisch. Dann verstreute sie alle Papiere etwa so über die Tischplatte, wie sie sie vorgefunden hatte.

«Ich finde, du übertreibst. Wir sind hier doch unter Freunden», sagte die erste Stimme im Flur.

«Sicher ist sicher», antwortete die zweite Stimme, die näher kam.

Lucy huschte zum Fenster und kletterte auf den Sims. Sie hörte, wie ein Schlüssel im Schloss knackte, krallte ihre Hände um den oberen Rand des Fensterladens und liess sich nach draussen schwingen.

Im Zimmer ging das Licht an. Lucy hing am Laden links neben dem Fenster, drei Meter über dem Boden. Oh, nein, sie hatte das Fenster nicht zugezogen. Rechts hörte sie Schritte auf dem Parkett, ihre Finger zitterten vor Anstrengung. Für einmal in ihrem Leben wünschte sich Lucy, tatsächlich unsichtbar zu sein. Wenn einer der Männer auch nur einen kurzen Blick aus dem Fenster würfe, wäre sie geliefert.

«Man kann es auch übertreiben mit der frischen Luft.»

Die Stimme war ganz nahe, Lucy drückte sich gegen das Holz. Sie hörte ein Knirschen neben sich und das Fenster wurde geschlossen.

Lucy stiess einen leisen Seufzer aus. Dann hangelte sie sich den Fenstern und Ranken entlang bis zum Regenrohr, wobei ihre Muskeln brannten vor Anstrengung. Sie liess sich am Rohr hinuntergleiten, was gottseidank viel schneller ging als rauf, und schnaufte erleichtert auf, als sie das Kies endlich unter den Schuhen spürte.

Unten vergewisserte sich Lucy, dass sowohl die Taschenlampe wie auch das Handy noch in ihrem Rock steckten. Dann huschte sie in den Gutshof, schnappte sich ihren Mantel in der Personalgarderobe, öffnete die Hintertüre und verschwand.

39

«Ziemlich kalt draussen», sagte Vanzetti kurz nach 21 Uhr auf der Treppe im Hotel Simmenfälle. Es befand sich ein Stück ausserhalb der Lenk, ganz hinten im Tal. Wegen irgendeines Skirennens war das Dorf praktisch ausgebucht, er hatte bloss ein Doppelzimmer reservieren können.

Zoe neben ihm starrte geradeaus. «Und ob.»

Ein Bauer hatte ihren Skoda in Weissenburg mit seinem Traktor aus dem Schnee gezogen. Die ganze Zeit über hatte Zoe munter geplaudert und Scherze gemacht. Und später, auf der Fahrt in die Lenk, hatte sie sogar ein wenig geflirtet mit Vanzetti. So hatte es sich zumindest angefühlt. Möglicherweise schätzte er die Lage auch komplett falsch ein. Das gute Gespür, das er in seinem Beruf für Menschen besass, ging ihm im Privatleben völlig ab. Seit dem Tod seiner Frau Tamara war Vanzetti jeder Beziehung aus dem Weg gegangen.

Und jetzt würde er ein kleines Zimmer teilen mit einer Frau, zu der er sich stark hingezogen fühlte.

Mit einem Schlüssel, an dem ein klobiger Anhänger baumelte, öffnete Vanzetti die Türe von Nummer 7 im 1. Stock. Hinter ihm betrat Zoe das rustikale Zimmer: zwei Betten aus naturbelassenem Holz mit einem Meter Abstand dazwischen, Stücke von Baumstämmen als Nachttische, weisse Bettwäsche, vor den kleinen Fenstern hingen rot-weiss karierte Vorhänge.

Vanzetti platzierte seinen Koffer auf einem Tischchen, hängte seinen Mantel an den Haken hinter der Türe und verstaute das Jackett im Schrank.

Zoe warf ihre Sporttasche auf den Sessel neben dem hinteren Bett und liess Mütze, Handschuhe und Windjacke auf das Duvet fallen. «Ich bin am Verhungern.»

«Hier soll es ein feines Fondue geben.»

«Uh, ja, darauf hätte ich Lust. Aber zuerst will ich duschen.» Sie zog den schwarzen Pullover über den Kopf und liess ihn auf das Bett plumpsen, darunter trug sie ein enges, schwarzes T-Shirt. Auf dem Weg ins Bad knöpfte sie ihre Jeans auf. «Das dauert nicht lange. Schlaf nicht ein.» Die Türe schloss sie nicht ab.

Vanzetti hatte alles andere im Sinn. Schlaf nicht ein, damit wir gleich essen gehen können? Oder etwas anderes? Er setzte sich aufs Bett, hörte das Duschwasser laufen und Zoe ein Lied summen. Vanzetti spürte, wie sich sein Magen verkrampfte. Mit zittrigen Fingern öffnete er die Schuhbändel seiner Winterstiefel. Er könnte zu ihr unter die Dusche steigen, sie würden sich gegenseitig einseifen…

Er stellte die Schuhe in den Schrank, klappte den Koffer auf und begann, seine Sachen einzuräumen.

Porca merda, er war so nervös wie als Teenager vor dem ersten Rendez-vous. In der neunten Klasse hatte er Lisa Manz, eine Klassenkameradin, ins Kino eingeladen: «Amy und die Wildgänse». Für den Film hatte er sich nach einer gründlichen Evaluation entschieden. Im Anschluss daran hatten sie noch einen Burger gegessen und danach – nichts mehr. Vanzetti hatte sich weder getraut, ihre Hand zu halten noch ihr einen Abschiedskuss zu geben. Drei Wochen später hatte er Lisa mit Jan knutschen sehen, diesem Grossmaul.

Das Rauschen der Dusche verstummte.

Vanzetti strich seine Haare vor dem Spiegel glatt, setzte sich ans Fussende des Bettes, fingerte an seinem Handy herum. Keine neuen Nachrichten.

Als Zoe aus dem Bad kam, trug sie nichts als ein weisses Badetuch. Es endete knapp über ihren Brüsten und unter dem Po. Sie ging an ihm vorbei zur Balkontüre, öffnete die Vorhänge und guckte durch das Fenster in die Dunkelheit. «Hörst du das Rauschen? Dort oben ist der Simmenfall. Morgen früh können wir ihn von hier aus sehen.» Sie trocknete ihre Haare mit einem zweiten Handtuch ab.

Als ob ihn ein Wasserfall jetzt interessierte. Er bewunderte ihren schlanken Rücken, die sehnigen Beine und die austrainierten Schultern, auf die ihre kohlenschwarzen Haare fielen. Von den Schultern zogen sich bunte Tattoos bis zu den Unterarmen: ein Dschungel aus Blüten, Blättern, Vögeln und Schmetterlingen. An diversen Stellen entdeckte er Narben.

Sie guckte über ihre Schulter und grinste schelmisch. «Na, zufrieden?»

Mist, die Fensterscheibe. Vanzetti wandte den Blick ab und räusperte sich. «Du bist gut… in Form.»

Sie setzte sich auf ihr Bett. «Willst du nicht auch duschen?»

«Klar.» Vanzetti stolperte ins Bad und schälte sich aus seinen Kleidern, die er auf dem WC-Deckel deponierte. Auf dem Boden lagen Zoes Jeans, das T-Shirt, ein schwarzer BH und ein kleiner schwarzer Slip.

Vanzetti drehte die Dusche auf, trat unter den heissen Strahl und seifte sich ein. Da hörte er, wie die Badzimmertüre aufging. Durch das beschlagene Glas entdeckte er Zoe.

«Sorry, ich brauche den Fön.»

Perbacco. Er wandte sich ab, um seine Erektion zu verstecken. Dann stellte er die Dusche lieber auf kalt.

Nach dem Abtrocknen verliess Vanzetti das Bad mit einem Tuch um die Hüften. Auf ihrem Bett drehte Zoe ihm den Rücken zu und trocknete sich die Haare mit dem Fön. Noch immer trug sie nur den kleinen Fetzen weissen Frottee-Stoff.

Vanzetti holte tief Luft. Und jetzt? Er setzte sich auf seine Matratze.

Zoe knipste den Fön aus, legte ihn auf den Nachttisch und liess sich rückwärts auf das Bett plumpsen. «Mensch, ich bin kaputt.»

Nur noch sehr knapp bedeckte das Badetuch ihre Brüste, er versuchte nicht zu starren. «Bedeuten deine Tattoos etwas?»

Sie hob die Beine aufs Bett und drehte sich ihm zu. «Sie stehen für Personen oder Ereignisse, die mir wichtig sind. Diese Lilie hier…» Sie legte den Zeigefinger auf das linke Schlüsselbein. «…habe ich mir letzten Sommer stechen lassen, nachdem Grosi aus dem Koma aufgewacht ist.»

«Und woher stammen die Narben?»

Sie guckte an sich herab. «Die hier hat mir der Einbrecher in deinem Haus verpasst.» Sie tippte auf die frisch genähte Stichwunde am rechten Oberschenkel. «Die anderen sind ziemlich alt. Schon als Kind bin ich ziemlich viel herumgetobt. Später habe ich mir Hobbys wie Klettern und Fallschirmspringen zugelegt. Da kommt halt einiges zusammen.»

«Vielleicht hättest du eher mit Puppen spielen sollen.»

Zoe warf ihm einen finsteren Blick zu. «Echt jetzt?»

Er lächelte und schüttelte den Kopf. «Eine Frau wie dich habe ich noch nie getroffen.»

«Ist das ein Kompliment?»

«Aber ja.»

Zoe rutschte zur Kante ihres Bettes, stand auf, kam herüber und setzte sich neben ihn. Sie legte eine Hand in seinen Nacken, zog sein Gesicht zu sich heran und küsste ihn.

«Noch ein Spailp?», fragte er.

«Nein, das nennt sich Póg.» Sie umschlang ihn mit beiden Armen. Der nächste Kuss war forscher, intensiver.

Vanzetti wollte ihr Badetuch abstreifen, doch er schaffte es nicht.

«Moment.» Zoe stand auf, trat vor ihn hin und liess den Stoff vom Körper gleiten.

Sein Herz schlug ihm bis zum Hals. Mit den Händen fuhr er über ihre schlanken Hüften, den straffen Po, die kleinen, schön geformten Brüste. Er umfasste sie mit seinen Händen und küsste die harten Warzen.

Zoe legte ihre Arme auf seine Schultern und stiess ihn rückwärts auf das Bett. Dann riss sie ihm das Badetuch von den Hüften, kletterte auf die Matratze und legte sich langsam auf ihn. «Jetzt bringe ich dir ein weiteres schönes Wort bei: Caidreamh.»

Er spürte ihre Haut, die warmen Haare. Öfters hatte Vanzetti diese Frau als unnachgiebig und hart erlebt. Doch jetzt war alles an Zoe samtweich. Er konnte kaum atmen vor Erregung. Wie in einem Fiabhras erkundete Vanzetti ihren Körper, wobei ihm

Zoe immer wieder neue Wörter beibrachte: Cíoch, Bod oder Tóin.

Noch nie hatte er eine Fremdsprache mit so grossem Eifer gelernt.

40

28. Januar

Der Kaffee lief gluckernd durch die Maschine und erfüllte die Küche mit dem angenehmen Duft, auf den sich Lucy freute, sobald sie morgens die Augen aufschlug. Sie war ein Morgenmensch, immer schon gewesen, trotz all der Jahre, in denen sie spät in der Redaktion oder bei irgendwelchen Versammlungen hatte arbeiten müssen.

Lucy schenkte sich eine Tasse ein und trat vor das Küchenfenster. Draussen pfiff der Wind durch die Brückenstrasse und wirbelte Schneeflocken durcheinander.

Etwa zwanzig Zentimeter lagen um die Lukarnen auf dem Hausdach gegenüber. Es musste die ganze Nacht geschneit haben.

Lucy wandte sich dem kleinen Tisch zu, auf dem ein Stapel Farbausdrucke der Handyfotos vom Treffen des Männer-Clubs lag. Die Kletterei hatte ihr Muskelkater in den Schultern beschert.

Winston schlabberte eifrig Wasser aus seiner Schüssel neben der Küchentür.

«Dann machen wir uns mal an die Arbeit.»

Er hob den Kopf, Wasser tropfte von seiner Schnauze auf die Fliesen.

«Wir müssen mal an deinen Tischmanieren arbeiten.» Sie setzte sich vor die Papiere.

Winston wedelte mit dem Schwanz und kam herüber.

Lucy kraulte ihn mit der freien Hand kurz hinter den Ohren und lächelte. Sie stellte ihre halb ausgetrunkene Tasse ab und griff nach den Unterlagen. Gestern Abend hatte sie die Fotos auf dem Handy ein erstes Mal durchgesehen, dabei aber nichts Bemerkenswertes entdeckt. Das mochte an der klitzekleinen Schrift gelegen haben. Doch je länger sie durch die Ausdrucke blätterte, desto mehr sank ihre Hoffnung. Es war banales Zeug: Belege für eine Schifffahrt auf der Aare, eine Automiete, mehrere Mittagessen, Telefonrechnungen, die Einladung zu einer Veranstaltung. Letztere sah Lucy sich genauer an. Es handelte sich um die Eröffnung eines «Museums des Widerstands» im Bunker «Schweizerhof» oberhalb von Gstaad. In ihm hatte sich die Ausbildungszentrale des P-26 befunden.

Im Tages-Anzeiger hatte Lucy kürzlich etwas über diese mysteriöse Veranstaltung gelesen. Nur handverlesene Gäste waren zur Eröffnung kurz vor Weihnachten eingeladen worden. Das Museum zeigte unter anderem Materialien, die der Bundesrat unter eine fünfzigjährige Schutzfrist gestellt hatte. Deswegen würde es erst 2041 öffentlich zugänglich.

Habegger als ehemaliger Nachrichtendienstler hatte offenbar zu den Organisatoren gehört. Darauf liessen Rechnungen verschiedener Gstaader Geschäfte schliessen, die das Catering besorgt hatten.

Zwischen die Papiere hatte sich der Farbausdruck einer handgeschriebenen Karte geschoben:

Lieber Herr Habegger

Ich möchte mich bei Ihnen nochmals herzlich bedanken für den schönen Anlass in Gstaad. Ich bin überzeugt davon, dass das Museum meinem Vater viel bedeutet hätte. Es ist der Beweis dafür, dass er auf der richtigen Seite stand.

Mit freundlichen Grüssen

Alessia Bernasconi

Der Name kam Lucy vage bekannt vor. Sie legte das Blatt beiseite und betrachtete die weiteren Ausdrucke: nur Abrechnungen, Briefe, zwei Tickets für einen Flug nach London, eine Bestellung für Tintenpatronen …

Im Entrée an ihrem Computertisch ertönte die Skype-Melodie für Video-Anrufe.

Mit der Tasse in der Hand ging Lucy hinüber, setzte sich und klickte an ihrem Laptop. Es dauerte zwei, drei Sekunden, bis Zoe auf dem Bildschirm auftauchte. «Hoi Grosi.»

«Zoe, wie geht es euch in den Bergen?»

Ihre Enkelin sass auf einem ungemachten Bett.

«Alles bestens, danke. Nur das Wetter spielt leider nicht mit. Eigentlich wollte ich dir das Ammertenhorn zeigen. Sorry.»

«Jetzt müsst ihr eure Bergtour halt verschieben.»

Zoe schüttelte den Kopf. «Nein, es wird nicht besser in den nächsten Tagen. Wir wollen heute noch rauf.»

«Das ist verrückt, Zoe. Und gefährlich.»

Ihr Dickkopf von Enkelin schüttelte den Kopf. «Nicht wirklich. Ich kenne die Route über die Iffigenalp gut, sie ist einfach.»

«Wieso musst du das jetzt durchstieren? Ihr könnt die Tour auch später machen.»

Zoe hob einen Zeigefinger. «In der Früh haben wir in der Lenk herumgefragt. In der Chäsi hat tatsächlich jemand Leon Scholer erkannt, er ist vor ein paar Tagen im Dorf gewesen. Das heisst, dass er vermutlich jetzt oben in der Wildhornhütte ist. Wer weiss, wie lange er dort bleibt. Deswegen wollen wir nicht warten. Mach dir keine Sorgen.»

Wie oft Lucy das schon gehört hatte. «Was sagt Alex?»

«Er ist der gleichen Meinung und will mitkommen. Wir waren vorhin bei Troxler Sport und haben eine Tourenausrüstung für ihn gemietet.» Zoe drehte den Laptop ein Stück zur Seite und liess einen dick gepackten Rucksack sehen, der auf einem zweiten, ungemachten Bett lag – neben Vanzettis Mantel. «Und Proviant haben wir auch eingekauft.»

Ein Zimmer für beide … Lucy biss sich auf die Zunge. «Kann Alex überhaupt Ski fahren?»

«Er behauptet es jedenfalls. Ich werde es bald herausfinden. Aber weshalb ich dich anrufe … Wir haben gestern einen GPS-Tracker an seinem Auto entdeckt. Jemand hat unsere Bewegungen verfolgt. Schau deinen Mietwagen genau an, vielleicht haftet dort auch irgendwo ein Kästchen. Es ist etwa so gross.» Sie hielt Daumen und Zeigfinger etwa fünf Zentimeter auseinander.

«Unglaublich! Da scheut jemand offenbar keinen Aufwand. Und geht über Leichen. Ich werde danach suchen. Noch etwas … Es sind da ein paar Unterlagen aufgetaucht über das P-26.»

«Was meinst du mit *aufgetaucht*?»

Lucy wollte Zoe nicht von ihrer Kraxelei erzählen. «Ach, die habe ich über einen Bekannten erhalten. Jemand, den du nicht kennst.»

Falten zeichneten sich auf Zoes Stirn ab. «Und was steht drin?»

«Es ist vor allem belangloses Zeug. Aber ich habe mal gelesen, dass in diesem Bunker-Museum in Gstaad auch geheimes Material lagern soll. Möglicherweise liesse sich dort etwas über Aurora finden. Vielleicht solltet ihr noch einen Abstecher machen und versuchen, ob ihr in diesen Bunker reinkommt.»

«Dieser Schweizerhof, oder?» Zoe fuhr sich mit dem Handrücken über die Stirn, sie sah müde aus. «Es wäre einen Versuch wert. Aber zuerst steigen wir hoch zum Wildhorn.»

«Ruf mich an, wenn ihr oben seid.»

«Werde ich, wenn ich kann. Aber vielleicht gibt es keinen Empfang.»

«Okay. Und ihr passt auf euch auf, ja?»

«Absolut. Bis später, Grosi …» Sie winkte in die Kamera.

«Tschüss, Zoe … Moment, da ist noch etwas.» Lucy wartete nicht ab. Sie rutschte von der Bank, holte den Ausdruck des handgeschriebenen Textes in der Küche und las den Namen vor. «Alessia Bernasconi. Hast du nicht etwas von der erzählt?»

«Das ist eine Freundin von Pia, sie haben zusammen im Übersetzungsdienst gearbeitet.»

«Ach, diese Eiskunstläuferin. Es sieht so aus, als ob Alessias Vater beim P-26 dabei war.»

Zoe machte grosse Augen.

«Bist du sicher?»

«Schau her.» Lucy hielt den Ausdruck vor die Kamera. «Dieser Habegger hat die Eröffnung des Bunkermuseums in Gstaad organisiert.»

Zoe boxte sich gegen die Stirn. «Was bin ich für eine Idiotin? Ich habe dieser Alessia alles abgekauft. Möglicherweise hat sie mir einen Haufen Mist aufgetischt. Bei der werde ich aber richtig auf den Busch klopfen, sobald ich zurück bin.»

«Ja, das solltest du. Also, bis bald, Zoe.» Sie trennte die Verbindung.

Lucy ging in die Küche, Winston stand in seiner Ecke auf und strich ihr um die Beine. Vor dem Fenster wirbelten Flocken durch die Luft. Ausgerechnet jetzt musste es schneien wie verrückt. Hoffentlich ging Zoe keine Risiken ein, in den vergangenen Tagen hatten Lawinen einige Menschen mitgerissen.

Und was Alessia betraf: Um die würde sich Lucy lieber gleich selber kümmern.

41

Zoe schloss die Schnallen der Skischuhe, sodass die satt an den Füssen lagen. Dann wuchtete sie den Rucksack auf die Schultern, stieg in die Bindungen der Ski, streifte die Handschuhe und die Skibrille über und griff nach den Stöcken. «Fertig?»

«Alles klar.» Vanzetti fummelte noch an seiner Bindung herum.

Alessia ging Zoe nicht aus dem Kopf. War sie aufrichtig gewesen auf der Eisbahn? Oder verfolgte sie eine eigene Agenda? Eine Antwort würde Zoe frühestens morgen erhalten. Oder in einer Woche, wenn Vanzetti nicht endlich in die Gänge kam.

Sie machte drei Schritte seitwärts, hob seine Skischuhe hoch und befreite deren Sohlen mit der Stockspitze vom Schnee. Heftige Windböen formten die fallenden Flocken zu kleinen Windhosen, die Sicht betrug ein paar wenige Meter. Es war eine dumme Idee, mit einem Anfänger bei derart widrigen Bedingungen auf eine Skitour zu gehen. Ein geübter Tourenfahrer bräuchte vier Stunden bis zur Wildhornhütte – bei gutem Wetter. Heute würde es viel länger dauern. Zur Sicherheit hatte sie Stirnlampen eingepackt, eventuell würden sie dort oben übernachten müssen.

Endlich rasteten Vanzettis Schuhe in den Bindungen ein. Die knallrote Gore-Tex-Jacke spannte sich etwas über seinem Bauch, der Helm und die Skibrille sassen leicht schief. Doch alles in allem passten die Sachen gar nicht mal schlecht. «Noch kannst du es dir anders überlegen.»

«Keine Chance.» Zaghaft machte Vanzetti ein paar Schritte auf dem Parkplatz des Restaurants Alpenrösli, ein Stück oberhalb der Lenk. Von hier an aufwärts wurde die Strasse im Winter nicht geräumt.

Zoe beobachtete ihn. Okay, er schien nicht zum ersten Mal auf Skis zu stehen. Doch wie ein Routinier bewegte er sich nicht gerade. Auf ihre Frage nach seinem skifahrerischen Können hatte er nur ausweichend geantwortet. *Bestzeit auf der Lauberhorn-Abfahrt würde ich nicht aufstellen. Aber ich käme bestimmt heil ins Ziel.* Wenn das bloss keine Lüge war.

«Moment noch.» Zoe klaubte das kleine gelbe Gerät aus ihrer Skihose, schaltete es ein und steckte es in Vanzettis Brusttasche.

«Was ist das?»

«Ein Barryvox. Falls du in eine Lawine gerätst, kann ich dich damit orten», rief sie über das Heulen des Windes hinweg.

Er überlegte ein paar Sekunden lang. «Und was ist, wenn du verschüttet wirst?»

«Das lernst du nicht in zwei Minuten. Aber keine

Sorge, ich kann auf mich aufpassen. Und du befolgst im Tiefschnee meine Anweisungen. Immer. Verstanden?»

«Zu Befehl, Chef.» Er salutierte und grinste.

Typisch Vanzetti, er hatte ein Problem mit Autoritäten – wie Zoe selber ja auch. Sie packte seine Jacke und zog ihn nahe zu sich heran. «Hör mir gut zu, das ist kein Spass. Wir haben Neuschnee und Wind, es wird grosse Verfrachtungen geben. Dort oben gibt es Stellen, wo uns Lawinen mitreissen können. Ich will nicht, dass du stirbst.»

Er nickte mit ernster Miene. «Okay, ich habe verstanden.»

«Ich hoffe es.» Sie liess die Jacke los und setzte sich langsam in Bewegung. Zwischen verschneiten Hügeln bahnten sie sich den Weg durch den Schnee, in einem Wald links von ihnen rauschte der Iffigbach zu Tal. Zoe schüttelte den Kopf. «Letzte Nacht hat alles verändert.»

Vanzetti holte auf und marschierte neben ihr. «Wieso sagst du das?»

Mist, sie hätte nicht laut denken sollen. Zoe überlegte eine Weile, sie wählte ihre Worte mit Bedacht. «Wir haben einiges durchgemacht zusammen. Ab und zu war es ziemlich gefährlich. Das war okay, jeder von uns kann gut auf sich selber aufpassen. Aber jetzt … wird alles viel komplizierter.»

«Es klingt, als ob du es bedauerst.» Er starrte in den Schnee.

Möglicherweise tat sie das. In den vergangenen Stunden hatte sie mehrfach innerlich geflucht darüber. Einen Polizisten, ausgerechnet, hatte sie anmachen müssen! Sie hätte kalt duschen und besser mal das Hirn einschalten sollen. Andererseits … es war auch sehr schön gewesen. Vanzetti war ein geduldiger, zärtlicher Liebhaber, der auch mal lachen konnte beim Sex. Doch genau das war ein Teil des Problems. Sie mochte ihn. «Ich habe nicht gesagt, dass ich es bedaure.»

«Aber …?»

Darüber würde sie erst gründlich nachdenken müssen. «Ich weiss es selber nicht genau.»

Vanzetti schnaubte. «Genau die Worte, die ein Mann nach der ersten Liebesnacht hören möchte.»

Sie bemerkte seine angespannte Miene. «Ich weiss einfach nicht, wohin das führen soll. Es ist schwierig.»

«Für dich vielleicht.» Er schüttelte den Kopf. «Für mich nicht.»

«Was schlägst du denn vor?»

Er blieb stehen und richtete sich auf. «Willst du mich heiraten?»

Zoe bremste ab, beinahe hätte sie laut gelacht. «Spinnst du?»

«War bloss so ein Gedanke.» Er schien beleidigt und marschierte weiter.

Noch nie in ihrem Leben hatte sie ernsthaft ans Heiraten gedacht. Und damit würde sie jetzt bestimmt nicht anfangen. «Ich finde, wir sollten es langsam angehen lassen», rief sie seinem Rücken zu.

«Wenn du das sagst.» Vanzetti entfernte sich immer weiter.

Zoe setzte sich wieder in Gang und holte ihn rasch ein. «Zuerst müssen wir diesen Job erledigen. Wenn wir tot sind, gibt es nichts mehr zu besprechen.»

Er schwieg.

Zoe hielt ihn am Arm fest und zwang ihn dazu, stehen zu bleiben. Sie wartete, bis er ihr in die Augen blickte. «Jetzt ist ein zu schlechter Moment für so eine Diskussion. Wir müssen uns auf unsere Aufgabe konzentrieren. Sonst sterben wir dort oben.» Mit dem Skistock deutete sie den Hang hoch.

Er blickte hinauf, stiess hörbar Luft aus. «Okay, wahrscheinlich hast du recht. Erledigen wir erst mal das hier. Dann sehen wir weiter.»

«Einverstanden.» Zoe nickte erleichtert. Sie ging wieder los, Vanzetti folgte dicht hinter ihr in der Spur, die sie legte – genau so, wie sie es besprochen hatten. Die Felle der Skis hafteten gut auf dem frischen Schnee und Zoe bemühte sich um ein langsames, gleichmässiges Tempo.

Jetzt stieg die Strasse steiler an, in Serpentinen führte sie hoch zur Iffigenalp. Irgendwo zu ihrer Linken hörte Zoe den Iffigfall. Zu sehen war der allerdings nicht. Der Wind toste und wirbelte den Schnee um sie herum. Und das, obwohl sie zurzeit noch ein Wald schützte. Oberhalb der Baumgrenze würde es schlimmer werden.

Nach einer guten Stunde blieb Zoe stehen, stützte sich auf ihre Stöcke und wischte sich Eiskrusten von der Skibrille. Der Schweiss rann ihr über den Körper. «Wie geht es dir?»

Vanzetti schloss auf, er keuchte und sah erschöpft aus. «Und so etwas machst du zum Spass?»

Zoe blickte zurück, ein paar Meter hinter ihnen waren ihre Spuren bereits unter den Schneewehen begraben. Sie drehte ihm ihren Rücken mit dem Rucksack zu. «Nimm die Thermosflasche und trink etwas.»

Er fischte sie aus der Halterung, drehte den Verschluss auf und nahm einen grossen Schluck. Dann reichte er ihr die Flasche.

Begierig trank Zoe den warmen, süssen Pfefferminztee. «Wir wiederholen die Tour im März bei schönem Wetter. Du wirst sehen, wie toll das ist.»

«In deinen Träumen vielleicht. Weshalb sollte jemand einen Berg hochkraxeln, wo es doch Seilbahnen gibt?» Er nahm einen weiteren Schluck.

«Ist es noch weit?»

Nicht mal ein Drittel hatten sie geschafft. «Wir kommen gut vorwärts. Bald sind wir auf der Iffigenalp, dort wird es flacher. Du schlägst dich ausgezeichnet.»

«Aber jetzt wird mir kalt.» Er verstaute die Flasche wieder in Zoes Rucksack.

«Okay, weiter gehts.» Zoe legte wieder eine Spur, Vanzetti folgte hinter ihr. Sie fand tatsächlich, dass er die Sache ordentlich machte. Zwar kamen sie sehr langsam vorwärts, doch er strengte sich an und jammerte nicht.

Sie erreichten die Schlucht, aus welcher der Iffigfall in die Tiefe stürzte. Der Einschnitt bündelte den Wind, der brutal von vorne kam und Zoes Wangen gefrieren liess.

Nach ein paar weiteren Serpentinen verliessen sie die Schlucht und den Wald, das Gelände wurde flach: die Iffigenalp. Der Wind heulte, eine Strasse war nicht mehr auszumachen. Bestimmt lag der Schnee hier mehr als einen Meter hoch. Zoes Ski sanken bei jedem Schritt ein, sie musste sich richtig vorwärts kämpfen.

Nach ein paar hundert Metern entdeckte Zoe durch das Schneegestöber ein Kabel über ihnen, rechter Hand konnte sie die Talstation einer Seilbahn ausmachen. Die gehörte der Armee und führte zur Radarstation auf dem Weisshorn. Bald hatten sie die erste Etappe geschafft. Zoe starrte auf die weisse Wand, vor ihnen tauchten die Umrisse eines Gebäudes auf: das Berghaus Iffigenalp. Sie steuerte auf die windgeschützte Seite zu, steckte die Stöcke in den Schnee und nahm den Rucksack vom Rücken.

Vanzetti liess sich auf eine schneebedeckte Bank fallen und stöhnte. «Ich hätte nicht gedacht, dass wir die Wildhornhütte so schnell erreichen. Zum Glück, ich könnte keinen Schritt weiter gehen.»

Shit. Sie hatte befürchtet, dass er schlappmachen könnte. Nicht mal die Hälfte hatten sie geschafft! Das Berghaus Iffigenalp war im Winter geschlossen, hier konnte sie ihn nicht zurücklassen. Ob er den Weg ins Tal alleine fände? Nein, erschöpft wie er war, würde er womöglich über den Wasserfall abstürzen. «Leider ist das nicht die Wildhornhütte. Zu der schaffen wir es heute nicht mehr, das Wetter ist zu schlecht. Wir drehen hier um.»

Vanzetti schien nicht geschockt, er lächelte sogar. «Wieso, bist du erschöpft? Ich weiss, wo wir sind, ich verarsche dich bloss. Von mir aus können wir gleich weitergehen. Oder brauchst du eine Pause?»

Zoe griff sich eine Handvoll Schnee von der Fensterbank und warf ihn Vanzetti an den Kopf. «Du Idiot!»

42

Links … rechts … links … rechts …
Vanzetti schob einen Fuss vor den anderen und kramte in seinem Gedächtnis nach vergleichbaren Erinnerungen. Nein, das war nicht der schlimmste Tag in seinem Leben. Aber er kam ihm ziemlich nahe.

Links … rechts … links … rechts …

Er wusste nicht, wie viel Zeit seit dem Verpflegungshalt auf der Iffigenalp vergangen war. Es kam ihm wie eine Ewigkeit vor. Das Gelände war zunächst sanft angestiegen, doch dann, nach einem Ort names Groppi, hatte sich eine Wand vor ihnen aufgetürmt. Mühsam hatten sie sich den steilen Hang im Zickzack hochgekämpft und dabei ein Dach passiert – mehr hatte nicht von der Scheune aus den Schneemassen geragt. Vanzettis Herz hatte gepumpt wie blöd, seine Beine und Schultern hatten in Flammen gestanden. Diese verdammten Zigaretten! Bei jedem Atemzug hatte er den Teer in seinen Lungen spüren können.

Zoe vor ihm hatte die Mördersteigung ohne sichtbare Anstrengung gemeistert. Obwohl sie eine Spur durch den tiefen Schnee zog und auch noch einen schweren Rucksack trug. Und zu alledem hatte sie regelmässig auf ihn gewartet und ihm Tee oder Energieriegel angeboten. Ohne sie hätte er schon längst schlapp gemacht und würde auch nie wieder aus dieser Hölle herausfinden.

Links ... rechts ... links ... rechts ...

Vanzetti konzentrierte sich auf den Rhythmus und verbannte die Schmerzen in einen Winkel seines Hirns. Die Füsse und Hände bewegten sich im Takt, er stellte sich eine Wendeltreppe in einem Kirchturm vor. Mit jedem Schritt kam er der Glocke näher. Schweiss lief über sein Gesicht, über den Nacken, den Rücken. Schon vor einer Weile hatten sie die Baumgrenze überschritten, das Gelände stieg jetzt etwas weniger an. Um sie herum ragten mächtige Steinbrocken aus dem Schnee, links türmte sich eine Felswand auf. Die Flocken fielen nicht mehr dicht, und der Wind hatte nachgelassen.

Zwanzig Meter vor ihm war Zoe stehen geblieben, sie schien auf etwas hinunterzustarren. Er hatte beinahe zu ihr aufgeschlossen, als sie plötzlich in den Abgrund sprang. Entsetzt sah Vanzetti, wie sie in dichtem Schneegestöber verschwand. Er hetzte zur Kante und starrte ihr nach. Etwa fünfzig Meter entfernt tauchte Zoe aus einer weissen Wolke auf und fuhr in eleganten Schwüngen einen Hang hinunter und auf eine grosse glatte Fläche zu. Dort liess Zoe die Ski ausgleiten, drehte sich zu ihm um und winkte.

Diese Frau machte ihn fertig! Und er war selbst schuld. Aufsteigen war eine Sache, abfahren aber eine ganz andere. Natürlich hatte er gelogen. Nie und nimmer würde er die Lauberhornabfahrt lebend überstehen. Bloss einmal, in der Sekundarschule, war Vanzetti in ein Skilager gefahren und hatte eine Woche in der Anfängergruppe durchlitten. Es war ein Entscheid der Vernunft gewesen, dass er sich später keiner Skipiste mehr genähert hatte. Die gleiche Vernunft riet ihm nun, die Bretter abzuschnallen und hinunterzulaufen.

Vor Zoes Augen? Nein, das dann doch nicht.

Mit den Stöcken stiess er sich leicht ab, sofort nahmen die Ski Fahrt auf. Im Pflug stemmte sich Vanzetti gegen die Geschwindigkeit, doch seine Beine flatterten wie Gummi. Die Kanten schrammten über eine Eisplatte, der rechte Ski griff und beinahe wäre er vornübergeflogen.

Ach, zum Teufel.

Er gab das Stemmen auf, stellte die Ski parallel zueinander und liess sie einfach laufen, wobei er das Gleichgewicht mit den Armen rudernd zu halten suchte. Nein, das würde nicht funktionieren. Vanzetti gab sich seinem Schicksal hin und wartete auf den unvermeidlichen Sturz, den Aufprall, den Schnee in Mund und Nase.

Doch wie durch ein Wunder erreichte er die Fläche unbeschadet.

Zoe grinste, als er neben sie glitt. «Das Lauberhorn also, soso.»

Vanzetti liess sich in den Schnee fallen, der sich sofort an seinen Körper schmiegte. Er riss sich die beschlagene Skibrille vom Gesicht und trocknete den Schweiss in der kalten Luft. Seine Kiefermuskeln waren fast schon eingefroren, sodass er kaum sprechen konnte. «Was ist das hier?»

«Der Iffigsee.»

«Wir sind auf Wasser?» Er fühlte sich gleich unbehaglich.

«Keine Sorge, dazwischen liegt eine dicke Schicht Eis.» Zoe drehte den Kopf in alle Richtungen. «Wunderschön hier.»

Der Nebel über ihnen hatte ein wenig aufgerissen, ein Stück rötlich schimmernder Himmel war zu sehen. Die Zivilisation schien unendlich weit weg. Er hatte es noch gar nicht bemerkt. Dort oben auf dem Abhang hatte er nur die Schussfahrt vor sich gesehen. Berge umgaben die weisse Ebene, die mehrere Fussballfelder gross war. Trotzdem fühlte er sich unwohl auf dem See. Vanzetti rappelte sich auf. «Wie weit noch?»

«Ohne den Nebel könnten wir die Hütte dort oben sehen.» Mit dem Stock wies sie quer über die schneebedeckte Fläche.

«Also könnte man auch uns sehen.»

«Meinst du, Scholer erwartet uns?»

«Keine Ahnung. Aber falls er sich tatsächlich dort oben versteckt, ist er bestimmt wachsam.»

Sie schüttelte den Kopf. «Uns bleibt keine Wahl. Wir müssen in der Wildhornhütte übernachten.»

Er säuberte die Skibrille und setzte sie wieder auf. «Und du bist sicher, dass sie offen ist?»

«Das ist bei allen SAC-Hütten so. Auch wenn sie unbewartet ist, wird eine einfache Küche und ein Schlafraum zugänglich sein. Strom oder Lebensmittel gibt es allerdings nicht. Aber keine Sorge, ich habe alles dabei.» Mit dem Ellenbogen stiess sie gegen den Rucksack und setzte sich wieder in Bewegung.

Vanzetti folgte ihrer Spur. Sie überquerten den See, danach stieg das Gelände erneut an. Der Nebel riss ganz auf, und Vanzetti konnte rechts und links über ihnen steile Abhänge und Felsen ausmachen. Und in der Senke dazwischen entdeckte er die Silhouette einer Hütte, nein, eher eines stattlichen Hauses, das über ihnen thronte.

Zwanzig Minuten später erreichten sie eine weitere Ebene, an deren Ende die letzte Steigung zur Hütte begann. «Ist das wieder ein See?»

«Nein, das hier nennt sich Sandboden. Der ist von den Bergen heruntergewaschen worden.»

«Warte mal. Hast du einen Feldstecher?»

«In der linken Aussentasche.»

Vanzetti musste seine Handschuhe ausziehen und am eingefrorenen Reissverschluss herumfummeln. Doch schliesslich konnte er das Fernglas aus dem

Rucksack holen. Er nahm die Hütte ins Visier. «Kein Licht oder Rauch. Aber das will nichts heissen. Falls jemand dort oben auf der Lauer liegt, geben wir ein wunderbares Ziel ab.»

Zoe nahm ihm den Feldstecher aus der Hand. «Der Schnee hat die Vorderseite zugeweht. Ich kann mich nicht erinnern, ob auf der anderen Seite ein zweiter Eingang ist. Vielleicht werden wir schaufeln müssen.» Dann überprüfte sie die Hänge links und rechts. «Es ist zu gefährlich hier. Lawinen. Wir müssen weiter.»

Mit einem unguten Gefühl guckte Vanzetti die Hänge hoch. Mit gutem Grund hatte er die Berge immer gemieden. «Nichts wie weg.»

Sie setzten sich in Bewegung und überquerten die Ebene, bis sie an den Fuss der letzten Steigung gelangten.

Das Haus befand sich noch wenige hundert Meter entfernt. Der Anstieg bot wenig Schutz, Vanzetti fühlte sich extrem exponiert.

In dem Moment schlug drei Meter neben ihnen eine Kugel ein, Schneekristalle spritzten zu ihren Köpfen auf und ein lauter Knall hallte über die Berge.

«In Deckung!», schrie Vanzetti.

43

Über die hohen Hecken entlang der Quartierstrasse in Kehrsatz ragten nur die Dächer von Einfamilienhäusern hinweg. Lucy hatte Glück. In der Einfahrt von Nummer 7, einem einstöckigen Häuschen mit hellbraunem Anstrich und dunkelbraunen Ziegeln, schaufelte eine Frau gerade Schnee. Sie trug einen roten Mantel, blaue Jeans und schwarze Stiefel. «Entschuldigung, sind Sie Frau Bernasconi?»

Sie wirbelte herum, wobei ihr der Schnee von der Schaufel flog. «Ja?»

«Ich heisse Lucy Eicher und bin eine Freundin von Lorenz Habegger. Er hat mir Ihre Adresse gegeben.»

Sie hatte ein schmales, hageres Gesicht und einen breiten Mund, zwischen der Hornbrille und der schwarzen Mütze hingen ihr braune Fransen in die Stirn. «Okay…?»

Lucy trat auf sie zu und streckte die Hand aus, erst nach einigem Zögern griff Bernasconi danach. «Ich schreibe an einem Buch über das P-26. Neben ehemaligen Mitgliedern will ich auch deren Angehörige zu Wort kommen lassen. Lorenz meinte, Sie könnten mir vielleicht helfen.» Etwas Besseres war Lucy auf dem Weg in die Berner Vorortgemeinde leider nicht eingefallen.

Bernasconi runzelte die Stirn. «Und da kommen Sie einfach hierher?»

«Lorenz hatte bloss Ihre Adresse, keine Telefonnummer.»

«Aber … Er hat mich doch angerufen.»

Kein Dummchen. «Er hat sein Handy verlegt.»

«Typisch …» Bernasconi wandte sich ab und stiess die Schaufel wieder in den zwanzig Zentimeter tiefen Schnee. «Das ändert nichts daran, dass ich nicht gerne mit Journalisten rede.»

«Es geht hier nicht um einen Artikel. Ich recherchiere für ein Buch, in dem alle Seiten ausführlich zu Wort kommen sollen.»

«Wenn ich das schon höre.» Bernasconi schnaubte und attackierte den Schnee. «Die Schmierfinken haben meinen Vater fertiggemacht. Als Verschwörungsfanatiker haben sie ihn abgetan, als Spinner verunglimpft.»

«Ich möchte Ihnen mein Beileid aussprechen.» Bei ihren Nachforschungen war Lucy auf einen Nachruf im «Berner Landboten» gestossen. Der vierundsiebzigjährige Mario Bernasconi, ehemaliger Filialleiter der Raiffeisenbank Thunersee und Kommandant des Panzerbataillons 13, war vor drei Monaten gestorben.

Sie drehte sich zu Lucy um, ein Schluchzer entwich ihren Lippen.

«Er hat doch bloss etwas für sein Land tun wollen.»

Lucy legte ihr eine Hand auf den Oberarm. «Das sehe ich auch so.»

Bernasconis Lippen zitterten, Tränen liefen ihr über die Wangen. Mit einer plötzlichen Bewegung warf sie die Schaufel weg, sie schlitterte über die Einfahrt. «Ich halte das nicht länger aus.» Dann schlug sie die blauen Wollhandschuhe vors Gesicht. «Und ich bin schuld an seinem Tod.»

Lucys Gewissen regte sich, sie durfte die Frau nicht bedrängen. «Wieso sagen Sie das?» Sie legte Bernasconi einen Arm um die Schulter.

Die liess es sich gefallen.

«Kommen Sie, ich bringe Sie ins Haus.» Lucy führte Bernasconi die Einfahrt hoch zur Haustür, die nicht abgeschlossen war.

Drinnen im hellgrünen Flur mit grauem Spannteppich half sie der jungen Frau aus Mantel und Schuhen.

Rechter Hand befand sich eine Küche mit hellbraunen Fliesen und einem altmodischen Elektroherd. Auf dem abgewetzten Holztisch lagen ein paar Klatschmagazine und Strickzeug, am Fenster hingen gehäkelte Vorhänge, auf einem Regal standen Delfine aus Porzellan. Das einzige moderne Gerät war eine Nespresso-Maschine.

Lucy führte sie zum Tisch. «Möchten Sie einen Kaffee?»

Bernasconi nickte schwach und setzte sich. «Im Schrank neben der Spüle.»

Lucy holte eine Kapsel aus dem Spender im Schrank, steckte sie in die Maschine und drückte Start. Lärm erfüllte die Küche. Ein gerahmtes Bild über der Arbeitsfläche zeigte eine junge Eiskunstläuferin in einem glitzernden Dress, die eine Pirouette drehte. «Sind Sie das auf dem Foto?» Darauf schien sie ganz bei sich zu sein.

Bernasconi starrte ins Leere. «Hat Ihnen Herr Habegger auch erzählt, dass sich mein Vater umgebracht hat?»

Lucy stellte den Kaffee vor die junge Frau hin. «Nein, das wusste ich nicht.» Sie liess sich auf den zweiten Stuhl am Küchentisch nieder.

«Ich habe ihn gefunden.» Mit zitterndem Zeigefinger wies sie in den Flur. «Da im Bad, wo er sich die Pulsadern aufgeschnitten hat. Alles war voller Blut. Er sass in der Badewanne. Auf seiner Brust lag ein Foto von Mami. Ganz verwellt vom Wasser.»

«Das muss schrecklich für Sie gewesen sein.»

Bernasconi nahm die Brille ab und rieb sich die Augen. «Es ist die gerechte Strafe.»

Die Frau war fix und fertig. «Wieso sagen Sie das?»

«Weil ich verantwortlich bin für Mamis Tod.»

Lucy berührte ihren Unterarm. «Wieso glauben Sie das?»

Langsam hob Bernasconi den Kopf, Tränen füllten ihre geröteten Augen. «Mami hatte Demenz, ständig musste sie überwacht werden. Im letzten Frühling machten wir einen Ausflug auf den Gurten, sie und ich. Sie ist früher immer so gerne dort oben gewesen. Als ich die Tickets für die Standseilbahn gekauft habe, gab es eine Schlange vor dem Schalter. Da habe ich sie aus den Augen verloren, bloss zwei Minuten. Wirklich.» Die Brille in ihrer Hand drohte zu zerbrechen. «Sie ist vor der Bahnstation in ein Auto gelaufen.»

So etwas wünschte man nicht dem schlimmsten Feind. «Es war ein schrecklicher Unfall.»

«Papi ist nie darüber hinweggekommen.» Ihre Tränen tropften auf ein Magazin, das eine strahlende Michelle Hunziker zeigte. «Dabei hatte ich im Herbst den Eindruck, dass er sich aufgerappelt hatte. Er beschäftigte sich wieder, verliess das Haus regelmässig, traf sich mit Kollegen. Ich habe das als gutes Zeichen gesehen.»

«Natürlich, wenn er wieder unter Leute ging. Auch die waren bestimmt erfreut, nicht?»

«Keine Ahnung, die kenne ich nicht wirklich. Auch Herrn Habegger nicht.» Sie starrte auf ihre Hände und strich die Tischdecke glatt. «Mein Vater war ein sehr zurückhaltender Mann. Zu Hause hat er selten etwas erzählt über die Bank oder das Militär. Einmal, Ende Oktober war das, habe ich ihn am Telefon reden hören. Er sprach von einer Riesensauerei, von etwas, das man unterbinden müsse. Als er mich draussen im Flur entdeckte, hat er die Tür zu seinem Büro geschlossen.»

«Frau Bernasconi…» Lucy senkte die Stimme. «Haben Sie schon einmal daran gedacht, dass sich Ihr Vater nicht selber umgebracht haben könnte?»

Die Verwirrung stand ihr ins Gesicht geschrieben. «Der Arzt bescheinigte, dass es Selbstmord war.»

«Wann war das letzte Mal, dass Sie Kontakt mit ihm hatten?»

«Am Tag, bevor er…»

«Wie war er da gestimmt?»

«Papi bat mich um Hilfe.»

«Wobei?»

«Ich sollte für ihn etwas in den Datenbanken der Bundeskanzlei überprüfen.»

«Was?» Lucy durfte nicht zu sehr bohren.

«Solche Suchanfragen werden registriert. Ich habe gar nicht richtig zugehört, denn ich wollte meinen Job nicht verlieren.»

«Woran können Sie sich noch erinnern?»

«Ich weiss nicht. Es ging um Geheimdienste, etwas Illegales… Es ergab alles überhaupt keinen Sinn.» Bernasconi nestelte an ihrem Armband. «Ich riet ihm, sich ein Hobby zu suchen oder auf Reisen zu gehen.» Bernasconi schluckte. «Es tut mir alles so leid.»

«Das verstehe ich gut.» Lucy liess ein paar Sekunden verstreichen. «Kannte Ihr Vater eigentlich Pia Foletti?»

Ihr Kinn schnellte in die Höhe. «Was?»

«Ihre Kollegin. Könnte sich Ihr Vater an sie gewandt haben?»

«Woher wissen Sie, mit wem ich arbeite?» Bernasconi setzte die Brille wieder auf und starrte Lucy ins Gesicht.

Abwehrend hob Lucy die Hände. «Es tut mir leid …»

Bernasconi richtete einen zitternden Finger auf Lucys Brust. «Sie kommen in mein Haus und erzählen mir etwas von Lorenz Habegger. Und plötzlich fragen Sie nach Pia. Sie haben alles recherchiert, ja? Bestimmt sind Sie eine Schnüfflerin von einem dieser Schmierblätter. Dabei weiss ich nicht einmal, wer Sie wirklich sind. Ich will, dass Sie jetzt verschwinden.»

«Bitte, Frau Bernasconi. Ich weiss, dass es wehtut. Aber ich kann Ihnen helfen, wenn Sie … »

«Raus!»

Lucy erhob sich vom Küchentisch und wusste: Sie hatte es vergeigt.

44

Vanzetti und Zoe liessen sich hinter eine Schneewechte fallen, eine Kugel zischte über ihre Köpfe hinweg.

Zoe schlüpfte aus den Schlaufen der Stöcke, streifte den Rucksack über die Schultern und schnallte die Ski ab. «Zum Glück ist Scholer ein mieser Schütze. Sonst hätte er uns schon längst erledigt.»

Vanzetti zog die Handschuhe aus und fingerte an der Bindung herum. Eine Kugel tauchte zwei Meter entfernt in den Schnee ein. Scholer befand sich vermutlich auf dem Vorplatz des Hauses, vielleicht vierhundert Meter entfernt. Für einen Könner wären sie tatsächlich ein leichtes Ziel gewesen. Endlich bekam Vanzetti seine Füsse frei.

Zoe riss den Rucksack auf, kramte darin herum und zog ihre SIG P220 heraus. «Damit treffe ich nichts auf diese Distanz. Aber vielleicht kann ich ihn verschrecken.» Sie legte den Sicherungshebel um, zielte in Richtung der Hütte und drückte zwei Mal ab.

Vanzetti schüttelte den Kopf, verärgert über sich selber, dass er keine Waffe eingesteckt hatte. «Wir brauchen eine bessere Deckung.» Er wies auf einen Felsbrocken, der fünf Meter entfernt aus dem Schnee ragte. «Dort.»

«Okay. Ich gebe zwei Schüsse ab, danach robben wir los.»

Vanzetti nickte, streifte die Handschuhe über und packte einen Riemen des Rucksacks. «Bereit.»

Zoe zielte und drückte zweimal ab. «Jetzt.»

Sie krochen los, ihre Körper sanken tief in den weichen Schnee ein. Über ihnen krachte ein Schuss, doch die Kugel landete im Nirgendwo. Sie schafften es über die freie Fläche und warfen sich keuchend hinter den Felsbrocken.

«Geschafft.» Vanzetti presste seinen Rücken gegen den Stein, wischte sich den Schnee aus dem Gesicht und sah zu Zoe hinüber. «Was schlägst du vor?»

«Die Nacht können wir nicht hier verbringen. Früher oder später müssen wir da rauf.» Zoe deutete in Richtung Hütte. «Mal sehen, ob ich den Kerl ausmachen kann.» Sie schob die Pistole in die Jackentasche, fischte den Feldstecker aus dem Rucksack, legte sich auf den Bauch und spähte um die Ecke des Felsens. «Zu sehen ist niemand, aber… Ich glaube, der haut ab. Schau mal, links von der Hütte.»

Vanzetti nahm den Feldstecher. Tatsächlich, eine Person huschte über den weissen Hintergrund. Er hielt auf einen steilen Abhang auf der linken Seite zu. «Wo will der hin?» «Keine Ahnung. Aber das ist unsere Chance.» Zoe warf den Rucksack über ihre Schulter und preschte durch den Schnee los.

Vanzetti rappelte sich auf und folgte ihr, so schnell es ihm im weichen Schnee möglich war. Seine Beine sanken bis zu den Knien ein, nach fünfzig Metern war er komplett ausser Atem. Ob er nicht doch die Skis holen sollte? Doch Zoe hatte bereits einen tüchtigen Vorsprung herausgeholt. Ein Stück weiter oben blieb sie stehen und suchte den Hang mit dem Feldstecher ab.

«Scheisse», schrie Zoe plötzlich.

Er folgte ihrem Blick und entdeckte die kleine Gestalt auf der linken Flanke weit über ihnen, sie hielt eine Fackel in der Hand. «Was tut der?»

Zoe stapfte mit riesigen Schritten den Hang hinunter und an ihm vorbei. «Lauf!»

Vanzetti kapierte nicht. Er beobachtete, wie ihr Angreifer eine Bewegung machte, wie die Fackel durch die Luft flog und im Abhang über ihnen landete.

Kurz darauf folgte ein dumpfer Knall, der Boden zitterte. Und hörte nicht auf, wurde stärker. Die ganze Bergseite setzte sich in Bewegung. Eine Lawine!

Er musste weg, so schnell wie möglich. Vanzetti lief los, doch er schien am Boden zu kleben wie im Morast, mit jedem Schritt sank er tiefer ein.

Zoe ein Stück unter ihm flog über den Schnee, sie hatte beinahe einen schützenden Felsbrocken erreicht.

Über seine Schulter sah er eine mächtige weisse Wolke den Berghang hinab auf sich zurasen, sie überrollte und packte ihn. Eine gewaltige Kraft riss Vanzetti von den Beinen. Er ruderte wie verrückt mit den Armen und strampelte mit den Füssen, doch er hatte keine Chance gegen die Schneemassen. Die Lawine warf ihn wie ein Spielzeug hin und her, auf und ab, riss ihm Mütze und Brille vom Kopf, drang in Mund und Nase ein. Es fühlte sich an, als ob Boxer unablässig auf Vanzetti einprügelten. Wütend, dumpf, kalt.

Plötzlich verebbte das Tosen. Um Vanzetti herum herrschte Dunkelheit und Stille. Er wollte eine Hand bewegen, einen Fuss. Doch sein Körper ruhte wie einbetoniert im Schnee. Ein stechender Schmerz in seinem linken Fussgelenk deutete darauf hin, dass er noch am Leben war. Immerhin. Aber wie lange noch?

Panik überkam Vanzetti, weil er kaum atmen konnte. Er presste einen Rest Luft aus seinen Lungen, musste husten und bekam endlich Mund und Nase schneefrei. Aus dem Hohlraum vor dem Gesicht konnte er ein wenig Sauerstoff saugen. Das würde für ein paar Minuten reichen. Doch dann würde er sterben in diesem kalten Grab.

Zoe!

Hoffentlich hatte sie es geschafft hinter den Felsen. Ja, ganz bestimmt hatte sie das! Der Gedanke tröstete ihn. Schön, dass er seine letzte Nacht mit ihr hatte verbringen dürfen.

Er atmete stossweise, bekam nicht genug Luft, sah Schneekristalle vor seinen Augen schweben. Langsam tauchte Vanzetti ab in die Dunkelheit.

Den Schlag in seiner Hüfte nahm er fast nicht wahr.

«Vanzetti!» Die Stimme war bekannt, aber weit, weit weg.

Irgendetwas rammte seinen Hintern.

«Vanzetti!»

Frische Luft verdrängte die Schwärze in seinem Kopf. Begierig füllte er seine Lungen, ein stechender Schmerz fuhr durch seine Rippen. Machte ihn wach.

«Komm schon, Alex. Mach jetzt nicht schlapp.»

Eine Hand wischte ihm Schnee vom Gesicht, Vanzetti konnte die Augen öffnen. Er blinzelte und sah direkt in Zoes Gesicht, auf ihrer Stirn leuchtete eine Lampe. Der Himmel über ihr war fast dunkel.

Sie legte eine warme Hand auf seine Wange. «Gleich habe ich dich rausgegraben.»

Zoe stand auf und stiess eine Schaufel in den Schnee, wieder und wieder. Langsam barg sie Vanzetti aus seinem Grab. «Wie geht es dir? Bist du verletzt?», fragte sie.

«Ich glaube…» Seine Stimme war nur ein Krächzen, er räusperte sich. «… ich bin okay.» Er versuchte seine Arme zu bewegen, seine Beine, seine Füsse. Das Atmen fiel ihm schwer, und sein linker Knöchel fühlte sich an, als ob Nägel darin steckten. Alle anderen Teile schienen mehr oder weniger intakt.

Zoe griff ihm unter die Achseln, zog Vanzetti aus dem Loch und legte ihn auf den Schnee. Dann kniete sie über ihm und tastete seinen Kopf ab. Dabei beobachtete sie aufmerksam seine Miene. «Sag, wenn es dir weh tut.»

Er nickte. «Wie hast du mich gefunden?»

«Mit dem Barryvox.»

Sie klopfte auf seine Brusttasche, er spürte das eckige Kästchen darin.

«Danach musste ich dich nur noch ausgraben.» Zoe untersuchte die Rippen.

«Autsch.» Scharf sog Vanzetti Luft ein. Er hob den Kopf und suchte den Hang ab, in der Dunkelheit war wenig zu erkennen. «Ist Scholer noch dort oben?»

«Nach der Explosion ist er abgehauen. Ich habe gesehen, wie er mit Ski hochgestiegen ist. Vermutlich will er über das Schnidejoch ins Wallis abfahren.»

«In der Nacht?»

Sie prüfte seine Hüften, es folgten die Beine. «Ist etwas riskant, aber mit einer guten Stirnlampe durchaus machbar.»

«Hat er eine Sprengladung geworfen?»

«Ja. Mit diesen Dingern löst man künstliche Lawinen aus.»

«Ich habe einfach zu spät kapiert, was da vor sich ging. Beinahe ...»

«Ja, beinahe ...» Zoe mied seinen Blick und setzte ihre Untersuchung fort. Als sie beim linken Knöchel ankam, zuckte er zusammen. Schliesslich setzte sie sich neben ihn in den Schnee. «Der Knöchel scheint gebrochen, ein paar Rippen wahrscheinlich auch. Sonst kann ich nichts finden. Dein Schutzengel muss echt der Hammer sein.»

«Ja», sagte Vanzetti. «Genau wie du.»

45

«Zum Glück sind es bloss ein paar Schrammen», sagte Zoe kurz vor Mitternacht in der Notfallabteilung des Inselspitals. Die Neonröhren warfen ein grelles Licht auf die weissen Laken, die Hightech-Monitore am Kopfende des Bettes waren ausgeschaltet.

«Schrammen?» Vanzetti sass angezogen auf dem Bett und streifte mühsam die Socken über. «Ich würde gebrochene Knochen nicht gerade als Schrammen bezeichnen.»

«Gar nichts ist gebrochen. Das sagt jedenfalls der Arzt. Die Rippe ist nur angeknackst, der Knöchel verstaucht. Nichts Ernsthaftes also. Schon bald bist du wieder topfit.» Zoe stand vor einem Stuhl, auf den sie ihren Rucksack gestellt hatte, und stopfte Handschuhe und Skibrillen hinein.

Er verzog die Miene. «Arzt? Bestimmt rasiert sich das Bubi noch nicht mal. Meine Rippen tun bei jedem Atemzug sauweh. Trotzdem schickt der mich schon wieder nach Hause. Wahrscheinlich bräuchte ich eine offene Herz-OP, damit ich eine Nacht hier bleiben könnte.»

Zoe grinste. Es tat gut, Vanzetti jammern zu hören. Beinahe durchgedreht war sie dort oben auf dem Berg, als er unter Tonnen von Schnee begraben lag.

Wie eine Wahnsinnige hatte sie gebuddelt und dabei ein Mantra aufgesagt: «Er darf nicht sterben. Er darf nicht sterben. Er darf mir nicht sterben.»

Erstaunlicherweise hatte ihr Handy Empfang gehabt bei der Wildhornhütte. Zoe hatte die Rettungsflugwacht alarmiert, eine Stunde später war ein Helikopter auf dem Sandboden gelandet, eine weitere Stunde später hatte der sie auf dem Dach der Insel abgesetzt. Innerhalb kürzester Zeit aus der Wildnis in ein Hightech-Spital – es wirkte surreal.

Dann, beim Warten im Notfall, hatte Zoe zum ersten Mal seit einer gefühlten Ewigkeit etwas Zeit für sich selber gehabt. Sie hatte die Fahrt ins Simmental nochmals durchlebt, die Nacht mit Vanzetti, den Aufstieg zur Hütte und die Lawine. Sie hatte das Donnern wieder hören können und die Erleichterung empfunden, als Vanzetti lebend aus dem Schnee aufgetaucht war. Jetzt, um zehn vor zwölf, fühlte sie sich ausgelaugt wie selten in ihrem Leben. Sobald Grosi einträfe und sie Vanzetti nach Hause gebracht hätten, würde Zoe zwölf Stunden durchschlafen. Morgen würde sie sich mit der Zeitung befassen müssen, Möchtegern-Chefredaktor Walker hatte ein Dutzend Nachrichten auf ihrem Handy hinterlassen. Doch Zoe hatte zu wenig Handfestes für ihren Artikel beisammen. Was für ein Mist, dass ihnen Scholer dort oben entwischt war.

Laut klopfte es zweimal an die Türe, bevor Grosi das Zimmer betrat. «Alles in Ordnung mit euch?»

«Mir geht es gut.» Zoe nahm Grosi in den Arm.

«Wirklich? Und Alex?» Sie sprach, als läge Vanzetti im Koma.

«Der hat nur ein paar Kratzer abbekommen.»

Vanzetti schnallte den Gürtel seiner Skihose zu. «Ich finde nicht, dass man eine gebrochene Rippe als …»

Zoe wedelte mit einer Hand. «Ach, was. Er hat eine Rippe und einen Knöchel verstaucht. Kinkerlitzchen.»

Grosi musterte ihn streng. «Stimmt das, Alex?»

Er zuckte mit den Schultern. «Es tut weh, aber es geht schon.»

Grosi stöhnte. «Mein Gott! Zum zweiten Mal innerhalb von ein paar Tagen rase ich mitten in der Nacht wie eine Verrückte in die Insel mit dem Gedanken, dass einer von euch um sein Leben ringt. Als du mir vorhin am Telefon etwas von einer Lawine erzählt hast, habe ich mir Alex im Vollgips vorgestellt.» Mit beiden Händen raufte sie sich die weissen Haare. «Kinder, hört bitte auf mit diesem Unsinn. Das halten meine Nerven nicht aus.»

Zoe legte ihr einen Arm um die Schulter. «Sorry, Grosi. Als ich dich angerufen habe, war Vanzetti noch beim Arzt.»

«Was ist denn überhaupt passiert?»

Geräuschvoll stiess Zoe den Atem aus. «Vanzetti ist gelaufen wie ein Opa, das ist passiert. Na ja, in dem Alter ist das wohl nicht seine Schuld.»

«Also, bitte, mit siebenunddreissig bin ich ja wohl nicht …»

Zoe verdrehte die Augen. «Jedenfalls hat jemand die Lawine mit einer Sprengladung ausgelöst.»

«Was? Wer?»

«Vermutlich Leon Scholer. Er hielt sich oben in der Wildhornhütte versteckt.»

«Weshalb wollte der euch umbringen?»

«Gute Frage.» Vanzetti steckte den linken Fuss in den Skischuh und heulte auf. Der bandagierte Knöchel war zu dick.

«Warte.» Zoe kramte in ihrem Rucksack und fischte ein paar dicke Wollsocken heraus. «Zieh einfach die drüber. Auftreten kannst du sowieso nicht mit dem Fuss.»

«Danke.» Vorsichtig zog er eine Socke an. «Vermutlich hatte es Scholer nicht auf uns abgesehen. Er weiss ja nichts von uns. Es sein denn, jemand hat ihn gewarnt. Handys funktionieren dort oben ja, wie wir jetzt wissen. Trotzdem hätte er uns nicht gleich umbringen müssen. Also hat Scholer wohl mit anderen Verfolgern gerechnet. Mit Leuten, die kein Pardon kennen. Weil er irgendetwas verbockt hat und geflüchtet ist. Vielleicht hat er auch etwas im Zusammenhang mit dem P-26 entdeckt. Oder mit deren Nachfolgeorganisation Aurora, falls es die wirklich gibt. Etwas, wofür Menschen töten.»

Zoe schnürte den Rucksack zu. «Wir wissen, dass Scholer für Falke Security gearbeitet hat, die der Dover Defense Group gehören soll. Die Firma beschäftigt Söldner, Leute, die von Berufs wegen töten. Wenn so jemand hinter mir her wäre, würde ich auch in die Berge flüchten. Irgendwie scheint Bundesratskandidat Adrian Ott in die Sache verwickelt zu sein. Er hat sich stark dafür eingesetzt, dass die DDG in der Schweiz bleiben darf. Mehr haben wir aber nicht.»

«Das stimmt nicht ganz, Zoe», erwiderte Grosi. «Da ist mal Lydia Dubach oder Lady Chatterley. Wir wissen, dass sie Scholer kannte. Und sie hat dafür gesorgt, dass Bundesrat Graf zurücktreten musste. Das hat Ott überhaupt ermöglicht, für den Sitz im Bundesrat zu kandidieren. Was, wenn Falke oder die Dover Defense Group Ott auf diese Weise in den Bundesrat hieven will? Frau Dubach können wir leider nicht mehr befragen. Überhaupt sind viele Leute gestorben oder verschwunden, die sich mit Falke befasst haben. Soweit wir wissen, begann alles mit diesem Attentat in Nidau. Wie hiessen die noch gleich…?»

Vanzetti schlüpfte in die Faserpelzjacke. «Das Opfer hiess Sascha Mironow, ein russischer Investor.

Der Täter war sehr wahrscheinlich Günther Baumann aus Deutschland.»

«Okay, drei Tote.» Grosi hob drei Finger. «Baumann, der gute Kontakte zu Falke hatte, starb bei einem Autounfall. Der Polizist, der den Fall untersuchte, kam bei einem Skiunfall ums Leben. Das macht vier.» Sie hob den vierten Finger. «Die WoZ-Journalistin Kathrin Wyss, die in der Sache recherchiert hat, ist spurlos verschwunden. Genau das Gleiche gilt für Charlotte Wagner, die ehemalige Angestellte von Falke, die Ott an den Pranger gestellt hat. Ihr Auto wurde im Brienzersee gefunden, leer.» Der fünfte und der sechste Finger folgten. «Und dass ihr beide noch am Leben seid, muss man als Wunder bezeichnen.»

Zoe verschränkte die Arme vor der Brust. «Du hast Pia Foletti vergessen.»

«Nein, Pia würde ich nie vergessen.» Grosi legte einen Arm um Zoes Schultern. «Ich frage mich aber, ob sie überhaupt etwas mit der ganzen Sache zu tun hat.»

«Natürlich hat sie das, sie war doch Otts Freundin.»

Grosi sah ihr ins Gesicht. «Wer sagt das?»

«Alessia Bernasconi, Pias Freundin.»

Grosi hob einen Finger. «Pias sehr verstörte Freundin. Ich war am Nachmittag bei ihr.» Grosi berichtete von ihrem Besuch bei Alessia und dem abrupten Ende des Gesprächs, nachdem sie Pia erwähnt hatte.

Zoe hatte sich auch einige Gedanken über Alessia gemacht. «Ich frage mich, ob sie tatsächlich eine Freundin von Pia war. Andererseits weiss sie einiges über Pia, persönliche Dinge … Dass Pia gekündigt hatte … Dass sie Umzugskartons aus dem Büro abtransportierte.»

«Das kann Alessia aus anderer Quelle erfahren haben. Was sie angeht, müssen wir alles hinterfragen. Wie dieses Tagebuch, das du dank Alessias Tipp bei Mamma Foletti gefunden hast. Bist du sicher, dass es Pia gehörte?»

Zoe wusste nicht mehr, wo ihr der Kopf stand. «Die Schrift sah jedenfalls aus wie die von Pia. Aber die könnte gefälscht sein.»

Vanzetti griff nach den Gehstöcken, die ans Bett gelehnt waren, und machte ein paar ungelenke Schritte damit. «Worauf wollt ihr eigentlich hinaus? Bezweifelt ihr, dass sich Pia und Ott kannten? Du hast doch seine Stimme auf Pias Anrufbeantworter erkannt, Zoe. Meinst du, dass die Nachricht und das Tagebuch gefälscht waren?»

Zoe gähnte. «Ich weiss es nicht, ich kann nicht klar denken.»

Grosi griff nach dem Rucksack. «Ich halte es für möglich. Aber ich habe den Eindruck, dass man eine riesige Theaterkulisse um uns herum aufgebaut hat. Und wir spielen irgendeine Rolle in dem Stück. Nur wissen wir leider nicht, worum es geht. Und wer Regie führt.»

Zoe stopfte die Hände in die Jackentasche und lehnte sich mit dem Rücken gegen die Wand. Wenn Grosi recht hatte, würde sie alles in Frage stellen müssen. Auch die Person, die das alles angestossen hatte: Niklaus Marthaler aus der Bundesanwaltschaft! «Ich glaube, ich brauche ein paar Stunden Schlaf.»

«Und morgen hecken wir einen Schlachtplan aus», betonte Vanzetti, der sich mit den Gehstöcken kaum auf den Beinen halten konnte.

Zoe winkte ab. «Nein, du ruhst dich aus und lagerst für eine Weile die Beine hoch.»

Vanzetti öffnet den Mund zum Protest, doch Grosi liess ihn nicht zu Wort kommen. «Fahren wir erst mal nach Hause und schlafen uns aus. Dann sehen wir weiter.» Sie wandte sich zum Gehen, richtete dann aber den Zeigfinger auf Vanzetti: «Und du, Alex, pass mit diesen Stöcken auf. Ich will nicht, dass du dich ernsthaft verletzt.»

Er humpelte in den Flur und stöhnte. «Mein Gott, muss ich mir denn ein Bein abschneiden lassen, bevor hier jemand beeindruckt ist?»

Zoe und Grosi grinsten hinter seinem Rücken.

46

29. Januar

Einfach die Beine hochlagern. Einfach mal für eine Weile nichts tun. Ausgerechnet Zoe hatte Vanzetti den Rat gegeben. Ausgerechnet sie, die keine Minute stillsitzen konnte. Sie müsste es doch besser wissen.

Halb sass, halb lag er am Sonntagmorgen auf dem Sofa in seinem Wohnzimmer, mit den Fingerkuppen trommelte Vanzetti einen Takt auf das Kissen. War es tatsächlich erst zwei Tage her seit ihrer gemeinsamen Nacht? Es fühlte sich wie Wochen an.

Zoe hatte sich in der Redaktion verkrochen, in den Journalistinnenmodus geschaltet und liess ihn nicht an sich herankommen. Und sie befragte Leute, begab sich dabei möglicherweise in Gefahr. Es machte ihn ganz kribbelig. Er konnte doch nicht einfach hier sitzen und zugucken, wie sich Staub auf seine Büchersammlung legte.

Wie gerne würde er jetzt rauchen. Vanzetti fischte einen Nikotinkaugummi aus der Tasche seiner Trainerhosen, riss die Verpackung auf und steckte ihn in den Mund.

Leon Scholer war der Dreh- und Angelpunkt. Falls er sich wirklich oben auf der Wildhornhütte versteckt hatte, befand er sich wieder auf der Flucht. Hatte er irgendwo ein zweites Versteck? Vielleicht sollte Vanzetti nochmals dessen Wohnung unter die Lupe nehmen und nach einem Hinweis suchen. Nein, schon beim ersten Mal hatte er dort ja keinerlei Papiere gefunden. Eigenartig, diese Sauberkeit. Ein Chaot, der vor seinem Verschwinden saubermachte, das hatte Vanzetti in seinen siebzehn Jahren bei der Polizei noch nie erlebt. Selbstmörder taten das manchmal, nichts in den Papierkörben, nichts im Aktenschrank zu hinterlassen, sich völlig auszuradieren.

Vanzetti hörte, wie der Verträger die Sonntagszeitung in seinen Briefkasten warf. Scholer hatte ein Abonnement der NZZ am Sonntag gehabt, drei Ausgaben hatten in seinem Briefkasten gelegen. Sonst nichts. Wieso hatte er nicht schon früher darüber nachgedacht?

Er kaute schneller, das Zeug schmeckte wie Pappkarton.

Scholer musste doch Rechnungen bekommen haben, Bettelbriefe, Kataloge. Er schien nicht der Typ, der sich die Post von einem Nachbarn aufbewahren liess. Also hatte er die Zustellung vorübergehend gestoppt. Oder aber er besass ein Postfach.

Behutsam setzte sich Vanzetti auf und zog den Laptop auf dem Couchtisch zu sich heran. Er tippte *Poststellen Bern* bei Google ein, eine Karte mit roten Punkten erschien auf dem Bildschirm. Rund um die

Lorraine, wo Scholer wohnte, gab es mehrere in Gehdistanz. Auf dem Dienstweg könnte Vanzetti bei der Postdirektion Auskunft über Scholer verlangen. Doch es würde Tage dauern, bis er eine Antwort bekäme. Vielleicht ging es auch schneller.

Vanzetti rief die Webseite der NZZ am Sonntag auf und sah, dass der Kundendienst am Sonntagmorgen besetzt war.

Er tippte die Nummer in sein Handy. Nach mehrfachem Rufton landete er in einer Warteschleife mit Musik von Coldplay. Schliesslich meldete sich eine Frauenstimme. «NZZ Leserservice. Guten Morgen, mein Name ist Tanja Gruber.»

«Guten Morgen. Ich habe die Rechnung für mein Abonnement verlegt. Könnten Sie mir eine neue schicken?»

«Aber sicher. Wie lauten denn der Name und die Adresse.»

«Leon Scholer an der Lorrainestrasse in Bern.» Im Hintergrund hörte er eine Tastatur klappern.

«Kein Grund zur Sorge, Herr Scholer. Ihr Abonnement läuft noch bis Ende Mai. Sie werden rechtzeitig eine neue Rechnung bekommen.»

«Ach, so. Mein Gedächtnis ist auch nicht mehr, was es mal war. Habe ich Ihnen gemeldet, dass die Rechnung an eine andere Adresse gehen soll?»

Wieder klapperte die Tastatur. «Der Verträger

bringt die Zeitungen an die Lorrainestrasse, die Rechnungen gehen an ein Postfach in 3000 Bern 22. Ist das korrekt?», fragte Frau Gruber freundlich.

«Das stimmt. Dann ist ja alles in Ordnung, vielen Dank.» Vanzetti trennte die Verbindung und tippte 3000 Bern 22 auf dem Laptop ein. Die Poststelle lag an der Scheibenstrasse im Breitenrain, die Postfächer waren von 5 bis 18 Uhr zugänglich. Sein Polizeiausweis würde ihm dort kaum weiterhelfen, er käme wohl nicht um den Dienstweg herum. Es sei denn, Leons Eltern besässen einen Zweitschlüssel für das Postfach.

Vanzetti suchte die Nummer der Scholers heraus, als es an der Haustüre klingelte. Er rappelte sich auf und wankte an den Gehstöcken durch das Wohnzimmer und den Flur. Die Klingel schrillte ein weiteres Mal, bevor er die Tür erreichte.

Draussen stand ein Mann im schwarzen Anzug, der eine drahtige Figur erkennen liess. Der Bürstenschnitt deutete auf Militär hin. Er wies mit dem Daumen über seine Schulter auf einen schwarzen Mercedes in der Einfahrt. «Der Chef will Sie sprechen.»

Vom Rücksitz der Limousine nickte ihm Justizminister Jules Marchand zu. Wieso kam der persönlich nach Münsingen? Vanzetti kannte die Antwort: Leon Scholer. «Okay.» Er nahm sich einen Mantel vom Haken an der Wand, streifte ihn über, kramte in der

Tasche nach einem Stück Papier und fand eine Kaufquittung. In die spuckte er den Kaugummi.

«Wir haben noch Termine», trieb ihn der Fahrer an.

Vanzetti humpelte mit den Stöcken und einem Bein über die rutschige Einfahrt, wobei ihn der Chauffeur am Arm stützte. Schliesslich erreichten sie das Auto, der Fahrer öffnete die Fondtür.

«Monsieur Vanzetti. Je suis heureux de vous voir en bonne forme.» Marchand, korpulent und einen Kopf kleiner als Vanzetti, rutschte ein Stück zur Seite auf dem schwarzen Ledersitz. «Asseyez-vous.»

«Danke.» Vanzetti liess sich auf den Sitz nieder, legte die Stöcke draussen in den Schnee und zog die Tür zu.

Marchand legte ein paar Papiere verkehrt herum auf einen Klapptisch in der Rücklehne des Sitzes vor ihm. Darauf stand ein Kristallglas, das mit einer goldbraunen Flüssigkeit gefüllt war. «Ich habe gehört, dass Sie einen Unfall hatten.» Der Bundesrat trug einen dreiteiligen dunkelblauen Anzug. «Comment allez-vous?»

«Danke, gut.»

Marchand deutete auf den bandagierten Fuss. «Die Lawine?»

Natürlich war er informiert. «Es ist nicht so schlimm.» Vanzetti winkte ab. «Ich hatte Glück.»

Der Bundesrat schob seinen Unterkiefer vor wie ein Barsch. «Ich spreche im Namen des ganzen Justizdepartementes, wenn ich sage, dass wir sehr froh darüber sind. Jeder bei uns weiss, wie viel Sie für uns leisten.»

Grundlos schleimte sich dieser Choleriker nicht so ein. «Merci.»

Mit einer Hand fuhr Marchand über die wenigen grauen Haare auf seinem runden Schädel. «Welches kranke Hirn tut denn so etwas? Wir brauchen Massnahmen, um Polizisten bei ihrer Arbeit besser zu schützen. Haben Sie einen Verdacht, wer da auf sie geschossen hat?»

Ja, aber das würde Vanzetti diesem Strippenzieher nicht auf die Nase binden. «Bisher nicht.»

«Ich höre, Sie waren mit einer Frau in der Lenk. Une journaliste. Elle va bien, elle aussi?»

«Sie ist unverletzt.»

«Bien, bien. Une jolie femme, cette Zwygart. Vous deux…?» Er lächelte und tippte seine beiden Zeigfinger aneinander.

Das ging ihn nun wirklich nichts an. Vanzetti lächelte und schwieg. In der Einfahrt rauchte der Chauffeur eine Zigarette.

Marchand räusperte sich, griff nach dem Kristallglas und nahm einen Schluck. «Sie wissen ja, dass ich… Nun ja… die Bundeskriminalpolizei um einen kleinen Gefallen gebeten hatte. Die Suche nach Leon, meinem Göttibub …»

Endlich kamen sie zur Sache.

Marchands Blick schien ihn durchbohren zu wollen. «Ist Leon verwickelt in den Vorfall auf dem Berg?»

Der Herr Bundesrat hatte wohl Angst, dass etwas auf ihn zurückfallen könnte. «Es ist möglich, aber ich kann es nicht mit Bestimmtheit sagen. Einiges deutet darauf hin, dass sich Leon mit üblen Leuten eingelassen hat.»

Marchand machte auf verblüfft. «Le petit conard. Nichts als Probleme hatte die Familie mit diesem Kerl. Wo ist Leon jetzt?»

Vanzetti drehte eine Hand nach oben. «Offenbar hält er sich irgendwo versteckt. Sie haben nicht zufälligerweise eine Idee?»

«Ich? Aber nein, woher denn?» Mit Daumen und Zeigfinger rieb Marchand seinen Nasenrücken. «Wir standen uns nie nahe.»

«Woher kennen Sie denn die Familie Scholer?» Vanzetti beobachtete Marchands Körpersprache genau.

Er klopfte auf seinen Bauch. «Man mag es mir nicht ansehen, aber früher war ich ein recht guter Kletterer. Mit Isabelle und Clemens Scholer habe ich einige Viertausender bestiegen.»

Die Reaktion schien aufrichtig. Aber stimmte das auch? «Und wie gut kennen Sie Leon?»

Marchand zog die Augen zu Schlitzen zusammen. «Ich bin nicht hergekommen, um Ihre Fragen zu beantworten. Haben Sie irgendeinen Anhaltspunkt darauf, ob Leon etwas angestellt hat?»

«Bis jetzt nicht. Aber er scheint auf der Flucht zu sein.»

Marchand leerte sein Glas in einem Zug. «Wir haben in der Generaldirektion über Sie geredet, Vanzetti. Wir denken, Sie haben grosses Potenzial. BKP-Chefin Oppliger geht in wenigen Jahren in Pension. Ich kann Ihnen nichts versprechen, aber Ihre Chancen stehen gut …»

Dem Esel hielt man eine Karotte vor die Nase. Vanzetti lächelte und nickte stumm. Als ob er Interesse an so einem öden Bürojob hätte.

Marchand zupfte an den Hemdsärmeln, goldene Manschettenknöpfe mit einem Löwenkopf kamen zum Vorschein. «Ich möchte, dass Sie die Suche nach Leon einstellen.»

Das hatte Vanzetti nicht erwartet. «Herr Bundesrat, er ist auf der Flucht, möglicherweise schwebt er in Lebensgefahr …»

Marchand fuhr mit der Hand durch die Luft. «Non, ça suffit. Vielleicht hat sich Leon mit den falschen Leuten eingelassen, aber das allein ist ja kein Verbrechen. Ab sofort gehen Sie wieder nur Ihren Aufgaben in der BKP nach. Avez-vous compris?»

«Wenn Sie das wünschen.»

Marchand nahm noch einen Schluck. «Très bien, Vanzetti, wir sind uns einig.»

«Was ist mit Leons Eltern?»

«Mit denen rede ich.» Marchand gab ihm einen Klaps auf den Unterarm. «Bien alors ...» Er reckte den Kopf nach seinem Fahrer, der immer noch draussen rauchte.

Vanzetti öffnete die Seitentüre, nahm die Stöcke von der Einfahrt und hievte sich am Türrahmen hoch.

«Und eine Sache noch ...», sagte Marchand aus dem Auto.

Vanzetti beugte sich hinab. «Ja?»

«Sie und ich, Vanzetti, wir vertreten die Regierung. Cette journaliste, diese Zwygart, nicht. Ich hoffe, das wissen Sie. Die Frau könnte unser Departement in Verruf bringen.»

«Absolut, Herr Bundesrat.» Vanzetti schloss die Autotür und humpelte die Einfahrt hoch. Er hatte einen schalen Geschmack im Mund. Weshalb Marchand die Nachforschungen stoppen wollte, wusste Vanzetti nicht. Noch nicht. Mit dem Wissen darüber könnte Zoe den Herrn Bundesrat bestimmt in Schwierigkeiten bringen. Besonders, weil Vanzetti ihr dabei helfen würde.

47

Wir müssen alles hinterfragen.

Mit Grosis Worten im Hinterkopf arbeitete sich Zoe seit bald vier Stunden durch die Archive. Zunächst hatte sie die elektronischen Dateien der Berner Nachrichten durchsucht und verschiedene Stichwörter alleine oder in Kombinationen eingetippt: *Ott, Falke Security, Marthaler, Dover Defense Group, Foletti, P-26, Aurora, Scholer*... Ein paar Artikel hatte sie zur späteren Lektüre ausgedruckt. Danach hatte Zoe die gleichen Suchparameter in die Online-Medien-Datenbank «Swissdox» eingegeben und die grössten Schweizer Medien abgecheckt. Schliesslich wühlte sie sich an der Effingerstrasse durch das Papierarchiv im Untergeschoss, in dem Kopien von Artikeln aus der Zeit vor 1995 lagerten. Zoe suchte nach einer Spur, einem neuen, bisher übersehenen Zusammenhang.

«Zoe! In mein Büro! Jetzt!» Die Stimme von Andy Walker dröhnte durch den Archivraum.

Sie sah gerade noch seinen Rücken verschwinden. Zoe stöhnte laut. Seit der Früh ging sie dem Idioten aus dem Weg. Chefredaktor Nyffeler, so hatte sie von Helen Liniger erfahren, hatte unbezahlten Urlaub genommen, damit er mehr Zeit mit seiner Frau verbringen konnte. Walker war tatsächlich zum Redaktionsleiter ad interim ernannt worden und hatte sogleich Nyffelers Büro in Beschlag genommen. Zoe hätte kotzen können.

Sie stieg die Treppe hoch, durchquerte den Newsroom und legte die Kopien aus dem Archiv auf den Lesestapel auf ihrem Tisch.

Durch die Glaswand von Nyffelers Büro sah sie die Rücken von zwei Männern, in fast identischen grauen Jacketts, die vor dem Schreibtisch Platz genommen hatten. Dahinter thronte Walker in seinem dunkelblauen Anzug, die Hände hinter dem Nacken verschränkt, ein Grinsen im Gesicht.

Als Zoe das Büro betrat, stockte ihr der Atem: Bei den Besuchern handelte es sich um Armee-Egloff und den gut aussehenden Kummer von der Bundeskriminalpolizei.

Walker zeigte mit dem Kugelschreiber auf den leeren dritten Stuhl. «Offenbar kennst du die Herren von der Polizei schon. Sie möchten mit dir reden.»

Egloff und Kummer drehten ihr die Köpfe zu.

Walker fuhr sich mit der Linken durch das silberblonde Haar. «Tisch der Polizei jetzt keine Geschichten auf.» Er schien das wirklich zu geniessen.

Egloff richtete seinen grossen Zinken wieder auf Walker. «Was wir mit Frau Zwygart zu besprechen haben, ist vertraulich.»

Walker winkte ab. «Kein Problem. Geheimnisse kann ich für mich behalten.»

Egloff lachte lautlos, schüttelte langsam den Kopf. «Ich möchte, dass niemand mithört.»

«Dieser Raum ist schalldicht.»

Egloff hob die Augenbrauen und starrte ihn an.

«Ach, so.» Endlich kapierte Walker. Seine Miene verdüsterte sich merklich. Er zog ein paar Schubladen auf, wühlte durch die Unterlagen auf dem Tisch, griff schliesslich nach einem Heftordner, erhob sich betont langsam und verliess das Büro. «Ich lasse Sie dann mal alleine.» Hinter sich schlug er die Glastür zu.

Zoe hätte applaudiert, wenn sie sich nicht so unwohl gefühlt hätte. «Habe ich falsch parkiert?»

Die Männer ignorierten ihren Spruch. Sonnyboy Kummer zog Kugelschreiber und Notizblock aus seinem Jackett und blätterte zu einer leeren Seite vor. Egloff betrachtete sie mit müden Augen. «Wir sind hier wegen Beat Wagner. Wir wissen, dass sie ihn getroffen haben. Und machen uns Sorgen deswegen.»

Klar wusste er vom Treffen mit dem Ehemann der verschwundenen DDG-Angestellten. Er hatte sie ja dabei beobachtet. «Wen meinen Sie mit wir?»

Wie die Stacheln eines Igels standen Egloffs grauschwarze Haare ab. «Der Nachrichtendienst und die Bundeskriminalpolizei.»

«Wie kommen Sie darauf, dass ich Herrn Wagner kenne?»

Zu den müden Augen gesellte sich ein müdes Lächeln.

«Sie wurden am Freitagmittag am Bahnhof zusammen gesehen», erklärte Egloff.

Zoe schwieg.

Er schob sich zur Kante des Stuhls vor. «Dies ist ein freundschaftlicher Besuch, Frau Zwygart. Wir möchten verhindern, dass falsche Anschuldigungen in der Presse erscheinen. Das wäre bestimmt nicht im Interesse der Berner Nachrichten.»

«Jetzt bin ich aber gespannt.» Womöglich wollten die verhindern, dass sie etwas über Bundesratskandidat Ott schrieb.

Egloff nickte Kummer zu, er hatte schöne gerade Zähne. «Wie Sie wissen, wurde Frau Wagners Auto im Thunersee gefunden. Von ihr fehlt jede Spur. Was Sie vielleicht nicht wissen, ist, dass die Frau grosse psychische Probleme hatte. Frau Wagner hat bei der Dover Defense Group in einem sensitiven Bereich gearbeitet, wie uns Kollegen vom Nachrichtendienst mitgeteilt haben. Offenbar hat Frau Wagner vertrauliche Dokumente entwendet. Die Unterlagen könnten einen befreundeten Staat in Schwierigkeiten bringen.»

«Was sollen das für Unterlagen sein?»

Kummer drehte seine Handflächen nach oben. «Diese Information liegt uns leider nicht vor. Aber Charlotte Wagner neigte offenbar zum Fantasieren und zu Depressionen. Dafür war sie in Behandlung. Leider nahm sie ihre Medikamente nicht regelmässig.»

«Sagt wer?», fragte Zoe.

«Unsere Kollegen vom Nachrichtendienst.»

Ein Haufen Bullshit. «Und so jemand lässt man also bei Dover mit hochbrisanten Dokumenten arbeiten?»

Die beiden Superbullen blinzelten nicht einmal.

«Was soll das heissen, dass sie ihre Medikamente nicht regelmässig nahm? Dass sich die depressive Charlotte Wagner umgebracht hat?», fragte Zoe.

«Das ist eine mögliche Hypothese. Es gibt aber auch andere …»

«Die da wären?»

«Die Ehe war am Ende», erklärte Kummer, «Frau Wagner wollte die Scheidung. Möglicherweise kam ihr Ehemann nicht damit zurecht. Aus amtlichen Unterlagen geht hervor, dass er zu Gewalttätigkeiten neigt. Aktenkundig ist eine Schlägerei an einem Fussballmatch.»

Zoe traute ihren Ohren nicht. «Beat Wagner soll seine Frau umgebracht und das Auto im Thunersee versenkt haben?»

«Das ist eine Möglichkeit, ja. Sie wissen, wie alltäglich Beziehungsdelikte sind.»

Noch mehr Schwachsinn. «Und was wollen Sie von mir?»

«Wir möchten nur sicherstellen, dass Sie alle Fakten haben, bevor sie etwas veröffentlichen. Das ist alles», lächelte Kummer.

Zoe nickte betont langsam. «Das haben Sie ja jetzt erledigt.»

Egloff strich sich mit der Hand über das stoppelige Kinn, was ein kratzendes Geräusch erzeugte. «Weshalb interessieren Sie sich für die Wagners?»

«Das ist meine Sache.»

Forschend blickte er ihr in die Augen.

«Hatte Ihr Ausflug in die Lenk etwas mit ihr zu tun?»

«Aber nein, ich war auf einer Skitour. Aber das wissen Sie ja bestimmt schon. Und auch mit wem, nicht wahr?»

Egloffs Kinnpartie wurde hart. «Sie kommen sich bestimmt sehr schlau vor. Aber ich warne Sie. So etwas kann schnell nach hinten losgehen…» Seine Stimme hatte einen bedrohlichen Unterton. «Sie sollten keine Falschmeldungen über Frau Wagner oder die Dover Defense Group in die Welt setzen. Das könnte unangenehme Folgen haben. Hier geht es um die nationale Sicherheit.»

«Ach so, unser bedrohtes Heimatland. Das werde ich im Hinterkopf haben, wenn ich meinen Artikel schreibe.»

Egloffs Kaumuskeln zuckten. Er drehte sich zu Kummer um. «Wir gehen.»

Kummer steckte seinen Block weg und zuckte mit den Schultern. Sorry, formte er mit seinen Lippen. Er hinkte leicht.

«Verletzt?», fragte Zoe.

«Ich Idiot wollte angeben mit dem Bike. Das hat man davon.» Er grinste schief. «Auf Wiedersehen.»

Zoe lächelte. Doch, diesen hübschen Jungen würde sie gerne wiedersehen. Der hatte mehr drauf als Biken. «Tschüss.»

Die beiden Männer waren noch nicht richtig draussen, als Walker hereinstürmte. «Was wollten die?»

«Das war bloss ein Freundschaftsbesuch.»

«Blödsinn.»

Zoe stand auf und schüttelte den Kopf. «Sie haben mir verboten, darüber zu reden. Nationale Sicherheit.» Zoe setzte einen Welpenblick auf. «Ihre Worte.»

Das brachte Walker kurz aus dem Tritt. Er kratzte sich am Scheitel, richtete den Krawattenknoten und schritt hinter das Pult. Doch er fing sich, streckte den rechten Arm aus, hielt Daumen und Zeigfinger einen Zentimeter voneinander entfernt. «Ich bin so nahe dran, dich zu feuern.»

«Weshalb?»

«Insubordination, Missachtung von Redaktionsstatuts, kriminelle Aktivitäten.» Beinahe hätte Zoe laut gelacht. «Ich tue bloss meinen Job.»

Er stemmte die Hände in die Hüften. «Und deswegen tauchen zwei Polizisten hier auf und unterziehen dich einem Verhör? Du bringst die Zeitung in Verruf.»

Zoe lehnte sich über die Tischplatte vor. «Ein guter Chef würde sich in so einer Situation vor seine Mitarbeiter stellen.»

Laut hörbar stiess er einen Schwall Luft aus. «Von dir lass ich mir nicht sagen, was ein Chef zu tun hat.» Walker hielt ihr seinen Zeigfinger vor die Nase. «Dein Verhalten kann ich nicht tolerieren. Ich ziehe dich ab von der Bundesratswahl. In Zukunft kümmerst du dich weder um Ott noch um Graf oder sonst jemanden, der etwas damit zu tun hat.»

«Was? Das ist nicht dein Ernst.»

«Absolut.» Er griff nach einem Blatt Papier auf dem Pult. «Hier. Du übernimmst das.»

Zoe überflog den Text der Medienmitteilung:

Die Sonderausstellung im Schweizer Schützenmuseum gewährt einen Einblick in die erstaunliche Schatzkammer des Museums. Zu sehen sind filigrane Silberpokale, wertvolles Porzellan, Uhren von namhaften Uhrmachern sowie schön gearbeitete Waffen.

Walker tippte mit dem Finger auf das Blatt. «Die haben heute geöffnet, nimm einen Fotografen mit.»

«Du machst Witze. Das ist ein Anfängerjob.»

Er wedelte mit einer Hand und setzte sich. «Geh jetzt, ich muss arbeiten.»

Was für ein unverschämtes Mobbing. Zoe spürte grösste Lust, alles hinzuschmeissen. Hier und jetzt. Doch dadurch verlöre sie den Zugang zu Informationen. Und niemand würde ihre Story lesen.

Sie biss sich auf die Zunge und verliess Walkers Büro. Zunächst würde sie Ott und Konsorten das Handwerk legen. Danach könnte sie immer noch kündigen.

Auf ihrem Pult stapelten sich die Kopien aus dem Archiv. Zoe war überzeugt, dass es darin einen Anhaltspunkt zu finden gab. Sie liess die Medienmitteilung in den Papierkorb unter dem Pult segeln und packte die Papiere in ihren Rucksack. Unter den Augen von Amöbenhirn Walker konnte sie nicht in Ruhe arbeiten. Da war ihr das Sofa zu Hause allemal lieber.

48

Mit Winston an der Leine klopfte Lucy um die Mittagszeit zwei Mal an und öffnete die Türe einen Spalt. «Alex? Ich habe den Hund dabei», rief sie. «Ist das ein Problem?»

«Überhaupt nicht», tönte es aus dem Innern von Vanzettis Haus in Münsingen. «Komm rein.»

Lucy zog Mantel und Winterstiefel an der Garderobe aus und schritt auf Socken an Ikea-Regalen vorbei durch die Eingangshalle. Winston trottete neben ihr her. Eine Treppe rechts führte in den oberen Stock, wo Zimmertüren von einer Galerie wegführten. Dort oben musste Zoe vor vier Tagen mit dem Angreifer gekämpft haben.

Lucy betrat das Wohn- und Esszimmer mit offener Küche. Der Hund hob seine Schnauze und schnupperte. «Schön hast du es hier.» Die Einrichtung bestand aus einer Mischung aus Alt und Neu: Hinter einem holzverkleideten Tresen rechts konnte sie einen Keramikherd, eine Spüle und einen verchromten Kühlschrank ausmachen, vor dem Tresen stand ein runder Esstisch. Geradeaus führte eine gläserne Schiebetür in den Garten, in dem schneebedeckte Bäume und Büsche eine weisse Fläche umgaben. Die Wand auf der linken Seite füllte ein antikes Bücherregal, auf dem Parkett davor standen zwei moderne Ledersessel und ein zerschlissenes Stoffsofa. Darauf lag Vanzetti. Den einbandagierten linken Fuss hatte er auf den quadratischen Couchtisch ausgestreckt.

«Danke. Ich weiss, die Möbel passen nicht wirklich zueinander. Aber mir gefällt es so.»

«Es sieht sehr gemütlich aus. Entschuldige, dass ich einfach so reinplatze. Aber ich wollte dir den Weg zur Haustüre ersparen.»

Er nahm den Fuss vom Tisch und setzte sich auf. «Merci. Den Hund kannst du ruhig von der Leine lassen.»

Lucy tat es, worauf Winston die Küchenecke erkundete. Sie fischte einen Stapel Briefe aus ihrer Handtasche und legte ihn auf den Couchtisch. Dann nahm sie im roten Sessel links vom Sofa Platz. «Alles ist glatt gegangen in Freiburg. Herr Scholer war sehr nett und hat mich zum Brunch eingeladen. Doch ich wollte so schnell wie möglich zurück. Du hattest recht! Die Postfachanlage an der Scheibenstrasse ist sonntags offen, der Schlüssel, den mir Leons Vater überlassen hatte, passte. Leons Fach war ziemlich vollgestopft, die Werbebriefe habe ich gleich aussortiert und weggeworfen. Das hier ist der Rest.» Sie deutete auf den Stapel.

«Danke, dass du das erledigt hast. Das Auto muss ich eine Weile stehen lassen.» Er deutete auf den verbundenen Fuss. «Möchtest du etwas essen oder trinken?»

«Nein, danke. Aber Winston würde ich gerne einen Napf Wasser hinstellen.» Der Hund guckte um den Tresen, als er seinen Namen hörte. Er kam herüber, stellte sich vor Vanzetti und schnupperte am Verband.

Er kraulte den Kopf des Hundes. «Im Schrank rechts von der Spüle findest du eine Plastikschüssel.»

Lucy füllte sie mit Wasser und stellte sie vor den Kochherd auf die Fliesen. Als sie sich wieder in den roten Sessel niederliess, lag Winston vor dem Sofa, in Kraulweite von Vanzetti. «Der Kleine weiss genau, wie er zu seinen Streicheleinheiten kommt.»

Vanzetti strich über sein Fell. «Offensichtlich.» Er griff nach der Post. «Lass uns mal sehen, was wir hier haben.» Er legte die Couverts auf dem Couchtisch in zwei Reihen aus. «... sechzehn, siebzehn. Alle Adressen sind auf dem Computer getippt.»

Vanzetti begann oben links, riss die Lasche auf und überflog den Inhalt.

«Krankenkasse.»

Lucy setzte die Lesebrille auf und fing unten rechts an. «Das Angebot eines Fitnesscenters», sie öffnete den nächsten Brief, «Motorfahrzeugsteuern.»

«Stromrechnung und ein Bettelbrief.» Vanzetti legte beides auf das Parkett.

«Ich habe hier noch: Eine Arztrechnung und eine Nachricht der Hausverwaltung, dass im Sommer die Fenster ersetzt werden.»

«Hier ist die Abrechnung der Kreditkarte.» Vanzetti hielt vier Blätter mit Tabellen hoch. «Die sollten wir uns genauer ansehen.» Er gab Lucy zwei Seiten weiter.

Die Abrechnung umfasste die Monate November und Dezember. Daraus ging hervor, dass Leon gerne auswärts ass und oft bei Amazon bestellte. Die nächste Summe allerdings… «Schau mal hier.» Mit dem Fingernagel tippte Lucy auf einen Eintrag. «22. Dezember, hundert Franken für einen Blumenstrauss in einem Geschäft in Attiswil. Hübsches Weihnachtsgeschenk.»

«Eine Ex-Freundin hat mir erzählt, dass Leon sehr charmant sein konnte.» Vanzetti runzelte die Stirn. «Attiswil, sagst du? Das liegt doch bei Solothurn.» Er scannte seinen Teil der Kartenabrechnung mit den Augen. «Restaurant Baseltor in Solothurn, hundertvierzig Franken für ein Essen, auch am 22. Dezember.»

«Also hat er jemanden zum Essen eingeladen. Und ihm den Strauss geschenkt. Oder vermutlich eher ihr.» Bei Lucy gab es sonst keine Auffälligkeiten mehr.

Vanzetti fuhr mit dem Finger über die Tabellen bis zum Ende der Aufstellungen. «Er ist zwei weitere

Male in der Gegend gewesen. Am 7. November und am 8. Dezember hat Leon in Wiedlisbach getankt.»

«Dafür könnte es berufliche Gründe geben.»

«Möglich.» Er griff nach seinem Handy und scrollte durch die Namen. «Wo ist denn Zoe heute?» Er guckte nicht hoch, doch seine Stimme klang angespannt.

«Sie ist schon früh in die Redaktion gefahren. Dort will sie das Archiv durchforschen.»

Er blickte weiter auf sein Handy. «Wonach?»

«Das wollte sie mir nicht sagen.»

«Typisch …». Vanzetti seufzte. «Hier, Clemens Scholer. Vielleicht weiss er etwas.» Er tippte auf den Bildschirm und hielt das Handy an sein Ohr. «Herr Scholer, Vanzetti hier. Danke, dass Sie uns den Schlüssel gegeben haben.» Er hörte zu und guckte Lucy an. «Ja, ich finde sie auch sehr nett. Frau Eicher sitzt hier bei mir. Ist es in Ordnung, wenn ich Sie auf den Lautsprecher nehme?» Vanzetti tippte auf das Telefon und legte es auf den Tisch. «Es geht um Folgendes. Wir haben in Leons Postfach eine Abrechnung der Kreditkarte gefunden. Wissen Sie, ob er jemanden in Solothurn kennt?»

«Nein», quäkte die Stimme von Stiefvater Scholer aus dem Handy. «Vielleicht eine seiner Freundinnen. Es ist schwer, da die Übersicht zu behalten.»

«Leon war im November und im Dezember mehrfach in Solothurn, Attiswil und Wiedlisbach.»

«Ach … Bei Attiswil hat Priska gelebt, die Schwester meiner Frau. Priska Grütter. Die war mal Lehrerin, später Aussteigerin. Hat Seminare als Schamanin gegeben, vegan gelebt, das ganze Programm. Sie wohnte auf dem Balmberg in einem alten Bauernhof. Ist vor sieben Jahren gestorben. Priska hatte eine Tochter, Cosima. Das arme Kind, wer nennt seine Tochter denn Cosima?»

Vanzetti fixierte das Handy. «Lebt die noch dort?»

«Das weiss ich nicht. Nach der Beerdigung von Priska haben wir den Kontakt verloren.»

Lucy beugte sich zum Telefon vor. «Könnte Leon mit ihr in Verbindung geblieben sein?»

«Vielleicht. Sie kamen früher gut miteinander aus. Als Teenager fand Leon, wir seien die totalen Spiesser. Na ja, vermutlich denkt er das auch heute noch. Aber damals ist er hin und wieder zu seiner Tante auf den Balmberg gefahren. Priska und ihre Freundinnen hatten sich eine Schwitzhütte gebaut, oft liefen die halbnackt herum. Das fand Leon natürlich spannend. Ich glaube, Cosima hat ein wenig geschwärmt für ihn, sie hat ihm viele Briefe geschrieben. War immer ein wenig weltfremd, das Mädchen. Kein Wunder bei so einer esoterischen Mutter.»

Vanzetti griff nach dem Telefon. «Wo genau liegt denn der Bauernhof?»

«Puh … Kennen Sie sich ein wenig aus dort?»

Lucy war oft zum Wandern im Jura gewesen. «Der Balmberg liegt oben auf der ersten Jurakette, nicht?»

«Genau», antwortete Scholer. «Bevor man die Häuser auf dem Bergkamm erreicht, biegt man links ab. Es geht noch ein gutes Stück über Feldwege. Priska lebte ziemlich abgelegen. Ich kann Ihnen die Adresse raussuchen, wenn Sie möchten.»

«Ja, das wäre super.»

«Einen Moment.»

Während sie warteten, warf Vanzetti Lucy einen angespannten Blick zu. Er hielt den Daumen hoch.

Lucy konnte die Reaktion nachvollziehen: Endlich hatten sie eine Spur.

49

In der Nacht auf Sonntag hatte der Schneefall nachgelassen, eine Nordostströmung brachte eiskalte Luft aus Sibirien in die Schweiz. Als Folge davon waren die Temperaturen auf –10 Grad gesunken. Meteo Schweiz hatte eisige Tage angekündigt.

Doch Zoe spürte nichts davon. Als sie gegen 16 Uhr über die verschneiten Wege im Bremgartenwald stampfte, kochte sie innerlich. Immer wieder mal hatten Kollegen erzählt, wie sie von einem Informanten verarscht worden waren. Wie sie vermeintliche Exklusivgeschichten veröffentlicht hatten, die sich in der Folge als Ammenmärchen entpuppten. Zoe war vorsichtig, sie checkte Quellen und Fakten immer doppelt ab, ihr war so etwas Peinliches nie passiert. Bis jetzt.

Ungefähr fünfzig Meter vor sich entdeckte sie die Senke mit dem Glasbrunnen. Fünfzehn Minuten, nachdem sie auf Marthalers Handy angerufen hatte, war die SMS mit dem Treffpunkt am Nordrand der Stadt Bern eingegangen. Zoe hatte den Ort auf keiner Karte suchen müssen, im Bremgartenwald kannte sie jeden Pfad. Dutzende Male war sie am Glasbrunnen vorbeigejoggt, aus dem das Wasser einer Quelle floss. Menschen aus der ganzen Stadt pilgerten jeden Tag hierher und füllten Flaschen oder Kanister mit dem Wasser, dem heilende Kräfte zugeschrieben wurden. Die Quelle an der Quelle – sie hätte gelacht, wäre sie nicht stinksauer gewesen.

Verschiedene Wege kreuzten sich beim Glasbrunnen. Das Wasser floss aus einem breiten Rohr, das in einen hohen, schmalen Granit eingelassen war. Als Trog diente ein zweiter, ausgehöhlter Steinblock, der auf einer grossen freien Fläche stand. Dagegen lehnte Marthaler, wie immer mit schwarzem Mantel und schwarzem Hut.

Mit grossen Schritten stürmte Zoe auf ihn zu. «Sie Mistkerl.»

Erschrocken wandte er den Kopf in ihre Richtung. «Frau Zwygart …»

«Was haben Sie sich eigentlich gedacht? Dass ich bloss eine blöde Tussi bin, die sich einfach verarschen lässt?» Sie gab Marthaler einen Stoss mit der flachen Hand vor die Brust, der ihn rückwärts stolpern liess. «Junge Journalistin mit Ehrgeiz – ein leichtes Ziel. Darum haben Sie mich ausgesucht, oder?»

Marthaler hob beide Hände zur Abwehr. «Bitte, Frau Zwygart …»

«Ich könnte mich in den Hintern beissen, weil ich so blöd gewesen bin. Vertraut habe ich Ihnen, ich dumme Kuh.» Sie ballte ihre Hände zu Fäusten und machte zwei Schritte auf ihn zu.

Er wich zurück. «Ich verstehe nicht…»

«Wirklich?» Zoe kramte den Artikel aus ihrer Jackentasche, zerknüllte ihn zu einer Papierkugel und warf sie Marthaler an die Brust. «Das wird Ihrem Gedächtnis helfen.»

Er hob das Papier vom Boden auf, faltete es auseinander und las.

Zwei Stunden hatte Zoe gebraucht, bis sie darauf gestossen war. Der kurze Text stammte aus dem alten Papierarchiv der Berner Nachrichten, er war 1995 erschienen. In dem Jahr hatte das Bieler Anwaltsbüro «Krebs & Marthaler» Konkurs anmelden müssen. Leonie Krebs, damals bereits Stadträtin von Biel, hatte nach der Pleite ihre politische Karriere vorangetrieben. 1999 war sie in den Nationalrat gewählt worden, wo sie immer noch sass. Und Krebs hätte gute Chancen für die Wahl in den Bundesrat, stünde ihr nicht Adrian Ott vor der Sonne.

Marthaler streckte ihr das Papier entgegen. «Was soll das beweisen? Okay, vor langer Zeit waren wir mal Geschäftspartner. Das ist längst vorbei.»

«Verkaufen Sie mich nicht für blöd. Kaum dass ich wusste, wonach ich suchen musste, war es ganz einfach.» Zoe kramte weitere Papiere aus der Jacke und hielt sie hoch. «Leonie Krebs ist eine alte Schulfreundin von Ihnen, 1986 haben Sie zusammen die Matura in Biel gemacht. Und 1991 waren Sie sogar ihr Trauzeuge. Sie Drecksack!» Marthaler zog den Kopf ein wie eine Schildkröte. «Sie missverstehen das …»

«Was? Dass Sie mich für dumm verkauft haben? Oh, das muss ich Ihnen lassen. Sie wussten genau, welche Saiten Sie zupfen mussten. Von wegen ‹Niemand soll über dem Gesetz stehen›. Und diese ganze Getue mit den Anrufen und den geheimen Treffen. Leider muss ich zugeben, dass mich das alles beeindruckt hat.»

Sein Gesicht wirkte noch blasser als sonst, die dunklen Knopfaugen schienen in ihren Höhlen zu versinken. «So war es aber nicht.»

«Diese angeblichen Beweise gegen Ott, die illegalen Börsengeschäfte – den Text mit den hübschen schwarzen Balken haben Sie selber verfasst, oder?»

Marthaler massierte sich den Nacken und nickte schwach. «Doch der Inhalt stimmt. Es gab tatsächlich eine Untersuchung gegen Ott. Die Bundesanwaltschaft hat die einfach versenkt, obwohl –»

Es war ihr egal. «Was ist mit Pia? Haben Sie etwas mit ihrem Tod zu tun?» Nur das interessierte Zoe noch.

Resignierend breitete er die Arme aus. «Ich war nicht ganz ehrlich zu Ihnen, das gebe ich zu. Aber ich schwöre, dass ich nichts mit dem Tod Ihrer Freundin zu tun habe. Sie unterhielt tatsächlich eine Affäre mit Ott.»

«Und? Das hiesse noch lange nicht, dass er ein schlechter Bundesrat wäre.»

«Nein, natürlich nicht.» Er stopfte die Hände tief in die Manteltaschen und marschierte auf und ab. «Es geht hier nicht um Ehebruch oder illegale Börsengeschäfte. Aber ich wusste nicht, was ich sonst hätte tun können. Es ist mir egal, ob Leonie in den Bundesrat gewählt wird. Das versichere ich Ihnen. Nur Ott darf diesen Posten niemals einnehmen. Seit Monaten schlafe ich kaum und kämpfe mit Magengeschwüren. Seine Wahl wäre eine Katastrophe für unser Land.»

«Mir kommen die Tränen.»

«Ich konnte niemandem trauen. Absolut niemandem.» Seine Stimme klang gepresst.

«Hat das P-26 etwas damit zu tun? Gibt es ein Projekt Aurora?»

Er schritt im Kreis durch den Schnee vor dem Brunnen. «Sie verstehen das nicht …»

Zoe hatte die Nase voll von diesem Idioten. «Sie können mich mal.» Sie wandte sich ab und marschierte den Weg zurück.

Er eilte hinter ihr her und hielt sie am Arm fest. «Hören Sie … bitte! Ich habe Monate gebraucht, um denen auf die Spur zu kommen. Und immer noch habe ich das Gefühl, dass ich nur an der Oberfläche kratze. Es sind hier mächtige Leute im Spiel. Und die kennen keine Skrupel.» Sein Gesicht war aschfahl und er sah aus, als würde er gleich in Tränen ausbrechen.

Zoe trat dicht vor ihn. «Wer?»

Marthaler blickte sich schnell um, bevor er sich weiter näherte. Ihre Köpfe befanden sich beieinander. «Haben Sie …»

Ein heisser Schlag traf Zoe im Gesicht. Sie spürte Flüssigkeit auf der Haut, schmeckte sie im Mund. Ein Schmerz brannte in ihrer Schulter. Marthaler stürzte gegen sie und Zoe begriff. Sie packte ihn um die Brust, schleifte den Körper vom Brunnen weg hinter den nächsten Baum, wo sie sich ganz flach duckte. Zoe hatte keine Ahnung, woher der Schuss gekommen war. Verflucht, weshalb hatte sie bloss ihre Pistole nicht eingesteckt.

Sie checkte das Gelände eine Minute lang, zwei. Nichts.

Neben ihr gurgelte es.

«Marthaler!» Sie beugte sich über ihn, schaute in die glasigen Augen, Blut rann aus seinem Mund, ein Loch klaffte in seiner Wange. Zoe wälzte den Körper herum und entdeckte die Eintrittswunde an der Schädelbasis.

Sie schaute an sich selbst hinunter. Ihre Jacke und ihre Hosen waren rot gesprenkelt. Sie wischte mit der Hand über ihr Gesicht, fühlte Blut. Vom metallischen Geschmack im Mund musste sie würgen und spucken.

Ihre rechte Schulter tat weh. Zoe entdeckt den Riss im Ärmel, sah das eigene Blut hell darunter sickern. Rasch schlüpfte sie aus der Jacke und untersuchte die Verletzung. Es war ein Streifschuss, bloss ein Kratzer. Die Kugel musste Marthaler im Hinterkopf getroffen und durch seine Wange ausgetreten sein, bevor sie ihre Schulter touchiert hatte.

Zoe stand auf, schritt hinüber zum Glasbrunnen und rieb sich die Hände im eiskalten Wasser. Dann tauchte sie die Arme hinein und wusch sich das Gesicht. Nach und nach färbte sich das Wasser im Brunnen rot. Sie spülte den Mund aus, spuckte und versuchte nicht daran zu denken, wie viel von Marthalers Blut sie geschluckt hatte.

50

Zoes Magen knurrte im kleinen, fensterlosen Raum in der Zentrale der Kantonspolizei am Waisenhausplatz. Mit den Fingern trommelte sie auf die dünne Platte des Holztisches vor ihr. Zwei wacklige Stühle komplettierten das Mobiliar. Seit einer guten Stunde schmorte sie hier und wartete darauf, endlich entlassen zu werden. Schliesslich hatte sie den Kantonspolizisten schon alles geschildert, was im Bremgartenwald passiert war. Die genauen Hintergründe hatte sie natürlich für sich behalten. Wollte die Polizei sie schwitzen lassen, damit sie alles auf den Tisch legte? Da konnten die aber bis im Herbst warten.

Zoe stand auf, ging zur Türe und presste das Ohr gegen das Holz. Nichts als Stille. Hoffentlich waren nicht alle nach Hause gegangen und hatten sie vergessen. Schliesslich ging es bereits auf 22 Uhr zu. Sie drückte die Klinke, nicht abgeschlossen, und lugte durch einen Spalt in den Flur. Zu sehen war niemand, doch sie hörte Stimmen. Okay, noch zehn Minuten, dann würde sie sich verdrücken.

Zoe setzte sich wieder an den Tisch, streckte die Beine aus und versuchte, sich zu entspannen. Doch sie fühlte sich hier in der Polizeizentrale genauso unwohl wie in Krankenhäusern. Und aus dem genau gleichen Grund: Man wusste nie, ob man auch wieder heil hinauskam.

Die Türe schwang auf und ein breitschultriger Mann in den Fünfzigern betrat den Raum: Daniel Pulver, Kripo-Chef der Kantonspolizei Bern. Ausgerechnet der. Zoe kannte ihn nicht persönlich, aber aus Artikeln; ausserdem hatte sie einige Geschichten über Pulver gehört. Vanzetti hatte ihn als raffinierten Manipulator mit Teflonschicht beschrieben. Allerdings war Vanzetti wohl nicht unbedingt objektiv, was seinen ehemaligen Chef betraf. Denn seine verstorbene Frau war mal mit Pulver verheiratet gewesen. Trotzdem. Hätte Zoe eine Liste von Leuten aufgestellt, mit denen sie nicht reden wollte, stünde er ziemlich weit oben.

Pulver setzte sich wortlos auf den Stuhl gegenüber, holte einen Kugelschreiber und einen zerfledderten Notizblock aus seinem grau-schwarz karierten Jackett und legte ihn auf den Tisch. Den Kugelschreiber behielt er in der Hand, wobei er mit dem Daumen dessen Knopf bearbeitete – rein, raus, rein, raus.

Das Schweigen war so ungemütlich, dass sich Zoe auf die Zunge beissen musste, um nicht loszupoltern. Sie verschränkte die Arme vor der Brust und starrte Pulver herausfordernd an. Er war mittelgross, hatte ein kantiges Gesicht und einen rasierten Schädel – eine Mischung aus Bruce Willis und Beat Schlatter.

Schliesslich, als wäre er zu einem Entschluss gekommen, drückte er den Knopf ein letztes Mal heftig hinein und warf den Kugelschreiber auf den Tisch. «Können Sie auch nur erahnen, in welchen Schwierigkeiten Sie stecken?»

Könnte sie, wenn sie wollte. Zoe blieb stumm.

Er schob das Kinn vor wie eine Baggerschaufel. «Ich habe Sie etwas gefragt.»

«Ich nahm an, das sei eine rhetorische Frage. Aber falls es Sie wirklich interessiert, so kann ich meine Lage ziemlich gut einschätzen.» Die Polizei hatte sie mitten im Wald mit einer Leiche vorgefunden, deren Blut an ihrem Körper klebte. Das sah nicht super aus.

Er griff wieder nach dem Kugelschreiber. «Weshalb waren Sie heute im Bremgartenwald?»

«Das habe ich Ihren Kollegen schon erzählt. Den Bericht haben Sie bestimmt gelesen.»

«Ich will es von Ihnen hören.»

Zoe seufzte und begann von vorne. Sie berichtete von ihrem Anruf bei Marthaler, dem Treffpunkt im Bremgartenwald, dem Gespräch und dem Schuss. Danach hatte sie Vanzetti angerufen, die Polizei informiert und auf deren Eintreffen gewartet.

Klick, Klick, Klick. «Schien Marthaler Ihnen nervös, besorgt oder ängstlich?»

Sie dachte einen Moment darüber nach. «Nein.»

Er legte eine Hand ans Kinn und liess wieder eine

Denkpause folgen. Pulver wirkte wie ein Schauspieler, der einen Polizisten mimte. «Wieso trifft sich ein hoher Beamter der Bundesanwaltschaft an einem Sonntagnachmittag im Bremgartenwald mit einer Journalistin?»

Der Typ ging Zoe echt auf den Wecker. «Ich kann mich nur wiederholen. Er half mir bei einem Artikel als Auskunftsperson.»

«Worum ging es dabei?»

«Um die Bundesratswahl.»

«Genauer?»

«Über meine Recherchen gebe ich Ihnen keine Auskunft. Muss ich auch nicht.»

Pulver verschränkte die Arme, neigte den Kopf, zog eine Augenbraue hoch. «Offenbar haben Sie doch nicht begriffen, in welcher Lage Sie stecken. Ich kann Sie problemlos für vierundzwanzig Stunden in Präventivhaft nehmen.»

Der wollte sie bloss einschüchtern. «Mit welcher Begründung?»

«Behinderung der polizeilichen Ermittlungen.» Er schob sein Gesicht vor, sein Atem stank nach Zigaretten. «Verstehen Sie, was ich sage, Frau Zwygart?»

«Mit wem reden Sie denn normalerweise? Mit Kühen?»

Er machte ein Gesicht, als wollte er ihr an die Gurgel. «Sie haben wirklich Nerven, junge Frau.»

«Das höre ich nicht zum ersten Mal.»

Die Andeutung eines Lächelns huschte über sein Gesicht. «Haben Sie irgendwelche Theorien darüber, weshalb Marthaler erschossen wurde? Nur für den Fall, dass Sie die mit mir teilen möchten.»

Wenn sie die bloss hätte. Seit Stunden zermarterte sich Zoe das Hirn deswegen. Hatte Nationalrat Ott Marthaler ermorden lassen? Weswegen? Was steckte hinter all den Morden und Mordversuchen? «Nein, ich habe keine.»

Er rieb das gerötete Lid seines rechten Auges und seufzte. «Haben Sie eine Vorstellung davon, was hier los ist? Ich bekomme haufenweise Anrufe vom Bundesnachrichtendienst, der Bundeskriminalpolizei und der Bundesanwaltschaft. Der persönliche Mitarbeiter von Justizminister Marchand hat sich eingeschaltet und will laufend informiert werden. Und zu allem Übel steht eine Horde Ihrer Schreiberling-Kollegen draussen vor der Polizeizentrale. Was zur Hölle steckt dahinter?»

«Ich wünschte, ich wüsste es.»

Er schoss hoch, wobei er den Stuhl heftig rückwärts stiess. «Sie verarschen mich doch –»

Die Türe zum Besprechungszimmer flog auf und herein hoppelte Vanzetti an seinen Krücken wie ein altersschwacher Karnickel. «Was läuft hier, Dani?»

Pulver trat auf ihn zu. «Verschwinde, Vanzetti, ich stecke mitten in einer Befragung.»

Vanzetti wich nicht von der Stelle. «Der Fall ist an die BKP übertragen worden. Deine Befragung ist hiermit amtlich beendet.»

Die Röte stieg Pulver ins Gesicht. «Denkst du, du kannst einfach hier hereintrampeln und herumbefehlen?»

«Exakt.» Vanzetti fischte sein Handy aus seiner Manteltasche und hielt es Pulver hin. «Grad vorhin hatte ich Bundesanwalt Marti dran. Du kannst das gerne mit ihm diskutieren. Soll ich ihn zurückrufen?»

Pulvers Kiefer malmten. «Du Drecksack ... Das lasse ich mir nicht bieten.» Er machte auf dem Absatz kehrt und stampfte aus dem Zimmer.

Zum Glück. Zoe hatte fast schon gefürchtet, dass sie aufeinander losgehen könnten. «Eine Weihnachtskarte wird er dir wohl nicht schicken dieses Jahr.»

«Damit kann ich leben. Alles okay mit dir?» Er scannte ihr Gesicht mit seinen Augen.

Der Streifschuss war harmlos, die Wunde verbunden. «Mir geht es gut.»

«Lass uns gehen, bevor Pulver die Meinung ändert.»

Zoe nahm Vanzetti am Arm und half ihm beim Gehen. «Kann er das denn, wo ihr doch jetzt für den Fall zuständig seid?»

Er humpelte an ihrer Seite durch den Flur und senkte die Stimme. «Na ja, so hundertprozentig offiziell ist das noch nicht. Der Bundesanwalt wird vermutlich morgen entscheiden.» Vanzetti zwinkerte ihr zu.

Zoe traute ihren Ohren nicht. Der überkorrekte Vanzetti hatte den Kripo-Chef belogen. Sie drückte seinen Arm. «Ich glaube, ich habe einen schlechten Einfluss auf dich.»

51

30. Januar
Die Morgendämmerung warf ein fahles Licht auf die schneebedeckten Felder. Lucy hielt den Feldstecher vor die Augen, drehte am Rad und stellte die Sicht scharf. Der Bauernhof von Cosima Grütter lag in einer Senke, etwa hundertfünfzig Meter von der Hügelkuppe entfernt. Das kleine, aus Stein gemauerte Haus lehnte sich an eine mächtige Holzscheune. Rauch stieg aus dem Kamin auf. Die Fenster waren alle dunkel.

Wald umgab den Hof gegen den Balmberg im Norden und den Weissenstein im Westen hin, auf der Südseite erstreckte sich eine offene Fläche mit Obstbäumen. Die einzige Zufahrt führte über einen schmalen, gewundenen Weg von der Ostseite her und endete unten am Gehöft. Lucy schnaufte, eine mächtige Dampfwolke stieg von ihrem Mund auf. Die schneidende Kälte drang in ihre Lunge und nagte an der Nasenspitze. Die Digitalziffern im Auto hatten –7 Grad Aussentemperatur angezeigt. Zum Glück hatte sie Winston in die Obhut ihrer Nachbarin Florence geben können. Zum Schutz gegen die Kälte trug Lucy zwei Schichten Thermounterwäsche unter der gefütterten Hose und der Daunenjacke.

Eine gute Stunde hatte die Fahrt von Bern auf den Balmberg gedauert. Sie war dem Navi gefolgt und hatte das Auto einen Kilometer vor dem Hof unter der kahlen Krone einer Buche parkiert. Zu Fuss war sie weitergegangen bis zu dieser Stelle, von wo sie, hinter Gestrüpp verborgen, freie Sicht auf den Hof hatte.

Wunderschön war es hier. Lucy hatte ganz vergessen, wie still es ausserhalb der Stadt sein konnte. Sie fischte das Handy aus der Jacke, das sie zur Vorsicht auf stumm gestellt hatte. 7.12 Uhr. Ob jemand dort unten schon aus den Federn gekrochen war? Sobald Lucy die Bestätigung hätte, dass sich Leon Scholer tatsächlich auf dem Hof befand, würde sie Zoe informieren. Die sollte nach dem schlimmen Erlebnis im Bremgartenwald erst mal richtig ausschlafen. Gemeinsam würden sie Vanzetti alarmieren und entscheiden, ob sie die Polizei beiziehen sollten.

Sie brauchte eine bessere Sicht. Lucy steckte den Feldstecher in den Rucksack und zog die Wollmütze ganz über die Ohren. Dann huschte sie im Zickzack den Hang hinab, fortwährend mit dem Hof im Blick. Zum Verschnaufen suchte sie immer wieder Deckung hinter einem Busch oder Baum, wobei sie die Umgebung regelmässig mit dem Feldstecher absuchte. Ausser dem Rauch deutete nichts darauf hin, dass das Haus bewohnt war.

Schliesslich gelangte Lucy zum äusseren Holzzaun, der den Vorgarten etwa zwanzig Meter vor dem Hof umgab. In dessen Mitte ragte die Kuppel einer Schamanen-Schwitzhütte aus dem Schnee. Von hier aus wirkte das zweistöckige Haus mit dem steinernen Kamin und den Sprossenfenstern ein wenig baufällig. Durch das offene Tor der Scheune auf der rechten Seite konnte sie das Heck eines Pick-ups ausmachen, der neben einem Traktor stand. An der überdachten Aussenwand der Scheune stapelten sich Holzscheite.

Im Haus brannte kein Licht, der Geruch eines Holzfeuers hing in der kalten Winterluft. Lucy erkannte, dass vor jedem Fenster grobe, dunkle Vorhänge hingen. Kein Wunder, konnte sie nichts dahinter entdecken. Doch auf der Westseite des Hauses flackerte ein goldener Fleck im Schnee.

Vorsichtig näherte sich Lucy dem Haus, wobei es bedrohlich laut unter ihren Füssen knirschte. Als sie sich der Frontseite bis auf fünf Meter genähert hatte, hörte sie plötzlich ein metallisch-elektrisches Klicken, prompt wurde der Vorplatz in grelles Licht getaucht.

Mist, Mist, Mist.

Lucy liess sich auf den Boden fallen, krabbelte unter dem Zaun hindurch und hinter die Schwitzhütte. Ihr Herz pochte wie verrückt. Sie erwartete das Knacken eines Türschlosses, das Quietschen von

Angeln. Doch nichts dergleichen geschah. Niemand kam, um Ausschau zu halten nach dem Eindringling.

Nach ein, zwei Minuten klickte es erneut und das Licht erlosch. Ein Bewegungssensor also.

Lucy wälzte sich aus dem Schnee und erwog ihre Optionen. Wenn sie sich dem Haus näherte, könnte sie nochmals in den Bereich des Sensors gelangen. Andererseits deutete das Ausbleiben einer Reaktion darauf hin, dass das hier öfters passierte. Bestimmt gab es jede Menge Wildtiere.

Auf allen Vieren kroch Lucy um die kreisrunde Schwitzhütte, die vielleicht drei Meter im Durchmesser mass. Die Aussenhaut bildeten dunkelgrüne Blachen. Sobald Lucy die Haustüre im Blick hatte, legte sie sich wieder in den Schnee und beobachtete. Nichts regte sich. Die meisten Menschen befestigten Bewegungssensoren nur an der Vorderseite ihrer Häuser, damit sie Licht beim Heimkommen hatten. Hoffentlich war diese Cosima auch so jemand.

In einem grossen Bogen nach links kroch Lucy durch den Schnee und hielt Abstand vom Haus, jederzeit bereit, beim ersten Geräusch abzuhauen. Schliesslich änderte sie die Richtung und bewegte sich wieder auf das Haus zu, bis sie sich etwa zehn Meter von der östlichen Hauswand entfernt hinter einem ausrangierten Pferdepflug in den Schnee legte. Eine doppelflügelige Verandatüre führte ins Haus, durch einen Spalt im Vorhang flackerte Licht. Lucy blieb liegen und beobachtete eine Weile. Der Gartensitzplatz vor der Verandatür war eingefasst von zwei Rankgittern. An der Hauswand standen ein Stapel Stühle sowie ein Tisch, beide mit Plastikfolien bedeckt.

Lucy kam hoch, kauerte im Schnee und bewegte sich im Krebsgang weiter. Die Winterstiefel fanden kaum Halt auf dem glatten Untergrund. Sie arbeitete sich Meter um Meter vor, erreichte den Sitzplatz und drückte sich schliesslich mit dem Rücken gegen die Hausmauer. Sie lauschte, jederzeit sprungbereit. Aus dem Innern drangen leise Stimmen. Lucy hob den Kopf. Durch den Spalt sah sie ein Wohnzimmer, das aus den Siebzigerjahren zu stammen schien: orangebraune Tapeten, ein Flokati-Teppich, Lampen mit Retromuster. In einem Kaminofen prasselte ein Feuer, links davon stand ein ausgeschalteter Röhrenfernseher, davor ein orangefarbener Sessel, über dessen Lehne ein schwarzer Haarschopf ragte.

Cosima Grütter?

Wie die aussah, wusste Lucy nicht. Doch Clemens Scholer hatte ihr ein Foto seines Stiefsohns mitgegeben. Lucy kniete sich hin und starrte aus der erhöhten Position auf den Sessel. Nein, sie sah nicht genug. Sie stand ganz auf und drückte beinahe ihre Nase an der Scheibe platt – in dem Moment betrat jemand das

Wohnzimmer. Lucy schreckte zurück und warf sich mit dem Rücken gegen die Hauswand. Das Herz klopfte ihr bis zum Hals.

Sie hörte ein Lachen im Innern und entspannte sich ein wenig. Vorsichtig schob Lucy den Kopf nochmals vor. Die Person, die das Zimmer betreten hatte, sass jetzt auf dem Sofa: eine zierliche, blasse Frau mit schulterlangen braunen Haaren und einer randlosen Brille. Sie nippte an einer Tasse. Eine zweite Tasse stand auf dem kleinen Beistelltisch neben dem Sessel. Die Person darauf beugte sich vor und griff danach.

Guten Morgen Leon!

Scholer war Anfang dreissig und hatte zerzauste schwarze Haare, dunkelbraune Augen, eine gerade Nase und einen Mund, der vielleicht ein wenig zu angespannt wirkte. Doch er besass etwas von einem schlaksigen Rockstar, bei dessen Anblick Mädchen kreischten.

Gerne hätte Lucy auch gejubelt. Stattdessen würde sie sich jetzt ganz lautlos davonschleichen und ihre Enkelin zum Frühstück mit frischen Gipfeli und einer guten Nachricht überraschen.

52

Mit einem Ruck fuhr Vanzetti aus dem Schlaf. Er lag mit dem Gesicht zur Wand, durch die Vorhänge drang ein Streifen Licht über sein Kissen. Er hatte das Gefühl, als müsste er sich in einem See aus trübem Schleim zur Oberfläche durchkämpfen. Vanzetti rollte auf die andere Seite. Die Leuchtziffern des Weckers standen auf 9.05.

Irgendetwas hatte ihn geweckt.

Seine Augen brannten. Er schob die Beine über die Bettkante, setzte sich auf und stellte die Füsse auf den Boden. Augenblicklich schoss ein Schmerz wie ein Stromschlag durch seinen linken Fuss und hoch durch das Bein. Er lupfte es, der Schmerz liess nach. Vanzetti beugte sich vor, gähnte und rieb seine Augen.

Die Nacht war viel zu kurz gewesen. Nachdem er Zoe mit dem Taxi nach Hause gebracht hatte, war er in die Zentrale der Bundeskriminalpolizei gefahren. Sollte Pulver durchschauen, wie Vanzetti getrickst hatte, gäbe es grossen Ärger. Also hatte er mitten in der Nacht den Antrag für die Abtretung des Falles an die BKP ausgefüllt und an die Bundesanwaltschaft abgeschickt. Mit etwas Glück würde der gleich heute früh gutgeheissen.

Mühevoll stellte sich Vanzetti auf die Füsse und humpelte ins Bad. Dort liess er lauwarmes Wasser über sein Gesicht laufen, danach putzte er sich die Zähne. Das erweckte ihn halbwegs zum Leben. Im Halbdunkel kämmte er sich das Haar, bevor er im Schlafzimmer Socken, Trainerhosen und ein Sweatshirt über die Boxershorts und das T-Shirt streifte.

Er nahm die Gehstöcke von der Wand und öffnete die Schlafzimmertür, worauf ihn die Deckenlampe im Entrée blendete. Vanzetti blieb stehen und kniff die Augen zusammen: Er hatte das Licht letzte Nacht doch ausgeknipst… Was hatte ihn eigentlich geweckt? Ein dumpfer Schlag war es gewesen. Als ob ein schweres Buch zu Boden gefallen wäre.

Sein Atem beschleunigte sich. Er legte die Gehstöcke auf den Boden, hoppelte fünf Schritte zurück und öffnete lautlos den Schlafzimmerschrank. Darin schob er Hemden und Pullover auf einem Regal zur Seite, an der Rückwand stand sein kleiner Waffentresor. Vanzetti gab die Kombination ein und holte seine Dienstwaffe heraus, eine Heckler & Koch P30. Obwohl er die Pistole im Dienst nie auf sich trug, pflegte er sie sorgfältig. Er liess das Magazin herausgleiten – voll –, schob es wieder hinein und lud durch.

Mit dem beruhigenden Gewicht der Pistole in seiner Hand hüpfte er auf einem Bein aus dem Schlafzimmer, hielt den Atem an und lauschte.

Kein Geräusch.

Vanzetti hopste zum Geländer und starrte hinunter ins Entrée. Dort lauerte niemand. Er humpelte zur Treppe, nahm die Waffe in die linke Hand und hielt sich mit der Rechten am Geländer fest. Stufe um Stufe arbeitete er sich nach unten, wobei er immer wieder intensiv horchte. Auf Schritte, eine Bewegung, ein Knarren. Doch er hörte nichts ausser der Heizung im Keller.

Unten angekommen nahm er die Pistole wieder in die rechte Hand und guckte in Richtung Wohnzimmer. Tatsächlich, jemand war hier. Oder hier gewesen. Denn die Schiebetür am Ende des Flurs stand immer offen. Jetzt nicht.

Vanzetti humpelte weiter, doch das machte Lärm. Also steckte er die Pistole am Rücken unter den Bund seiner Hose, ging runter auf alle Viere und kroch. Blöderweise streifte er das Schuhgestell mit der Schulter, wobei ein Schuh zu Boden polterte. Maledetto!

Vielleicht sollte er besser die Kollegen in der Zentrale anrufen. Da hörte er es im Wohnzimmer rascheln, kaum wahrnehmbar, als ob Stoff an Stoff rieb. Ein zweites Geräusch folgte, es klang, als ob jemand in Strümpfen über das Parkett schlich.

War der Kerl zurückgekommen, der Zoe vor ein paar Tagen hier überfallen hatte? Wollte er seinen Auftrag zu Ende bringen? Vanzetti dachte an die tote

Pia Foletti und an die beiden verschwundenen Frauen, Kathrin Wyss und Charlotte Wagner. Wer auch immer dafür verantwortlich war, wartete vielleicht dort drin auf ihn.

Wut stieg in ihm hoch. Nein, er würde nicht die Kollegen zu Hilfe holen. Denn das würde dauern, und der Kerl entkäme schon wieder.

Vanzetti kroch über die Fliesen vor bis zur Schiebetüre. Dort richtete er sich auf und packte den Pistolengriff fest mit der Rechten. Er streckte seine Linke nach der Klinke aus, holte tief Luft und riss die Schiebetüre mit aller Kraft auf. Vanzetti liess sich ins Wohnzimmer fallen, rollte sich auf dem Parkett ab und hob die Pistole. «Hände hoch, Arschloch.»

Durch die grossen Verandascheiben drang helles Sonnenlicht ins Zimmer. Instinktiv schützte Vanzetti seine Augen mit einer Hand. Er erhaschte eine Bewegung auf dem Sofa, eine Person sprang hoch, warf dabei den Couchtisch um, Gegenstände flogen durch die Luft, Geschirr zersplitterte auf dem Boden. Ein Fuss trat gegen Vanzettis rechtes Handgelenk, seine Pistole polterte über das Parkett.

«Mach keinen Scheiss.»

Vanzetti erkannte die Stimme und glaubte es eine Sekunde lang nicht. Aber er starrte in die Mündung einer Dienstwaffe. Breitbeinig stand BKP-Kollege Egloff über ihm und zielte auf seinen Kopf.

53

«Das ist einfach nur dumm», zischte Grosi. Hinter dem Holzzaun kauernd deutete sie zum Bauernhof hinüber. «Vielleicht ist der Kerl dort drin gefährlich.»

«Das wissen wir nicht. Und selbst wenn es so wäre …» Zoe zog die Pistole aus der Tasche ihrer dick wattierten Winterjacke und hielt sie hoch. «Ich kann mich wehren.» Sie scannte die Umgebung mit den Augen: den Vorgarten, den Zaun darum herum, die Schwitzhütte, den Sitzplatz, die Scheune, das Haus. Zoe hatte darauf bestanden, gleich hierher zu fahren, nachdem Grosi ihr von Leon Scholers Versteck berichtet hatte.

Über Grosis Nase zeichneten sich kleine, senkrechte Falten ab. «Wir sollten wirklich die Polizei alarmieren.»

«Was willst du denen sagen? Wir haben nichts in der Hand gegen Scholer.» Lucy wollte etwas erwidern, doch Zoe liess sie nicht zu Wort kommen. «Und komm mir jetzt nicht mit Vanzetti. Auch der ist uns zurzeit keine Hilfe. Er kann sich ja kaum bewegen. Ich will Scholer ja bloss ein paar Fragen stellen. Danach können wir entscheiden, wie es weitergeht.»

Grosi schüttelte den Kopf. «Du erwartest doch nicht, dass er mit dir redet.»

Hinter den Fenstern war keine Bewegung erkennbar. «Freiwillig wohl eher nicht. Aber mit etwas Nachdruck … Zunächst müssen wir dafür sorgen, dass er aus dem Haus kommt.»

«Wie willst du das anstellen?»

Zoe öffnete den Reissverschluss der Jacke und fischte das Handy heraus. «Ich werde ihn darum bitten.»

Spöttisch hob Grosi einen Mundwinkel. «Raffinierte Taktik. Lernt man so etwas bei der Militärpolizei?»

«Vertrau mir.»

«Du und dein verfluchter Dickschädel.» Grosi stiess einen Schwall Luft aus. «Okay, was soll ich tun?»

Zoe richtete den Handschuh auf die Ostseite des Hauses. «Schaffst du es zu dieser Ecke? Dort wartest du, bis er auf dem Vorplatz liegt. Dann fesselst du ihm Hände und Füsse. Damit.» Sie holte zwei Kabelbinder aus der Jacke und hielt sie Grosi hin.

«Okay, damit kenne ich mich aus.»

Das tat Grosi tatsächlich. Während einer Entführung im letzten Sommer war sie mit einem Kabelbinder gefesselt gewesen, doch sie hatte sich geschickt befreien können. «Gib mir ein Zeichen, wenn du drüben bereit bist.»

Grosi nickte und steckte die Kabelbinder ein. Dann robbte sie los durch den Schnee. Zoe beobachtete, wie sie einen Bogen um das Haus machte und immer wieder kurz den Kopf hob und die Umgebung beobachtete. Auch mit dreiundsiebzig Jahren war ihr Grosi einfach der Hammer.

Zoe kletterte über den Holzzaun und schlich bis zur Schwitzhütte vor, knapp zehn Meter von der Hausfassade entfernt. Dort schlüpfte sie aus ihren Handschuhen, zog den Verschluss der SIG P220 zurück und entsicherte die Waffe. Sie griff nach ihrem Handy und scrollte zur Festnetznummer von Cosima Grütter, die sie online gefunden hatte. Danach hob sie den Kopf und suchte Grosi.

Die stand bereits hinter der Hausecke links vom Eingang und winkte.

Zoe drückte den Verbindungsknopf, hielt das Telefon ans Ohr und hörte es tuten. Gleich darauf klingelte es schwach im Innern des Hauses. Fünfmal, sechsmal.

«Grütter», sagte die schwache Stimme einer Frau.

«Guten Morgen Frau Grütter. Mein Name ist Zoe Zwygart, ich bin von der Solothurner Kantonspolizei.» Sie gab ihrer Stimme einen selbstsicheren, autoritären Klang. «Ich stehe draussen vor Ihrem Hof. Unsere Sondereinheit Falk hat das Haus umstellt, Scharfschützen liegen in Position und zielen auf die Fenster. Wir wissen, dass Leon Scholer bei Ihnen ist.»

«Was…? Nein… Leon habe ich schon lange nicht –»

«Bitte sparen Sie sich die Mühe. Wir haben Ihr Haus gestern den ganzen Tag beobachtet. Wir wollen Leon keinen Schaden zufügen. Sagen Sie ihm, dass er mit erhobenen Händen durch die Vordertüre herauskommen soll. Sonst werden wir das Haus stürmen. Dann können wir nicht für seine Gesundheit garantieren. Und für Ihre auch nicht.»

«Sie werden uns erschiessen», flüsterte Cosima. Sie klang kraftlos.

Zoe erhob sich und trat neben die Schwitzhütte. Die Pistole hielt sie in der gesenkten Hand dicht am Oberschenkel, jederzeit bereit, die Waffe hochzureissen. «Ich gebe Ihnen mein Wort, dass wir weder Leon noch Sie verletzen werden. Gucken Sie hinaus, Frau Grütter. Ich stehe in Ihrem Vorgarten und werde hier warten.»

Cosima sagte etwas mit gedämpfter Stimme, als halte sie die Hand vor den Hörer. Eine zweite Stimme antwortete etwas im Hintergrund. Die Verbindung wurde getrennt.

Zoe blieb neben der Schwitzhütte stehen, ging leicht in die Knie, sprungbereit, und behielt alle Fenster im Blick für den Fall, dass Scholer einen Gegenangriff starten wollte. Sie steckte das Handy ein und hielt die Pistole weiterhin gesenkt.

Grosi schob ihren Kopf um die Hausecke vor, die Frage stand ihr ins Gesicht geschrieben: *Und jetzt?*

Zoe hob einen Finger. *Geduld.* Im Haus bewegte sich ein Vorhang leicht. Ob Scholer ihren Bluff durchschaute? Sie spürte, wie ihr die Finger einfroren, schon bald würde sie den Abzug nicht mehr richtig spüren.

Schliesslich klickte ein Schloss, dann senkte sich die Klinke der dunkelblauen Eingangstür, deren Farbe an den Rändern abblätterte. Sie ging erst einen Spalt auf, dann ein Stück mehr, ganz langsam.

Zoe kniete sich hin, hob die Pistole, umklammerte die Waffe mit beiden Händen und zielte.

Eine Hand schob sich durch den Spalt, es folgte eine zweite, gespreizte Finger ungefähr auf Brusthöhe. Arme wurden sichtbar und Leon Scholers Kopf. «Ich bin unbewaffnet», rief er.

Ein gutaussehender junger Mann trat heraus, unrasiert, ein Büschel schwarzer Haare stand von seinem Kopf ab wie ein Hahnenkamm. Er trug Winterstiefel, Jeans und einen schwarzen Mantel.

Zoes Blick huschte über die Fenster, nirgends regte sich etwas. «Verschränken Sie die Hände hinter dem Kopf. – Okay. Jetzt gehen Sie fünf Schritte vor. Stopp.»

Scholer befolgte ihre Anweisungen, Grosi beobachtete ihn von der Hausecke her.

«Gehen Sie runter auf die Knie. Gut. Jetzt legen Sie sich auf den Bauch. Hände auf den Rücken.»

Als er auf dem hartgestampften Schnee lag, nickte Zoe Grosi zu.

Sie rannte um die Ecke herbei. Wie ein Profi legte sie Scholer einen Kabelbinder um die Handgelenke und zurrte ihn fest, dasselbe wiederholte sie an den Fussgelenken.

Zoe hielt einen Daumen hoch.

«Superjob.»

Sie kletterte über den Zaun, ging um den gefesselten Mann auf dem Boden herum, trat über die Schwelle des Bauernhauses und guckte sich im Entrée um. Die Wand links zierte eine Bildtapete – ein Herbstwald –, davor standen ein rotes Sofa und ein Schuhgestell, von der Decke hingen Traumfänger, rechts führte eine Holztreppe hoch. «Frau Grütter? Ich möchte, dass Sie herkommen. Es ist alles in Ordnung, haben Sie keine Angst.»

Es dauerte ein paar Sekunden, bis die Treppe knarrte und eine Frau um die vierzig zögernd auftauchte: zierlich, blasse Haut, schulterlange braune Haare. Sie trug einen zerschlissenen blauen Bademantel, darunter lugte ein weisses Pyjama mit rosa Elefanten hervor. Sie zitterte in der Kälte. Als sie unten stand und Scholer durch die Eingangstüre auf dem Boden liegen sah, schlug sie die Hände vor den Mund.

Zoe senkte die Waffe. «Keine Sorge, es ist alles in Ordnung. Ist sonst noch jemand im Haus?»

Cosima schüttelte den Kopf.

Zoe drehte sich um und rief nach draussen: «Okay, Grosi, bring ihn herein.»

«In Ordnung.» Sie packte Scholer am Arm, half ihm auf die Beine.

«Grosi?» Scholer starrte verdutzt und kam langsam hoch, er stöhnte. «Sie haben mich aufs Kreuz gelegt.»

Zoe zog einen Mundwinkel hoch. «Da sind Sie nicht der Erste.»

«Scheisse, Mann, echt. Zwei Weiber, ich fasse es nicht.» Von Grosi geführt hoppelte er auf das Haus zu und über die Schwelle. «Was wollen Sie von mir?»

«Sie haben uns belogen», keifte Cosima. Sie schien bereit, auf Zoe loszugehen.

«Eine Notlüge.» Zoe hielt die Pistole gut sichtbar vor ihr Gesicht. «Wir wollen bloss ein paar Antworten von Leon. Danach lassen wir Sie in Ruhe.»

«Können wir uns ins Wohnzimmer setzen?», fragte Grosi. «Mach doch die Türe zu, Zoe. Bei der Kälte.»

Alle standen dicht gedrängt im Entrée. «Wer zum Teufel sind Sie?», fauchte Scholer.

«Ihre Fragen werden wir beantworten», antwortete Zoe. Sie gab der Eingangstür einen Stoss mit dem Ellenbogen. «Aber zunächst sind Sie an der Reihe.» Die Türe fiel nicht ins Schloss.

Zoe guckte sich um, ein Winterstiefel schob sich zwischen Tür und Rahmen und drückte sie wieder auf.

«Guten Abend miteinander.» Jan Kummer von der Bundeskriminalpolizei stand auf der Schwelle. Er hielt eine Glock G 17 in seiner ausgestreckten Hand. «Hervorragende Arbeit, Frau Zwygart. Vielen Dank.» Er zielte auf ihr Gesicht. «Waffe runter!» Er machte zwei Schritte auf sie zu und streckte die andere Hand aus.

Zoe kapierte Bahnhof. Was tat der denn hier? Nie und nimmer würde sie ihm ihre Waffe geben.

«Mach keinen Unsinn, Zoe», warnte Grosi. «Gib ihm die Pistole.»

Kummer richtete seine eisblauen Augen auf Zoes Gesicht und presste ihr die Mündung der Pistole auf ihre Stirn. «Hör auf deine Grossmutter.»

Zoe hatte keine Chance. Sie hielt ihm ihre SIG mit dem Griff nach vorne hin.

Er griff danach, steckte sie in seine Jackentasche und lächelte entspannt. «Danke, Baby.»

Zoe hätte ihm ins Gesicht schlagen mögen.

54

«Tut mir leid.» Egloff senkte die Pistole und atmete schwer. «Ich wollte dich nicht überfallen, Alex.»

Es klang, als ob er es ehrlich meinte. Das brachte Vanzetti aus dem Konzept. Zum ersten Mal überhaupt hatte Egloff ihn mit Vornamen angesprochen. Zudem sah er wie zerschlagen aus. Trotzdem. In seinem Wohnzimmer hatte der Kerl nichts zu suchen. «Was tust du hier?»

«Ich wollte dich nicht wecken. Und draussen ist es schweinekalt.» Er deutete zur Verandatür. «Du solltest mal das Schloss austauschen, das kriegt jedes Kind auf.»

Vanzetti rappelte sich auf. «Erklärt das auch, weshalb du mit einer Pistole auf mich losgehst?»

Egloff steckte die Waffe ins Holster unter dem Jackett. «Entschuldige, ich bin eingenickt und durch ein Geräusch aufgewacht. Reiner Selbstschutz.»

Egloffs Jackett und Hemd waren zerknittert, die Ringe unter seinen Augen schienen wie mit Lidschatten gemalt, seine Gesichtshaut glich einem Weichkäse. Vanzetti gab sich einen Ruck. Er musste Egloff zum Reden bringen. «Willst du etwas trinken?»

Egloff sah aus, als suchte er nach einem Anzeichen von Ironie. «Ein Kaffee wäre … nett.»

Vanzetti humpelte in die Küche und schaltete die Neonröhre ein. Er setzte die Kaffeemaschine in Gang. «Rahm und Zucker?», rief er über den Tresen.

«Nichts, danke.» Mit einem Ächzen drehte Egloff den Couchtisch auf die Beine, bevor er sich auf das Sofa fallen liess. Mit beiden Händen rieb er sich über das Gesicht.

Vanzetti füllte zwei Tassen, brachte sie ins Wohnzimmer, stellte sie auf den Couchtisch und setzte sich Egloff gegenüber auf den roten Sessel. «Also …?»

Egloff nippte am Kaffee, umklammerte die Tasse mit beiden Händen, starrte in die schwarze Flüssigkeit. «Entschuldige, ich bin fix und fertig … Ich weiss gar nicht, wo ich anfangen soll …» Er nahm einen kleinen Schluck.

«Erinnerst du dich an die Zeiten bei der Kantonspolizei? Damals war ich noch gerne Polizist. Auf den Strassen unterwegs sein, Bussen verteilen, ab und zu einen Einbrecher schnappen. Den Job hatte ich im Griff. Und die Leute hatten noch Respekt vor uns.» Er stellte die Tasse auf den Tisch. «Ist nicht mehr das Gleiche heute. Vielleicht wollte ich deswegen zur Bundeskriminalpolizei. Als die mich tatsächlich nahmen, war ich selber überrascht.» Er sah Vanzetti zum ersten Mal richtig an. «Ich weiss, ich mache nicht immer alles tipptopp. Im Gegensatz zu dir. Und den meisten anderen.»

Vielleicht hatte Vanzetti den Kollegen falsch eingeschätzt. «Komm, lass. Das ist nicht nötig.»

«Doch, doch. Ich kenne die Sprüche hinter meinem Rücken, Schlafmütze, Neandertaler und so. Die stimmen ja zum Teil. Dieser ganze Wissenschaftskram, DNA-Analysen, Pharmakologie und Toxikologie – das alles kapiere ich nicht wirklich. Und dann der ganze Papierkram …»

Das kannte Vanzetti selber. «Ja, es ist nicht mehr wie früher.»

«Das kannst du laut sagen. Aber der junge Kummer liebt den ganzen Schnickschnack. Den ganzen Tag referiert er über neue Spielzeuge, Computer, Daten und Analysen. Und er lässt mich gerne spüren, dass er das alles beherrscht – im Gegensatz zu mir.» Egloff räusperte sich. «Ich sage das nur, damit du weisst, dass ich diesen eingebildeten Wichser hasse. Möglicherweise trübt das mein Urteilsvermögen.»

Das hatte Kummer ja auch deutlich zu spüren bekommen. «Okay …?»

«Klar war ich nicht begeistert, als sie mir den Schnösel vor einem Jahr ans Jackett hängten. Trotzdem gab ich mir Mühe, wollte ihm dies und das beibringen. Doch den arroganten Scheisser interessierte das alles nicht.»

Diesen Eindruck teilte Vanzetti nicht. Doch er nickte bloss.

«Ich weiss, dass ich nicht beliebt bin in der Zentrale.» Egloff deutete ein Lächeln an. «Doch ein paar Freunde habe ich noch. Deswegen bekam ich mit, dass Kummer Lügen über mich verbreitete. Dass ich Fälle in den Sand setzen würde, meinen Job vernachlässige, an der Flasche hänge, solche Sachen. Ich behaupte ja nicht, dass ich immer richtig liege. Damals, bei diesem Syrien-Rückkehrer, habe ich vielleicht wirklich Mist gebaut. Und ich bin bestimmt nicht so fleissig wie andere. Doch wenn es nötig ist, hänge ich mich immer noch rein. Und Alkohol im Dienst ist tabu. Daran halte ich mich.»

Wer log jetzt, Kummer oder Egloff? Vanzetti brummelte neutral.

Egloff stellte die Tasse auf den Tisch und rutschte auf die Kante des Sofas vor.

«Ich habe festgestellt, dass Kummer seine Nase in alles steckt. Nicht bloss in meine Akten, auch in deine. Zudem macht er unzählige Anfragen in den Datenbanken und druckt haufenweise aus. Als ich ihn mal danach gefragt habe, hat er etwas von einem Auftrag der Direktion geschwafelt. Ich habe mich oben erkundigt, dort wusste man nichts davon. Also begann ich, Kummer genauer zu beobachten. Er prahlt doch immer mit seinem Master in Kriminologie von der Uni Bochum. Ich habe dort nachgefragt und erfahren, dass er tatsächlich ein paar Semester studiert hat. Einen Abschluss hat er aber nie gemacht.»

«Vielleicht hat er den anderswo gemacht.»

«Sein Diplom stammt aus Bochum.»

«Du meinst, er hat es gefälscht?»

«Vermutlich. Doch das ist nicht alles. Schon früher verschwand Kummer immer mal wieder für ein paar Stunden. Dafür hatte er immer irgendwelche Ausreden parat. Doch seit einer Woche, seit wir in der Wohnung von diesem Leon Scholer waren, ist er noch häufiger alleine unterwegs.»

«Weshalb?» Egloff breitete die Arme aus. «Keine Ahnung. Was ich weiss, ist, dass er dieser Journalistin nachstellt, dieser Zwygart. Die kennst du ja…»

Vanzetti war perplex, er hob seine linke Hand. «Moment, alles von Anfang an. Wieso wart ihr wirklich in der Wohnung von Scholer?»

«Wie ich dir gesagt habe. Ehrlich. Ernst Wäfler vom Nachrichtendienst hat mich darum gebeten. Du kannst ihn gerne fragen. Aber die ganze Sache stank: diese klinisch saubere Wohnung zum Beispiel. Und dass wir keine persönlichen Dinge fanden. Und vor allem Kummer, der immer mehr zu wissen schien als ich. Er bewegte sich durch Scholers Wohnblock, als kenne er sich dort aus. Lief schnurstracks zur richtigen Tür. Deswegen habe ich ihn genauer unter die Lupe genommen.»

«Was war mit unserem Ausflug in die Lenk?» Gerne wüsste Vanzetti, wer den GPS-Tracker an seinem Auto befestigt hatte. «Bist du uns gefolgt?»

«Nein, das schwöre ich. Ich wusste nichts davon, bis Kummer gestern eine Befragung dieser Zwygart bei den Berner Nachrichten machen wollte. Dass ich einfach mitging, hat ihn überrascht. Auf dem Weg hat er mir von eurem Ausflug in die Lenk erzählt und dass wir Zwygart genauer unter die Lupe nehmen müssten. Und dich auch.» Egloff knetete seine Hände. «Er meinte, du hättest dich von der Journalistin einwickeln lassen und könntest Dreck am Stecken haben.»

Konnte sich Vanzetti wirklich so getäuscht haben in Kummer? Niemand sonst in der BKP hatte je Egloffs angebliches Alkoholproblem erwähnt. «Hatte Kummer einen Auftrag für diese Befragung?»

«Das kann ich mir nicht vorstellen. Von wem denn?» Vanzetti begriff, in welche Richtung Egloff dachte. «Du meinst also, dass Kummer seine eigene Agenda verfolgt.»

Er nahm einen Schluck Kaffee. «Ja. Und irgendwie scheint ihn Zwygart speziell zu interessieren. Ich habe mal kurz ein Dossier gesehen, als er die Schublade seines Schreibtisches schloss. Auf dem Deckblatt klebt ein Foto von ihr. Und ich weiss auch, dass er sie beschattet.»

Vanzetti lehnte sich vor. «Woher?»

«Weil ich gestern *ihn* überwacht habe. Nach der Befragung in der Redaktion. Da hat er sich mal wieder mit einer fadenscheinigen Begründung abgesetzt. Also habe ich mich verabschiedet, so getan, als ginge ich ins Büro, habe aber in einem Café in der Nähe gewartet. Von dort aus habe ich Kummer nicht aus den Augen gelassen. Er ist Zwygart sehr vorsichtig gefolgt.» Egloff studierte Vanzettis Gesicht. «Und du weisst ja, wo sie hinging.»

In den Bremgartenwald. «Hast du den Mord an Marthaler gesehen?»

«Nein, ich bin in dem Café sitzengeblieben. Ich wollte ja nur wissen, ob er sie beschattet. Ausserdem: Kummer ist kein Anfänger mehr, was das angeht, der hätte mich bestimmt entdeckt. Doch jetzt könnte ich mich in den Hintern beissen deswegen. Vielleicht hätte ich den Mord verhindern können.»

«Denkst du, es war Kummer?»

Egloff zuckte mit den Schultern. «Keine Ahnung. Aber ganz ehrlich: Zutrauen würde ich es ihm.»

Vanzetti langsam auch. Er hatte sich von Kummers spitzbübischem Grinsen einlullen lassen. Und Egloff voreingenommen unter dumm und faul abgeheftet. «Was willst du jetzt unternehmen?»

Egloff lächelte traurig. «Genau das, was ich gerade getan habe. Ich gebe die Informationen jemandem, der mehr auf dem Kasten hat als ich. Jemandem, der weiss, was zu tun ist.» Er sass da und starrte auf seinen Schoss hinab. «Vielleicht liege ich ja komplett falsch und bilde mir nur etwas ein.»

Vanzetti schüttelte den Kopf. «Nein, Roli. Ich denke, du hast verdammt gute Arbeit geleistet. Und eines ist klar: Kummer wird uns ein paar Fragen beantworten müssen. Am besten gleich. Weisst du, ob er zu Hause ist?»

Egloff verzog die Miene. «Nein, ist er nicht. Deswegen bin ich gerade jetzt zu dir gekommen. Irgendetwas geht da vor.»

55

Mit der Glock im Anschlag trieb Kummer sie alle vier ins Wohnzimmer. «Hinsetzen.»

Der gefesselte Scholer liess sich in den Sessel fallen, Lucy und Cosima nahmen auf dem Sofa Platz.

Zoe blieb mitten im Wohnzimmer stehen. Sie musste sich erst mal erholen von dem Schock, dass sie sich so getäuscht hatte in Sonnyboy Kummer. Es verwirrte sie zusätzlich, dass sie sich in einem Museum wähnte: grellbunte Tapeten mit psychedelischem Muster, ein Teppich aus dem vorigen Jahrhundert, orangefarbene Sessel, ein Plattenspieler und eine Sammlung LPs.

Kummer richtete die Pistole auf sie. «Setz. Dich. Hin.»

Sie nahm auf dem Sofa zwischen den beiden Frauen Platz. «Was soll das, Kummer?»

Er ignorierte sie, fischte eine Rolle Klebeband aus der Jacke und hielt sie Cosima hin. «Verschnür ihnen die Hände auf dem Rücken. Fang mit der da an.» Mit der Waffe deutete er auf Zoe.

Mist. «Vanzetti ist auf dem Weg hierher. Er wird jeden Moment eintreffen.» Zoe wünschte, es wäre so.

Kummer, ganz in Schwarz gekleidet, grinste. «Sorry, aber der weisse Ritter pennt friedlich in Münsingen.» Aufmerksam beobachtete er jede ihrer Bewegungen.

Cosima nestelte an der Rolle herum, liess sie fallen.

Verdammt, es war Gewebeband, dieses silbergraue, superstarke Zeugs. Das würde Zoe nie zerreissen können.

«Ich … Es tut mir leid», schluchzte Cosima.

«Mach vorwärts, dumme Kuh.»

Sie kniete sich auf den zerschlissenen Teppich und sammelte die Rolle vom Boden auf. Schliesslich umwickelte Cosima Zoes Handgelenke viermal mit dem Klebeband.

Kummer kontrollierte den Sitz an Zoes Gelenken. «Und jetzt die andere.»

Hinter ihrem Rücken testete Zoe ihre Fesseln, indem sie ihre Handgelenke verdrehte.

Cosima wimmerte und verschnürte auch Grosis Hände.

Zoe suchte mit dem Blick nach irgendetwas, das sie als Waffe verwenden konnte. «Was auch immer du planst, damit kommt du niemals durch.»

Kummer nahm Cosima die Rolle aus der Hand und riss ein Stück ab. «Dein Gequatsche nervt.»

Zoe wich mit dem Kopf aus. Doch er beugte sich hinab zum Sofa, presste Zoes Oberkörper mit seiner Schulter gegen die Rückenlehne und drückte ihr das

Klebeband auf den Mund. «Viel besser so.» Er zielt auf Cosima. «Gibt es eine Waffe im Haus?»

«Nein….» Cosima warf aber Scholer kurz einen Blick zu.

Kummer drückte Scholer die Glock auf den Schädel. «Wo ist sie?»

Scholer sass zusammengesunken im Sessel. Es schien, als ob alle Energie aus seinem Körper gewichen wäre. «Oben, im Nachttisch.»

Kummer gab Cosima einen Wink. «Hol sie. Wenn du Dummheiten machst, jemanden anrufst, ist er tot.» Noch immer hielt er die Pistole an Scholers Kopf.

Zitternd erhob sich die magere Frau, schluchzend und mit wackligen Schritten verliess sie das Wohnzimmer.

Während sie warteten, checkte Kummer durch die Fenster die Umgebung des Hofes ab.

Grosi warf Zoe einen Blick zu. *Wir müssen etwas tun.*

Zoe verzog die Miene. *Schwierig, aber ich werde es versuchen.*

Die Treppe knarrte. Kummer trat hinter das Türblatt, nahm die Glock hoch. «Denk an das, was ich gesagt habe.»

Doch so etwas wäre Cosima bestimmt nicht in den Sinn gekommen. Sie betrat das Wohnzimmer und es sah aus, als würde sie jeden Moment zusammenbrechen. In den Fingern hielt sie eine Pistole, eine kleine Beretta, als wäre sie eine tote Ratte.

«Leg sie da hin.» Kummer deutete auf das Fernsehmöbel. «Braves Mädchen.» Er fischte Latexhandschuhe aus seiner Jackentasche.

Zoe bot all ihre Kräfte auf und riss an den Handgelenken.

«Überanstrenge dich nicht, Baby.» Er steckte die Glock in seine Winterjacke, streifte die Handschuhe über und griff nach der Beretta. «Hübsches Teil. Aber eher etwas für Mädchen.» Er liess das Magazin ausfahren, prüfte es, steckte es zurück, zog den Verschluss zurück und entsicherte.

Kummer stellte sich vor den Kaminofen, wärmte seine Hände und liess seinen prüfenden Blick über sie alle wandern. «Hast dich schön gemütlich eingerichtet, Leon. Wolltest dich hier wohl zur Ruhe setzen?»

Scholer schüttelte den gesenkten Kopf.

«Mir ist auch nicht nach plaudern zumute. Also ...» Kummer hob die Beretta, zielte auf Scholer, sein Finger bewegte sich am Abzug.

Cosima weinte, Zoe riss an ihren Fesseln. Grosi erhob sich halb vom Sofa. «Hören Sie, wir können das doch –»

Kummer schoss zwei Mal kurz hintereinander auf Scholer, traf ihn unterhalb des Schlüsselbeins und in den Kopf. Der Körper sackte im Sessel zusammen. Dann drehte sich Kummer mit einer kleinen fliessenden Bewegung weiter zu Cosima und drückte zwei weitere Male ab.

Cosima schrie auf, ihr Körper zuckte. Vornüber fiel sie auf den Teppich und blieb röchelnd liegen.

«Sie Schwein!» Grosi war ausser sich.

Zoe stemmte sich vom Sofa hoch.

Doch Kummer schlug ihr seine Faust ins Gesicht, sodass sie rückwärts gegen das Polster flog. Er zielte auf Grosi. «Aufstehen, alle beide. Aber ganz langsam.»

Wegen der gefesselten Hände kam Grosi nur langsam auf die Beine, Tränen liefen ihr über die Wangen.

«Mörder! Dafür werden Sie viele Jahre im Gefängnis sitzen.»

«Aber nein. Eifersüchtiger Mann erschiesst zuerst seine Geliebte, danach sich selbst. Passt doch. Und falls Zweifel aufkommen, kann ich mich jederzeit einschalten und die Kollegen unterstützen in ihren Ermittlungen.» Er drückte den Griff der Beretta in Scholers rechte Hand.

Indem er Beweise fälschte oder verschwinden liess. Dieser Mistkerl. Zoe rappelte sich mühsam auf, ihr Kopf hämmerte, als ob jemand darin Schlagzeug spielte. Wenn sie doch nur ihre Hände frei hätte.

Grosis Unterlippe zitterte. «Und weshalb das Ganze? Wegen Geld?»

«Das braucht Sie nicht zu kümmern. Und jetzt vorwärts.» Mit der Glock deutete er zum Ausgang. «Zwei weitere Leichen passen hier leider nicht ins Skript.» Er machte drei Schritte zur Wohnzimmertüre, hinkte leicht, deutete mit der Pistole.

Die kräftige Statur, die Grösse, das leichte Humpeln ihres Peinigers – Zoe zählte zwei und zwei zusammen. Von wegen Unfall mit dem Bike. Das musste Kummer gewesen sein, der sie in Vanzettis Haus angegriffen hatte. Der Schuss hatte seinen Fuss gestreift. Wie hatte sie nur so blind sein können?

Kummer öffnete die Haustüre. «Vorwärts.» Von einem Brett an der Wand nahm er einen Autoschlüssel.

Er liess Zoe und Grosi über die Schwelle vorangehen, blieb dicht, aber leider nicht zu dicht hinter ihnen. Kummer trieb sie zur Scheune, ein riesiger Raum mit Betonboden. Rechts stand der schrottreife Traktor, links der Pick-up, ein blauer VW Amarok mit Kabine und Ladefläche. An den Wänden der Scheune stapelten sich Säcke mit Dünger und blaue Fässer.

«Stopp», befahl Kummer, als sie neben dem Pickup standen. «Zieh dich aus!»

Drehte der jetzt komplett durch? Entschieden schüttelte Zoe den Kopf. Sie standen sich gegenüber, die Entfernung betrug drei Meter. Sie könnte dem Bastard einen Kopfstoss verpassen, wenn er näher stünde. Sie könnte ihren Kopf wie einen Rammbock einsetzen und sich brüllend auf Kummer werfen.

Kummer riss Grosi an der Schulter zu sich, legte ihr von hinten den Arm um die Kehle und drückte die Pistole an ihren Schädel. «Ich sage es nicht noch einmal.»

Die Wut kochte in Zoe hoch. Doch vielleicht gäbe ihr das eine Gelegenheit. Sie drehte sich um, streckte ihm die gefesselten Hände entgegen.

Kummer holte ein Messer aus seiner Jacke und schnitt das Klebeband durch. Dann packte er Grosi erneut.

Zoe stand unschlüssig da, bis Kummer Grosi würgte. «Wirds bald?»

Zoe öffnete den Reissverschluss der Winterjacke und streifte sie ab. Sie schnürte die Winterstiefel auf, zog sie aus und schälte sich aus den Skihosen.

«Los, weiter.» Kummers Blicke tasteten ihren Körper ab.

Der geilte sich auf mit diesem Machoding. Sie zog den Wollpullover über den Kopf und streifte die Socken und die langen Thermo-Unterhosen ab. Sie spürte die beissende Kälte auf der Haut. Sie suchte mit dem Blick die Scheune nach einem Beil, einer Heugabel oder sonst einer Waffe ab.

«Wenn du irgendeinen Scheiss machst, knall ich sie ab.» Kummer drückte die Pistole fest auf Grosis Schläfe.

Zoe zog das Thermo-Unterhemd über den Kopf, hakte ihren schwarzen BH auf und streifte ihn ab. Schliesslich zog sie den Seidenslip herunter und warf ihn auf den Kleiderhaufen auf dem Boden. «Drecksack», schrie sie hinter dem Klebeband.

«Nicht schlecht …» Kummer studierte ihren Körper wie eine Speisekarte, dann warf er Zoe die Rolle Klebeband zu. «Wickle einen Meter ab.»

Zoe schäumte vor Wut, spürte die Kälte gar nicht. Was hatte der Kerl bloss vor? Zoes Schultern verspannten sich. Sie musste etwas tun, irgendetwas. Doch der Schweinehund war wachsam und geschickt, er hielt Grosi mit der Pistole in Schach. Sie wickelte das Klebeband ab, warf es vor ihn hin, wartete auf ihre Gelegenheit.

Er richtete die Waffe auf Zoe. «Umdrehen, Arme hinter den Rücken.» Mit einer Hand hielt er Grosi im Klammergriff, mit der anderen griff er nach dem Klebeband auf dem Boden. Mit raschen Handgriffen wickelte er es um Zoes Handgelenke. Er liess Grosi los und machte drei Schritte rückwärts. «Und jetzt du.» Er deutete auf sie.

Zoe senkte den Kopf wie ein wütender Bulle und stürmte los.

Doch Kummer machte einen Schritt zur Seite und drosch ihr den Pistolengriff auf den Hinterkopf. Sie fiel schwer auf den kalten Betonboden.

«Mein Gott.» Grosi wollte ihr helfen.

«Stopp.» Kummer stellte sich zwischen sie. «Dreh dich um.» Er durchtrennte Grosis Klebeband mit dem Messer und zielte auf die liegende Zoe. «Ausziehen.»

Während Grosi Schicht um Schicht abstreifte, rappelte sich Zoe langsam auf, mit pochendem Schädel kam sie auf die Knie. Schliesslich stand auch Grosi nackt da, ganz dünn und zitternd.

Kummer band ihr die Hände wieder zusammen. «Einsteigen.» Er deutete auf den Pick-up.

Zoe wankte zur Fahrerkabine.

«Nicht doch. Hinten rauf.» Kummer deutete auf die Ladefläche und entriegelte die Heckklappe.

Dieses Schwein. Zoe setzte sich auf das eisige Metall, rutschte rückwärts über die Ladefläche, bis sie mit den gefesselten Händen gegen die Fahrerkabine stiess.

Grosi folgte ihr und setzte sich dicht neben Zoe. «Wir schaffen das», flüsterte Grosi.

Das gab Zoe Mut. Wenn es darauf ankam, war Grosi zäh wie Rindsleder.

Kummer nahm ein Seil von einem Haken an der Wand und warf es auf die Ladefläche. Er schloss die

Heckklappe, setzte sich ans Steuer, fuhr rückwärts aus der Scheune und folgte dem Weg den Hügel hoch.

Es fühlte sich an, als ob der eisige Fahrtwind auf Zoe einprügelte. Die Kälte schlug ihr ins Gesicht, zerrte an Schultern, Rücken und Bauch. Sie begann, unkontrolliert zu zittern. Zoe stemmte die Füsse auf die Ladefläche und den Rücken gegen die Kabine und versuchte, das Gleichgewicht zu halten, während der VW über den Schnee rumpelte. Sie holte tief Luft, zwang ihr Bewusstsein zu einer Reise durch den Körper, spannte Muskelgruppe für Muskelgruppe an und liess wieder los. Das wiederholte sie so lange, bis das Zittern nachliess.

Kummer drückte aufs Gas, nahm mehrere Abzweigungen, steuerte durch Wälder und über Wiesen.

Grosi krümmte den nackten Körper, hatte die Augen zugekniffen. «Er wird uns irgendwo aussetzen und in der Kälte sterben lassen.»

Nach zehn Minuten Fahrt spürte Zoe, dass sie die Kontrolle über die Muskeln in ihren Gliedern verlor. Sie zitterte heftig. Aus Bergsteiger-Lehrgängen wusste sie, dass ihr Körper zusätzliche Energien mobilisierte, um der Kälte zu trotzen. Das Schlottern der Muskeln erzeugte Wärme und verlangsamte das Auskühlen. Bedenklich würde es, wenn das Zittern aufhörte. Denn das würde bedeuten, dass der Körper seine Energiereserven verbraucht hatte. Dann würde ihr Verstand langsam den Dienst quittieren. Sie hielt die Augen geschlossen und spürte, wie die Tränen vom Fahrtwind in ihren Augenwinkeln zu winzigen Eistropfen gefroren.

56

Als Vanzetti mit Egloff das Wohnzimmer des Bauernhauses betrat, fiel sein Blick als Erstes auf Leon Scholers reglose Gestalt in einem Sessel. Er trug einen Mantel und Winterstiefel, seine Hände und Füsse waren gefesselt, mit leblosen Augen starrte er gegen die Decke. Auf seiner Stirn prangte ein hässliches dunkles Loch.

Auf dem Teppich vor dem Sofa lag eine Frau mit dem Gesicht nach unten, die Arme weit von sich gestreckt. Einer ihrer Pantoffeln fehlte. Vanzetti zog die Handschuhe aus, bückte sich und tastete nach ihrem Puls. Ganz schwach. «Sie lebt noch!»

«Ich rufe den Notarzt und biete die Kollegen auf.» Egloff riss das Handy aus seinem Mantel.

Vanzetti drehte die Frau, vermutlich Cosima Grütter, in Seitenlage und entdeckte zwei Einschusslöcher in ihrer Brust. Das Pyjama hatte sich dunkelrot verfärbt, ihr Gesicht war kreidebleich. Lange würde sie nicht mehr durchhalten.

Egloff sprach mit der Einsatzzentrale, während Vanzetti ins Badzimmer humpelte und Schränke und Schubladen aufriss. Er fand frische Handtücher sowie Verbandszeug und brachte alles ins Wohnzimmer. Dort schob er das Pyjama der Frau hoch und legte ihr einen Druckverband an.

Und wo steckte Kummer jetzt? Hatte er geschossen? Technikfeind Egloff, ausgerechnet, hatte einen GPS-Tracker an Kummers Auto befestigt. Auf dem Laptop hatten sie gesehen, dass es auf dem Balmberg stand, einen halben Kilometer von diesem Haus entfernt. Sofort waren sie losgerast. Denn vermutlich hatte Kummer Lucy oder Zoe verfolgt. Und keine der Frauen meldete sich auf ihrem Handy.

Als er das ferne Dröhnen eines Motors hörte, zuckte Vanzetti zusammen. Er zog seine Waffe aus dem Schulterholster, duckte sich hinter den Fenstersims und spähte hinaus. Ein Auto näherte sich auf der Zufahrt. Kummer? Vanzetti brauchte einen Beobachtungsposten, draussen. Doch wenn er durch den Vordereingang ginge, stünde er auf dem Präsentierteller. Er entdeckte die Verandatür. «Bleib bei der Frau.»

«In Ordnung.» Egloff kniete sich neben sie und prüfte den Druckverband.

Vanzetti trat hinaus in die Kälte. Er schloss die Türe hinter sich und suchte ein Versteck, von dem aus er den Vorplatz im Blick hatte. Zehn Meter entfernt ragte ein alter Pflug aus dem Schnee, ein Stück dahinter stand eine mächtige Tanne. Vanzetti entschied sich für den Baum, humpelte los.

Er erreichte ihn in dem Moment, als ein blauer Pick-up um die Ecke bog und in die Scheune fuhr. Das Motorengeräusch erstarb.

Vorsichtig spähte Vanzetti durch eine Lücke in den Zweigen. Die Sekunden verstrichen. Er regte sich nicht, atmete kaum, all seine Sinne waren auf das Scheunentor gerichtet. *Komm schon, du Bastard.*

Schliesslich trat jemand aus der Garage, gekleidet in eine dunkle Winterjacke und eine dunkle gefütterte Hose. Auf dem Kopf trug er eine Wollmütze. Als er auf den Eingang zuschritt, konnte Vanzetti das Gesicht erkennen: Kummer.

Wo waren die Frauen?

Vanzettis Finger berührte den Abzug der Pistole. Aber er wollte Kummer lebend, er brauchte Antworten. «Es ist vorbei, Kummer. Nimm die Hände hoch! Jetzt!»

Kummer fuhr herum in Vanzettis Richtung, liess sich fallen, zückte gleichzeitig seine Pistole, riss sie hoch und drückte ab. Dreimal.

Baumrinde flog Vanzetti um den Kopf, eine Schneewolke von den Ästen fiel auf ihn herab. Maledetto! Er duckte sich hinter den Stamm, schwer atmend, der Puls pochte in seinen Ohren. Vorsichtig schob er den Kopf vor, kontrollierte die Hausfassade, den Vorgarten, die Schwitzhütte, die Scheune. Aber kein Kummer.

Er weiss, wo du stehst.

Vanzetti warf sich zu Boden und robbte weg von der Tanne. Wieder knallte ein Schuss, die Kugel traf rechts von ihm am Boden auf, Schnee und Dreck spritzten durch die Luft. Vanzetti rollte sich nach links, feuerte zweimal ohne zu zielen zurück. Halb in der Hocke sah er flüchtig Kummers Schatten über den Vorplatz in Richtung Scheune jagen. Vanzetti feuerte erneut und warf sich hinter den Pflug.

Hatte er gerade einen Schrei gehört?

Das Handgelenk mit der Pistole auf dem Pflug abgestützt, beobachtete Vanzetti das offene Scheunentor. Ob Kummer sich dort drin befand? Vanzetti könnte einfach abwarten, bis Verstärkung eintraf. Doch der Notarzt wäre vor dem Einsatzkommando hier. Das würde die Lage kompliziert machen. Vanzetti musste das hier selber beenden.

Er liess sich auf den Bauch fallen und schob sich in einem Bogen um den Vorgarten herum. Jedes Mal, wenn er sich mit dem linken Fuss abstiess, fuhr ein stechender Schmerz sein linkes Bein hoch. Alle fünf oder zehn Meter hielt er inne, hob kurz den Kopf, beobachtete die Umgebung. Vanzetti robbte so weit, bis die Schwitzhütte zwischen ihm und der Scheune lag. Dann steuerte er auf den kuppelartigen Bau zu. Als er die abgewetzten Blachen der Hütte erreichte, hielt er inne und lauschte auf ein Geräusch.

Nichts.

Langsam schob sich Vanzetti um die Schwitzhütte herum, bis er das ganze Scheunentor wieder im Blick hatte. Kummer könnte sich hinter dem Traktor verstecken oder auf der Ladefläche des Pick-ups liegen. Oder oben auf dem Heuboden. Etwa zehn Meter trennten Vanzetti von der Scheune, auf halbem Weg stand der Holzzaun um den Vorgarten im Weg. Eine verflucht grosse Distanz über eine offene Fläche. Er könnte sich auch gleich eine Zielscheibe auf die Brust malen. Aber vielleicht hatte er getroffen und Kummer lag tot oder verletzt dort drin.

Vanzetti robbte Zentimeter für Zentimeter vor, wartete, schlich weiter, unter dem Zaun hindurch und über den plattgewalzten Schnee auf dem Vorplatz. Da hörte er das metallische Klicken einer Waffe hinter sich. Vanzetti drehte sich auf den Rücken.

«Sieh an, sieh an.»

Kummer hatte ihn im Visier und schob die Blache zurück, die den Eingang der Schwitzhütte bedeckte. «Und jetzt leg schön die Waffe auf den Boden.»

Vanzetti befolgte den Befehl und liess die Pistole fallen. «Was willst du, Kummer?»

«Spannend, nicht? Hast den Ruf, immer alles richtig zu machen. Vanzetti, der Superstar der BKP, der wertvolle Mitarbeiter, der tolle Ermittler. Und jetzt liegst du hier vor mir, pinkelst dir vor Angst in die Hosen und hast keinen Schimmer. Sag, was ist das für ein Gefühl?»

«Wo ist Zoe? Und Lucy?»

Kummer kletterte über den Holzzaun. «Waren ziemlich zäh die beiden Weiber, das gebe ich zu. Aber um die musst du dir jetzt keine Sorgen mehr machen.»

Vanzettis Herz setzte für einen Schlag aus. «Was hast du mit Ihnen gemacht, du mieses Stück Dreck?»

«Ich? Gar nichts. Na ja, also fast.»

In der Ferne hörten sie den Klang einer Sirene. Kummer stand nur noch drei Meter von Vanzetti entfernt.

«Tut mir leid, aber ich muss unser Geplauder frühzeitig beenden.» Er hob die Waffe und zielte.

Es überraschte Vanzetti, wie wenig Furcht er verspürte. Eher einen Anflug von Trauer, dass er durch die Hand eines kleinen Scheissers wie Kummer ums Leben kommen musste. Er holte tief Luft und spuckte. Doch er traf nur den Schnee vor Kummers Füssen.

«Ein Kämpfer bis zum Schluss. Wird ein schöner Spruch für deinen Grabstein.»

«Lass die Waffe fallen, Arschloch», dröhnte eine Stimme vom Haus her.

Kummer wirbelte herum. Zwei Schüsse krachten über den Vorplatz. Kummer riss die Arme hoch und machte ein Geräusch wie ein Ballon, der die Luft verliert. Er taumelte rückwärts und fiel in den Schnee.

Aus dem Halbdunkel der Eingangstüre trat Egloff über die Schwelle, die Pistole noch immer auf Kummer gerichtet.

Vanzetti rollte im Schnee herum, griff nach seiner Pistole, stand auf und humpelte zu Kummer, der gekrümmt im Schnee lag. Auf seiner Winterjacke breitete sich ein dunkler Fleck aus.

Kummer stöhnte und wiegte sich hin und her. Er öffnete und schloss den Mund wie ein Fisch, der nach Luft schnappt. Dann verdrehte er die Augen so stark, bis nur noch das Weisse zu sehen war.

Er war nicht der Erste, den Vanzetti sterben sah, aber vielleicht der Erste, bei dem es ihm nicht leidtat. Er kniete sich neben Kummer und legte den Finger an seinen Hals.

Egloff stapfte durch den Schnee heran.

«Er ist tot.» Vanzetti schaute hoch. «Danke, Roli. Das war Rettung in letzter Sekunde.»

«Kurz vor der Pensionierung mache ich doch noch etwas richtig.» Egloff hob das Kinn in Richtung Kummer. «Hat er etwas über die Frauen gesagt?»

«Vielleicht sind sie tot.» Vanzetti stand auf und liess seinen Blick über die Wiesen und Wälder gleiten. «Wir müssen sie finden.»

57

Eis klebte Lucys Wimpern zusammen. Sie rollte mit den Augen und zog die Brauen hoch, immer und immer wieder. Die Schmerzen wurden fast unerträglich, bis schliesslich die Wimpern an den Wurzeln ausrissen. Dann konnte sie die Lider öffnen.

Sie sah sich um.

Sie stand gefesselt am Stamm einer mächtigen Buche. Das Seil presste ihre Hüfte, ihren Bauch und ihre Brust gegen die schuppige Rinde. Es schnitt in ihre Arme und Beine. Die Hände waren noch immer hinter dem Rücken fixiert.

An einem Bergahorn ein paar Meter rechts von ihr hing Zoe in den Seilen, ihr Kopf lehnte gegen den Stamm.

«Zoe?», wollte sie rufen, doch Lucy brachte bloss ein Krächzen heraus. Ihre Zähne klapperten, die Hände und Füsse spürte sie kaum mehr.

Zoe rührte sich nicht. Die Kleine hatte sich gewehrt, das hatte Lucy trotz ihrer Blindheit mitbekommen. Sie hatte sich auf Kummer gestürzt, hatte sich gewunden und gekämpft. Doch gefesselt hatte Zoe keine Chance gehabt. Der Mistkerl hatte sie brutal geschlagen und getreten, der Schnee war mit Blut gesprenkelt.

Sie befanden sich am Rand einer Lichtung von der Grösse eines Fussballfeldes. Nach zehn oder zwanzig Minuten Fahrt hatte Kummer angehalten und sie über einen Pfad hinabgeschleppt. Lucy sah Spuren, die durch den Wald den Hang hoch führten. Dort oben musste die Strasse sein.

Irgendwie musste sie sich befreien, den Pfad hochsteigen und Hilfe holen. Sie bog den Oberkörper und versuchte, sich dem Strick zu entwinden. Die Borke schürfte ihre Haut auf, es tat höllisch weh.

Das würde sie nie schaffen. Lucys Muskeln erschlafften, sie liess den Kopf sinken. Es wäre ein Segen, wenn sie bewusstlos würde. Die Dunkelheit wäre tröstlich, liesse sie die Kälte und die Schmerzen vergessen.

Was zum Teufel soll das, Lucy?

Die Stimme ihres verstorbenen Mannes Felix beschwor sie leise.

Erspar dir das Selbstmitleid. Tu etwas!

Ach, ihr Felix. Lucy senkte den Blick auf das Seil, das sie an den Baum fesselte. Es führte straff gespannt um ihre Taille, um den Baum und ihre Schultern. Nein, daraus würde sie sich nicht befreien können.

Was hat Kummer gesagt? Im Frühling werde ich herkommen und vergraben, was die Tiere übriggelassen haben.

Du willst doch nicht, dass der Saukerl recht behält.

Der Gedanke an Kummers letzte Worte liess die Wut in Lucy aufsteigen. Sie konnte ihn doch nicht einfach so gewinnen lassen.

Gut so! Du bist eine Kämpferin.

Irgendwie musste sie die Hände frei bekommen. Mit steifen Fingern tastete Lucy nach dem Klebeband, das sie aber nicht mit Muskelkraft sprengen können würde. Mit dem Daumen tastete Lucy nach ihrem schmalen Ehering. Sie drehte daran, bis sie den winzigen Diamanten spürte. Wenn sie das Gewebeband damit anritzten könnte…

Sie bog die Handgelenke, versuchte mit dem Ring an das Klebeband zu kommen. Doch das Seil drückte ihre Finger gegen das Steissbein.

Lucy stiess alle Luft aus und presste ihren Oberkörper gegen den Stamm. Borkensplitter gruben sich in ihre Haut. Doch ein paar Millimeter genügten, das Seil lockerte sich ein winziges Bisschen, und weiter und noch ein Stück. Blut lief irritierend warm über ihre Handgelenke. Schmierte aber die Faser des Seils. Endlich konnte Lucy ihre verbundenen Handgelenke darunter hervorziehen.

Sie machte einen tiefen Atemzug, die eisige Luft brannte in ihren Lungen. Lucy zog die gefesselten Hände so weit wie möglich den Rücken hoch, verrenkte sich dabei fast die Schultern, bis sie den Rand des Klebebandes unter dem Ringfinger spürte. Lucy schlotterte so sehr, dass sie ihre Bewegungen kaum kontrollieren konnte. Doch sie begann, am Band mit dem Diamantensplitter zu raspeln. Mit gefesselten Händen dauerte es eine gefühlte Ewigkeit. Immer wieder riss Lucy an den Handgelenken, rieb weiter, riss und zerrte. Doch sie spürte, dass sie Fortschritte machte, dass eine kleine Öffnung im Klebeband entstand.

Plötzlich flogen ihre Ellenbogen auseinander, sie hatte die Hände frei.

Zitternd streifte Lucy das Seil über ihre Schultern und die Hüfte, bevor sie einen Schritt weg vom Stamm machte. Sie ging in die Hocke und umklammerte ihre Knie. Mit den Unterarmen rubbelte sie ihre blauen Beine so lange, bis sie sich mit einem stechenden Schmerz zurückmeldeten.

Lucy erhob sich und torkelte vier Schritte hinüber zu Zoe.

Lucy riss ihr das Klebeband vom Mund, strich über ihre weissen Wangen. «Jetzt bist du dran, Kleine.»

Lucy ritzte das Klebeband an den Handgelenken mit ihrem Ring an, bis sie es aufreissen konnte. Dann befreite sie Zoe vom Seil.

Zoe lehnte stocksteif am Baum. Blaugefroren die Zehen, die Nase und der Mund waren mit Blutkrusten und Frostkristallen überzogen.

Lucy rieb Zoes Körper von unten nach oben mit

ihren Unterarmen ab. In den Muskeln schien noch ein Rest Leben zu sein. Als Lucy ihr den Oberkörper massierte, regte sich Zoe, sie zitterte. Lucy dankte Gott und allen Heiligen. Sie beugte sich über Zoes Gesicht, strich ihr über die Haare, küsste ihre Wange. «Alles wird gut. Noch ein bisschen kämpfen. Ja?»

Zoe stöhnte leise und blinzelte. Mit dem Rücken gegen den Ahorn bewegte sie langsam ihre Arme, ihre Beine, Bewegung für Bewegung kämpfte sich Zoe zurück ins Leben.

«Kannst du selber weitermachen? Ich will schauen, wie wir hier rauskommen.»

Zoe nickte schwach.

Die lähmende Angst war verschwunden. Lucy empfand nur noch die absolute Gewissheit, dass sie Zoe retten würde, was auch immer mit ihr selbst geschah. Sie kämpfte sich ein Stück den Hang hoch, hielt sich an Ästen und Gebüschen fest. Doch schnell musste sie feststellen, wie wenig Kraft noch in ihrem Körper steckte. Mit zitternden Gliedern blieb sie stehen, eine Strasse war nicht in Sicht. Doch selbst wenn sie es bis nach oben schaffen würde, wüsste sie nicht weiter. Es könnten Kilometer sein bis zum nächsten Haus. Sie mussten irgendwie zu Kräften kommen und ihre nächsten Schritte überlegen.

Lucy eierte den Hang hinunter, zurück zu Zoe, die etwas munterer zu sein schien. «Kannst du gehen?»

«Ja.» Die Haut von Zoes Lippen war aufgeplatzt und fing an zu bluten. Sie schlotterte heftig.

Lucy nahm ihre Enkelin in den Arm, einen Moment lang hielten sie sich eng umschlungen. Dann halfen sie sich gegenseitig. Lucy überblickte die Lichtung unter ihnen. An einem Hügel vielleicht fünfzig Meter entfernt hatte der Wind eine Schneewechte aufgetürmt. «Weisst du noch, wie du früher im Garten Schneehöhlen gebaut hast?»

Zoe folgte ihrem Blick, entdeckte die Schneewechte. «Darin bin ich Expertin», krächzte sie.

Bevor sie sich auf den Weg machten, grub Lucy zwei kurze, abgebrochene Äste aus dem Schnee. Dann stolperten sie los. Es kostete viel Kraft, doch gemeinsam schafften sie es bis zum Hügel auf der Lichtung. Sie begaben sich zur windgeschützten Seite und begannen zu graben. Mit den Ästen und Händen höhlten sie ein Loch hinein. Als sie gross genug für zwei Menschen war, kletterten Lucy und Zoe ins Innere und schaufelten den Eingang zu, bis nur noch eine kleine Öffnung übrig blieb.

«Machst du mir eine heisse Schokolade?» Ein Lächeln zeichnete sich auf Zoes zerfurchten Lippen ab.

Lucy legte einen Arm um die Kleine und spürte unendlich viel Liebe. «Morgen bekommst du einen ganzen Kübel davon.»

Zoe drückte sich fest an Lucy. «Wenn wir jetzt sterben müssen, wäre das nicht die schlimmste Art.»

Das fand Lucy auch. «Daran darfst du nicht einmal denken. Wir zwei schaffen das.»

Ganz langsam wärmte sich die Höhle etwas auf, das Zittern in ihren Körpern liess nach. Lucy wurde müde. Doch sie wusste, dass sie nicht einschlafen durften. «Es Burebüebli mani nid …», sang sie.

Zoe guckte sie von der Seite an, zunächst entgeistert, dann mit einem schiefen Grinsen. Sie stimmte mit ein, und gemeinsam sangen sie «Dr Sidi Abdel Assar», «Alperose» und alle Lieder, die ihnen sonst noch einfielen. Das gemeinsame Singen, das spürte Lucy, gab ihnen Kraft und Hoffnung.

Plötzlich hörte Lucy ein Geräusch, ein rhythmisches Stampfen irgendwo über ihnen aus dem Wald. Sie lauschte, das Geräusch von Schritten kam näher.

«Hörst du das? Kommt der Kerl zurück?», fragte Lucy.

Zoe wandte den Kopf. «Es sind mehrere Stimmen. Männer.»

«Zoe, Lucy, seid ihr da?», schrie jemand.

«Vanzetti!»

Lucy hätte schreien können vor Glück, doch sie brachte kein Wort heraus.

58

31. Januar
Wie lange sie schon wach lag, wusste Zoe nicht. Es gab keinen bestimmten Moment, an dem ihr Bewusstsein richtig eingesetzt hatte. Es war eher wie ein langer Spaziergang in der Morgendämmerung. Doch irgendwann hatte sie genug Energie gesammelt, um die Augen zu öffnen.

Sie blinzelte in das grelle Licht einer Neonröhre über ihr. Die dezenten Farben, der Geruch nach Desinfektionsmitteln und die quietschenden Schritte im Flur sagten ihr, dass sie sich wohl im Inselspital befand. Schon wieder. Sie sollte ein Jahresabonnement kaufen. Zoe hatte einen schalen Geschmack im Mund und das Gefühl, als ob ihr Hirn vom Rest des Körpers getrennt wäre. Also versuchte sie, eine Verbindung zu ihren Gliedern zu bekommen. Sie fing mit den Zehen an. Doch die verweigerten ihren Dienst. Sie testete die Finger, spürte jedoch ihre Hände nicht.

Zoe kämpfte gegen die aufsteigende Panik an. Bestimmt gab es eine logische Erklärung dafür. Sie schloss die Augen und befahl ihrem rechten Arm, sich zu bewegen. Er war schliesslich ihr alter Kumpel, mit ihm hatte sie geschrieben, geschossen, gestreichelt. Doch er gab keine Antwort. Verstand der jetzt kein Berndeutsch mehr?

Okay, sie konnte auch anders. Zoe legte ihren ganzen Willen und ihre Kraft in den Arm, Schweissperlen traten auf ihre Stirn. Und dann, wenn auch widerwillig, hob er sich um ein paar Millimeter von der Decke. Sofort frass sich ein Stück glühende Kohle vom Arm durch die Schulter in ihr Rückenmark. Scharf sog Zoe Luft ein. Sie hörte ein Rascheln, ruhige Schritte, ein Gesicht tauchte in ihrem Blickfeld auf.

«Hey.» Vanzetti lächelte auf sie herunter und sprach mit leiser Stimme. «Wie geht es dir?»

«Wunderbar.» Zoe kämpfte gegen die Schmerzen an. Doch sie freute sich sehr, ihn zu sehen. «Aber tanzen komme ich nicht heute Abend.»

Er hob eine Augenbraue. «Du tanzt?»

«Nur, wenn ich betrunken bin.»

Er sah müde aus und war unrasiert. «Wenn du wieder fit bist, führe ich dich aus. Dann werde ich den Alkohol besorgen. Einverstanden?»

«Okay.» Ein guter Grund, möglichst schnell hier rauszukommen. «Wie lange liege ich schon hier?»

«Es ist Dienstag, halb sechs Uhr morgens. Du hast fast sechzehn Stunden geschlafen.»

Zoe konnte sich an Lichter, viele Menschen und den Lärm eines Helikopters erinnern. «Wo ist Grosi?»

«Hier.» Er deutete mit dem Daumen über seine Schulter. «Sie schläft.»

Zoe wollte ihren Kopf heben, doch es gelang ihr nicht. «Kannst du mein Bett hochstellen?»

Vanzetti drückte den Knopf, das Kopfteil fuhr hoch. Grosi lag gegenüber mit dick einbandagierten Armen. Eine Infusion führte von ihrem linken Arm zu einem Ständer neben dem Bett. Unter dem weissen Duvet zeichnete sich eine dünne und zerbrechliche Gestalt ab. «Wie geht es ihr?»

«Ihr habt beide grosses Glück gehabt. Ihr habt fast zwei Stunden bei eisiger Kälte überlebt. Die Ärzte meinen, es grenze an ein Wunder. Letzte Nacht haben sie euch behutsam aufgetaut und bloss Erfrierungen zweiten Grades festgestellt. Verschiedene Körperteile wirst du für eine Weile nicht spüren können, aber das ist normal. Mit der Zeit wird sich das Gewebe erholen.»

Sie würde sich nicht bewegen können? «Wie lange?»

«Ein paar Wochen, sagen die Ärzte.»

«Shit.»

Er legte eine Hand auf ihre Schulter. «Mach dir darüber jetzt keine Gedanken. Du kannst viel schlafen, lesen, essen.»

«Sie wird uns in den Wahnsinn treiben», tönte es vom anderen Bett.

Ein wunderbares Gefühl durchströmte Zoe. «Hey, Schlafmütze.»

Vanzetti humpelte hinüber zu Grosi und gab ihr einen Kuss auf die Wange. «Bin ich froh, dass es euch beiden gut geht.» Er liess auch ihr Bett hochfahren.

Grosi guckte auf ihre Hände, die in weissen Boxhandschuhen zu stecken schienen. «Ich fühle mich wie ein Schinken im Teig.»

Zoe betrachtete Vanzetti, der Jeans und ein zerknittertes blaues T-Shirt trug. Das passte so gar nicht zu ihm. «Warst du die ganze Nacht hier?»

«Fast. Zwischendurch bin ich zu euch nach Hause gefahren und habe nach Winston gesehen. Im Moment ist er gut aufgehoben bei eurer Nachbarin. Ich nehme ihn nachher mit zu mir.»

Grosi lächelte. «Vielen Dank, Alex.»

«Kein Problem.» Er liess sich auf den Besucherstuhl zwischen den beiden Betten fallen. «Eine Menge Leute wartet auf ein paar Informationen von euch. Polizei, BKP, Nachrichtendienst, von den Journalisten ganz zu schweigen. Fühlt ihr euch fit genug, um über gestern zu reden?»

Grosi guckte zu ihr her.

«Das kannst du übernehmen», sagte Zoe.

Also berichtete Grosi davon, wie sie auf den Balmberg gefahren, Leon Scholer entdeckt und mit Zoe überrumpelt hatte. Und von Kummer.

Vanzetti hörte konzentriert zu, schüttelte den Kopf und schnaubte. Doch er hielt sich mit Kritik zurück, stellte bloss hie und da eine Frage.

«Wie hast du uns eigentlich gefunden?», fragte Grosi schliesslich.

Vanzetti sass vorgebeugt mit den Unterarmen auf den Knien. «Wir hatten gut fünfzig Leute auf dem Balmberg. Mit denen haben wir die ganze Gegend durchgekämmt. So fanden wir die Stelle, wo Kummer den Pick-up abgestellt und euch in den Wald gezerrt hatte. Als wir den Spuren folgten, haben wir euren Gesang gehört.»

Zoe grinste. «Wir waren ziemlich gut.»

Übertrieben kratzte sich Vanzetti am Hinterkopf. «Na ja, bei Voice of Switzerland solltet ihr euch nicht gleich anmelden.»

Zoe war zu müde, um zu protestieren. «Kannst du mir einen Schluck Wasser geben. Mein Mund ist ganz trocken.»

Vanzetti trat neben das Bett, nahm ein Glas vom Nachttisch und hielt es ihr an den Mund. Er machte ein Gesicht, als ob er in eine Zitrone gebissen hätte. «Euch ist hoffentlich klar, dass ich stinksauer bin. Nur mit viel Glück habt ihr diesen Egotrip überlebt. Scholer zu stellen hätte man professionell angehen müssen.»

Zoe nickte. Sie fühlte sich mies, denn er hatte recht. Wenn sie das richtig gemacht hätten, könnten

Leon Scholer und Cosima Grütter noch am Leben sein.

Er schien ihre Gedanken zu lesen. «Die gute Nachricht ist: Frau Grütter ist schwer verletzt, doch sie lebt.»

«Habt ihr Kummer verhaften können?», fragte Grosi.

«Er ist tot. Egloff hat ihn erschossen.»

Zoe empfand kein Mitleid mit dem Dreckskerl.

Nun war Vanzetti an der Reihe. Er fasste die Ereignisse des Vortags zusammen.

«Es sieht so aus, als ob Kummer mit seiner angeblichen Biografie ein riesiges Lügengebilde aufgebaut hat. Ausser, dass er ein offenbar eiskalter Mörder war, wissen wir nicht viel über ihn. Aber wir graben zurzeit alles um, bestimmt bekommen wir bald ein paar Antworten.»

Auch Zoe hatte sich von dem Sonnyboy einlullen lassen. «Es war wohl Kummer, der mich in meinem Auto in Gasel mit dem SUV vor den Zug stossen wollte.»

Vanzetti nickte. «Vermutlich.»

Grosi war wieder eingeschlafen und schnarchte ganz leise.

Auch Zoe fühlte sich kaputt, Schmerzen breiteten sich in ihrer Stirn aus. «Könnte Kummer denn dieser geheimnisvolle Zurbrügg sein, vor dem sich alle in die Hosen machen?», fragte sie leise.

Vanzetti setzte sich auf ihren Bettrand. «Nein. Wenn die Berichte stimmen, ist Zurbrügg seit über zehn Jahren in der Sicherheitsbranche. Dafür ist Kummer zu jung. Aber mittlerweile denke ich sowieso, dass es eine Person namens Zurbrügg gar nicht gibt. Das ist eher so etwas wie ein Markenname.»

«Aber wer steckt hinter der Marke? Grundlos wurden Pia, Leon und Marthaler doch nicht umgebracht. Und dann sind da noch Cosima Grütter und die beiden verschwundenen Frauen, die Journalistin Wyss und die PR-Frau Wagner von Falke Security.»

Er strich ihr mit einem Finger über die Wange. «Darauf kann ich dir noch keine Antwort geben. Ein Puzzlestück haben wir allerdings gefunden. Scholers Handy enthält viele Textnachrichten von Charlotte Wagner. Offenbar waren sie mehr als nur Arbeitskollegen bei Falke.» «Ein Verhältnis?» Die Rädchen in Zoes Kopf drehten sich wieder. «Sie könnte Scholer etwas Geheimes erzählt haben. Oder ihm brisante Unterlagen gegeben haben.»

«Etwas in der Art habe ich mir auch schon überlegt.» Vanzetti legte eine Hand auf Zoes Arm. «Du siehst müde aus, ich lasse dich jetzt schlafen. Auf mich wartet ein Haufen Papiere.» Er stand auf und nahm seinen Pullover von der Lehne des Besucherstuhls. Er zog ihn an, griff nach dem Mantel am Haken an der Wand und schlüpfte hinein. Aus der

Tasche zog er eine Zeitung. «Ach, hier habe ich noch eine Lektüre für dich.» Vanzetti hielt den Blick am Abend hoch, der Titel auf der Frontseite lautete: *Bundespolizist ermordet Liebespaar.* Ein grosses Foto zeigte Männer und Frauen in Kampfmontur, Polizeifahrzeuge und einen Helikopter im Hintergrund. Unten auf der Seite waren Zoe und Grosi im Porträt zu sehen.

Shit, da kam einiges auf Zoe zu. «Steht da noch mehr?»

«Weiss ich gar nicht.» Vanzetti blätterte um und zeigte ihr die Zeitung. Die Berichte füllten auch die Seiten zwei und drei.

«Oh, Mann.» Zoe fühlte sich zu müde, um zu lesen. Oben rechts entdeckte sie ein Foto von Niklaus Marthaler von der Bundesanwaltschaft. «Und der? Wie ist der in die Sache verwickelt?»

«Wer?» Vanzetti nahm die Zeitung, betrachtete das Foto und las die Bildlegende. «Das ist Marthaler?» Er fixierte das Bild. «Das gibt es doch nicht.»

«Was?»

Er betrachtete das Foto und guckte hoch zum Zimmerfenster. «Ich bin mir nicht sicher … Aber ich finde es heraus. Tschüss, Zoe.» Er warf die Zeitung auf den Besucherstuhl, gab ihr einen Kuss auf die Wange und hinkte aus dem Krankenzimmer.

Zoe wollte … Die Augen fielen ihr einfach zu.

59

Das Arbeitszimmer im 1. Stock seines Hauses lag fast im Dunkeln, Vanzetti hatte bloss die Schreibtischlampe angeknipst. Der rundliche Lichtkegel half ihm bei der Konzentration. Nicht viele Akten lagen vor ihm auf dem Tisch. Im Archiv der Bundeskriminalpolizei hatte er nicht die richtigen Informationen über ausländische Geheimdienste in der Schweiz beschaffen können. Doch morgen würde er beim Bundesnachrichtendienst anklopfen und dort hoffentlich besseres Material finden. Damit liesse sich sein Verdacht möglicherweise bestätigen. Oder aber er würde gleich gegen eine Wand rennen.

Vanzetti reckte die Arme über den Kopf und dehnte die Schultermuskeln. Im Haus war es totenstill. Nur Winston, der auf einer Wolldecke unter dem Arbeitstisch pennte, schnaufte ab und zu. Der Hund hatte wirklich die Ruhe weg.

Vanzetti stand auf und trat ans Fenster. Draussen rieselte leichter Schnee in seinen Garten, alles wirkte sehr friedlich. Doch seit den Ereignissen der letzten Tage verband Vanzetti die Kälte auch mit dem Tod. Er liess den Rollladen herunter und setzte sich wieder hin, der Tisch wackelte. Schon lange müsste Vanzetti ein Bein neu verleimen. Plötzlich hörte er ein

Geräusch. Er hob den Kopf und horchte. Er hatte die Türe unten doch abgeschlossen, oder? Vanzetti konnte sich nicht mehr erinnern, ob er den Schlüssel tatsächlich gedreht hatte. Aber er war sich ziemlich sicher.

Er vertiefte sich wieder in seine Unterlagen, doch die Buchstaben verschwammen vor seinen Augen. Es musste ins Bett, morgen stünde ihm ein langer Tag bevor. Vanzetti klappte das Aktenmäppchen zu und lehnte sich zurück.

«Guten Abend, Herr Vanzetti», sagte eine sanfte Frauenstimme.

Er fuhr zusammen und fasste sich an die Brust. «Maledetto, jetzt bin ich erschrocken.»

«Das tut mir leid.» Die Stimme kam aus dem Flur.

«Wie sind Sie hier hereingekommen? Und was wollen Sie?» Als Wachhund war Winston eine Null.

«Durch den Garten. Das Schloss der Verandatüre ist geradezu eine Einladung.»

«Das höre ich nicht zum ersten Mal.» Langsam bekam Vanzetti wieder Luft, jetzt brauchte er einen Plan. «Ich fürchte, es ist schon etwas spät. Ich wollte gerade schlafen gehen. Können wir für morgen einen Termin vereinbaren?»

Ein schwarzer Winterstiefel trat in den Lichtkegel, schwarze Jeans, ein eng anliegender schwarzer Mantel. Die Frau trug eine rote Ledertasche an einem Riemen über der rechten Schulter, eine Hand steckte darin. Lydia Dubach alias Lady Chatterley schnalzte mit der Zunge. «So lange kann ich leider nicht warten.»

Vanzetti erhob sich. «Sie werden sich trotzdem gedulden müssen…»

«Setzen Sie sich!» Sie kam keinen Schritt näher zum Tisch, zog aber die rechte Hand aus der Tasche. Darin hielt sie eine Pistole, die sie auf Vanzetti richtete. «Sie scheinen gar nicht überrascht, mich zu sehen.»

Vanzetti liess sich auf den Stuhl sinken. «Dass Sie hier auftauchen, überrascht mich schon. Aber nicht, dass Sie noch am Leben sind.»

«Sehen Sie, ich habe mich nicht getäuscht in Ihnen. Was hat Sie auf meine Spur gebracht?»

«Niklaus Marthaler. Heute habe ich erstmals ein Foto von ihm gesehen – und mich an das Gesicht erinnert. Er versteckte sich vor einer Woche im Wandschrank Ihres Ateliers.»

Sie lachte freudlos. «Ach, der kleine Nik. Er dachte doch tatsächlich, er könne mich ausspionieren. Ihm habe ich mit besonderem Vergnügen den Hintern versohlt.»

«Die Leiche in Ihrer abgebrannten Wohnung. Wer war das?»

«Frau Wagner war so freundlich.»

Eiskalt, die Frau, die Vanzetti mal nicht unsympathisch gefunden hatte. Zum ersten Mal sah er sie ohne Schminke. Sie war um die fünfzig, hatte schulterlanges, dunkles Haar, ein ovales Gesicht und weit auseinanderstehende Augen. Ein Allerweltsgesicht. Doch ihre funkelnden Augen deuteten auf einen messerscharfen Verstand hin. «Sobald die Ergebnisse der Autopsie vorliegen, wird das jeder wissen.»

«Vermutlich. Aber ich verlege meine Aktivitäten sowieso ins Ausland. Und ich plane nicht zurückzukommen.»

Die Puzzleteile passten zusammen. «Sie sind Zurbrügg, richtig?»

Sie deutete eine leichte Verbeugung an. «Bravo. Schade, dass ich mein florierendes Geschäft von jetzt an aus der Ferne leiten muss. Das macht alles etwas komplizierter.»

Vanzetti musste einen Ausweg finden, bevor sie ihn umbrachte. Es fiel ihm nichts Besseres ein, als sie weiterreden zu lassen. «Welche Leistungen haben Sie denn im Angebot?»

«Informationen, Herr Vanzetti. Als Domina bekommt man eine Menge davon. Oder erzwingt sie.»

«Und wer gehört zu Ihren Kunden?»

«Ich bin da nicht wählerisch.» Dubach hob die Schultern. «Ein Firmenchef erzählt mir etwas, das ich an seine Konkurrenz verkaufe. Wenn ich etwas von einem Anwalt erfahre, wende ich mich an die Gegenpartei. Das ist durchaus lukrativ. Allerdings habe ich mit den Jahren gemerkt, wie sich weit mehr Geld verdienen lässt.»

«Jetzt bin ich aber gespannt.» Auf dem Aktenhaufen entdeckte Vanzetti aus den Augenwinkeln seinen Brieföffner.

«Falke Security liefert auf Bestellung. Wir beeinflussen Abstimmungen oder Nominierungen, regen Vorstösse im Parlament an.»

«Wie Cambridge Analytica?» Er liess seine Hand zum Brieföffner wandern.

«Tatsächlich weiten wir unser Geschäftsmodell seit der Zusammenarbeit mit der Dover Defense Group in diese Richtung aus. Zuvor waren unsere Methoden noch etwas rudimentär.»

Vanzetti konnte sie sich vorstellen. «Erpressung, Bestechung und Mord.»

«Nur das Ergebnis zählt.» Sie wedelte mit der Pistole und seufzte. «Sie beleidigen mich, Herr Vanzetti. Bitte nehmen Sie die Hand vom Brieföffner weg.»

Porca vacca. Er legte die Hände auf dem Tisch übereinander. «Und jetzt wollen Sie also jemanden zum Bundesrat machen.»

Ihr Strahlen wirkte gespielt. «Regierungen geben Unsummen aus für das Belauschen von wichtigen Verhandlungen. Ich hingegen kann jemanden anbieten, der nicht nur mittendrin sitzt, sondern die Gespräche auch noch in die gewünschte Richtung lenkt. Denn der Schweizer Aussenminister leitet bekanntlich Abrüstungs- und Friedenskonferenzen.»

«Und wieso gerade jetzt?»

«Einige Länder im Nahen Osten gehen gerade auf Konfrontationskurs. Und die Schweiz spielt eine wichtige Vermittlerrolle», dozierte Dubach.

Ob sie auf das Schutzmachtmandat der Schweiz im Iran und in Saudi-Arabien anspielte? «Wer ist Ihr Auftraggeber?»

«Das ist ein Geschäftsgeheimnis. Allerdings gab es verschiedene Interessenten.»

«Und Scholer? Wie passt er da rein?»

«Ach, das war bloss ein verwöhnter Schnösel. Er und diese dumme Gans Wagner dachten, dass sie ein paar unserer Betriebsgeheimnisse verkaufen könnten. An mir vorbei.» Dubach lachte abschätzig.

«Hat Jan Kummer für Sie spioniert?»

Sie atmete tief ein. «Dass Sie ihn umgebracht haben, nehme ich Ihnen wirklich übel. Der Junge hatte Talent. Und es war sehr aufwendig, ihn bei der BKP einzuschleusen. Er hätte uns noch viele gute Dienste geleistet.» Ihre Stimme klang auf einmal gepresst vor Anspannung, sie machte eine rasche Bewegung mit der Pistole.

Vanzetti dachte, jetzt sei es aus. Er musste sie zum

Weiterreden bringen. «Wie passt Pia Foletti in die Geschichte?»

«Was ist das hier, eine Quizshow?» Ihre wachen Augen musterten ihn routiniert. «Dieses kleine Biest wollte uns dazwischenfunken. Sie hat sich an Ott herangemacht in der Hoffnung, Dreck zu finden.»

«Sie hatte das geplant?»

«Natürlich. Eine idealistische junge Frau mit dem Traum eines Arbeiterstaates im Kopf. Sie hat sich den Russen praktisch an den Hals geworfen und im Auftrag von Oberst Mironow gehandelt.»

Vanzetti schnappte nach Luft. Mironow war der russische Investor, den der deutsche Auftragsmörder in Nidau erschossen hatte. «Die haben für den russischen Geheimdienst gearbeitet?»

«Sie sind schwerer von Begriff, als ich dachte.» Dubach seufzte. «Foletti hat der Bundesanwaltschaft belastendes Material über Ott zukommen lassen. Ausser den Pfadfinder Marthaler interessiert das dort aber niemanden. So weit, so gut. Doch dann verliebten sich Foletti und Ott doch tatsächlich ineinander, können Sie sich das vorstellen? Foletti, diese Närrin, verliess Ott, um ihn zu schützen. Und er selber bekam plötzlich Skrupel und wollte seine Kandidatur zurückziehen. Was für Amateure!» Theatralisch schüttelte sie den Kopf.

«Sie haben Pia Foletti umbringen lassen.»

Dubach breitete die Arme aus. «Die liess mir keine Wahl. Und Ott verstand die Warnung, er macht keine Zicken mehr.»

«Und das P-26? Was hat das damit zu tun?»

Diesmal schien ihr Lachen echt. «Rein gar nichts. Das war bloss ein Ablenkungsmanöver. Marthaler hat es aufgegriffen, weil er damit Frau Zwygarts Interesse wecken konnte. Und Ihres natürlich auch. Projekt Aurora, einfach köstlich. Natürlich haben wir Sie ständig überwacht in der Hoffnung, dass Sie uns früher oder später zu Scholer führen. Vielen Dank auch.»

Unter dem Tisch gähnte Winston laut, Dubachs Kopf fuhr ruckartig herum.

Mit einer schnellen Bewegung wischte Vanzetti die Lampe vom Tisch. Sie krachte zu Boden, es wurde stockdunkel im Raum.

Die Lady schoss sofort, traf aber nicht.

Winston rannte herum und bellte wie verrückt.

Vanzetti liess sich vom Stuhl zur Seite fallen. Noch ein Schuss gellte, Vanzetti spürte einen scharfen Schmerz im rechten Wadenbein.

Es klickte mehrfach hintereinander – Dubach betätigte den Lichtschalter. «Verdammt.»

Jetzt war Vanzetti froh darüber, dass er nie eine Deckenlampe in diesem Zimmer installiert hatte. Er duckte sich unter die Tischplatte und spürte in den Knien den Boden vibrieren. Dubach kam auf ihn zu.

Ohne zu zögern, drückte sie erneut ab.

Holz splitterte neben Vanzettis Kopf, doch im Mündungsfeuer erkannte er seine Chance. Dubach befand sich in seiner Reichweite. Er stiess die Ferse seines gesunden Beines mit voller Wucht nach vorn, traf gegen ihr Knie.

Mit einem Aufschrei stürzte Dubach zu Boden.

Vanzetti schob sich unter dem Tisch hervor und hechtete auf sie, griff nach ihren Armen. Ein weiterer Schuss fiel, die Kugel landete irgendwo. Er bekam ihre Waffenhand zu fassen, schlug sie mehrfach auf das Parkett. Mit einem Poltern rutschte die Pistole über den Boden.

Dubach kreischte und trommelte mit beiden Fäusten auf seinen Kopf und seine Schultern ein.

Vanzetti liess von ihr ab und tastete mit seinen Fingern den Boden ab, dort, wo er die Waffe vermutete. Er spürte etwas Hartes und griff danach. «Ich habe die Pistole. Geben Sie auf.»

«Niemals!» Wie eine Furie warf sich Dubach auf ihn, boxte wild drauflos, traf seine Beine, den Oberkörper, zerkratzte ihm das Gesicht. Mit beiden Händen packte sie den Arm mit der Waffe.

Vanzetti spürte, dass seine Kräfte nachliessen. Er riss seine Hand los und schlug den Pistolengriff gegen ihren Kopf, einmal, zweimal, dreimal.

Mit einem Stöhnen sackte Dubach auf ihm zusammen. Vanzetti schob den schlaffen Körper von sich. Er wollte aufstehen, doch sein rechtes Bein reagierte nicht. Er robbte zum Schreibtisch, spürte Winstons Fell unter seinen Fingern. Der Hund winselte. «Alles ist gut, mein Junge.»

Vanzetti fand ein Tischbein, tastete die Arbeitsfläche ab, fand das Handy. Im schwachen Licht des Telefons sah er Dubach auf dem Parkett liegen, ihr Brustkorb hob und senkte sich. Winston sass direkt neben ihm und guckte mit grossen Augen. Der Hund schien unverletzt.

Vanzetti atmete stossweise, Schweiss tropfte auf das Display. Er tippte auf 117.

«Kantonspolizei Bern.»

Er brachte kein Wort heraus. Das Letzte, woran Vanzetti sich erinnerte, war etwas Warmes und Feuchtes, das über sein Gesicht strich.

60

10. März

Die schmalen Absätze der neuen Pumps klackten auf dem Parkett, das enge schwarze Kleid spannte sich beim Gehen um die Oberschenkel. Zoe betrat das Badezimmer ihrer Wohnung und trat vor den Spiegel. Sie blies eine Haarsträhne aus den Augen, zupfte das Kleid zurecht und griff nach dem Lippenstift. Aufgebrezelt wie eine dumme Tussi… Wieso hatte sie sich bloss darauf eingelassen?

Es klopfte zweimal an der Eingangstüre. «Isst du heute mit mir, Zoe?» Grosi betrat die Wohnung.

«Kann nicht, hab noch etwas vor.»

Grosi guckte ins Badezimmer und machte grosse Augen. «Mensch, du siehst super aus. Hast du eine Verabredung?»

«Ein Abendessen», murmelte Zoe und mied im Spiegel Grosis Blick.

«Mit jemandem, den ich kenne?»

«Eigentlich geht dich das nichts an.» Zoe setzte den Lippenstift an der Oberlippe an.

«Das macht mich jetzt erst recht neugierig.» Ihre Augen funkelten vor Vergnügen.

Zoe könnte es ja sowieso nicht verheimlichen. «Mit Alex.»

«Davon gibt es viele.» Grosi zog die Augenbrauen hoch. «Vanzetti?» «Ja.»

«Wird auch Zeit.» Im Spiegelbild lächelte Grosi verschmitzt. «Der Arme versucht es doch schon ewig.»

Nur zu gerne würde Grosi sie mit Vanzetti verkuppeln. «Wieso habe ich mich bloss darauf eingelassen? Ich sehe aus wie die Püppchen in der Annabelle.»

Grosi strich ihr mit beiden Händen über die Hüften. «Unsinn. Das Kleid bringt deine tolle Figur zur Geltung. Aber das Make-up … na ja …»

«Ich hasse das.» Zoe warf den Lippenstift auf die Ablage unter dem Spiegel.

«Komm, setz dich auf den Wannenrand und lass mich machen.» Grosi holte Stifte und Döschen aus dem Spiegelschrank. «Wohin geht ihr denn?»

Zoe zupfte die schwarzen Strümpfe zurecht und setzte sich hin. «Weiss ich nicht, er macht ein Riesengeheimnis daraus. Vermutlich ins Essort oder ins Meridiano. Oder sonst einen Edelschuppen. Vanzetti liebt ja so was. Und danach wohl in ein Dancing. Oder ein langweiliges Konzert. Und die ganze Zeit werde ich mir wünschen, dass es bald vorüber ist. Ich könnte mich ohrfeigen.»

Grosi sortierte Puder, Rouge und diverse Stifte auf der Ablage, bevor sie eine Grundierung auf Zoes Gesicht strich. «Es tut dir gut, wenn du wieder mal unter die Leute kommst.»

Zoe erwiderte nichts darauf. Vermutlich hatte Grosi recht. Fünf Wochen waren seit den Ereignissen auf dem Balmberg vergangen, seither mied Zoe Menschenansammlungen. Zu Beginn hatte sie vor allem den Journalisten aus dem Weg gehen wollen, die zuerst das Spital und später ihre Wohnung richtiggehend belagert hatten. Doch nachdem Zoe ihre Geschichte ausführlich in den Berner Nachrichten beschrieben hatte, war deren Interesse geschwunden. Unter vielen Leuten bewegte sich Zoe trotzdem immer noch ungerne, obwohl sie sich körperlich gut erholt hatte. Ständig hatte sie ein beklemmendes Gefühl in der Brust.

Mit einem Pinsel trug Grosi Rouge auf. Der Quast kitzelte auf ihrer Haut.

«Halt still, sonst wird das nichts», ermahnte Grosi.

Bestimmt war Zoe noch schwer traumatisiert. Sonst würde sie sich doch niemals derart aufdonnern lassen.

«Weisst du etwas Neues über Dubach?», fragte Grosi.

Anhand der Handynummer hatte die Einsatzzentrale Vanzettis Aufenthaltsort bestimmt und eine Patrouille nach Münsingen geschickt. Nachdem er zu sich gekommen war, hatten die Polizisten Dubach verhaftet. «Bloss Gerüchte. Es wird erzählt, dass sie einen Deal mit der Bundesanwaltschaft aushandeln will. Sie bietet Informationen über Korruption und ausländische Geheimdienste an, im Gegenzug verlangt sie eine reduzierte Haftstrafe. Keine Ahnung, ob sie damit durchkommt.»

«Und Adrian Ott?» Grosi nahm einen schwarzen Stift und zog die Augenbrauen nach.

«Ist abgetaucht. Aber sein Mandat im Nationalrat will er offenbar behalten. Vermutlich will er die Sache aussitzen.» Vor zwei Wochen hatte die Vereinigte Bundesversammlung die Bündner Ständerätin Monika Caduff in den Bundesrat gewählt. Ott hatte seine Kandidatur zurückgezogen, nachdem die Berner Nachrichten über Dubachs Geheimplan berichtet hatten. Bis heute beteuerte Ott, nichts davon gewusst zu haben. Das Gegenteil liess sich schwer beweisen.

«Und was ist mit Kathrin Wyss, der WoZ-Journalistin?»

Zoe hob die Schultern. «Sie bleibt verschwunden. Dubach beteuert, noch nie von ihr gehört zu haben. Und das, obwohl Wyss Falke Security in ihrem Artikel mit illegalen Waffengeschäften und geheimen Aktionen in Kriegsgebieten in Verbindung gebracht hat. Ich fürchte, Wyss ist nicht mehr am Leben.»

«Eiskalt, diese Dubach.»

«Ich hoffe, die Bundesanwaltschaft lässt sich auf keinen Deal mit ihr ein.» Doch wenn sie wirklich so gute Verbindungen zu westlichen Geheimdiensten hatte, wie sie behauptete, würde das wohl ein frommer Wunsch bleiben. «Ach, im Büro ist auch etwas passiert. Walker ist weg.»

«Wie meinst du das?» Grosi trug dunkelblauen Lidschatten auf.

Zoe stöhnte. «Übertreibst du nicht ein wenig?»

«Keineswegs. Das bringt deine schönen grau-blauen Augen zur Geltung.»

Zoe knurrte. «Walker wollte zu hoch hinaus. Offenbar hat er sich beim Spiegel in Hamburg beworben und beim Vorstellungsgespräch über unser Berner Provinzblatt gelästert. Nur wusste er nicht, dass Verleger von Känel einen guten Freund beim Spiegel hat. Der hat ihm brühwarm davon erzählt. Von Känel hat Walker per sofort freigestellt.»

«Und wer leitet jetzt die Redaktion?»

«Nyffeler will nach dem Tod seiner Frau eigentlich eine Auszeit nehmen. Aber von Känel hat ihn offenbar angebettelt, gleich wieder einzusteigen. Vielleicht kommt er schon bald zurück.»

«Schlecht für ihn, gut für dich.» Grosi griff nach dem Lipgloss.

«Das kannst du laut sagen.» Die Türglocke klingelte.

Grosi begutachtete Zoes Gesicht. «So, fertig. Ich mache auf.» Sie ging hinaus.

Zoe hörte sie den Summer der Sprechanlage drücken. Sie betrachtete sich im Spiegel. Echt cool! Gar nicht wie ein Püppchen, sondern sexy wie ein Vamp. Richtig klasse sah sie aus. «Super, Grosi. Danke.»

Schritte kamen die Treppe hoch. Zoe ging ins Entrée vor.

Grosi legte ihr eine Hand auf den Arm. «Darf ich dir noch einen Rat geben?»

Zoe verdrehte die Augen. «Wenn es sein muss.»

Sie hob den Zeigfinger. «Sei höflich, iss nicht mit den Fingern und sprich nicht mit vollem Mund.»

Das brachte sie beide zum Lachen.

«Ich räum noch schnell auf.» Grosi verschwand im Bad.

Es klopfte, Zoe machte mit Schwung auf.

«Hoi Zoe.» Vanzetti starrte mit offenem Mund. «Porca… Du siehst umwerfend aus.»

«Danke.» Zoe lächelte. Sie deutete auf eine vergitterte Box in seiner Hand. «Was bringst du denn da mit?»

«Eine Überraschung.» Er hob den Korb hoch, darin schlief eine Katze mit schwarz-weissem Fell.

«Ist das…?» Zoe suchte seinen Blick und begriff. «Buddy! Wo hast du denn den gefunden?»

Er strahlte. «Ich bin immer mal wieder dort vorbeigefahren, wo Pia vor ihrem Umzug wohnte. Und heute sass er vor der Haustüre.»

«Genial! Du bist ein Schatz.» Zoe gab Vanzetti einen Kuss auf die Wange. «Hast du das gehört, Grosi?»

«Hallo Alex.» Grosi kam aus dem Bad und begutachtete den Kater in der Transportbox. «Das ist toll, Viola Foletti wird sich riesig freuen. Wir bringen ihn morgen hin.»

Unbedingt. Allerdings hatte Zoe zwiespältige Gefühle, weil sie Pias Mutter wieder gegenübertreten müsste. Dass Pia vermutlich für den russischen Geheimdienst gearbeitet hatte, wusste die Familie bis jetzt nicht. Und wenn es nach Zoe ginge, würde sie es nie erfahren. «Komm rein, Alex, ich bin gleich fertig.» Erst jetzt fiel Zoe auf, dass er eine wattierte Hose, Winterstiefel und eine dicke Jacke trug. Mit dem Zeigfinger deutete sie darauf. «Gehen wir zu Fuss in die Stadt?»

Kurz senkte er den Blick, guckte wieder hoch. «Wir machen einen Ausflug aufs Land.» Er musterte sie von oben bis unten. «Vielleicht … solltest du etwas Wärmeres anziehen.»

Zoe stemmte die Hände in die Hüften. «Was soll das heissen? Vom Winter habe ich genug. Wohin gehen wir?»

Verlegen kratzte er sich am Hinterkopf. «Na ja, wir fahren ins Oberland. Wir machen eine Mondscheinfahrt in einem Hundeschlitten. Der bringt uns zu einem echten Iglu-Restaurant, wo wir ein Fondue essen.»

Hundeschlitten? Iglu? Zoe guckte an sich herunter.

Der ganze Aufwand… «Du hast sie wohl nicht mehr alle.»

«Sorry, vielleicht hätte ich dich vorwarnen sollen.»

«Und ob du das hättest tun sollen.» Zoe schnaubte. «Dann ziehe ich mich halt um.» Sie stampfte in ihr Schlafzimmer, schlug die Türe hinter sich zu und kickte die Pumps unter das Bett.

«Maledetto. Da habe ich wohl alles falsch gemacht», hörte sie Vanzetti draussen im Flur sagen.

«Aber nein, mein Lieber», antwortete Grosi. «Du hast alles genau richtig gemacht.»

Echt, Grosi? Zoe schnaubte, als sie den Reissverschluss ihres Kleids öffnete. Bevor sie es von den Schultern streifte, drehte sie sich vor dem Spiegel um die eigene Achse. Sie sah wirklich hammermässig aus.

Trotzdem passte das doch gar nicht zu ihr. So eine aufgedonnerte Tussi war sie nicht und würde sie auch nie sein. Sie schlüpfte aus dem Kleid und holte die Thermounterwäsche aus dem Schrank. Darin würde sie sich viel besser fühlen.

Okay, möglicherweise war Vanzetti doch kein Riesentrottel.

Anmerkungen

Diese Geschichte ist Fiktion. Alle Personen und Ereignisse sind frei erfunden. Real sind hingegen die Orte in und um Bern, die in diesem Buch beschrieben werden. Hie und da habe ich mir allerdings erlaubt, Gebäude und Schauplätze ein wenig umzubauen oder zu verschieben.

Ebenfalls real ist die Geschichte des Projektes 26. Die Mitglieder der geheimen Organisation sollten den Widerstandswillen in einer besetzten Schweiz stärken. Sie waren Funker, kannten sich mit Sprengstoffen und Propaganda aus. Als Ausbildungsort diente eine Festungsanlage bei Gstaad. Die Instruktoren des P-26 liessen sich vom britischen Auslandsgeheimdienst MI6 schulen. Die Enttarnung erfolgte im Zuge des Fichenskandals Ende der 1980er-Jahre. Die Ergebnisse einer Parlamentarischen Untersuchungskommission führten 1990 schliesslich zur Auflösung des P-26.

Bedanken möchte ich mich bei allen Personen, die mir durch ihr Wissen und ihre Ratschläge beim Schreiben geholfen haben. Zu meinem tollen Beraterteam gehören neben der Lektorin Denise Erb vom Reinhardt Verlag meine Experten Gregor Saladin und Rolf Wirz, die Ärztin Patricia Engels und die Krimifachfrau Marie-Theres Meyer.

Den grössten Dank schulde ich meiner Frau Karin und meinen Kindern, die mir die Zeit und die Ruhe zum Schreiben gegeben haben.

Rolf von Siebenthal

Autor

Rolf von Siebenthal, Jahrgang 1961, war Berner Sekundarlehrer, arbeitete 14 Jahre bei der Basler Zeitung und fünf Jahre im Bundesamt für Verkehr. Heute hat er ein eigenes Schreibbüro. «Kaltes Grab» ist von Siebenthals sechster Krimi und der dritte seiner Berner Serie.

Rolf von von Siebenthal: **Lange Schatten**

Ein Leibwächter stirbt, eine Bundesrätin überlebt. Auf den ersten Blick sieht es wie ein missglückter Anschlag aus, doch Bundeskriminalpolizist Alex Vanzetti hat Zweifel. Ein weiterer Mord geschieht, das Opfer arbeitete als Arzt am Inselspital. Während Vanzetti und seine Sonderkommission im Dunkeln tappen, bekommt die junge Journalistin Zoe Zwygart mysteriöse Botschaften, die auf einen Serientäter hinweisen. Auf der Jagd nach einer Exklusivgeschichte sucht sie den Absender. Doch je tiefer Zwygart und Vanzetti in der Vergangenheit graben, desto mehr geraten sie selbst in Gefahr. Denn jemand will mit allen Mitteln verhindern, dass die Wahrheit ans Licht kommt.

Rolf von Siebenthal: Lange Schatten

460 Seiten, gebunden mit Schutzumschlag

CHF 29.80

ISBN 978-3-7245-2155-6

Erhältlich auf www.reinhardt.ch

Rolf von von Siebenthal: **Letzte Worte**

Die Berner Ständerätin Eva Bärtschi wird in ihrem Haus in Worb erschossen. Zunächst sieht alles nach einem simplen Raubmord aus, doch so einfach ist der Fall leider nicht. Informationen, die Politiker und Firmenchefs zu Fall bringen könnten, sollen sich in verschlüsselter Form auf dem Computer der Ständerätin befinden. Unter grossem Druck macht sich Bundeskriminalpolizist Alex Vanzetti auf die Suche nach dem Täter und nach einem Schlüssel zu den Unterlagen. Hilfe bekommt er von der pensionierten Journalistin Lucy Eicher, die sich Antworten auf Fragen erhofft, die sie seit 40 Jahren quälen.

Rolf von Siebenthal: Letzte Worte

440 Seiten, gebunden mit Schutzumschlag

CHF 29.80

ISBN 978-3-7245-2227-0

Erhältlich auf www.reinhardt.ch

Krimis im Friedrich Reinhardt Verlag

Anne Gold: **Das Schweigen der Tukane**

Im Kommissariat kursiert das Gerücht, dass ein Wachtmeister der Sitte ein Verhältnis mit einer Edelprostituierten hat. Nadine Kupfer bittet ihren Chef, Kommissär Francesco Ferrari, dem Kollegen ins Gewissen zu reden. Doch bevor er sich mit dem Wachtmeister unterhalten kann, wird eine stadtbekannte Persönlichkeit ermordet, und zwar in der Wohnung der Prostituierten. Der Fall scheint klar, die Meinungen sind schnell gemacht und im Kommissariat brodelt es mächtig. Während der Grossteil des Polizeikorps zum Wachtmeister hält, der von der Unschuld seiner Geliebten überzeugt ist, glaubt Nadine, dass er versucht, die Ermittlungen zu behindern. Die Fronten verhärten sich zusehends, bis der Konflikt eskaliert und sich eine Katastrophe abzeichnet.

352 Seiten, gebunden mit Schutzumschlag
CHF/EUR 29.80
ISBN 978-3-7245-1850-1

Anne Gold: **Die Tränen der Justitia**

Der Supergau ist eingetreten, die Enkelin von Staatsanwalt Jakob Borer wurde entführt! Ein Zufall oder verbirgt sich hinter dieser Wahnsinnstat die bittere Rache eines Verurteilten? Kommissär Francesco Ferrari und seine Kollegin Nadine Kupfer sind schockiert und zum Nichtstun verurteilt. Denn solange es sich um eine Entführung handelt, sind ihnen die Hände gebunden. Und die Vorstellung, dass es zu ihrem Fall werden könnte, wäre eine Tragödie. Systematisch gehen die beiden Borers Fälle der letzten Jahre durch. Dabei stossen sie auf zwei kürzlich entlassene Mörder, die dem Staatsanwalt im Gerichtssaal gedroht hatten. Am liebsten würde Ferrari die Verbrecher in die Mangel nehmen, wäre da nicht das Verbot des Staatsanwalts, sich in die laufende Ermittlung einer anderen Abteilung einzumischen …

320 Seiten, gebunden mit Schutzumschlag
CHF/EUR 29.80
ISBN 978-3-7245-1930-0

Anne Gold: **Wenn Marionetten einsam sterben**

Olivia Vischer, eine reiche Baslerin, ruft zum Sponsorenlauf und die ganze Stadt nimmt teil, auch der bekannte Anwalt Edgar Hasenböhler. Seit Jahren setzt er sich für die Rechte von Menschen ein, die keine Lobby haben. Kurz bevor Kommissär Francesco Ferrari seine Runden absolvieren kann, wird Hasenböhler tot in seiner Wohnung aufgefunden. Während der Ermittlungen stellen Ferrari und seine Kollegin Nadine Kupfer fest, dass Hasenböhler sich im Laufe der Jahre durch seine konsequente Haltung viele mächtige Feinde geschaffen hat. Feinde, die auch nicht vor einem brutalen Mord zurückschrecken.

320 Seiten, gebunden mit Schutzumschlag
CHF/EUR 29.80
ISBN 978-3-7245-2018-4

Anne Gold: **Das Lachen des Clowns**

Montag früh um vier, ganz Basel begrüsst mit dem Morgestraich die Fasnacht. Kein Thema für Kommissär Francesco Ferrari, der sich zu Hause die Decke über den Kopf zieht, während seine Assistentin Nadine Kupfer inmitten unzähliger Zuschauer den Beginn der drei schönsten Tage geniesst. Unmittelbar nach dem Auftakt geschieht das Unfassbare – am Rümelinsplatz begeht ein Kostümierter einen Mord. Und es kommt noch schlimmer, denn die Tote ist die Tochter von Big Georg, dem Chef der Fahndung. Handelt es sich um eine lang geplante Einzeltat oder um den ersten tödlichen Schlag in einer grausamen Mordserie, die Panik auslösen wird? Ein Wettrennen mit der Zeit beginnt, um das Schreckensszenario zu verhindern.

320 Seiten, gebunden mit Schutzumschlag
CHF/EUR 29.80
ISBN 978-3-7245-2081-8